Burke's Gamble, en Español

Bob Burke Action Thriller 2

una novela de

William F. Brown

Traducido por James Smith

Copyright 2022

CAPÍTULO UNO

Atlantic City, Nueva Jersey, 12:30 a.m.

Parafraseando al escritor ruso León Tolstoi, "Todos los jugadores ganadores son iguales; cada jugador perdedor es infeliz a su manera". Si el sargento de primera clase del ejército estadounidense Vinnie Pastorini hubiera leído alguna vez a Tolstoi o hubiera oído hablar de él, probablemente estaría de acuerdo, pero Vinnie no sabía nada de literatura rusa. De lo que sí sabía mucho era de operaciones especiales, de guerra "asimétrica", de armas, de lucha, de beber, de apostar y de perder.

Vinnie había pasado incontables horas en las mesas de Las Vegas, Montecarlo, Biloxi, los casinos indios de Carolina del Norte y el norte de California, incluso aquí en Atlantic City. Por el camino, había experimentado su cuota de largas rachas de victorias y rachas de derrotas aún más largas, pero los últimos meses fueron los peores de su vida. Como dicen, las balas pueden fallar, las granadas de mano son perras inconstantes, la vida es corta, a veces se mata al tipo equivocado y a veces "la mierda pasa". Por todo eso, Vinnie sabía que su suerte estaba a punto de cambiar. ¡Lo sabía! Lo que sube debe bajar, y lo que baja siempre debe volver a subir. ¡Una mano! Una gran mano era todo lo que necesitaba para que su suerte volviera a fluir. Iba a suceder, aquí y ahora, en Atlantic City. Podía sentirlo.

En sus anteriores viajes a Atlantic City, Vinnie había jugado en la mayoría de los casinos, pero nunca había jugado en el Caesars, en el Boardwalk. Cuando entró, era casi medianoche e inmediatamente le gustó lo que vio. La gran acción nunca se ponía en marcha en ninguno de ellos hasta por lo menos las once de la noche, cuando salían los pesos pesados y un tipo podía ganar mucho dinero. Vinnie esperaba que así fuera, porque necesitaba urgentemente ganar mucho dinero, y decían que el Caesars era el casino con más clase y con la clientela de más alto nivel del Boardwalk. Los casinos Bimini Bay, Tuscany Towers y Siesta Cove, en el noreste de Atlantic City, eran más nuevos y agradables, pero eran propiedad de Boardwalk Investments y no podía volver allí hasta que recuperara al menos un importante anticipo de lo que les debía. El Borgata y el Harrah's también eran más bonitos. No les debía nada, pero estaban demasiado cerca de la bahía de Bimini para ser cómodos. Serían los primeros lugares donde Shaka Corliss y sus matones lo buscarían, y eso era demasiado arriesgado. No, tenía que probar en los casinos del lado sur, a lo largo del paseo marítimo, y recuperar su apuesta antes de que lo alcanzaran. Si no, sería un hombre muerto caminando.

Paseando despreocupadamente por la puerta principal del Caesars, echó un vistazo a las mesas de juego. Los máximos eran más altos aquí que en Resorts o Bally's, y eso era bueno. Aun así, no eran lo suficientemente altos. Metió la mano en el bolsillo del pantalón y palpó lo que le quedaba de dinero en efectivo. No hizo falta contar. Sabía que le quedaban algo más de 7.000 dólares, lo que significaba que ya había perdido los 100.000 dólares que había traído de Carolina del Norte ese mismo día, más otros 100.000 dólares que había estafado en otros dos casinos. Vinnie sacudió la cabeza y se rió de sí mismo. De alguna manera, había conseguido malgastar 218.000 dólares en poco más de siete horas. Era un récord incluso para sus estándares, y ahora debía mucho dinero a la gente equivocada.

Y qué, pensó. Oh, Patsy iba a estar muy enfadada con él, y Shaka Corliss y sus matones le hablarían con dureza y le empujarían un poco. Al final, sin embargo, querían recuperar su dinero, y un hombre muerto no podía hacer eso. Oh, tendría que vender la nueva casa y firmar algunos pagarés, pero eso sólo le devolvería al punto de partida tres meses antes. ¿El ejército? ¿Qué podían hacer? ¿Ponerle un grado? "¿Mandarlo a Irak?", como decía el viejo chiste del Ejército desde Vietnam. ¿Irak? ¿Afganistán? Había estado allí y hecho eso demasiadas veces para contarlas, y seguía en el lado derecho de la hierba mirando hacia abajo a todos ellos.

El deslizamiento de Vinnie comenzó dos semanas antes, cuando él y Patsy vinieron aquí para un poco de descanso. Acababan de comprar la nueva casa, pagada al contado, y les quedaban 30.000 dólares. Era la cifra perfecta para un fin de semana loco en Atlantic City, pensó, así que se pusieron en marcha. ¿Delirante? Se podría decir que, como Vinnie sabía mejor que la mayoría. En dos días, se gastó los 30.000 dólares más los dos anticipos de 50.000 dólares que le dio al casino. Nunca dejó de sorprenderle lo que la gente haría por un veterano, si mostraba una gran sonrisa y una tarjeta de identificación del ejército. Desgraciadamente, esa cuenta se vence como cualquier otra; y cuando se debe el dinero a los operadores de los casinos de Nueva Jersey, éstos vienen a cobrar con un bate de béisbol. Así que él y Patsy volvieron a Fort Bragg, vieron la Cooperativa de Crédito y pidieron un préstamo de 100.000 dólares para la casa, para quitárselos de encima antes de que el Ejército se enterara.

Una semana más tarde, volvieron a Atlantic City con la mejor intención de conseguir una buena habitación para pasar la noche, pagar a los usureros, comer bien y volver al sur, convenientemente escarmentados y arrepentidos a la mañana siguiente. Y casi funcionó. El Bimini Bay incluso le pagó una habitación. Después de todo, había acumulado suficientes puntos del Gold Club para una suite en el último piso con una bonita vista del puerto deportivo. Luego, llevó a Patsy a Ruth's Chris a comer un buen filete, y le dijo que no era necesario que bajara con él a la oficina del casino. Sólo tardaría un minuto en dejar el dinero y volver a la habitación. Por desgracia, los chicos de la Unidad no le llamaban "Vinnie el doble" por nada, pero él sabía que su suerte había cambiado. Podía sentirlo, y no tenía sentido dar todo ese dinero a esos payasos cuando sabía que podía recuperarlo. Eso fue hace siete horas.

Vinnie no era estúpido. Cuando dejó a Patsy en la habitación, no corrió directamente a las mesas de abajo en el Bimini Bay. En su lugar, condujo hacia el sur hasta el Boardwalk y comenzó en el Trump Taj Mahal. Luego probó en Resorts, Bally's, Tropicana y, por último, en Caesars. De los grandes casinos de la línea principal, éste era el final de la línea. Cuando dejó el Taj y el Resorts, los 100.000 dólares de Carolina del Norte se habían esfumado. Con su sonrisa patentada, una identificación del ejército y una firma, le dieron líneas de crédito por otros 50.000 dólares en el Bally's, además de dos anticipos de 25.000 dólares en el Tropicana. Ahora estaba en el Caesars con los 7.000 dólares que le quedaban.

No había tiempo que perder. Vinnie recorrió rápidamente las agrupaciones de mesas y vio la mayoría de los juegos habituales: dados y ruleta en los extremos, y una larga línea doble de mesas de cartas semicirculares en medio. Cada mesa tenía su propio crupier, gráficos de sobremesa y un cartel de cristal iluminado que nombraba el juego que se estaba jugando: póquer de tres cartas, blackjack, Caribbean Stud, Texas Hold 'em, Crisscross, Let it Ride, Spanish 21, incluso Casino War. Los tenían todos, y él había disfrutado jugando a la mayoría de ellos en sus últimos viajes aquí, ganando y perdiendo un montón en cada uno. Esta noche, esos juegos eran tentadores, pero sus apuestas eran demasiado bajas y no tenía toda la noche. Tal vez tuviera dos o tres horas como mucho. Para entonces, Shaka Corliss y los matones le seguirían la pista, y más le valía tener suficiente dinero para comprar a ese cabrón. Patsy estaba sentada en esa habitación de hotel en el Bimini Bay, su Bimini Bay, y los dos estarían en graves problemas si no lo hacía.

Los ojos de Vinnie se posaron finalmente en el salón de Texas Hold'em en la pared trasera del casino. No era su juego favorito, pero allí tenían mesas de apuestas ilimitadas, y eso era lo que necesitaba desesperadamente. Se acercó y entró y vio que era una gran sala con docenas de mesas, la mayoría de las cuales ya estaban llenas. Sin pensarlo más, Vinnie se acercó al mostrador de control y le dijo al hombre lo que buscaba.

"¿Seguro que quiere 'sin límite', joven?", preguntó el hombre.

Vinnie asintió con la cabeza y el hombre señaló la pared lateral. "Acaba de abrirse un asiento en la mesa 22. Pero te diré que ahí abajo hay mucha gente, así que buena suerte".

Vinnie sonrió, se dirigió a la mesa y tomó asiento. ¿Gente rápida? Al mirar a los otros nueve jugadores, lo único que vio fue la colección habitual de aspirantes a las Series Mundiales de Póquer: siete hombres y dos mujeres. La mayoría de los hombres llevaban la habitual combinación de rigor de gafas de sol negras, auriculares "Beats", capas de cadenas de oro alrededor del cuello y sombreros de béisbol hacia atrás. Los demás llevaban camisas del oeste, corbatas de bolo y sombreros de vaquero. Los primeros le miraban con expresiones inexpresivas, mientras que los vaqueros al menos decían "Howdy". Las mujeres eran otra cosa. Una tenía los ojos brillantes y había salido de un concurso de imitación de Dolly Parton, mientras que la otra tenía los ojos oscuros, muertos, de "tiburón". Tenía arte corporal en ambos brazos y en el cuello, grandes pendientes de lazo, tachuelas y cualquier otra cosa que pudiera meterse por la nariz, los labios, la lengua, las orejas y probablemente algunos lugares incómodos que él no podía ver. Vinnie nunca pudo entender qué tenía que ver todo eso con la suerte del sorteo, y mucho menos con la belleza; pero si eso era "normal", entonces el mundo estaba en un gran problema.

La hora siguiente transcurrió como había aprendido a esperar. Empezó a ganar a lo grande y consiguió que sus 7.000 dólares subieran hasta los 35.000, antes de que todo se volviera a ir lentamente al infierno y se encontrara mirando el pequeño montón de 2.200 dólares que tenía delante. El botón de la banca era de Vinnie, aunque no importaba. El crupier de la casa era una mujer para este juego, y parecía saber lo que estaba haciendo cuando abrió una nueva baraja y barajó. Las "ciegas" estaban colocadas, las fichas bajadas y Vinnie miraba fijamente a la mesa mientras empezaba a repartir la primera mano. Llegó a la mitad de la mesa cuando se congeló a mitad de carta. Eso nunca ocurrió. Vinnie levantó la vista y vio al jefe de sala y a uno de sus grandes guardias de seguridad uniformados de pie a su derecha e izquierda. Sorprendentemente, no miraban a Vinnie ni a nadie de la mesa. Miraban detrás de Vinnie, por encima de su hombro.

Fue entonces cuando sintió un golpe no muy suave en su hombro. Giró la cabeza y levantó la vista para ver a otros dos fornidos hombres de seguridad del César que lo flanqueaban. Detrás de ellos estaban Shaka Corliss y sus matones gemelos. Era difícil no verlos. Corliss era negro, con la cabeza reluciente y afeitada, dientes de pasta blanca, gafas de sol Oakley envolventes, un enorme revólver cromado en una funda de hombro y un caso terminal de arrogancia e ira. De estatura poco más que normal, tenía el tipo de músculos falsos que se obtienen al pasar demasiadas horas levantando pesas en un gimnasio.

Entre él y Vinnie había habido una antipatía mutua a primera vista. Quizá a Corliss no le gustaban los blancos, ni los sargentos del ejército, ni los perdedores, pero Vinnie dudaba que Corliss se llevara bien con alguien. Los dos matones con cara de niño que estaban de pie a cada lado de él parecían medir 1,80 metros y pesar alrededor de 270 libras cada uno, como si fueran jugadores de fútbol americano de algún pequeño pueblo de Nebraska. Corliss se desahogaba dándoles órdenes y siendo grosero, arrogante e insultante siempre que podía. Vinnie supuso que debía de pagarles mucho dinero para que aguantaran esa mierda, porque se elevaban por encima de él y cualquiera de ellos podía partirlo por la mitad.

El tipo de seguridad del Caesars no fue más que educado. "Odio interrumpir, señor, pero si quiere venir con nosotros, por favor", le preguntó a Vinnie.

"Estás bromeando, estoy en medio de una mano aquí", se quejó.

"Le guardaremos su asiento y sus fichas. Sólo será un minuto".

"¡Y una mierda!" Corliss empujó al tipo del Caesars a un lado. "Son nuestras fichas y nuestro dinero, Sucker, ¡y ya has quemado todo lo que vas a quemar!"

Vinnie miró a Corliss y se quedó pensativo mientras se ponía en pie lentamente. Obviamente, el juego había terminado y no iba a recuperar nada del dinero que les debía. Sin embargo, "por un centavo, por una libra", pensó mientras su mano derecha salía disparada en un perfecto uppercut: compacto, explosivo y directo al techo. Atrapó a Corliss por debajo de la barbilla y lo envió volando hacia sus matones gemelos. A fin de cuentas, aparte del filete de Ruth's Chris, la expresión de sorpresa, de boca abierta y de estupidez en la cara de Corliss fue lo más satisfactorio de la noche.

Vinnie, que medía un metro ochenta y pesaba unos sólidos y atléticos 90 kilos, no era un hombre pequeño, pero después de recibir el primer golpe, todo lo que recordaba era un borrón de más puñetazos, contragolpes, patadas y un buen rato de dolor. Había luchado en seis turnos de combate en dos guerras oficiales diferentes, y en muchas más no oficiales como Ranger del Ejército y suboficial superior de la Fuerza Delta, aunque la pertenencia a esa fraternidad de élite siempre sería alto secreto y nunca se reconocería. Se le consideraba un experto en la mayoría de las armas del inventario del Ejército y también en el combate cuerpo a cuerpo sin cuartel, y había participado en más de una pelea de bar a la antigua usanza en un puesto del Ejército tras otro. Esta noche, fue capaz de asestar una docena de buenos golpes a un matón tras otro. Incluso lanzó a un guardia de seguridad sobre una mesa de póquer cercana, partiéndola por la mitad, y lanzó a uno de los matones de Corliss de cabeza contra la pared. Sin embargo, al final solía ganar seis contra uno, casi todos más grandes que él. Cuando alguien le rompió una silla en la cabeza y cayó por la cuenta, eso fue todo lo que escribió.

CAPÍTULO DOS

Arlington Heights, Illinois, 3:30 a.m.

Bob y Linda Burke yacían desnudos en el centro de su nueva cama de matrimonio, profundamente dormidos en una maraña de brazos, piernas y partes del cuerpo al azar. Él había comprado la cama grande tres semanas antes, justo antes de su boda, porque pensaba que le proporcionaría más espacio para el colchón que el que tenía su antigua cama de matrimonio. Subir el nuevo armazón de la cama y el colchón por las empinadas escaleras y luego empujarlos y arrastrarlos por varias curvas cerradas hasta el dormitorio principal del segundo piso de su casa resultó ser un trabajo y medio. Todos sus antiguos compañeros del ejército de Fort Bragg habían acudido a una gran fiesta de despedida de soltero de dos días, seguida de la gran fiesta nupcial. Después de suficiente cerveza y cerveza, era increíble cómo seis hombres grandes podían hacer levitar una cama de tamaño king por una estrecha escalera, y todo lo que tenía que hacer era mirar.

Resultó que todo ese esfuerzo resultó innecesario. Linda no necesitaba espacio extra en el colchón porque no tenía ningún respeto territorial. El lado izquierdo, el derecho, el borde superior o el inferior no significaban absolutamente nada para la mujer. Su preferencia nocturna normal era el contacto de todo el cuerpo, y se envolvía alrededor de él como un boa constrictor en cualquier lugar de la cama al que se retirara. Podía ser una cama grande, una doble, un catre estrecho del ejército o el asiento trasero de un Volkswagen. Cualquiera de ellos le habría proporcionado espacio más que suficiente, siempre que él estuviera allí. Como todo lo que ocurre con los segundos matrimonios, se dio cuenta de que habría que acostumbrarse a esto de la geografía de la cama.

Esa noche, finalmente cayó en un profundo sueño REM, cuando el fuerte timbre del teléfono junto a la cama lo despertó. En su día, Bob tenía amplia experiencia con los ruidos molestos de la noche, como la explosión de cohetes rusos de 107 milímetros, los morteros chinos de 82 milímetros, el chasquido de la bala de un rifle o el grito de pánico de "¡Allá vamos!". Sin embargo, en los tres años transcurridos desde que dejó el ejército, consiguió desprenderse de la peor de esas reacciones. Ya no se lanzaba a la acera cuando oía el petardeo de un coche, ni se metía debajo de la cama cuando sonaba la alarma, ni saltaba a la bañera si se producía un portazo. Ahora, lo único que hacía una llamada telefónica en mitad de la noche era sacarle de su habitual sueño recurrente, lo cual era bueno.

Siempre era lo mismo. Estaba bajo un intenso fuego, corriendo por un estrecho sendero de montaña en Afganistán, con el abuelo, Ace, Vinnie, Koz, Chester, Batman, Bulldog, Lonzo y el resto de sus sargentos cerca. Las balas pasaban por delante de sus cabezas y rebotaban en las rocas mientras saltaban de peñasco en peñasco, devolviendo el fuego a cada paso, pero perseguidos por un centenar de miembros de la tribu talibán con turbante y barba. Los nueve fusileros estadounidenses, de gran calidad, se defendían con creces, incluso contra las duras probabilidades. Sin embargo, no importaba cuántos talibanes mataran, los bastardos seguían llegando y llegando, como patos volando sobre un campo de maíz de Iowa. El mal sueño también seguía llegando, pero supuso que ese era el precio que se pagaba por quince años en el ejército. Luchó en un batallón de infantería mecanizada en los desiertos rocosos de Irak durante la Segunda Guerra del Golfo, seguido de una salvaje guerra de contrainsurgencia en las montañas y altiplanos de Afganistán, sirviendo en los Rangers y finalmente en la Fuerza Delta de élite del Ejército. Ganará o perdiera, independientemente de la guerra, luchar al lado de buenos soldados y mejores amigos como aquellos hombres era lo que daba vueltas en la cabeza del hombre durante años. Lo mismo ocurría con los malos sueños. Esta vez, sin embargo, el insistente timbre del teléfono de cabecera irrumpió para salvarlo.

"Más vale que no sea tu madre otra vez", murmuró en la parte superior de la cabeza de Linda.

"Lo dudo", respondió ella. "Le dije la última vez que le retorcerías el cuello si volvía a despertarnos en mitad de la noche. Creo que finalmente me creyó".

"¿Tu madre? Vamos, ella me quiere".

"Bob, eres un cuerpo caliente con un trabajo estable y un gran sueldo, que acogió a su hija y a su nieta. ¿Qué suegra no lo haría?" Con su cara enterrada en el pliegue de su cuello, de alguna manera se las arregló para presionar aún más cerca, lanzando su pierna sobre él mientras comenzaba a frotar su estómago con su mano libre.

"Chica, eres insaciable".

"¿Te quejas?"

"¿Yo? Nunca. Pero deja que me ocupe primero de la llamada telefónica", respondió él, intentando no sonreír. De alguna manera, consiguió girar la cabeza lo suficiente como para ver la pantalla de la consola del teléfono poco iluminada. El código de área de la persona que llamaba era el 910. Era Fort Bragg, Carolina del Norte, su antiguo corralito y su hogar fuera de casa, e inmediatamente reconoció el número de teléfono como el de Vinnie Pastorini, uno de sus antiguos jefes de equipo Delta. Estirándose aún más, consiguió poner dos dedos en el auricular y llevárselo a la oreja. "Son las 3:30, Vinnie. ¿Qué pasa?"

"No es... no es Vinnie", oyó decir la voz vacilante de una joven. "Soy yo... Patsy".

"¿Patsy? Hola, chica, ¿cómo va todo allá abajo en el país de Dios? He oído un rumor malicioso de que Vinnie te echó al hombro y te llevó allí después de la boda. Sólo recuerda, cuando te canses de él, siempre tendré un trabajo para ti aquí arriba".

"Se lo agradezco, Mayor, pero no es por eso por lo que llamo."

"Ya no es 'Mayor', Patsy. Esos días ya pasaron. Ahora sólo es el viejo y decrépito civil 'Bob'".

"No estoy en Fort Bragg; estoy en Atlantic City. Vinnie y yo vinimos ayer".

"¿Atlantic City? ¿Y no se os ocurre algo mejor que hacer a estas horas que llamarme por teléfono?"

"Vinnie está en problemas... Bob", soltó finalmente. "No, los dos estamos en problemas, y no sabía a quién más llamar".

"No me digas, ¿otra vez las mesas de póker?", gimió.

"En ese momento, no me pareció tan mala idea. Compramos esa casa nueva, ya sabes; y nos quedaba algo de dinero, 30.000 dólares, supongo. Como se iba a otro despliegue, Vinnie decidió que nos merecíamos lo que él llamaba un fin de semana loco".

"¿Una locura? Me lo imagino".

"Fue una cosa del momento. Volamos, conseguimos una habitación en el Casino de la Bahía de Bimini, y él se lanzó a las mesas".

"¿Cuánto?"

"¿Cuánto? Bueno, empezó ganando, pero al final del segundo día..."

"¿Su suerte cambió? Eso es lo que hacen los casinos, Patsy; te absorben. ¿Cuánto?"

Hubo una larga pausa antes de que ella respondiera. "Bueno, para empezar, perdió los 30.000 dólares; pero ya conoces a Vinnie. No iba a renunciar después de eso. Fuimos a la oficina del Club de Oro, donde esa rubia tan mona con una gran sonrisa llamada Eva le dio otros 50.000 dólares, después de que él firmara una nota y un montón de papeles, por supuesto."

"Los casinos no son nada si no son complacientes".

"Le dije que no aceptara el dinero, pero no me escuchó. Cuanto más discutía, más se enfadaba conmigo; así que finalmente me callé".

"¿Supongo que también perdió esos 50.000 dólares?"

"Por supuesto, pero esta vez no había ninguna rubia guapa a la que ir a ver. Le cortaron el paso, y dos grandes gorilas nos cogieron por los brazos y nos llevaron por ese largo pasillo hasta la oficina de negocios -los dos-, donde acabamos frente al escritorio de un hombre llamado Martijn Van Gries. Es holandés, creo, bastante agradable, pero un verdadero sabelotodo. Quería cortar por lo sano e irme en ese momento. Diablos, quería irme después de los primeros 30.000 dólares, pero ya conoces a Vinnie. Convenció a Van Gries para que le diera otros 50.000 dólares, ¡si puedes creerlo! Bueno, al final de la tercera noche..."

"¿También perdió eso?"

"Lo tienes. Así que terminamos de nuevo en la oficina de negocios con ese imbécil holandés de Van Gries. El resultado es que le dio a Vinnie diez días para volver y pagar los marcadores. Si no lo hacía, irían a Carolina del Norte y se llevarían los 100.000 dólares de nuestro pellejo... el suyo y el mío".

"Bueno, me alegro de que me hayas llamado."

"Vinnie no quería que llamara a nadie, especialmente a ti. Está tan avergonzado que me hizo prometer: 'No llames al mayor', me dijo, una y otra vez. '¡Puedes llamar a Ace, pero no llames al mayor!' De todos modos, me juró que había aprendido la lección".

"¿Vinnie?" Bob sacudió la cabeza, consternado. "Ese será el día".

"Así que volamos de vuelta a casa, pedimos un préstamo a la cooperativa de crédito sobre la casa, y volvimos aquí ayer con 100.000 dólares en efectivo para pagarlos. Esta vez, no fui a la oficina de negocios con él. No podía soportar la idea de volver a ver a ese hombre".

"Una sabia elección".

"Vinnie tenía una cita con Van Gries, y dijo que quería hacerlo él mismo, así que tomó el dinero en efectivo y se fue. Dijo que no debería tomar más de un par de minutos. Sin embargo, cuando pasaron siete horas y no había regresado..."

"No me digas", dijo Bob con frustración. "¿Volvió y dobló la apuesta?"

"Más o menos. Fue a otros cuatro o cinco casinos del Boardwalk, donde el genio pensó que no lo conocerían, decidido a recuperarlo. Y como usaba dinero en efectivo, al menos al principio..."

"¿También perdió todo ese dinero?"

"Peor aún. Perdió esos 100.000 dólares, más otros 100.000 que logró convencer a esos otros casinos... y también hubo daños y perjuicios."

"$200,000?"

"¡Eso sin contar los 130.000 dólares de nuestro dinero que desperdició!"

"¿En qué estaba pensando?"

"No tengo ni idea; tú lo conoces mejor que yo."

"Lo dudo, pero por eso los chicos le llaman 'Vinnie el Doble'".

"Y para colmo, se metió en una gran pelea en el Caesars con algunos de sus seguratas y con los que bajaron de la Bahía de Bimini a recogerlo. En fin, yo me había dado por vencido y me había acostado. Lo primero que supe fue cuando dos grandes gorilas vinieron a la habitación, me despertaron y me arrastraron hasta la Oficina de Gestión de Riesgos. Creo que así es como llaman ahora a la Seguridad. ¡Una gran broma, en mi opinión! De todos modos, Vinnie estaba allí, y parecía que le habían dado una buena paliza. También dos de sus asociados de gestión de riesgos".

"Conociendo a Vinnie, eso no es una sorpresa. Mira, Patsy, llamaré a Van Gries a primera hora de la mañana. Estoy seguro de que puedo arreglar algo..."

"Era un tipo diferente la segunda vez. Van Gries estaba allí, pero también un psicópata negro musculoso llamado Shaka Corliss".

"Debe ser su ejecutor."

"Bueno, si lo es, parecía que tenía un moretón fresco en la barbilla. De todos modos, fue muy grosero y prepotente, y dijo que Vinnie les debe 275.000 dólares. Eso es por los marcadores en su casino, más los otros, los daños, la 'vig', y por ser un grano en el culo en general."

"Bueno, yo diría que tienen razón".

"Sin duda, y también nos tienen a nosotros... pero ¿qué es el 'vig'?"

"El 'vig' es el 'vigorish'. Es el interés diario sobre el principal; pero con ellos suele ser bastante elevado, probablemente tasas de usurero", respondió. "¿Pero ¿qué ha dañado?"

"Dos mesas de juego y un banco de máquinas tragaperras en el Caesars, y las facturas médicas de cuatro o cinco personas de seguridad, dos de las cuales dijo que Vinnie puso en el hospital".

"Ese es mi chico, de acuerdo."

"Corliss dijo que la cuenta está creciendo en 10.000 dólares por día, y no fue muy agradable al respecto. Dice que quieren su dinero, todo, en efectivo, o empezarán a romper partes del cuerpo".

"Bueno, no puedo culparlo por eso, pero ¿dónde estás?"

"De vuelta en nuestra habitación en el Bimini Bay. Le dije a Corliss que tenía que llamar a algunas personas para reunir esa cantidad de dinero. Me dio el teléfono móvil de Vinnie y me dijo que era una muy buena idea, si quería que volviera de una pieza", sollozó. "Yo... no sabía a quién más llamar, Bob".

"Hiciste bien en llamarme, Patsy. ¿Dónde está Vinnie?"

"Van Gries me dijo que lo encerraron en el almacén del sótano, para que Vinnie 'no se haga más daño', dijo. Y Corliss dijo que se quedará allí hasta que yo 'pase' con el dinero... es decir, a menos que 'una cosita linda' como yo quiera 'trabajar' en uno de sus 'servicios de acompañamiento' todo el invierno... Dios, me asustan, Bob. Tengo miedo de que lo maten, y ya me han dicho lo que van a hacer conmigo".

"Nada de eso va a suceder, Patsy. Me pondré en contacto con Van Gries y resolveré algo. No te preocupes, no quieren a Vinnie ni a ti; quieren el dinero que debe".

"¡Son 275.000 dólares, Bob! No tenemos esa cantidad de dinero".

"Me encargaré de ello, Patsy".

"Siento mucho todo esto, pero..."

"Mira, le debo a Vinnie, a Ace y a todos los demás chicos de la Unidad mucho más que eso, a ti también. Cuando Linda y yo tuvimos nuestro problema aquí en Chicago, todos vinieron, sin hacer preguntas. Tengo el dinero, y es lo menos que puedo hacer. Así que trata de dormir un poco. Te llamaré cuando sepa más".

Bob se echó hacia atrás, estirándose todo lo que pudo para colgar el teléfono, y luego se echó hacia atrás con toda la intención de volver a dormir. Sin embargo, cuando lo hizo, Linda ya se había acercado y había ocupado la mitad de la zona que él había dejado libre.

"$275,000? ¿A quién vamos a matar esta vez?", preguntó.

"Probablemente a Vinnie. Y olvida eso de 'nosotros'. No quiero que te involucres esta vez".

"Patsy sí. Y es Atlantic City. ¿Cómo es que ella se lleva toda la diversión?"

"Dudo que se divierta. Ahora vete a dormir".

"Claro", dijo ella mientras le cruzaba la pierna.

"Oye, ¿vas a dejarme algo de espacio aquí?"

"No, a menos que tenga que hacerlo", murmuró ella contra su pecho y se apretó aún más.

Bob era diez años mayor que Linda, pero ambos habían estado casados antes y ya no eran niños. Había sido muy diferente con su primera esposa, "la feroz y temida" Angie. Mientras que Linda era suave y mimosa, la difunta y gran Angie Toler no era más que bordes afilados, músculos duros y rodillas y codos como martillos de bola. Su padre les regaló la gran mansión Tudor inglesa de la familia en la orilla del lago, en Winnetka, un Cadillac Escalade blanco, un Porsche, una motocicleta Harley Davidson y tres afiliaciones a clubes de campo. ¿Un mocoso mimado? No hay duda. Después de todo, ella fue la que convenció a papá de contratar a Bob en primer lugar. Sabía que su padre buscaba a alguien que le sucediera y que la dejara de lado. Cuando ella y algunas de sus amigas conocieron a Bob y a sus amigos en un fin de semana largo en Hilton Head, fue "lujuria a primera vista", como ambas admitieron después. Pero cuanto más aprendía sobre este oficial de carrera del ejército, más lo veía como el eslabón perdido en su plan maestro para bloquear el plan de su padre de dejarla fuera. Conseguir que su padre lo contratara sería fácil. Convencer a Bob de que dejara el ejército sería la parte difícil.

Era una tercera generación de militares. Su padre estuvo 30 años en el ejército y se retiró como coronel de infantería después de tres viajes a Vietnam. Su abuelo había sido un sargento mayor muy duro, que ascendió de rango luchando contra los alemanes en la Segunda Guerra Mundial, y más tarde en Corea. Creció en una docena de bases del ejército en todo el mundo, y luego pasó cuatro años en esa exclusiva escuela gubernamental para jóvenes díscolos en el valle del río Hudson llamada West Point, donde instintivamente se inclinó por el negocio familiar, la infantería, y pasó quince años en Fort Benning, Fort Bragg, Irak y Afganistán, sirviendo a su vez en la 82ª División Aerotransportada, el 75º

Regimiento de Rangers de élite y el 1° Destacamento Operativo de Fuerzas Especiales o Fuerza Delta, como se le llama en las películas, o simplemente "la Unidad" por sus miembros. Al final, aunque Bob seguía creyendo apasionadamente en los hombres con los que luchaba, ya no creía en las guerras políticas dirigidas por idiotas en Washington que no sabían nada de esos lugares, pero que seguían enviando a una larga fila de jóvenes a morir en ellas de todos modos.

Ese fue el momento de debilidad cuando Ed Toler le ofreció a Bob un puesto importante en su empresa de telecomunicaciones de rápido crecimiento en Chicago. En ese momento, Bob pensó que el hombre estaba loco. No sabía casi nada de negocios y aún menos de los equipos de telecomunicaciones de alta tecnología y alta seguridad que Toler TeleCom construía con contratos exclusivos para el Departamento de Defensa. Técnicamente, Bob era un oficial del Cuerpo de Señales, que era la rama de comunicaciones del Ejército, pero había estado "destinado" a la Infantería durante la mayor parte de su carrera. Aunque el Cuerpo de Señales era una buena tapadera para un tipo que, para empezar, nunca había parecido de Operaciones Especiales, todo lo que sabía sobre comunicaciones era lo que le habían enseñado quince años antes en el Curso Básico de Oficial de Señales. Para cuando salió, ese material estaba tan obsoleto como un teléfono de bolsillo. Cuando Ed Toler le hizo su oferta, Bob la rechazó educada pero firmemente. No tenía intención de convertirse en un "bandido de la circunvalación" más que vendiera su integridad a un Ejército al que había servido tan honorablemente y durante tanto tiempo. Eso nunca iba a suceder. Sin embargo, poco a poco Ed Toler le convenció de que eso tampoco era lo que quería; y al final, la oportunidad era demasiado buena para que Bob la dejara pasar.

Ed admitió más tarde que cuando Angie trajo a Bob a casa la primera vez y lo presentó, supuso que se trataba de una más de las bromas idiotas de su hija. Bob parecía muy ordinario. Era de baja estatura, con una complexión ligera y no exactamente ondulado con músculos como los novios habituales de Angie, ratas de gimnasio. ¿Pero un oficial de carrera de West Point con el pelo corto? ¿Cicatrices de batalla en lugar de tatuajes? ¿Sin aros en la nariz ni piercings en el cuerpo? Un hombre que realmente te daba la mano, te miraba a los ojos y te decía "señor". Ed miró rápidamente a su alrededor, tratando de encontrar la cámara oculta, pero no había ninguna.

Era un secreto muy bien guardado, pero la salud de Ed estaba fallando. Ni siquiera Angie lo sabía, pero estaba desesperado por encontrar a alguien que pudiera hacerse cargo de la empresa cuando él no estuviera. Para Ed, esa era una obligación sagrada que le debía a sus empleados. Así que, en lugar de otro payaso al que pudiera controlar, Angie le había traído a Ed, sin darse cuenta, exactamente lo que había estado buscando: un líder dinámico que infundiera respeto y supiera gestionar a la gente. Sin embargo, Ed no era estúpido. No le dio a Bob un escritorio junto al suyo y lo presentó como el nuevo yerno del jefe. En su lugar, le hizo empezar desde abajo en el servicio al cliente, la fabricación, la instalación, las ventas, la distribución y el diseño de sistemas técnicos.

Por desgracia, la empresa nunca sería más que un gran tarro de galletas para Angie, algo en lo que podría meter las manos cuando quisiera; y algo que podría vender al mejor postor cuando Ed finalmente se fuera. Afortunadamente, Ed la entendía mejor de lo que ella sabía, y elaboró un diabólico plan de sucesión que dejaba el control de la empresa a su nuevo yerno, en lugar de a su hija. Cuando ella se dio cuenta de que no tenía ninguna posibilidad de controlar a Bob o a su padre, eso congeló lo que quedaba entre ellos. Ella tendría las casas y los coches caros, incluida la gran mansión, una participación minoritaria en la empresa y dinero más que suficiente para mantener su exorbitante estilo de vida; pero nunca pondría las manos en el tarro de las galletas.

La reacción de Angie fue actuar con cualquier profesional del tenis o del golf al que pudiera echar el guante, pero Bob no era de los que se detienen en los errores, ni en las personas o cosas que no podía cambiar. Se volcó en el trabajo y, en menos de un año, el dinámico mayor de las Fuerzas Delta se había transformado en lo que a veces se confundía con el "chico del teléfono".

CAPÍTULO TRES

A la mañana siguiente, con las réplicas de la llamada telefónica de Patsy todavía dando vueltas en su cabeza, y la presión del cuerpo de Linda contra el suyo, había sido incapaz de volver a dormir. Vestido con su habitual atuendo "informal de negocios" -vaqueros azules, una camisa blanca de tela Oxford abotonada, un abrigo deportivo de tweed y zapatillas deportivas Asics-, estaba sentado en su mesa del despacho del presidente de Toler TeleCom mucho antes de que saliera el sol. Estaba aporreando su ordenador cuando oyó a Marianne Simpson, su asistente ejecutiva, traqueteando en el despacho exterior. Cuando vio las luces encendidas en su despacho, asomó la cabeza por el marco de la puerta, miró su reloj y la taza de café humeante que había sobre su mesa, y frunció el ceño con desconcierto.

"¿Qué pasa, Semental, ¿ya se acabó la luna de miel?", le preguntó. "No te había visto aquí tan temprano desde que Linda se mudó".

"No, no, nada de eso, Marianne", se rió él mientras la miraba. "Sólo trataba de ayudar a un viejo compañero del ejército con un problema".

"¿Y hasta te has hecho el café? Sheesh, no sabía que sabías hacerlo".

"Oh, te sorprendería saber todas las cosas que puedo hacer".

"Un hombre de muchas partes".

"Desgraciadamente, la mayoría de ellas envejecen y crujen sentadas detrás de este maldito trasto", dijo mientras palmeaba el escritorio. "Creo que he engordado dos kilos desde que Ed murió y acepté aceptar este loco trabajo".

"¿Cinco libras? Oh, ¡déjame en paz! Después de lo que hacías, deberían ser quince como el resto de los simples mortales".

"Dígame, ¿cuánto dinero en efectivo tenemos en la oficina ahora mismo - caja chica, compras? ¿Cuánto podrías reunir si tuvieras que hacerlo?"

Frunció el ceño. "De la cabeza, diría que la mayor parte de 65.000 dólares, pero déjame comprobarlo". En menos de cinco minutos, ella estaba de vuelta en la puerta y le dijo: "Yo hago más bien 75.000 dólares. ¿Por qué?"

"Digamos que lo necesito, todo y más, para pagar la fianza de alguien. George Grierson, nuestro abogado, suele llegar antes, ¿no?". Marianne asintió, así que Bob continuó: "Llámale y dile que necesito otros 200.000 dólares en efectivo... No, mejor que sean 225.000 dólares. Que llame al banco. Probablemente le harán caso a él mucho más rápido que a mí, pero lo necesito pronto. Me dirijo al aeropuerto más tarde esta mañana, así que vea si puede arreglar que lo recoja en la sucursal local de Mannheim Road a las diez".

"¿225.000 dólares?", preguntó con el ceño fruncido. "Esta no es otra de tus pequeñas... 'aventuras', ¿verdad? George se va a cagar cuando le dé una cifra así".

"Es un abogado. Les enseñan a aguantar en la facultad de derecho".

"¿Y no prefieres tratar con él tú mismo?"

"Buen intento. Por eso te pago mucho dinero, Marianne".

"Si se trata de abogados, no es suficiente", refunfuñó ella.

¿Un viejo compañero del ejército con un problema? Como si fuera la primera vez. Bob se recostó en la silla de su escritorio y se quedó mirando la galería de fotografías y placas que ocupaban la pared más alejada de su despacho. La mayoría eran material estándar de relaciones públicas de la empresa que Ed colocaba cuando se sentaba detrás del gran escritorio. Había fotos a todo color de sus proyectos más importantes, de Ed dando la mano a los clientes, fotos de grupo del personal clave de la empresa, varias placas metálicas brillantes y premios que él y la empresa habían recibido a lo largo de los años, y ese tipo de cosas. Casi perdidas en el mar de brillantes Kodachrome había dos fotografías enmarcadas en el extremo derecho del conjunto pictórico. Angie las había colgado en la pared, no él, y había utilizado esos grandes tornillos de mariposa para Tablaroca, por lo que él no podía quitarlas sin destrozar la pared.

Ambas escenas eran de color beige sobre beige apagado y polvoriento, y mostraban a Bob en sus días en el ejército. La toma inferior databa de la Segunda Guerra del Golfo. Como una fotografía de clase posada, mostraba a un pelotón de cuatro docenas de soldados estadounidenses risueños y sonrientes vestidos con sus uniformes de campaña. Se arrodillaban y se colocaban en cuatro filas ordenadas con el banderín de su compañía y la bandera del regimiento al frente y en el centro. Detrás se arrodillaban un joven y sonriente teniente Robert T. Burke y sus sargentos de pelotón y jefes de escuadra, respaldados por dos vehículos blindados de transporte de personal M-113 y un carro de combate principal Abrams M1A1, con el cañón del arma apuntando a la cámara. Detrás de ellos se extendía un desierto vacío y lleno de rocas que podría haber estado en la luna o en Marte, pero era Irak.

La segunda fotografía parecía una toma informal de ocho hombres fuertemente armados frente a una escarpada cordillera nevada. Se trataba de hombres mayores, no de niños, y las únicas piezas de uniforme discernibles que llevaban eran unas botas de combate del ejército estadounidense de color beige en los pies. Llevaban una barba espesa y descuidada, el pelo hasta los hombros, pantalones civiles holgados, chales y sombreros afganos planos tipo pakol. Ninguno de ellos llevaba placas de identificación, insignias de rango o parches de unidad. No los necesitaban. Sabían exactamente quiénes eran. El tipo que estaba cerca del centro llevaba el mismo sombrero de pakol afgano, la misma barba desgreñada y el mismo bigote que los demás, pero no parecía encajar. Con un metro setenta y cinco de estatura y 150 libras, era con diferencia el más pequeño del grupo, y parecía un empleado de suministros que había dado a los verdaderos soldados una caja de cerveza para poder salir en su foto y conseguir algunas bebidas gratis en el VFW local cuando volviera a casa. Se apoyaba en un rifle de francotirador Barrett M-107 de cañón largo que le hacía parecer aún más pequeño. Sin embargo, si te acercabas y estudiabas esos ojos negros y duros, te dabas cuenta de que pertenecían al comandante Robert T. Burke, y que eran los ojos de un asesino a sangre fría.

A la derecha de Burke estaba su oficial ejecutivo, el capitán Randy "Gramps" Benson, y a su izquierda el sargento mayor Harold "Ace" Randall. Los demás eran el sargento de primera clase Vincent "Vinnie" Pastorini, el jugador actualmente sin suerte, destructor de los casinos de Nueva Jersey y mejor tirador de la Unidad, aparte de Ace o Bob Burke. En el fondo estaban el sargento mayor Frederick "Chester" Blackledge, los sargentos Rudy "Koz" Kozlowski, Joseph "The Batman" Hendrix y Freddie "Bulldog" Peterson.

Burke era un graduado de West Point, un mayor y su oficial al mando, pero nada de eso importaba en el campo, donde todos se dirigían a él por su apodo de radio. El suyo era "el Fantasma", porque aparentemente podía desaparecer cuando quisiera. Sin embargo, los demás admitirían de buen grado que, con una pistola, un cuchillo o sus propias manos, era ese pequeño enano del medio con el que no querrías toparte en un callejón oscuro.

Desde que salió, Bob se había mantenido en contacto con todos los demás, excepto con el abuelo Benson. En la Unidad, las asignaciones eran siempre de alto secreto, pero los tambores de la selva le dijeron que Benson salió en algún momento después que él. Tal vez el Abuelo se dedicó a alguna misión encubierta con el Ejército o la CIA, como ocurría a menudo; pero según todos los indicios, simplemente desapareció. Siempre se había mostrado algo frío y distante con los demás, sobre todo después de la llegada de Burke, por lo que nada de lo que hiciera habría sido una sorpresa, pensó Bob..

Sin embargo, Benson era un compañero. Perderle la pista debería haber molestado a Burke, pero no fue así. Benson era dos años mayor y tenía más experiencia, pero obtuvo su comisión a través del ROTC. No formaba parte de la fraternidad de "golpeadores de anillos" de West Point. En el Ejército, eso importaba; y sin duda, molestaba. Ascendieron a Bob a mayor por la vía rápida y lo nombraron oficial al mando, no a Benson. Con o sin rango, los soldados entendían el liderazgo y sabían quién era el líder. También sabían que Benson era mayor, por lo que lo llamaban "Abuelo". Como su exjefe, Benson era un hombre silencioso y eficaz del número 2, pero Bob creía que Benson siempre se quedaba atrás, esperando su momento, y trabajando todos los ángulos. Ser rechazado dos veces para el puesto de comandante era el beso de la muerte para una carrera, y no es que fuera culpa de Bob. Cuando Bob dejó el ejército, estaba demasiado ocupado aprendiendo su nuevo trabajo como para pensar mucho en Randy Benson. Más tarde, cuando Bob necesitó ayuda en Chicago, fueron Ace, Vinnie y sus otros sargentos los que vinieron corriendo. Si hubiera sabido dónde estaba Benson, también lo habría llamado; pero, como decían, el hombre había desaparecido.

Con una taza fresca de café caliente y fuerte en la mano, Bob se apartó de las fotografías y volvió a su ordenador. Era hora de llevar a cabo una pequeña "investigación cibernética", como solía llamarla su antiguo vicepresidente de finanzas, Charlie Newcomb. Un comandante de combate experimentado como Bob Burke lo llamaría el anticuado reconocimiento con un monitor y un ratón, pero el objetivo de hoy era el Casino Bimini Bay y Atlantic City, y era hora de ver a qué se enfrentaba.

Bob se graduó como número tres de su clase en West Point, con lo que era esencialmente un grado de ingeniería. A pesar de toda esa educación técnica, nada de eso lo preparó para el análisis de negocios, el espionaje en línea o los trucos sucios. Recibió esa formación mirando por encima del hombro de su antiguo director financiero Charlie Newcomb. Mientras Bob estudiaba el curso 101 del ejército y tácticas avanzadas de infantería, Charlie estaba en la Universidad de Chicago y en la Escuela de Negocios Kellogg de Northwestern, donde la "Tecnomagia legal e ilegal" debía formar parte del plan de estudios tanto como el rifle automático M4 y la granada de mano M67 en el de Bob.

Charlie tenía el olfato forense de un sabueso. Al ver sus dedos parpadear en el teclado, Bob sacudía la cabeza, sabiendo que nunca podría aspirar a alcanzar ese nivel de competencia. Era un don. Pero después de seis meses de su tutela, Bob podía profundizar en las bases de datos corporativas o gubernamentales con el mejor de ellos, diseccionando un informe anual, escudriñando los registros públicos en línea, comprobando las solicitudes de licencias comerciales locales y descifrando los registros inmobiliarios. Charlie también le enseñó a rastrear las noticias de los periódicos, a hackear los registros fiscales y bancarios clasificados y a desgranar las capas de propiedad de las empresas para saber quién era el dueño de qué y quién daba realmente las órdenes a quién. Esto, unido a lo que le enseñó el ejército sobre la planificación, la evaluación de la oposición, la detección de sus puntos vulnerables y el aprendizaje de dónde y cómo atacar, le convirtió en un experto táctico tanto en el ámbito empresarial como en el militar.

Dejando de lado la tecnología y a Charlie, la solución más sencilla suele ser la mejor. Tecleó "Atlantic City" en Google y obtuvo una rápida visión general de veinte minutos de la historia de la ciudad en Wikipedia y Trip Advisor. La playa y los hoteles de fama mundial del Boardwalk habían sido la base de la economía de la ciudad durante cincuenta años, con el Ambassador, el Breakers, el Mayflower y el Ritz Carlton como protagonistas. Sin embargo, el juego, la prostitución, la mafia, el contrabando y las drogas siempre estuvieron ahí, justo debajo de la superficie y en el corazón de lo que era Atlantic City. En los primeros años, el dominio de la mafia era tan flagrante que, en 1929, "Lucky" Luciano convocó la primera cumbre de jefes de la mafia en The Breakers, a la que acudieron personajes como Vito Genovese, Albert Anastasia, "Bugsy" Siegel, Dutch Schultz, Al Capone, Luigi DiGrigoria y Santos Trafficante, por nombrar sólo algunos.

Tras la legalización del juego en 1976, la ciudad explotó. Una línea de nuevos casinos surgió rápidamente a lo largo del paseo marítimo en un intento de competir con Las Vegas. Los años ochenta y noventa fueron el punto álgido de la ciudad, atrayendo a legiones de turistas de Nueva York y de otras ciudades de la Costa Este con la apertura de catorce grandes casinos. Sin embargo, las tarifas aéreas baratas a Las Vegas, el aumento de los casinos de las reservas indias y la recesión provocaron un declive igualmente rápido. Solo la mitad de los casinos seguían abiertos, y cuatro de los catorce cerraron solo en 2014.

El Hotel y Casino Bimini Bay, donde Vinnie perdió la mayor parte de su dinero, era propiedad de Boardwalk Investments, junto con el Hotel y Casino Siesta Cove y el Casino y Centro Comercial Tuscany Towers, lo que les convertía en el mayor propietario y promotor de casinos de Atlantic City. Las tres propiedades estaban situadas en el cuadrante noreste, lejos del Boardwalk, y el Bimini Bay era, con mucho, el mayor complejo individual de la ciudad. Tenía 2500 habitaciones, un casino de 100.000 pies cuadrados, salones de baile y un centro de conferencias. Sus edificios eran impresionantes, con reluciente cristal aguamarina y acero inoxidable. De dos a seis pisos, formaban una herradura a lo largo del agua y rodeaban su propio puerto deportivo. Para sorpresa de todos, ni siquiera la actual ralentización pareció tener un efecto importante en Boardwalk Investments.

Según el *Philadelphia Inquirer*, si uno despega pacientemente las numerosas capas de propiedad corporativa, todo lo que se encuentra dentro son abogados, más corporaciones y aún más abogados. Sin embargo, con o sin escritura, todo el mundo en Filadelfia sabía que la familia criminal Carbonari de Atlantic City era la propietaria de Boardwalk Investments. El dinero para construir sus hoteles y casinos procedía de los Genoveses y los Luccheses de Nueva York, de Angelo Bruno, el jefe de la mafia de Filadelfia, y de los préstamos de los Teamsters y otros fondos de pensiones de los sindicatos de Metro-Nueva York. Era una "fachada" de larga data para blanquear el dinero de la mafia de las grandes ciudades, lo que puede ser la razón por la que Boardwalk Investments se mantuvo saludable independientemente de la economía.

"¡Maldita sea!", Bob Burke se golpeó la cabeza contra el borde delantero de su escritorio, que es lo más demostrativo que puede llegar a ser. "¡Más Gumbahs!"

Después de haber tenido que lidiar recientemente con la infame mafia

DiGrigoria de Chicago, lo último que quería era enfrentarse a sus primos de Nueva York y Filadelfia. La última vez no le dieron opción, y tampoco parecía que fuera a tener muchas opciones esta vez, no si quería sacar a Vinnie de su actual apuro.

Marianne llamó a su puerta, interrumpiendo su investigación, y dijo: "George tiene buenas y malas noticias. ¿Cuál quieres primero?"

Bob puso los ojos en blanco. "Vale, empecemos por las malas", respondió. "Ha sido ese tipo de mañana, de todos modos".

"Dijo que había golpeado al banco, pero ese tipo de retirada de efectivo tiene que ser aprobada en el centro. No paró de hablar de las normas de blanqueo de dinero del Departamento del Tesoro para todo lo que superara los 10.000 dólares, de cómo se necesitaría una Resolución del Consejo notarial y sellada, de cómo los federales exigen que se informe de cada transacción de este tipo, y... bueno, francamente, se me pusieron los ojos en blanco antes de que terminara. Pero incluso si se aprobara, tardaría veinticuatro horas en ser autorizado".

Bob hizo una mueca y empezó a decir algo, pero Marianne levantó la mano. "Lo que pueden hacer, ya que nuestros depósitos son bastante cuantiosos, es conseguirte otros 50.000 dólares en efectivo, más un cheque de caja certificado del Citibank por los 175.000 dólares restantes. Eso debería ser casi igual de bueno, y puedes recogerlo en la sucursal de Mannheim Road en una hora. Eso te dará 225.000 dólares más nuestros 75.000 dólares para los 300.000 dólares que querías".

Se encogió de hombros. "De acuerdo, tendrá que ser así. Diles que iré enseguida".

"Les avisaré".

"Y cierra la puerta. Puede que haya algún insulto aquí dentro".

Bob se quedó mirando el teléfono durante unos minutos, debatiendo cómo manejar la llamada. Sin embargo, al no saber qué tipo de recepción recibiría, se dio cuenta de que sólo estaba perdiendo el tiempo, así que descolgó el auricular y empezó a marcar números.

"Casino Bimini Bay, la joya de la corona del paseo marítimo de Atlantic City, ¿a quién puedo dirigirme?", oyó que preguntaba una voz femenina demasiado amable.

"A la oficina del Sr. Van Gries, por favor".

"Esa sería la Oficina de Negocios. Le comunicaré".

Después de media docena de timbres, respondió una voz femenina más suave y sexy. "Oficina de Negocios, habla Eva Pender".

"¿Quién más podría ser, querida?", preguntó Burke con una sonrisa y su mejor acento rural de Carolina del Norte. "Dime, ¿está el viejo Marty?"

Hubo una pausa momentánea antes de que ella le corrigiera: "Bueno, si te refieres al Sr. Martijn Van Gries -es Martijn con "J"-, nuestro vicepresidente ejecutivo, dudo que responda muy bien si le llamas Marty... querida".

"Mis disculpas, Evie. Me corrijo. ¿Es ese pomposo Martijn con una 'J'?"

Después de una pausa más larga, ella respondió: "Tendré que ver. ¿Quién puedo decir que llama?"

"Dígale que es Bobbie Burke, y que llamo por mi viejo amigo Vinnie Pastorini".

"¡Ah! Un 'amigo' del Sr. Pastorini. Bueno, cierra la boca, ¿por qué no me sorprende?"

"No podría saberlo, Evie".

"Es Eva, y te pongo en contacto con ella... ¡querida! "

Unos largos minutos más tarde, una voz de hombre con un culto acento holandés entró en la línea. "¿Sr. Burke? Soy Martijn Van Gries. Para evitar más agravios a nuestro personal, ¿puedo ayudarle? Tengo entendido que llama por nuestro invitado especial, el Sr. Pastorini".

"Así es. Mire, he oído que mi viejo amigo Vinnie se ha portado mal. Ya sabe lo exaltados que pueden ser estos italianos a veces".

"De hecho, Sr. Burke, trabajo para uno."

"Así lo entiendo, Marty, y he oído que Vinnie os debe algo de dinero".

"Nos debe mucho dinero, Sr. Burke".

"$275,000? Pensaría que eso es "calderilla" para una gran operación como Boardwalk Investments".

¿"Calderilla"? Debo admitir que tiene una gran imaginación, Sr. Burke. Desgraciadamente, si se añade el 'vig' de hoy, esos 275.000 dólares suman 285.000 dólares... y contando".

"¿Y contando? Vaya, ¿por qué no me sorprende?"

"No tengo la más mínima". Van Gries añadió: "Ahora dígame qué quiere, Sr. Burke; soy un hombre ocupado".

"¿Demasiado ocupado para aceptar mis 285.000 dólares?"

Hubo una breve pausa antes de que Van Gries dijera: "Para que quede perfectamente claro, ¿pretende pagar sus marcadores? ¿Todos los 285.000 dólares? Debe ser todo un "amigo", como usted dice, señor Burke".

"Estaré en su oficina a las cuatro de la tarde con el dinero. Si tiene la amabilidad de tener a Vinnie y Patsy empaquetados, sonrientes y listos para salir, no debería haber ningún problema".

"No si tiene el dinero, Sr. Burke. Lo veremos a las 4:00 p.m., entonces".

Como disponía de treinta minutos antes de tener que irse al banco y al aeropuerto, Bob volvió a la pantalla de su ordenador y leyó el resto del artículo. Stefano "Stevie Boy" Carbonari era el patriarca de la familia, que pasó por Ellis

Island a principios de siglo. Su hijo menor, Giuseppe "Little Joey" Carbonari, abandonó los abarrotados tinglados de Nueva York por el amplio terreno de Filadelfia. Era un gigante, alto y con pecho de barril, con grandes puños. Le resultaron útiles como ejecutor sindical en los muelles de Filadelfia, como rompe piernas de prestamistas y como contrabandista durante la Ley Seca. Disfrutaba hiriendo a la gente con un taco de billar cortado o con sus puños, especialmente a los que no pagaban. A medida que crecía su éxito, le gustaba pasearse por Market Street en su Packard Phaeton blanco con chófer, vestido con un traje de rayas azul oscuro con un pañuelo rojo brillante en el bolsillo del pecho y un elegante bombín. Le acompañaban dos fornidos guardaespaldas, uno en el asiento delantero junto al conductor y el otro en el asiento trasero, cada uno con una metralleta Thomson en las rodillas.

Su hijo, "Crazy Eddie", hizo "sus huesos" en Brooklyn, pero vio la oportunidad en Atlantic City y la aprovechó. Un día de verano de 1944, él y sus "chicos" salieron del puerto deportivo de Marine Basin, en Brooklyn, en la nueva embarcación de Crazy Eddie para pescar en alta mar en la corriente del Golfo. Tenían cañas, carretes y un cubo lleno de cebo; pero si no había acción y se aburrían, Eddie animaba las cosas con granadas de mano, su pistola del calibre 45 o el gran rifle automático Browning que tenía bajo cubierta. Como explicó más tarde: "Sólo cumplíamos con nuestro deber patriótico, manteniendo a los malditos submarinos alemanes fuera del río Delaware".

En el viaje de vuelta de ese día, el capitán paró en Atlantic City para repostar. A Eddie le gustó lo que vio y decidió que quería el territorio. Eso lo puso en curso de colisión con Morrie "el Tocón" Levine, que dirigía la ciudad para los Genoveses en Nueva York. A Eddie el Loco no le costó mucho convencer a Angelo Bruno y a Vito Genovese de que la sangre importaba, y de que podían hacerlo mucho mejor con un chico siciliano leal como él que con un judío inmigrante de Polonia, que todo el mundo sabía que, para empezar, era realmente un títere de Meyer Lansky. Dos semanas después, Levine desapareció. Aunque la policía nunca cerró el caso, el dinero inteligente dijo que The Stump se convirtió en el primero de los muchos rivales de Carbonari que acabaron en un bidón de 55 galones a pocos kilómetros de la pintoresca ciudad de Brigantine, al norte de Atlantic City.

"Oh, qué bonito", murmuró Bob, otro "pedazo de pastel". "

CAPÍTULO CUARTO

Atlantic City, Nueva Jersey

Con sólo un maletín de cuero marrón como equipaje de mano y el Chicago Tribune de ese mañana metido bajo el brazo, Bob Burke ocupó su asiento de ventanilla en la tercera fila de Primera Clase en el vuelo de United de las 11:35 de O'Hare a Filadelfia. Siempre tuvo aversión a volar en Primera, pero con tan poco tiempo de antelación se aceptaba lo que se podía conseguir. A pesar de lo que contenía el maletín, trató de parecer despreocupado mientras lo deslizaba bajo el asiento de enfrente. Con 125.000 dólares en ordenados montones de billetes de cien y un cheque de caja del Citibank por 175.000 dólares en un sobre bancario con relieve, el maletín pondría nervioso a cualquiera, incluso a él. También contenía una resolución del consejo de administración y una carta en papelería de Toler TeleCom, ambas firmadas por él mismo como presidente y por Marianne Simpson como secretaria de la empresa, en la que se decía que todo era perfectamente legal en caso de que la TSA le detuviera. Todo el mundo sabía que nunca molestaban a los que gastaban mucho en primera clase, pero nunca se sabía.

Mientras esperaba a que los demás pasajeros terminaran de embarcar, abrió el Tribune en la sección de deportes y se recostó. Estaba en medio de un artículo sobre los nuevos fichajes de los Cubs, cuando un listillo le sacó la esquina del periódico: "Oye marinero, ¿está ocupado este asiento?".

Sacudió la cabeza, reconociendo inmediatamente la voz de Linda. "No, y tú no estás aquí".

"Adivina otra vez".

Bajó el periódico unos centímetros y la miró por encima. "Hablaba en serio cuando te dije que no quería que te involucraras en esto".

"Seguro que sí, pero le debo a Patsy incluso más de lo que le debes a Vinnie", respondió Linda mientras se dejaba caer en el asiento de al lado. "Puede que tú no lo recuerdes, pero yo sí".

Una mirada a sus ojos le dijo que no iba a ganar esta vez. "Hablando de eso, ¿dónde dejaste exactamente a nuestra querida hija?", preguntó.

"No la abandoné. La dejé al cuidado de mi hermana en Prospect Heights".

"¿Y supongo que fue Marianne quien te dijo a dónde iba?" Él la miró con el ceño fruncido, no muy contento.

"Mis fuentes permanecerán anónimas".

"No eres un reportero, ni un abogado, ni mucho menos un sacerdote..."

"¿Te has dado cuenta?" Linda le miró con expresión angelical.

"Varias veces anoche, pero ¿quién lleva la cuenta?".

"Pero si te estás haciendo demasiado mayor para una esposa joven y extremadamente cariñosa...".

"No, no, pero voy a retorcerle el cuello a Marianne cuando vuelva".

"No, no lo harás. Sin ella, ese lugar se derrumbaría. Además, tú y yo somos un equipo. Yo los distraigo con mi sexualidad desenfrenada, mientras tú... haces lo que sea que hagas".

Él miró y pensó que ella no estaba muy equivocada. Llevaba la cantidad justa de maquillaje y el impresionante y carísimo vestido informal que él le había comprado en su luna de miel en París. "Sí, bueno, supongo que tienes un punto, pero todavía no estoy muy feliz por ello".

"Bueno, acostúmbrate", dijo ella mientras se rodeaba del brazo de él y se acurrucaba. "Supongo que tendré que pensar en nuevas formas de hacerte feliz de nuevo". Levantó la vista y agitó sus largas pestañas hacia él.

Linda había estado acurrucada alrededor de su brazo derecho desde que despegaron, como un boa constrictor de dulce aroma que se echa una larga siesta. El tiempo de tranquilidad le dio la oportunidad de estudiar el mapa de Atlantic City y algunos artículos y fotos en línea que había impreso antes de salir de la oficina. Desde el ejército, los mapas eran algo de lo que nunca se cansaba. ¿Cómo era esa vieja frase? No hay nada más peligroso que un general con una radio o un subteniente con un mapa". Ya había estado en Atlantic City una vez, pero eso fue durante un largo fin de semana de borrachera hace casi diez años, y esos recuerdos eran poco más que un borrón ahora.

A partir de los mapas y las fotos, vio que el agua rodeaba y atravesaba la ciudad, desde el frente marítimo con su línea de dunas protectoras, hasta las bahías de marea y los amplios humedales que la rodeaban y se extendían hacia el interior, al norte y al este. Había una carretera de peaje y dos autopistas que bajaban desde Filadelfia a lo largo de un amplio cuello de tierra y una fina cadena de islas que se extendía por la costa hacia el suroeste. Básicamente, toda esa agua convertía la ciudad en un callejón sin salida, que cualquier buen soldado de infantería sabía que debía evitar. Recurrió a algunas fotos aéreas en línea que había impreso en la oficina y observó de cerca la bahía de Bimini. Tenía su propio gran puerto deportivo que daba a una de las bahías interiores, y vio un helipuerto recién pintado en el tejado de la torre del hotel más alto. Era digno de mención.

Según los artículos que había leído en Internet, el territorio de Crazy Eddie en Atlantic City era "poca cosa" comparado con Nueva York, Chicago o incluso Filadelfia. Aun así, se esforzaba por establecer alianzas con las "familias" más grandes a través de las relaciones personales, evitando hacer enemigos y pasando generosos cortes "en la cadena alimentaria". Como supuestamente le dijo a su hijo

Donatello: "Recuerda, chico, los cerdos engordan, los cerdos se sacrifican y a todo el mundo le gusta una maldita vaca lechera". Tal vez aprendió la cría de animales haciendo de tres a cinco en Dannemora, se preguntaba Bob.

Para proteger sus crecientes operaciones, también se involucró activamente en la política local, prestando especial atención al consejo de la ciudad, a la junta del condado, a los jueces locales y al sheriff, haciendo generosas contribuciones a la campaña para asegurarse de que sólo las personas "adecuadas" fueran elegidas o contratadas como jefe de policía. Como le dijo a Donatello: "Me importa un bledo si el alcalde es demócrata o republicano. O es amigo nuestro, o no lo es". Por eso todos venían a ver a Crazy Eddie, sombrero en mano, y por eso sus "socios" de Nueva York, Filadelfia y Chicago podían venir de vacaciones, sabiendo que podían divertirse sin tener que preocuparse por la policía. Como guardián de uno de los "campos de juego" de la mafia, Eddy mantenía Atlantic City como un territorio "abierto", como Las Vegas, donde todos podían divertirse o invertir. Si lo hacían, él siempre les daba un buen rendimiento, lo que consolidaba aún más su utilidad.

Por desgracia, su pequeño mundo no podía continuar para siempre. Con escuchas telefónicas, informantes y una implacable presión en toda la cancha, los federales acabaron con una familia del crimen de Nueva York tras otra, poniendo a una legión de "sabios" en la cárcel federal. A medida que las fichas de dominó caían, se delataban unas a otras, poniendo fin al viejo credo de la mafia de la "omertá". Con el tiempo, los federales llegaron incluso a las ciudades de segundo y tercer nivel, como Atlantic City, y Crazy Eddie se encontró en una prisión federal de máxima seguridad. Eso dejó a Atlantic City en manos de su hijo de treinta y dos años, Donatello. Aunque era muy joven para recibir semejante responsabilidad, era la cuarta generación de esta familia mafiosa americana por excelencia, y lo llevaba "en la sangre".

"Qué bonito", pensó Bob mientras se recostaba en su asiento. "Lo lleva en la sangre".

Linda finalmente se despertó cuando el 737 rebotó una o dos veces en la pista.

"¿Ya estamos en el aire?" Linda murmuró y se acurrucó más.

"No, acabamos de aterrizar".

"Me habré quedado dormida", añadió mientras se incorporaba con los ojos vidriosos.

"Sí, algo así", rió él, moviendo los dedos para recuperar la circulación en su brazo.

"¿Cuándo es el próximo vuelo?"

"No hay ninguno. Vamos a alquilar un coche y a conducir. Con todo ese dinero en el maletín, prefiero no arriesgarme de nuevo a un control de seguridad de la TSA. Además, Atlantic City está a sólo una hora de distancia, y se tardaría mucho más que eso en lidiar con dos aeropuertos".

Como estaba familiarizado con las persecuciones de coches, aunque eso era muy poco probable, eligió un Buick de seis cilindros en el mostrador de coches de alquiler.

Con las manos en las caderas, Linda echó un vistazo al enorme vehículo que consumía mucha gasolina y levantó la nariz. "Si el Sierra Club me ve en una cosa así, me quemarán el carné de socio. ¿No tienen un Prius?"

Se rió. "La primera vez que te metas en problemas ahí fuera, vas a querer algo grande y poderoso debajo de ti cuando lo necesites".

Ella se giró hacia él, dejó caer sus gafas de sol hasta el puente de la nariz y le miró por encima. "Dios, me encanta cuando hablas sucio... pero sigo odiando el coche".

En veinte minutos estaban en la carretera y se dirigían al sur, hacia la autopista de peaje. Una hora y quince minutos más tarde, la autopista de peaje terminaba en Atlantic City y él giraba hacia el noreste por Atlantic Avenue. Más vale prevenir que curar, pensó mientras aprovechaba la oportunidad para examinar el campo de batalla de cerca. Puede que la táctica sea ahora sólo un pasatiempo o un hábito para él, pero siempre veía el terreno nuevo como lo haría un soldado de infantería: topografía, obstáculos, cobertura, campos de tiro y distancias. Nunca pensó que necesitaría resucitar esas viejas habilidades cuando dejara el uniforme, pero los tres días de enfrentamiento con las DiGrigorias le enseñaron lo contrario.

El Casino Bimini Bay, "la joya de la corona del paseo marítimo", como lo había llamado el recepcionista, estaba situado en una colina baja en el extremo noreste de la isla, frente a la bahía de Absecon. Siguió hasta el final de Atlantic Avenue, donde llegaba al agua. En lugar de dirigirse a los altos edificios del complejo del casino, que se encontraba a una milla de distancia, dio la vuelta y se dirigió hacia el sur, a la Avenida del Pacífico.

Luego giró hacia el suroeste, pasando por los antiguos casinos Revel y Showboat, ahora cerrados, y los Trump Taj Mahal, Resorts, Bally's, Caesars, el Wild West, el cerrado Trump Plaza y, finalmente, el Tropicana. Rosas, azules, blancos o grises, todos mostraban su edad.

Volvió a girar hacia el norte y luego hacia el este, rodeando lentamente la zona, familiarizándose con su aspecto sobre el terreno. Al hacerlo, pasó por calles con nombres de Maryland, Virginia, Vermont, Indiana, Pensilvania y Mediterráneo, y pensó que se había dejado caer en un tablero de juego del Monopoly, lo cual supuso que era así. El viejo juego de mesa se basaba en un mapa de calles de Atlantic City. Mientras seguía hacia el noreste, pasó por delante de una manzana tras otra de casas antiguas de tres pisos, licorerías, 7-11, bodegas, tiendas de camisetas y casas de empeño, lo que demostraba que el largo declive de la ciudad aún no había terminado.

"Deprimente", comentó Linda. "¿Adónde ha ido a parar todo el dinero?"

"Probablemente a los recaudadores de impuestos en Trenton, y a los Lucchesi, y a los Genoveses en Nueva York".

"Bueno, nada de eso se quedó aquí", comentó ella mientras él seguía dando vueltas. "¿Te diriges a algún sitio en concreto, o sólo conduces sin rumbo?"

"¿Tratando de decirme cómo hacer mi trabajo, otra vez?", preguntó él. "En realidad, estoy buscando un buen lugar para esconderte, antes de ir a la Bahía de Bimini".

"¿No has aprendido que no me "escondo" muy bien? Llévame al casino y acamparé en la sala de tragamonedas y me mezclaré. Nadie sabrá que estoy allí".

¿"Pasar desapercibido"? ¿Con ese aspecto?", se rió. "Necesitarías un andador, una botella de oxígeno y unos cuantos dientes menos para conseguirlo".

Ella lo miró fijamente por un momento. "¿Hay un cumplido escondido en alguna parte?"

"Por supuesto, pero realmente no quería que estuvieras cerca de ese lugar".

"Estaré bien. Les vas a dar el dinero. ¿Por qué habría un problema?"

"No debería haberlo, pero es su territorio, no el nuestro. Hasta que lo tenga claro, prefiero que mantengas un perfil muy bajo".

Satisfecho con su reconocimiento preliminar, finalmente se dirigió hacia el norte, hacia la bahía de Bimini. Era difícil pasar por alto. Los edificios de cuatro y seis pisos de color turquesa y cromo destacaban como la cima de una montaña y se alzaban sobre la esquina noreste de la ciudad. El edificio más alto del grupo era la torre principal del hotel, asentada en una colina baja con los demás edificios arrodillados a su alrededor como un belén. Si a esto le añadimos las palmeras brillantes y las letras rojas del letrero de neón de la azotea, era difícil pasar por alto. A la derecha, pasaron por delante de la vieja aguja en blanco y negro del faro de Absecon. Ahora era una atracción turística histórica, aunque el faro ya no era necesario aquí. Las llamativas y parpadeantes palmeras de neón en lo alto de la bahía de Bimini podían verse probablemente a medio camino de Boston o Miami, marcando con seguridad el canal para barcos e incluso sirviendo de faro exterior para el aeropuerto internacional de Filadelfia.

La bahía de Bimini estaba rodeada de grandes aparcamientos de superficie que contenían la mayoría de los árboles sanos que quedaban en la ciudad, o eso parecía. Enfrente y a la derecha había un nuevo bosque de altos mástiles de veleros en el puerto deportivo de la bahía de Bimini, en la ensenada de Absecon. Al continuar por la carretera curva de entrada al casino, observó las cámaras de seguridad de los edificios y los postes de la luz, así que volvió la cara y siguió las señales hasta la entrada principal del casino.

"Te dejo en las puertas principales", dijo. Vuelve a la salida de Self Park, busca una máquina tragaperras que te guste y espéranos allí. Toma", dijo mientras abría el maletín, sacaba 15.000 dólares y se los entregaba, reduciendo la cantidad del maletín a los 285.000 dólares que quería Van Gries. "Eso es para guardarlo, no para usarlo. Puede que lo necesitemos más adelante".

"Entendido, jefe", dijo ella. Cuando el coche se detuvo, abrió la puerta, se tapó la cara con la mano y desapareció.

Se alejó rápidamente hacia la entrada de la rampa de Self Park. Una vez dentro, rodeó el garaje medio vacío y encontró un espacio vacío cerca de las puertas de entrada al casino. Era difícil no verlas, ya que estaban rodeadas de luces intermitentes y de un gran letrero de neón que decía "CASINO" en rojo, blanco y azul. Metió el coche de alquiler en la plaza de aparcamiento, por si tenía que hacer una salida repentina más tarde. Eso era muy poco probable, pero cuando se trata de "tipos listos", es una idea inteligente estar preparado para cualquier cosa realmente estúpida.

Bob miró su reloj. Eran las 4:10 de la tarde, más o menos a tiempo, pensó, pero lo suficientemente tarde como para demostrar que le importaba un bledo.

Con el maletín en la mano, atravesó las grandes puertas dobles y entró en la planta principal del casino, donde le asaltaron las luces parpadeantes, la música rap a todo volumen de un bar cercano y el irritante tintineo de 4.000 máquinas tragaperras. La decoración era una mezcla insípida de "Margaritaville" de Jimmy Buffett y schlock, el Caribe de Bob Marley hecho en turquesa y cromo parpadeante. El alto techo se había pintado de un azul medio intenso, con estrellas doradas y nubes blancas ondulantes que giraban y cambiaban de forma mientras él miraba. Inteligente, pensó. Hacen que todo parezca tan ficticio que uno podría pensar que su dinero también es ficticio. Los colores y las luces parpadeantes también distraían la atención de las cámaras de seguridad y los fornidos guardias colocados discretamente en la planta del casino. Las cámaras estaban ocultas en pequeñas cúpulas de plástico negro colocadas en el techo por encima de las entradas y de todas las máquinas tragaperras, las mesas de juego, las puertas de los restaurantes y los baños, los cajeros automáticos y las cajas. Bob se acercó a la más cercana y sonrió a la joven aburrida que se apoyaba en el codo tras los barrotes de hierro forjado.

"Oye, querida", preguntó, "¿puedes decirme dónde puedo encontrar la oficina administrativa del casino?".

La chica se inclinó hacia delante, señaló a su derecha y chasqueó el chicle. "Por ese pasillo de ahí, no tiene pérdida".

"¿La segunda estrella a la derecha y todo recto hasta la mañana?"

"Sí, algo así", se encogió de hombros y se dio la vuelta. El pasillo tomaba una curva cerrada a la derecha. En el extremo más alejado, vio una puerta de madera con la leyenda "Oficina de negocios" grabada en oro. Y lo que es más importante, había dos "Hulks" con pecho de barril y cara de niño, vestidos con chaquetas azules y pantalones grises, flanqueando la puerta. Tenían las manos unidas delante de ellos y le miraban mientras se acercaba. Deben ser Hulk Uno y Hulk Dos, pensó Bob. Demasiado tiempo en la sala de pesas, y demasiados esteroides, pero ahora sabía dónde acababan los viejos linieros ofensivos de Rutgers después de suspender o reventar una rodilla. Al mirarlos, observó que uno tenía un ojo morado y el otro tenía moretones en la mejilla y la oreja. También podría poner un cartel que dijera: "Vinnie estuvo aquí", pensó.

"¿Podemos ayudarle, señor?" preguntó Hulk Uno a la derecha con el ceño fruncido.

"Me llamo Burke", respondió Bob. "Tengo una cita con el señor Van Gries".

"Levante los brazos, por favor", dijo Hulk Dos mientras palmeaba rápidamente a Bob, sin importarle realmente cuál sería su respuesta, ni la fuerza con la que palmeaba. "¿Y qué hay en el maletín, señor?"

"Una bomba muy grande", respondió Bob. "Verás, soy un jugador suicida y voy a volar este maldito casino hasta la mitad de la Delaware", añadió, tratando de mantener una cara seria. Hulk Dos parpadeó y retrocedió un paso hasta que Bob dijo: "Es una broma. El maletín está lleno de dinero. ¿Qué otra cosa iba a traer aquí?".

"Eh, sí, bueno, ¿te importa abrirlo?" preguntó finalmente Hulk Uno, aún sin estar seguro.

Bob negó con la cabeza, levantó el maletín y abrió la tapa. Hulk Uno se inclinó hacia delante y metió el dedo entre varios montones de billetes de 100 dólares. "Gracias, señor", dijo finalmente mientras abría la puerta del despacho tras él y retrocedía. Bob cerró el maletín y Hulk dijo: "Que tenga un buen día, señor", mientras Bob pasaba. Los dos Hulks le siguieron al interior y se colocaron a cada lado de la puerta, con los brazos cruzados y expresiones de suficiencia.

CAPÍTULO CINCO

Bob se dirigió al centro de la oficina. A su derecha, contra la pared, había dos sillas de la sala de conferencias. Vinnie estaba sentado en una, con la muñeca derecha esposada al brazo de la silla, y Patsy estaba sentada en la otra, llorando. La cara de Vinnie parecía magullada y tenía sangre seca en una oreja y en la mejilla. Su polo estaba roto y tenía marcas de suciedad en el hombro. Estaba claro que había acabado en el lado equivocado de una pelea, lo cual era muy inusual, no es que Vinnie no se metiera en peleas, pero rara vez las perdía. Debían de ser apuestas muy largas, pensó Bob mientras los saludaba con la cabeza.

"Mayor", murmuró Vinnie, demasiado avergonzado para mirar a Bob a los ojos.

"Dime que no dejaste que el equipo de fútbol se llevara lo mejor de ti", le preguntó Bob.

"Me dieron un puñetazo... y tuvieron mucha ayuda".

Bob ya estaba en alerta máxima. Sus ojos se entrecerraron ligeramente, sintió que su cara se sonrojaba, su respiración se ralentizaba y sus músculos se tensaban, listos y a la espera, sin que nadie más en la sala se diera cuenta excepto Vinnie, que le había visto entrar en acción más veces de las que cualquiera de los dos podía recordar. Por el momento, sin embargo, no hizo nada.

Delante de él había un gran escritorio de caoba. Detrás de él se sentaba un hombre delgado con gafas de montura roja, pelo a la moda y en punta, y una chaqueta Harris Tweed con las mangas subidas hasta los codos. Estaba recostado en su silla de cuero, con los pies apoyados en la esquina del escritorio, las manos juntas detrás de la cabeza y una expresión de suficiencia. A su izquierda, más allá del escritorio, había un hombre negro y fornido con la cabeza afeitada, gafas de sol Oakley oscuras y un montón de cadenas de oro. Eso coincidía con la descripción que Patsy había hecho de Shaka Corliss.

"¿Mayor?", preguntó el hombre detrás del escritorio con una voz aguda y chirriante mientras se incorporaba. "¿Por qué te llamó así?"

"Yo era su oficial al mando. Era uno de mis sargentos", respondió Bob mientras miraba a Hulk Uno y Hulk Dos. "¿Cómo te llaman los chicos, Marty? ¿Entrenador?"

"No, simplemente Martijn", respondió Van Gries con una fina sonrisa. "Sin embargo, mi hermano menor fue teniente de los Reales Marines Holandeses, el Korps de Marineros".

"¿Los Diablos Negros? Son una unidad excelente".

"Sí, me preguntaba si sus caminos se habrían cruzado por allí, atravesando a duras penas un desierto sin huellas.

"Trabajamos con tropas holandesas y otras de la OTAN en varias ocasiones e hice mi parte de caminatas, pero había mucho desierto por allí y el nombre no me suena".

"Bueno, me lo preguntaba, ya que ustedes, los militares de carrera corren a la carrera", dijo Van Gries con evidente desagrado.

Bob se hartó de Van Gries y miró hacia Corliss y los Hulks gemelos. "Parece que deberías haber contratado a tu hermano en lugar de a estos payasos. Puede que estén bien para echar a unos cuantos borrachos del bar un sábado por la noche; pero si sólo uno de mis chicos hizo tanto daño, Marty, acabarán dándote una paliza".

Van Gries miró a los dos fornidos "asociados de gestión de riesgos". Por su expresión, lo entendió y probablemente estuvo de acuerdo, pero ellos no.

Shaka finalmente habló. "Un momento, ¿a quién llamas payaso?" Se giró y miró a Bob. "¿Un mayor? Pues bésame el culo. Seguro que no eres un marine. Debe haber sido el maldito ejército", resopló y puso las manos en las caderas. "¡Claro!"

Bob lo miró lentamente. Corliss no era mucho más alto que él, pero el negro era ancho y musculoso, y probablemente le sacaba unos cuarenta o cuarenta kilos de ventaja. "No me digas, ¿otro desecho del Cuerpo de Marines?" preguntó Bob. "Supongo que eso también tiene sentido".

Los ojos de Corliss se encendieron y comenzó a acercarse a Burke, hasta que Van Gries levantó la mano y lo detuvo. "Ahora no".

"Basta de juegos, Marty", Bob se volvió hacia el holandés. "El tiempo apremia y tenemos algunos asuntos que concluir", dijo mientras ponía su maletín sobre el escritorio. "¿O prefieres que nos quedemos aquí y sigamos meándonos en los zapatos unos a otros?".

Van Gries sonrió mientras se inclinaba hacia delante, tiraba del maletín sobre el escritorio y abría la tapa. Miró en su interior y hurgó con el dedo entre los montones de dinero. "El recuento parece un poco escaso... Mayor", dijo mientras levantaba la vista y se recostaba en su silla.

"Hay 110.000 dólares en efectivo ahí dentro".

"Por desgracia, su amigo nos debe 285.000 dólares, no 110.000; y lo primero es lo que me dijo que traía".

Bob metió la mano en el maletín, sacó el sobre y lo puso sobre el escritorio. "Esto es del Citibank: es un cheque certificado de caja por el resto con una de mis tarjetas de visita dentro. Es todo el dinero que he podido reunir con tan poco tiempo".

Van Gries cogió la tarjeta de visita y la estudió un momento. "¿Toler TeleCom?

¿Qué es eso? ¿Una compañía telefónica de Chicago?"

"Telecomunicaciones de alta tecnología, principalmente para el gobierno. Soy bueno para eso".

"¿Como él?" Shaka resopló. "Y puedes meterte ese 'cheque de caja'. Cualquier nigeriano con una impresora a color puede hacerlos mucho mejor que eso".

"El cheque es bueno. Puedes llamarlos".

"No vamos a llamar a nadie. Si es bueno, entonces ve a cobrarlo y tráenos el verde", replicó Shaka y se inclinó más cerca. Al hacerlo, su chaqueta se abrió, revelando un gran revólver Smith and Wesson Modelo 29 cromado, el famoso cañón de "Harry el Sucio", que colgaba en una funda de hombro bajo su brazo. Como si el tamaño de una bala bien dirigida importara, Bob se rió para sí mismo. Otro maldito aficionado.

"Puede que Shaka sea contundente, mayor, pero tiene razón", dijo Van Gries mientras miraba su reloj. "Hay una sucursal del Citibank en la avenida del Atlántico, y está abierta una hora más. No se puede perder. Nosotros seguiremos aquí... y ellos también, señaló con la cabeza a Vinnie y Patsy.

"Si la sucursal coopera así de rápido, no tengo ningún problema. Sin embargo, ya sabes cómo son los bancos, y quiero que esto se haga hoy".

"Entiendo", concedió Van Gries. "Así que, para demostrarte lo 'amables' que somos realmente, llamaré al director de la sucursal personalmente, y le diré que te espere".

"Porque queremos nuestro dinero, chico; si no, empezaremos a cortar partes del cuerpo, empezando por él", añadió Shaka mientras le daba a Vinnie un golpe en un lado de la cabeza. "Entonces, pasaré a ese lindo apretón suyo, y luego a ti".

Bob vio a Vinnie hacer una mueca. Obviamente, le dolía, probablemente mucho.

"Yo no recomendaría eso", Burke se giró e hizo varios ajustes sutiles en su postura y en la distribución del peso, que sólo otro experto en artes marciales podría notar, y centró toda su atención en el fornido negro.

Corliss golpeó su puño contra la palma de su otra mano. "Sabes, para ser un tipo tan pequeño, tienes una boca muy grande".

"Sí, la tengo, y suelo respaldarla", respondió Bob con despreocupación. "Debería volver aquí en una hora con el resto del dinero, si el gerente de tu sucursal coopera. Mientras tanto, voy a llevar a Vinnie al hospital. Necesita un médico".

"No va a ir a ninguna parte, al menos no hasta que veamos el resto de los verdes, y su cuenta subirá "diez grandes" al día". Corliss tenía músculos de gimnasio, pero durante sus quince años en el ejército, Bob se había convertido en un experto en muchas disciplinas de lucha, desde el judo hasta el kárate, el aikido y el taekwondo. Sin embargo, su favorita era la técnica especializada y altamente letal llamada Krav Maga o "combate de contacto", que desarrollaron los israelíes. Mientras que las otras disciplinas eran principalmente para la defensa personal, el Krav Maga era una forma brutal y ofensiva de lucha callejera destinada a "neutralizar las amenazas", como decían los israelíes con tanta delicadeza. Para un hombre pequeño como Bob Burke, era especialmente útil para acabar con las peleas antes de que empezaran.

Corliss se adelantó y trató de intimidar a Burke, pavoneándose y resoplando como veía hacer a los boxeadores de peso pesado en la televisión antes de un gran combate de pago. Frunció el ceño y miró fijamente a los ojos de Bob, y luego cometió el error de golpear a Bob en el pecho con el dedo índice.

Bob dio un paso atrás y miró a Van Gries. "Sólo doy una advertencia, Marty. Retíralo, o saldrá gravemente herido".

Enfurecido, Shaka le dio un segundo puñetazo en el pecho, más fuerte, que fue cuando llegó el momento de empujar. Bob nunca se caracterizó por "jugar bien con los demás", y sólo tenía una regla cuando se trataba de pelear: golpear primero, y terminar antes de que empezara. Sus manos eran un borrón al salir. Una de ellas agarró a Shaka Corliss por el dedo que lo ofendía, lo retorció y lo tiró hacia delante, desequilibrado; mientras lo hacía, se acercó y su otra mano metió la mano dentro de la chaqueta de Shaka y sacó la gran pata de cerdo del calibre 44 de su funda. Por desgracia para Corliss, los dos Hulks rubios que estaban detrás de él, a ambos lados de la puerta de la oficina, tenían más músculos y aún menos cerebro que él. Para cuando reaccionaron, Bob tenía a Shaka doblado y corriendo en un círculo apretado y doloroso. Con un barrido de piernas para levantarlo, Bob lo envió volando hacia los dos Hulks como una bola de bolos con la cabeza afeitada que va a hacer un split de 7 a 10.

Las gafas de sol oscuras de Shaka salieron volando en una dirección y los dos culturistas en la otra, mientras aterrizaban en un montón de brazos y piernas en la puerta. A continuación, Burke giró y apuntó con el gran revólver cromado de Corliss a la cabeza de Martijn Van Gries. Bob sabía por experiencia propia que mirar fijamente al cañón de un arma de gran calibre puede ser una "experiencia religiosa" para los no iniciados. Con una .44-magnum, era más bien como caerse de un caballo en el camino a Damasco.

"Marty", advirtió Bob mientras recogía el maletín y dejaba los montones de dinero sobre el escritorio de Van Gries. "Antes de que alguien más se ponga tonto, el dinero es tuyo, todo, como te dije; y volveré aquí con el resto en una hora. Cuando lo haga, será mejor que estos tres payasos no se interpongan en mi camino, o irán al hospital. Todos ellos. ¿Entendido? Y esos dos vienen conmigo - señaló hacia Vinnie y Patsy-.

"No, me temo que no", escuchó Bob una nueva y autoritaria voz que le hablaba desde la puerta. Giró la cabeza y, por las fotografías en línea, reconoció inmediatamente a Donatello Carbonari. Alto y musculoso, de piel aceitunada y pelo oscuro y ondulado, con un traje de tres piezas bien confeccionado, el gran mafioso cumplía con creces el marco de la puerta y el papel. Se detuvo para mirar a sus tres matones que yacían en un montón desarticulado a sus pies, como si fueran algo pegado a la suela de su zapato.

"¿Son tuyos?" preguntó Bob mientras retrocedía para poder cubrir toda la habitación con la Smith and Wesson del 44.

"Desgraciadamente, lo son", dijo Carbonari con disgusto mientras enfocaba sus ojos castaños oscuros en el pequeño hombre que estaba de pie en medio de la habitación con el gran revólver.

"Ya sabes", advirtió Bob, "una ayuda incompetente es peor que ninguna ayuda. Manténgalos con una correa corta, o realmente los lastimaré la próxima vez".

"Usted debe ser el Sr. Burke. ¿Es ese el nombre que he oído? Bien hecho, pero debería prestar atención a dónde está. Este es mi negocio, mi ciudad, y su amigo y la joven son garantía de una gran deuda que contrajeron, nada más y nada menos. Si no te gusta eso, te sugiero que empieces a disparar; pero no vas a hacer eso, ¿verdad?"

"Está bien, Mayor", dijo Vinnie. "Llévate a Patsy. Yo me quedaré aquí hasta que vuelvas".

Burke miró a Vinnie un momento y luego volvió a mirar al gran italiano. "La chica no tiene nada que ver con esto", le dijo Burke.

Carbonari le miró un momento y luego se encogió de hombros. "Está bien, puede ir contigo", dijo mientras miraba su caro reloj Phillipe Patek. "Considérelo una ofrenda de paz, ya que usted es el que tiene la pistola en este momento; pero está "en el reloj", como se dice. Si no estás de vuelta aquí a las cinco en punto, dejaré que estos tres se diviertan con tu amigo. ¿Entendido?"

Burke asintió mientras bajaba el revólver cromado, recogía la tarjeta de visita que había colocado en el escritorio de Van Gries y se la entregaba a Carbonari. El jefe de la mafia la estudió un momento y dijo: "¿Chicago? Interesante, tenía algunos amigos allí".

"¿Tenía? Probablemente los DiGrigoria", dijo Bob, tratando de sonar despreocupado, pero observando los ojos del gran italiano en busca de una reacción. Carbonari no le decepcionó. Rápidamente levantó la vista de la tarjeta de visita y luego se centró en Bob Burke, sorprendido de escuchar ese nombre con tanta indiferencia. "Sí", continuó Bob, sintiendo que Carbonari le tomaba ahora más en serio. "*El Chicago Tribune* estaba lleno de historias sobre ese gran tiroteo en los suburbios. ¿Y ese edificio de oficinas en Evanston que fue bombardeado? El material televisivo se prolongó durante semanas".

"Así que entiendo", dijo Carbonari mientras miraba de nuevo la tarjeta de visita. "Entonces, ¿cómo le llamo? ¿Señor Burke? ¿Presidente Burke? O, ¿he oído que Shaka le llama Mayor?"

"Eso fue hace mucho tiempo. Ahora estoy retirado de todo eso del Ejército", le dijo con una fría sonrisa. "Ahora sólo soy 'el chico del teléfono'".

Carbonari le miró un momento más y luego se volvió hacia Van Gries. "Quítale las esposas", le ordenó. El holandés abrió el cajón de su escritorio, sacó un juego de llaves y se las lanzó a Burke. "El tiempo se agota y debería irse, señor Burke. Mis hombres acompañarán a su sargento a su habitación y le ayudarán a hacer las maletas, pero no se demore demasiado. Como dijo Shaka con cierta crudeza, la comisión sobre los 185.000 dólares restantes es de diez mil dólares al día y el reloj está en marcha."

"¿Diez mil dólares? Eso suena un poco caro, ¿no crees?"

"No si se tiene en cuenta el daño que ha causado y las lesiones a mi gente de seguridad". Carbonari se giró entonces hacia los Hulks gemelos y un Shaka Corliss completamente disgustado. "¿Entendido? ¿Los tres?", preguntó, no muy agradablemente.

Burke señaló a Vinnie. "Necesita un médico".

Carbonari miró a Vinnie por un momento "Muy bien, haré que nuestro médico de la casa lo revise. ¿Eso le hará feliz, Sr. Burke?"

"No, pero lo hará. Y espero que no esté en peor estado cuando vuelva".

"Me parece bien, siempre y cuando no vuelva a ser problemático".

"No lo hará", dijo Burke mientras miraba fijamente a Vinnie, y Van Gries abrió las esposas de Patsy y la ayudó a ponerse en pie. Bob abrió la gran Smith and Wesson por la culata, la inclinó hacia arriba y dejó caer media docena de grandes balas del calibre 44 sobre la alfombra con fuertes golpes. Luego soltó el cilindro y arrojó el revólver y el cilindro al rincón más alejado. Haciendo un gesto a Patsy para que le siguiera, se dirigió a la puerta del despacho.

"Te concederé una cosa", dijo Carbonari con una fina sonrisa en los labios mientras Bob pasaba. "Tienes pelotas".

"No te preocupes, Donnie, volveré", contestó Bob mientras se daba la vuelta y caminaba por el pasillo. "Y siempre estoy dispuesto a una revancha".

"Cuento con ello, mamón", replicó Corliss desde detrás de su jefe.

Cuando Bob y Patsy llegaron al final del pasillo, doblaron la esquina y entraron en el casino, Patsy aminoró la marcha y miró nerviosa hacia el pasillo de la oficina. "¿Pero ¿qué pasa con Vinnie, Bob? ¿Y nuestras cosas?", preguntó.

"No le harán daño", le dijo él. "Quieren su dinero. Ahora, salgamos de aquí antes de que cambien de opinión".

Carbonari los siguió hasta el pasillo y luego se detuvo. Se enfureció por dentro al ver a Burke y a la mujer caminar hasta el final del pasillo, girar a la izquierda y desaparecer. Lo observó, pero no se permitió mostrar ninguna emoción, no todavía.

Shaka se acercó a él, golpeó con su puño derecho la palma de su mano izquierda y dijo: "No dejarás que ese pequeño bastardo salga de aquí así, ¿verdad, jefe?".

La cabeza de Carbonari se giró y miró al negro más bajo, su fina sonrisa de plástico se desvanecía lentamente. "Ayúdame, Shaka. ¿Por qué te contraté exactamente? Sé que tiene que haber una razón, pero en este momento estoy completamente en blanco".

Shaka había estado en problemas antes, pero podía ver que estaba en un gran problema esta vez. Los dos Hulks también lo sabían y comenzaron a retroceder lentamente. Shaka no tenía esa opción. Tuvo que quedarse ahí y aguantar, sabiendo que nunca debía discutir cuando Donatello Carbonari estaba en uno de sus "estados de ánimo". Finalmente, Shaka se atrevió a hablar. "Mira, déjame ir tras él, y yo..."

El pasillo sólo tenía metro y medio de ancho. Por un momento, Carbonari se contentó con mirar al negro más bajo y musculoso. "No sabes cuándo callarte, ¿verdad?", preguntó mientras sus ojos se encendían y golpeaba a Shaka Corliss en el pecho con ambos puños, levantándolo del suelo y haciéndolo rebotar contra la pared del despacho.

Corliss se encontró en el suelo, mirando hacia las duras luces fluorescentes y la figura de Donatello Carbonari que se cernía sobre él. Las gafas de sol negras y envolventes de Corliss debían de haber volado de su cabeza y ahora estaban tiradas en el suelo del despacho de Martijn Van Gries. Sin ellas, Carbonari y el mundo entero podían mirarle a los ojos, lo que hizo que Shaka Corliss se sintiera extrañamente mortal, como Sampson, en el momento en que descubrió que su pelo había desaparecido. El matón de la calle no estaba acostumbrado a que nadie le hablara ni lo esposara de esa manera. Sin embargo, al levantar la vista hacia Carbonari y ver la loca ira en los ojos de su jefe, supo que debía quedarse abajo.

"Yo... no sé qué ha pasado, jefe. Lo juro. Ese pequeño bastardo fue más rápido de lo que pensaba, pero no..."

"Es la primera cosa medianamente inteligente que dices hoy, Shaka", se giró Carbonari y descargó parte de su ira sobre los dos Hulks. Finalmente, volvió a entrar en el despacho de Martijn Van Gries, señaló a Vinnie que seguía esposado a la silla y volvió a mirar a Corliss. "Lleva a éste a su habitación y ayúdale a recoger sus cosas. Y, por cierto, Shaka, ¿eres buen nadador? ¿Cuánto tiempo puedes aguantar la respiración bajo el agua?"

Shaka hizo una pausa, confundido por la pregunta. "No lo sé, jefe. Tal vez un minuto o dos. No soy muy bueno en eso. ¿Por qué?"

"¿Por qué? Si este desaparece, o si metes la pata en algo más hoy, tengo un bidón de aceite de 55 galones en el muelle, y puede que lo descubramos". Shaka le miró y parpadeó cuando las palabras de Carbonari se hicieron realidad. "Burke volverá aquí en una hora y entonces nos ocuparemos de él. Puedes hacer el libro en él. Luego, nos ocuparemos de todos ellos, quizá de ti también. Así que, ¡fuera de mi vista!"

Shaka soltó las esposas de Vinnie y él y los dos matones agarraron al sargento por los brazos. Medio arrastrándolo, salieron por la puerta tan rápido como pudieron moverse. Eso dejó a Carbonari y a Van Gries solos en el despacho. Fue entonces cuando Carbonari descubrió que aún tenía la tarjeta de visita de Burke en la mano. La levantó y la examinó con detenimiento.

"Chicago..." Carbonari reflexionó por un momento y luego le dio la tarjeta al holandés. "Haz algunas llamadas. Investiga a este tipo antes de que vuelva".

Van Gries cogió la tarjeta y la miró. "¿Crees que es un problema?"

"Creo que el 'Mayor' ya ha establecido ese hecho, ¿no estás de acuerdo, Martijn? Una de las cosas que me diferencia de esos cretinos de Nueva York es que no me siento a esperar a que alguien se me eche encima. Los aplasto antes de que tengan la oportunidad".

Van Gries se encogió de hombros. "Algunos bichos son más fáciles de aplastar que otros, ya sabes, y no estoy seguro de este".

Carbonari lo fulminó con la mirada. "Saca tu dulce culo de detrás de ese escritorio y sígueme", dijo. "Hay un trabajo de 'mantenimiento' que necesita nuestra atención en el sótano". Dicho esto, se dio la vuelta rápidamente, salió del despacho y se dirigió al pasillo de servicio trasero.

CAPÍTULO SEIS

En cuanto Bob y Patsy desaparecieron al doblar la esquina, él la tomó ligeramente por el codo. "Agacha la cabeza", le dijo mientras aumentaba la velocidad y se dirigía a la salida del casino de Self Park, evitando las cámaras de seguridad y mezclándose con la multitud. Desde el momento en que su avión aterrizó en el aeropuerto de Filadelfia, sus viejas antenas de soldado de infantería habían subido de nivel. Cuando entró en el casino, se puso en alerta máxima, sus ojos barrieron la sala y sus oídos escucharon cualquier sonido. Patsy no era consciente de ello, pero después de encontrarse con Corliss y Carbonari, sus letales manos y pies entraron en pleno modo de combate, listos para realizar o contrarrestar cualquier ataque en una fracción de segundo.

Cuando atravesaron el casino y se acercaron a la rampa de Self Park, vio tres altas filas de máquinas tragaperras cerca de las puertas de salida, y a Linda. Estaba sentada en un taburete de respaldo alto en la última máquina del pasillo, con la punta de la lengua asomando por la comisura de los labios, totalmente absorta en la Rueda de la Fortuna. Tenía una gran rueda giratoria multicolor y quizás la mayor concentración de luces parpadeantes de la sala del casino. Linda estaba tan absorta en el juego que no los había visto venir hasta que Bob le tocó el hombro.

"Vaya, me has dado un susto de muerte, Bob", dijo mientras casi se caía de la silla.

"Vamos", dijo en voz baja mientras seguía mirando a su alrededor.

"¿Irnos? Pero si me han subido ochenta y siete pavos", señaló la pantalla y suplicó. Fue entonces cuando por fin vio a una malhumorada Patsy Evans de pie junto a él. "Oh, Dios, ¿en qué estoy pensando?" Se dio una bofetada en la frente, se puso de pie y abrazó a la joven. "¿Estás bien, cariño? ¿Dónde está Vinnie? ¿No viene?"

Bob dejó que se abrazaran durante tres segundos antes de romper el abrazo con: "Tenemos que irnos ya, Linda. Lo están reteniendo hasta que volvamos".

¿"Reteniéndolo"? ¿No les diste el dinero?"

"Se lo explicaré en el coche", le dijo mientras le entregaba el maletín vacío para poder tener las manos libres y arreaba a las dos mujeres hacia la salida.

Donatello Carbonari no podía ser más diferente de su padre, de su abuelo o de los demás miembros de la familia. Inteligente, alto, sofisticado y de piel aceitunada, se graduó Summa Cum Laude en Yale con una licenciatura en finanzas, seguida de un MBA en la Stanford Graduate School of Business. Sin embargo, bajo ese traje de tres piezas, la llave Phi Beta Kappa y su buena apariencia, había heredado el temperamento violento y los destellos de irracionalidad de su "maldito viejo".

Todo ello constituía una combinación muy letal en un delincuente profesional. Con su educación e inteligencia, los chanchullos no eran lo que su padre tenía en mente para él. Su intención era que se mantuviera en el exterior, impecable, para que pudiera dirigir los negocios legítimos y el blanqueo de dinero para las grandes familias de Nueva York.

Desde el momento en que los federales encerraron a "Crazy Eddie" en el Supermax, ignorando los deseos de su padre, Donatello se metió de lleno en el negocio familiar, trabajando duro para hacerse valioso para las familias del crimen de Nueva York. Exprimió sus operaciones e inmediatamente produjo más beneficios. En pasos cada vez más grandes, consiguió que aumentaran sus inversiones en su casino, hotel e imperio inmobiliario en expansión. A medida que esos proyectos generaban más y más dinero, su reputación de hacer dinero, mucho dinero, para sus socios crecía, y cada vez era más fácil conseguir más socios y más dinero. Pronto incorporó a los sindicatos y a los jefes de la mafia de Boston, Chicago, Detroit y Nueva Orleans, ayudando a contrarrestar los fuertes intereses de Nueva York. Sin embargo, a medida que sus operaciones crecían, los "frutos maduros" eran cada vez más difíciles de encontrar. Los beneficios acabaron por estancarse, pero el apetito de sus socios por obtener aún más beneficios nunca disminuyó. Fue entonces cuando conoció a Martijn Van Gries, que le enseñó unos cuantos trucos muy necesarios y muy complicados para mover el dinero y conseguirlo de cualquier manera.

"Marty, no soy estúpido. Esto es brillante, pero es un esquema Ponzi", le dijo finalmente Donatello. "Nos van a matar".

"¿Preferirías decirles que te has quedado sin dinero?"

"No, pero se van a dar cuenta, no podemos seguir..."

"¿Por qué no? Tú y yo somos más listos que todos sus contables juntos. Mientras siga entrando más dinero, yo no me preocuparía. Juega con su codicia. Dales sus cheques, y no les importará cómo lo estás haciendo".

Con la "contabilidad creativa" de Martijn, la operación parecía estar inundada de dinero. Considerado uno de los solteros más codiciados de Nueva Jersey, Donatello Carbonari vivía en un opulento ático en el último piso del hotel Bimini Bay. Le proporcionaba una vista insuperable de la costa, la ciudad y la mayor parte del sur de Jersey. Al igual que el propio Donatello, su posición en la azotea era inexpugnable. Incluso se hizo piloto de helicóptero y compró un helicóptero Sikorsky S76C, que aparcó en su nuevo helipuerto junto a la piscina y el ático. Era la carísima versión comercial del Blackhawk del ejército. A Donatello le encantaba pilotarlo desde la bahía de Bimini hasta su nuevo condominio de Park Avenue en Nueva York, donde pulía su imagen pública dejándose ver en los clubes y restaurantes más exclusivos de la ciudad y formando parte de los consejos de administración de varios museos y organizaciones benéficas de alto nivel. La vida era buena.

A Donatello nunca le gustaron las pastas, las camisas de cuello abierto, las chaquetas de piel de tiburón ni las cadenas de oro; sus preferencias se dirigían a los mejores trajes londinenses, a la comida y el vino gourmet y a los jóvenes atléticos y delicados. Al igual que la buena comida y el buen vino eran un "gusto" que adquirió en los bares y cafés del distrito Castro de San Francisco, mientras asistía a Stanford. Ahora, de vuelta a la Costa Este, supo ser más circunspecto. Sólo se "enrollaba" con sus "amigos especiales" en varios clubes masculinos muy privados y discretos del SoHo o Greenwich Village, o en su ático. Puede que ya haya pasado la época en la que los hombres jóvenes de la mayoría de las profesiones dudaban en salir del armario, pero ese no era el caso de un joven y ambicioso mafioso. "Lo nuestro" seguía siendo una fraternidad muy conservadora, con rígidas tradiciones y tabúes decimonónicos, y él sabía que sus rivales y sus numerosos enemigos saltarían al menor indicio de que era gay como una bandada de buitres. Con los picos y las garras brillando, lo harían pedazos.

Cuando tomó el mando, consideraba que la mayoría de los contemporáneos de su padre eran cretinos y estaban por debajo de su inteligencia. Tal vez fue ese desprecio lo que le permitió volverse aún más arrogante y despiadado que el peor de ellos. Nunca pidió la aprobación o el beneplácito de nadie, especialmente de la Comisión de Nueva York, antes de "golpear a algún moke", como habría dicho su padre. Como cualquier director general inteligente, empezó por eliminar a los trabajadores improductivos y a los que habían metido demasiado la mano en la caja. Se rumorea que añadió personalmente nueve nuevos bidones de petróleo a la colección submarina de su padre en la playa de Brigantine, al norte de Atlantic City. Si alguno de los dones de Nueva York tenía alguna objeción, él simplemente aumentaba su recaudación mensual, y las objeciones desaparecían.

El éxito no tardó en llegar, haciéndole más poderoso de lo que su padre había soñado. Los jefes neoyorquinos incluso empezaron a llamarle El Chino, porque nadie podía blanquear las cosas mejor que Donatello Carbonari. Incluso pensó que se había vuelto a prueba de balas, y ya no se veía a sí mismo simplemente como el Don de Atlantic City, un jugador de nicho en una ciudad de segundo nivel. Siendo un estudioso de la historia de la mafia, comprendió que el poder que "Lucky" Luciano y Meyer Lansky pudieron consolidar en los años 30 se basaba en su capacidad para hacer dinero a los demás. También comprendió que los demás nunca habían permitido que otro jefe del crimen se hiciera tan poderoso desde entonces. El centro de ese poder eran las cinco familias de la ciudad de Nueva York y la Comisión, que controlaban. Por ahora, el objetivo de Donatello era una silla en esa mesa. Con el tiempo, quería la silla central, y luego toda la mesa. Quería ser el Capo tuti Capo, el Gran Don.

Aspiraciones como esa habían hecho que muchos jóvenes y ambiciosos mafiosos fueran arrojados al East River. Como decían en su día, "Si vas a por el rey, más vale que no falles; o serás hombre muerto". Sin embargo, Donatello no estaba preocupado. El tiempo estaba de su lado. Era veinte o treinta años más joven que cualquiera de ellos, y tenía dos armas secretas. Primero, tenía un brillante experto en informática llamado Martijn Van Gries. En segundo lugar, dejó que Van Gries trajera el más sofisticado sistema de seguridad y vídeo de análisis de datos al norte del Pentágono o del cuartel general de la CIA en Langley, que produjo el más elaborado esquema de chantaje, extorsión, robo de identidad y fraude informático que nadie haya soñado jamás, y que pocos conocían. Era la verdadera vaca lechera que mantenía la operación a flote y llenaba sus bolsillos y los de Martijn.

Irónicamente, Donatello obtuvo la idea de un comentario que le hizo su padre en una ocasión. "Oye, universitario, ¿sabes por qué J. Edgar Hoover estuvo tanto tiempo en Washington? No fue porque fuera más inteligente o más trabajador que los demás. No. Nadie podía tocar a ese viejo bastardo, porque guardaba archivos de todo el mundo, y sabía cómo usarlos. Eso es lo que significa el poder, Donnie: tenerlo y saber cómo usarlo".

Su padre era tonto como un pomo en la mayoría de las cosas, pero entendía el poder.

La rampa del Bimini Bays Self Park planteaba un reto de seguridad más difícil que el del casino. La zona alrededor de las puertas de entrada estaba bien iluminada, pero el resto del garaje estaba poco iluminado y tenía demasiadas sombras entre las filas de coches aparcados donde alguien podría esconderse. En cuanto salieron del casino, hizo un gesto a las chicas para que se detuvieran.

"Vosotras dos os quedáis aquí", les dijo mientras escudriñaba el garaje. "Voy a por el coche".

"¿No nos estamos volviendo un poco paranoicos?" bromeó Linda.

Antes de que pudiera responder, Patsy lo hizo. "No los has visto, Linda; no sabes cómo son. Son animales".

Salió corriendo hacia su coche. Cuando llegó, comprobó las puertas e incluso se arrodilló para mirar debajo del coche; pero no vio nada sospechoso. Finalmente, subió, condujo de vuelta y recogió a las chicas. No perdió el tiempo y bajó a toda velocidad por las rampas hasta el nivel del suelo y salió a la avenida Maryland, girando hacia el sur, hacia el paseo marítimo.

"¿Adónde vamos?" preguntó Linda.

"No aceptaron el cheque de caja. Tengo que conseguir que la sucursal de Citicorp lo haga".

"¿Y Vinnie?"

"Me dejaron llevarme a Patsy, pero se quedan con Vinnie como 'garantía' de sus billetes".

"No confías en ellos, ¿verdad?"

"Tanto como confío en que Vinnie no haga algo realmente estúpido antes de que volvamos". Mientras conducía, mantenía un ojo en la carretera y otro en el espejo retrovisor. Cuando llegó a la Avenida del Mediterráneo, un Lincoln Town Car negro se había acercado por detrás y había empezado a seguirlos. Se mantenía a un centenar de metros de distancia, pero no cabía duda de que los seguía. Cuando llegó a la avenida del Atlántico, giró a la derecha y dijo: "Reconozcámoslo, nuestro chico no se hizo ningún favor. Esa no es la clase de gente a la que quieres deberle dinero, y mucho menos doblar, perder aún más y luego meterte en una pelea".

Cuando Linda le vio mirar de nuevo por el espejo retrovisor, se giró y miró también hacia atrás. "Caramba, ¿otro Lincoln Town Car no?", se quejó. "Esos tipos tienen cero originalidades. Es como si alguien hubiera requisado Gumbahs del casting central".

"Excepto que esos son los verdaderos y tienen a Vinnie", se quejó Patsy.

"No te preocupes, lo recuperaremos", la tranquilizó Bob al ver el cartel de la sucursal bancaria de Citicorp más adelante. Cuando redujo la velocidad y giró hacia el aparcamiento, el Lincoln negro también redujo la velocidad, pero no giró. Pasó la entrada del aparcamiento y continuó por Atlantic. Mientras lo hacía, vio a dos hombres con trajes oscuros y gafas de sol sentados en el asiento delantero, mirando en su dirección. "Y tienes razón, reparto central".

Rodeó el terreno y encontró una plaza de aparcamiento cerca de la puerta principal del banco, abrió la puerta del coche y cogió su maletín vacío. "Vamos, hagamos esto".

Con Martijn Van Gries a remolque, Donatello Carbonari se dirigió a la parte trasera del casino, a lo largo del largo pasillo de servicio, a través de una puerta contra incendios, y bajó las escaleras de emergencia hasta el sótano. Al fondo había una puerta de acero gris empotrada con un pequeño cartel que decía "Mantenimiento". Sin embargo, no era una puerta de servicio corriente. Los paneles estaban hechos de placas de acero de un cuarto de pulgada fijadas al marco de la puerta por cuatro grandes bisagras de tipo industrial y un par de sofisticadas cerraduras magnéticas, una en la esquina superior y otra en la inferior de la puerta, cada una lo suficientemente potente como para contener a un elefante macho. A la derecha de la puerta había un teclado digital con lector de huellas dactilares. Aparte de Donatello Carbonari, Martijn Van Gries y un puñado de técnicos de datos de Martijn, nunca entró nadie más.

Desde el exterior, el pequeño edificio de mantenimiento parecía poco más que una adición barata de una planta de bloques de hormigón en la parte trasera del casino. En realidad, el edificio tenía dos plantas. La planta baja, el sótano, albergaba un sofisticado conjunto de ordenadores, servidores y equipos de telecomunicaciones. La planta superior, a nivel del suelo, contenía un anillo de oficinas sin ventanas, almacenes seguros y una sala de conferencias, que daba a un atrio central. En el exterior, dos compresores de refrigeración inusualmente grandes se encontraban en el centro del tejado del edificio de mantenimiento, funcionando de forma independiente al sistema principal de aire acondicionado del hotel y el casino. Cualquiera que estuviera vagamente familiarizado con el aire acondicionado comercial sabría que incluso uno de esos monstruos podría enfriar un espacio varias veces más grande de lo que parecía ser el edificio de mantenimiento. Eso no tenía sentido, a menos que uno fuera uno de los pocos que supieran que el edificio de mantenimiento era en realidad un centro de datos de última generación para el Bimini Bay, sus casinos hermanos y las actividades delictivas de Donatello Carbonari.

El edificio se encontraba en la esquina del muelle de carga del casino. Estaba bloqueado a la vista desde los accesos y aparcamientos por un muro de contención y un enorme compactador de basura de tamaño industrial, todo ello cubierto por cuatro cámaras de seguridad de alta resolución. Carbonari también era propietario de la única empresa de transporte de basura de la ciudad y era el único operador del vertedero de la ciudad, situado a 16 kilómetros en el interior. Estas actividades eran lucrativas por derecho propio, y el potente compactador de basura resultaba útil para deshacerse de todo tipo de residuos no deseados.

El edificio de mantenimiento era dominio exclusivo de Martijn Van Gries, que había conseguido integrar los registros de socios y apuestas del Club Oro con el historial y las reservas del hotel, y los sistemas de vídeo y audio que había instalado en una docena de suites del hotel. Como Martijn explicó más tarde a Donatello, era realmente sorprendente la información personal y financiera que la gente introducía voluntariamente en el formulario de solicitud de la tarjeta del Club Oro del casino, si les dabas 50 dólares de juego gratis, la entrada a la Sala Oro o alguna otra ventaja o bonificación tonta. Esa información le permitió crear miles de expedientes personales con nombres, empleos, direcciones, números de teléfono, direcciones de correo electrónico, números de tarjetas de crédito, números de la seguridad social y fotografías.

Utilizando los números de sus cuentas bancarias y decenas de bases de datos públicas y privadas, podía averiguar todo lo que había que saber sobre ellos, robar sus identidades y hacer cargos o reintegros fraudulentos. Junto con los registros de juego del hotel y del casino, su sistema reconocía instantáneamente a los "grandes apostadores" y a las personas con grandes ingresos y activos, a los políticos, a los ejecutivos de las grandes empresas, a los responsables de los préstamos bancarios, a los gestores de cuentas de las casas de inversión y a muchos otros clientes útiles, los invitaba a alojarse gratuitamente y los "compensaba" automáticamente con comida, habitaciones y mujeres. Cuando el huésped "adecuado" se alojaba por segunda vez en el Bimini Bay, el sistema le asignaba inmediatamente una de las doce habitaciones "especiales" de la quinta planta, que contenían cámaras de vídeo y micrófonos ocultos, lo que convertía el sistema de inteligencia integrado de Van Gries en la herramienta definitiva de chantaje y extorsión.

Al final, este elaborado sistema sólo funcionó porque Donatello y Martijn eran complementos perfectos el uno para el otro. Ambos hombres eran terriblemente inteligentes. Donatello Carbonari estaba en una posición única para satisfacer las ansias de Van Gries por diversos productos químicos y polvos blancos ilícitos o exóticos. Por otra parte, además de su experiencia técnica, Van Gries sabía cómo satisfacer los variados apetitos sexuales de Carbonari. Como bromeó el holandés una noche, mientras se sentaban desnudos en el jacuzzi de la azotea de Carbonari, terminando otra botella de champán Crystal y una raya de cocaína: "Lo nuestro es una pareja hecha en el cielo, ¿no es así, Donatello?".

"O en el infierno", respondió Carbonari con una sonrisa socarrona.

"¿El infierno, dices?" Van Gries se rió mientras encendía su elaborado sistema de datos y audiovisuales, y pasaba la señal a un monitor de televisión de alta definición de 60 pulgadas situado junto a la bañera de hidromasaje. A veces ponía el porno gay favorito de Donatello. Otras veces, ponía sus propios vídeos "especiales" desde las habitaciones.

Has visto esos anuncios que dicen: "Lo que pasa en Las Vegas se queda en Las Vegas". Con mi sistema, lo que pasa en Atlantic City puede hacerse viral cuando queramos". Con eso, encendió un vídeo de calidad teatral de un juez del Tribunal Federal de Apelación de sesenta años, sudoroso y gruñendo, en la cama con una prostituta menor de edad. La "acción" se mostraba en pantalla dividida, con señales de cuatro cámaras de vídeo distintas y sonido envolvente.

"Tengo dos discos más que puedo mostrarles del fin de semana pasado, que son mucho más calientes", dijo Van Gries entre risas. "En uno de ellos aparece ese analista de inversiones de Goldman al que compusiste. El otro tiene a ese senador estadounidense y a su 'sobrino' haciéndose un par de líneas de coca y algo de sexo maravillosamente atlético, completo con cuero, esposas y juguetes."

"¿De verdad?" Carbonari sonrió. "Enséñame ese".

"Me temía que ese sería el que elegirías".

"¿Por qué?", se volvió hacia el holandés y le preguntó.

"Porque no quería que tuvieras ninguna idea 'nueva'. Me estoy haciendo demasiado viejo para jugadas así, Donnie... y tú también".

"Ya veremos, Sweet Cakes. Ahora, pon el vídeo, por favor", dijo Carbonari mientras pasaba sus dedos por el pelo de Van Gries. "Me siento excitado".

CAPÍTULO SIETE

Esta sucursal del Citibank no tenía nada de especial. Si ves una, ya las has visto todas, concluyó Bob rápidamente, mientras acompañaba a las dos chicas al interior. Había oficinas con paredes de cristal a lo largo de la fachada y a la derecha para los subdirectores, un largo mostrador a lo largo de la pared más lejana que se abría a un conjunto de carriles automáticos para la conducción, y una gran cámara acorazada en la esquina que albergaba cajas de seguridad. La cámara acorazada tenía una enorme puerta de acero inoxidable con enormes bisagras y pasadores de cierre de 15 centímetros.

Bob sonrió, preguntándose por qué se molestaban en cerrar la maldita cosa, dado que todo lo que la familia media de los suburbios guardaba en sus cajas eran documentos legales y otras porquerías inútiles. En el vestíbulo había hogareñas agrupaciones de muebles americanos antiguos que enorgullecerían a Ethan Allen, un carro rojo brillante para servir palomitas de maíz y media docena de cámaras de seguridad montadas en el techo. John Dillinger hacía tiempo que había desaparecido y el robo de sucursales bancarias se había convertido en el delito de moda: un chico con capucha y el dedo en el bolsillo que coge el dinero del cajón del cajero y sale corriendo. Como rendimiento de la inversión, la máquina de palomitas era más valiosa que las cámaras de seguridad o esa gran puerta de acero de la cámara acorazada.

Cuando Linda entró en el vestíbulo de la sucursal y vio el carro rojo brillante, dio un rápido rodeo y cogió una bolsa llena para ella y Patsy. Bob sonrió.

"No me mires con ese tono de voz, Robert Burke", le dijo Linda. "No he comido nada desde aquella bolsa de pretzeles rancios en el avión".

"Te invito a una gran cena".

"Eso es entonces, ahora es ahora. Me muero de hambre, y ya sabes que las 'máquinas del amor' como yo necesitan carburar para rendir al máximo".

Puso los ojos en blanco y se giró hacia la fila de oficinas acristaladas de su derecha. Mientras lo hacía, un joven nervioso salió a toda prisa del despacho de la esquina, todavía con la chaqueta del traje puesta. "¿Señor Burke?", preguntó el hombre, "no le esperaba aquí tan pronto. Soy Henry Stern, el director de la sucursal. El señor Van Gries, de la bahía de Bimini, me ha llamado para decirme que tiene un cheque de caja de nuestra división de Chicago que necesita cobrar. Por favor, venga a mi oficina y veremos qué podemos hacer".

Bob empezó a seguirle, pero luego se volvió hacia Linda y Patsy. "Vosotros dos quedaos aquí y rozad las palomitas. Esto no debería llevar mucho tiempo".

"Buena idea", respondió Linda mientras sostenía la bolsa. "Además, realmente necesito un descanso para ir al baño. Tuve las piernas cruzadas todo el tiempo que estuve sentada en esa máquina tragaperras".

Sacudió la cabeza. "Podías haberte levantado cuando quisieras. Había un baño a la vuelta de la esquina de donde estabas".

"¿Y dejar una tragaperras ganadora? ¿Romper el mojo, el karma? Tienes que estar bromeando. Coge el dinero; Patsy y yo volveremos en un minuto", dijo mientras agarraba a la joven por el brazo y se dirigía al cartel del baño.

Bob siguió al director de la sucursal hasta su despacho y le entregó el cheque certificado junto con una de sus tarjetas de visita. Stern miró el cheque detenidamente, por delante y por detrás, y lo puso al trasluz para comprobar el papel y las marcas de agua.

"Parece perfectamente legítimo, señor Burke; pero 170.000 dólares es mucho dinero, incluso aquí, y no se creería las falsificaciones que circulan por ahí".

"¿Tienen tanto dinero en efectivo en una pequeña sucursal como ésta? Cuando Van Gries me dijo que viniera aquí, me preocupé un poco".

"Dudo que haya muchas sucursales bancarias en cualquier lugar que lo hagan, pero esto es Atlantic City. Al igual que nuestras oficinas en Las Vegas, manejamos mucho dinero en efectivo y tratamos de apoyar a la industria del juego siempre que sea posible. Así que sí, podemos cubrirlo, pero me dejará bastante limpio el día".

"Gracias, aprecio la ayuda".

"Voy a hacer que uno de mis asociados entre en la cámara acorazada y empiece a contarlo, mientras yo llamo a Chicago y verifico los números de serie. Estoy seguro de que puedes entenderlo".

"Por supuesto", dijo Bob mientras le entregaba a Stern el maletín. "Supongo que puedes meter el dinero aquí".

Stern se rió. "Creo que estás subestimando el espacio que ocupará tanto dinero en efectivo. Puede que tengamos que darle también una de nuestras bolsas de lona para el banco, dependiendo de cómo sean las denominaciones. Pero ya veremos".

Cinco minutos más tarde, Linda y Patsy volvieron del baño, cogieron otras tres bolsas de palomitas y le entregaron una a Bob cuando se reunieron con él en el despacho de Stern. "Es un regalo de aniversario", dijo Linda solemnemente.

Como no era un novato en esto de los maridos y no tenía intención de que le volvieran a dar gato por liebre, respondió rápidamente: "El tuyo está en una cajita en el cajón de mi escritorio en Chicago. Todavía no está en el seguro, así que no quise traerlo en el avión".

"¿En una cajita en tu escritorio?", sonrió. "Bien jugado, Burke".

Diez minutos después, el director de la sucursal regresó llevando el maletín de Bob y una bolsa de lona blanca de "Citibank". "Aquí tiene, señor Burke. Tengo casi la mitad del efectivo en su maletín, pero estoy seguro de que querrá contarlo todo".

"No es necesario. Estoy seguro de que usted y su gente lo han hecho varias veces. Además, si el recuento es erróneo, haré que venga Shaka Corliss y lo arregle".

Los ojos de Stern se abrieron de par en par al mencionar el nombre del negro musculoso. "Eso no será necesario", tartamudeó. "Si hay preguntas, pídale al señor Van Gries que me llame por teléfono directamente", dijo, mientras ponía varios formularios bancarios y gubernamentales sobre el escritorio. "Estos son del Citibank y del Tesoro de los Estados Unidos. Estamos obligados a informar de todas las transacciones en efectivo que superen los diez mil dólares. También tendré que fotocopiar su permiso de conducir".

Bob cogió los formularios y empezó a rellenarlos. "No me molesta lo más mínimo, Henry, pero ¿me estás diciendo que todos los clientes de Van Gries cumplen con estas cosas?".

Stern se encogió de hombros y le dedicó una fina sonrisa. "Los que yo manejo lo hacen. Recibimos visitas periódicas del Contralor de la Moneda, la Reserva Federal, el Tesoro, el IRS, la FDIC, el FBI, lo que sea. No estamos autorizados por el Estado, pero incluso el Grupo de Trabajo contra el Crimen Organizado de la Policía del Estado de Nueva Jersey viene de vez en cuando".

"Impresionante", dijo Bob. "Eso debe mantenerte alerta".

"La mayoría de los directores de banco de esta ciudad son jóvenes, como yo", dijo con una frágil sonrisa. "Cuando nos destinan a Atlantic City, antes incluso de deshacer la maleta, los agentes del FBI de Filadelfia nos traen para charlar y visitar la Penitenciaría Federal de Alta Seguridad de Lewisburg. Se empeñan en presentarnos a todos los banqueros que cumplen condena allí por blanqueo de dinero y violaciones de la ley RICO. Eso nos mantiene alerta".

"Y me imagino que estar apretujado entre el FBI y un personaje como Shaka Corliss tampoco es divertido. ¿Los federales tienen un gran equipo aquí?"

"En realidad no. Con toda la electrónica en tiempo real que tienen a su disposición, el 'tiempo de cara' aquí no es necesario. Podrían estar en Boise por toda la diferencia que supone. La mayoría de ellos están en Filadelfia o Nueva York; pero el FBI tiene una pequeña oficina de campo en Northfield, en el continente".

"Apuesto a que se mantienen ocupados", respondió Bob mientras firmaba la última página. "No tendrás el nombre de ninguna persona del FBI que hayas conocido allí, ¿verdad?".

Stern lo miró con extrañeza mientras abría el cajón de su escritorio, sacaba una tarjeta de visita blanca y descarnada y la empujaba por el escritorio. "Toma, quédatela". Bob la cogió y leyó el nombre de Philip T. Henderson, agente residente de la Oficina Federal de Investigación, con una dirección y un número de teléfono. "No estoy seguro de lo que pretende, señor Burke", dijo Stern con una fina sonrisa, "pero esto es Atlantic City. Cualquiera que lea el periódico sabe quiénes son Van Gries y Corliss, y quiénes dirigen realmente esta ciudad. Así que manténgame al margen".

"¿Quién, yo?" Bob respondió con una sonrisa inocente. "Sólo estoy pagando la deuda de juego de un amigo". Recogió el maletín y la bolsa del banco y se dirigió a la puerta. "Y gracias por tu ayuda, Henry. Intentaré no ponerte las cosas más difíciles".

Mientras volvían al coche de alquiler, Linda miró su reloj. "Son casi las cinco. Tenemos que volver antes de que Vinnie se meta en más problemas".

"Más vale que no", respondió Bob. "Tengo mis límites, y estoy seguro de que la gente del casino también los tiene". Cuando salió del aparcamiento y giró hacia el este por Atlantic Avenue, el Lincoln Town Car negro estaba aparcado al otro lado de la calle, esperando como un tiburón cromado.

"Los Gumbah han vuelto", dijo Linda mientras les sacaba la lengua.

"Me dan mucha rabia", añadió Patsy. "Actúan como si fueran los dueños del lugar".

"Eso es porque lo son", la corrigió Bob.

"Entonces, supongo que no se puede besarles el trasero". Preguntó Linda.

"¿Qué tal si recogemos a Vinnie y nos largamos de aquí?", dijo Bob.

Linda negó con la cabeza. "Te estás haciendo mayor, Burke".

"Triste, pero cierto", suspiró mientras aceleraba y dejaba atrás el gran Lincoln en el polvo. En Maryland, giró hacia el norte, hacia la bahía de Bimini, claramente visible en una colina baja a una milla de distancia. La calle en la que estaban desembocaba en la larga y curvilínea carretera de entrada al casino. Al girar, vio de repente luces rojas y azules intermitentes y media docena de vehículos de emergencia delante. Había cinco coches negros y blancos de la policía de Atlantic City, dos coches de seguridad del casino y una gran ambulancia del cuerpo de bomberos, roja y blanca, aparcados en ángulos extraños cerca de la base de la torre de seis pisos con las luces intermitentes encendidas.

Pero Bob aún estaba demasiado lejos para ver a través de la pantalla de árboles y arbustos cuando se encendieron las luces de freno y la fila de coches que se acercaba empezó a reducir la velocidad y a detenerse. La carretera parecía estar bloqueada por otro coche de policía de Atlantic City. Con exagerados movimientos de brazos y silbidos, dos de los "mejores de la ciudad" y uno de los guardias de seguridad del casino con camisa blanca dirigieron a los coches que llegaban hacia un camino lateral que los llevaba por la parte trasera del edificio.

Con todo el desorden visual, Bob seguía sin poder ver mucho, hasta que el último coche que le precedía giró por el camino lateral y llegó a la cabeza de la fila. En lugar de seguirlos, se detuvo en medio de la intersección, ignorando los silbidos y los animados movimientos de brazos de los policías. Más adelante, vio a otros cuatro policías municipales de pie con Shaka Corliss, sus Hulks gemelos y la figura dominante de Donatello Carbonari en la base de la gran torre del hotel, cerca de la ambulancia. Estaban fumando, hablando y riendo. A poca distancia, tres paramédicos se arrodillaban en semicírculo alrededor de lo que parecía ser un cuerpo tendido en el borde de la acera, donde el aparcamiento se unía con la acera. Los paramédicos tenían sus maletas médicas abiertas, pero por la falta de actividad frenética, Bob tuvo una sensación de malestar en la boca del estómago.

Ignoró a los dos policías de tráfico que le indicaban que girara con los demás coches. En su lugar, se detuvo junto al policía más cercano y bajó la ventanilla. El agente se acercó y le miró a través de la ventanilla abierta. "¿Adónde crees que vas, Sport? Cuando te hago una señal para..."

"Tengo asuntos con el señor Carbonari", le cortó Bob. Para su sorpresa, eso fue todo lo que hizo falta. El policía giró la cabeza y miró al Don. El hombre grande le devolvió la mirada y asintió.

"¡Está bien, está bien!", el policía, enfadado, se apartó del coche y le hizo un gesto para que pasara. "Aparca ahí a la derecha y no te metas en su camino".

Esta vez, Bob hizo lo que le dijeron, aparcó y salió del coche. Cuando Linda y Patsy abrieron sus puertas y empezaron a seguirlas, él les indicó que volvieran a entrar. "No, vosotras dos os quedáis aquí con el dinero hasta que averigüe qué está pasando".

Linda empezó a discutir, hasta que vio la mirada furiosa de Bob y volvió a entrar. Se dio la vuelta y se dirigió hacia Carbonari, con los ojos centrados en el cuerpo que yacía en un gran charco de sangre en la acera. Los paramédicos estaban arrodillados sobre él, impidiendo que Bob viera la cara del muerto, pero su instinto le decía que no quería verlo, aunque pudiera. El hombre llevaba la misma camisa y los mismos pantalones que llevaba Vinnie cuando Bob lo vio por última vez esposado a la silla en el despacho de Carbonari una hora antes, y tenía una idea bastante clara de lo que eso significaba.

"Señor Burke", dijo Carbonari y se dirigió hacia él con una exagerada expresión de preocupación. "Parece que tenemos un problema", dijo, extendiendo la mano.

Bob miró su mano por un momento. Sin duda, era una especie de ofrenda de paz, pero Bob no estaba dispuesto a aceptarla. En su lugar, se volvió hacia los paramédicos mientras éstos desplegaban una gruesa bolsa de plástico negro para cadáveres. Trabajando juntos, levantaron al hombre, lo pusieron de espaldas y lo colocaron cuidadosamente dentro. Era Vinnie. Su cabeza y su cara habían soportado lo peor de la caída, pero era él, sin duda. No había duda. Burke se volvió y caminó hacia los paramédicos hasta que dos de los policías municipales que habían estado hablando con Carbonari se adelantaron e intentaron bloquearle el paso.

Los dos policías que dirigían el tráfico detrás de él llevaban pantalones y camisas azules sencillos y sin adornos, con arneses de equipo táctico. Eso los marcaba como patrulleros de bajo rango, mientras que estos dos iban vestidos como si se dirigieran a una convención de policías o a un banquete de la Cámara de Comercio, con trenzas doradas en los sombreros, cintas de colores en el pecho, galones y alfileres dorados en las camisas y grandes cañones Glock de 9 milímetros en las caderas. El de la izquierda llevaba águilas de coronel en las lengüetas del cuello y el de la derecha tenía cuatro grandes estrellas plateadas en el suyo. Bob sacudió la cabeza, preguntándose por qué todos los policías de pueblo y los sheriffs pueblerinos consideraban que debían llevar tanto rango como George Patton o Creighton Abrams.

El "coronel" bloqueó el paso de Bob, con las piernas abiertas como probablemente había visto en alguna película de policías, mientras el "general" acercaba su mano al pecho de Bob. En el estado de ánimo en que se encontraba Bob, eso era algo muy peligroso para cualquier hombre; pero aplastar al jefe de la policía local o romperle el brazo podría traer algunas complicaciones que Bob no necesitaba en ese momento. En lugar de forzar el paso, se detuvo y miró a Carbonari. No dijo nada, pero cuando sus ojos se fijaron en los de Carbonari, fue como si las puertas de un alto horno de Pittsburgh se hubieran abierto en la cara del gran italiano. Puede que Burke sea de complexión delgada y Carbonari mucho más alto y pesado, pero el poder que irradiaban los ojos de Burke golpeó al gran italiano como una bofetada en la cara.

"Está bien", dijo rápidamente Carbonari a los dos policías. "Dejadle pasar".

El coronel y el general se miraron, pero se apartaron rápidamente y dejaron pasar a Bob. Cuando llegó a los paramédicos, miró el cuerpo maltrecho de Vinnie, el pavimento que lo rodeaba y el edificio del hotel cercano. Sus ojos subieron por la pared hasta llegar al tejado, intentando averiguar qué había pasado aquí. Como cualquier oficial que había pasado tiempo en combate, había perdido su cuota de hombres. Había perdido a los buenos, a los malos, a los valientes, a los estúpidos, a algunos increíblemente hábiles, e incluso a algunos cobardes, pero sobre todo había perdido a los desafortunados. A pesar de su entrenamiento, su equipo, sus tácticas y el liderazgo que pudiera proporcionar, a veces la guerra era así. Sin embargo, cada hombre que servía bajo su mando era su responsabilidad y se tomaba cada pérdida como algo personal.

Sin embargo, esto era diferente. El sargento de primera clase Vincent Pastorini había servido con él desde que se unió al 75º Regimiento de Rangers en Fort Benning nueve años antes. Dejando a un lado su debilidad por el juego, Vinnie era un "operador" muy hábil, muy condecorado y muy letal que había servido a su país con honor, ascendiendo paso a paso en la escala de operaciones especiales del Ejército, y se merecía algo mejor que acabar sus días tirado en la cuneta junto a un chillón casino de juego de Nueva Jersey. Tenía los ojos entreabiertos. También tenía la boca abierta, sólo media pulgada más o menos, pero lo suficiente como para que pareciera que había intentado decir algo antes de morir. Bob alargó la mano, la puso ligeramente sobre la frente de Vinnie y cerró los ojos.

"Adiós, viejo amigo", dijo en voz baja, y luego se puso de pie. Volvió a mirar a Carbonari, a Corliss y a los mandos de la policía de Atlantic City, y sintió ganas de destrozarlos. Por las expresiones de autocomplacencia de sus rostros, parecía que no había nada que no pudieran hacer en la ciudad. Bueno, esta vez no, se dijo Bob. Esta vez, pagarían, pero no sería ahora. Sería en el momento y el lugar que él eligiera, no en el de ellos.

Carbonari dio unos pasos hacia Bob. "Su amigo ha sido muy tonto, señor Burke -dijo mientras se enderezaba la chaqueta del traje y tiraba ligeramente de los puños de la camisa. Finalmente, volvió a mirar a Corliss. "Mi jefe de seguridad y sus dos hombres escoltaron al sargento Pastorini hasta su habitación en la quinta planta, como le dije que harían. Pero mientras le ayudaban a hacer la maleta, entró en el baño, supuestamente para asearse. Lo siguiente que supieron fue que había salido por la ventana del cuarto de baño y se abría paso por una estrecha cornisa, intentando escapar, cuando se cayó."

Bob volvió a mirar el edificio y dejó que sus ojos recorrieran la fachada hasta las ventanas del quinto piso, situadas en lo alto. "¿Me estás diciendo que salió por la ventana del baño? ¿Una de esas pequeñas?" preguntó Burke, aún más escéptico. "Y se cayó".

"Así es. No pudieron saber si intentaba llegar a la ventana del pasillo o subir al tejado", añadió Carbonari. "Salieron al balcón e intentaron convencerle de que volviera a entrar, pero el maldito tonto no quiso escuchar. Le hizo un gesto a Shaka y empezó a trepar. Como ves, esa cornisa sólo tiene unos centímetros de ancho; y, bueno... ése es el resultado. Debió de perder el equilibrio y resbaló".

Bob miró la ventana del baño, la cornisa y el balcón, y luego bajó a Vinnie. ¿Carbonari dijo que le había dado la espalda a Shaka y había seguido subiendo? Bob sonrió, sabiendo que al menos esa parte de la historia de Carbonari era cierta. Bob volvió a mirar el cuerpo de Vinnie. Estaba en el bordillo del aparcamiento, a cuatro metros de la base del edificio. Bob volvió a mirar la cornisa y luego el cuerpo, y su instinto le dijo que la geometría no funcionaba como Carbonari contaba. Si Vinnie hubiera resbalado de la cornisa o en la subida al tejado, habría caído casi en línea recta y habría aterrizado en la hierba mucho más cerca de la pared.

"¿Dices que se cayó y aterrizó aquí?" preguntó Bob mientras señalaba el cuerpo. "Eso es difícil de hacer, 'Donnie'. De hecho, es casi imposible resbalar de esa cornisa, caer y conseguir aterrizar aquí, tan lejos del edificio".

Carbonari se encogió de hombros. "Si tú lo dices".

"Oh, lo digo", respondió Bob mientras sus ojos se clavaban en el gran italiano y luego en Shaka Corliss. "Creo que alguien lo tiró por la ventana o por el balcón".

Shaka frunció el ceño y luego se indignó. "¿Por qué me miras a mí, tío? Nunca toqué al tipo. Salió solo y se cayó, como dijo. No estoy mintiendo". "

"¿Por qué habría de creerte, Shaka?" Bob preguntó.

"¿Por qué?" Shaka parecía confundido. "Porque es la verdad", dijo, sorprendiéndose a sí mismo con la respuesta. Lentamente, recuperó su antigua forma y fanfarronería. "Los paracaidistas del ejército me hacen reír, tío. Os creéis que podéis volar. Supongo que, después de todo, no podía, ¿verdad?"

Detrás de él, Bob oyó gritar a Patsy. Miró y vio a Linda tratando de detenerla, pero la mujer más joven se soltó y corrió hacia el cuerpo. Bob consiguió detenerla a mitad de camino, sabiendo que no era algo que nadie debía ver, especialmente la joven amante de Vinnie. Bob la rodeó con sus brazos y la apartó, intentando bloquear su visión del cadáver ensangrentado, pero sólo lo consiguió parcialmente. Patsy volvió a gritar y se quedó sin fuerzas. Cayó de rodillas mientras los paramédicos cerraban la gruesa bolsa de plástico sobre Vinnie.

"No, no", gimió mientras Bob la llevaba de vuelta a Linda y al coche.

Detrás de él, oyó a Carbonari decir: "Mira, tu amigo nos debía mucho dinero. Somos los últimos que querríamos que esto sucediera. Sólo era un exaltado".

"¿De verdad?" replicó Bob mientras se daba la vuelta y regresaba. "Vinnie era impulsivo, pero no era estúpido. Sabes tan bien como yo que la única forma en que pudo haber aterrizado tan lejos de la pared fue si se lanzó."

"Sé qué crees eso", respondió Carbonari, "pero es ilógico. Estoy en el negocio del dinero, señor Burke, y los hombres muertos no pagan sus deudas de juego".

Bob se giró, se puso las manos en las caderas y miró fijamente a los dos altos mandos de la policía de Atlantic City. "Esto fue un asesinato. Lo sé y ustedes también lo sabrían, si todo el dinero sucio que circula por esta ciudad no los hubiera reducido a un par de "policías de alquiler". "

"Espere un maldito minuto", el "general" se adelantó con fingida indignación, hasta que una camioneta negra y alargada se interpuso en el camino de entrada entre él y Burke. Tenía las ventanillas laterales oscurecidas y unas sencillas letras blancas en las puertas que decían New Jersey State Medical Examinar.

A Bob se le subió la ira. Quería destrozar a Carbonari, pero se detuvo y retrocedió antes de hacer algo tan estúpido como lo que había hecho Vinnie. Dos médicos forenses auxiliares de uniforme negro salieron de la furgoneta, miraron las caras de enfado que les rodeaban y se dieron cuenta de que quizá no habían elegido el mejor momento. El que había estado en el asiento del copiloto llevaba un portapapeles y parecía estar al mando.

"¿Adónde lo llevan?" le preguntó Bob.

"Eh, somos de la oficina regional del forense estatal en Woodbine, al suroeste de aquí. ¿Es usted el familiar más cercano del fallecido?"

"Su nombre es Sargento de Primera Clase Vincent Pastorini. Está en servicio activo en el Ejército de los Estados Unidos y es un veterano de guerra muy condecorado, por lo que la Oficina del Médico Forense de las Fuerzas Armadas en Dover, Delaware, se pondrá en contacto con su oficina antes de que esté a medio camino de Woodbine, al igual que el CID del Ejército y el FBI. Cuando lo hagan, querrán hablar con usted -dijo Bob mientras dirigía sus férreos ojos al general-. "Puedes apostar tu dulce trasero a que habrá una verdadera investigación de lo que sucedió aquí, así que me aseguraría de preservar las pruebas y tus notas".

"Hijo, he visto a mucha gente caer en picado en los hoteles de la ciudad", ofreció el Jefe de Policía, tratando de calmar a Bob y, de hecho, empezando a sonar preocupado.

"No soy tu hijo", le cortó Bob con un movimiento de la mano, "y esto no fue un accidente ni un suicidio. Fue un asesinato. Puedes verlo tan bien como yo".

"Es la segunda vez que me acusas de algo, muchacho, y podría ser muy malo para tu salud". Corliss lo fulminó con la mirada y dio otro paso adelante. "Además, ¿a quién demonios intentas engañar? Esto es la maldita Nueva Jersey. Esto no es un maldito puesto del ejército, y tú no cuentas una mierda aquí. Entonces, ¿dónde está el resto del dinero que fuiste a buscar?"

"Oh, ¿quieres tu dinero?" Preguntó Bob. "Ven aquí y cógelo, Shaka".

Corliss se encolerizó. Instintivamente, su mano buscó en el interior de su chaqueta el revólver calibre 44, pero la funda del hombro estaba vacía. Se olvidó de que su Smith & Wesson de pata de cerdo estaba tirada en un rincón del despacho de Martijn Van Gries hecha pedazos. Corliss gruñó y dio dos pasos rápidos más hacia Burke.

"¡Ahora no, maldito idiota!" Carbonari arremetió contra él mientras miraba a los policías y a los demás testigos que los miraban fijamente.

"Que miren, me importa un bledo. Ya he tenido bastante con él", dijo Shaka mientras fruncía el ceño a Burke y luego al general, sin mostrar miedo a ninguno de los dos. "Tuviste suerte en la oficina. Me diste un puñetazo, pero esta vez no vas a tener suerte", dijo mientras daba dos pasos rápidos y lanzaba un gancho de derecha a la cabeza de Burke.

Shaka era fuerte y abultado, pero eso no hace que un hombre sea rápido. Parte de su problema era que tenía demasiados músculos. Otra parte era que estaba acostumbrado a golpear a personas más pequeñas que no tenían habilidades de lucha y se dejaban intimidar fácilmente por un matón descarado como él. Bob Burke no era ninguno de ellos. Observando los ojos y los hombros de Shaka mientras telegrafiaba el puñetazo, Bob se inclinó hacia atrás lo suficiente para que el gran puño de Shaka pasara inofensivamente, a unos pocos centímetros bien medidos delante de la nariz de Bob. Al hacerlo, la mano izquierda de Bob se acercó y golpeó la parte posterior del codo derecho de Shaka, y empujó. Con todo su peso detrás del puñetazo, el impulso añadido hizo que Shaka girara aún más hacia su izquierda, tropezara y cayera de rodillas, completamente desequilibrado.

"Yo no empecé esto", dijo Bob a Carbonari y al general. "Pero si vuelve a acercarse a mí, lo voy a derribar, con fuerza; y esa es la única advertencia que vais a recibir".

Enfurecido, Corliss se puso en pie y gritó: "¡Te voy a matar, cabrón!" mientras se lanzaba hacia Burke y le daba otro golpe salvaje. Esta vez, Bob no retrocedió. Se metió dentro, le dio un golpe a Shaka en la parte delantera de la garganta con el filo de la mano y siguió con un duro codazo en el puente de la nariz. Para ser un hombre pequeño, los diversos apéndices de Bob Burke eran rápidos, precisos y letales. Los dos disparos hicieron caer al negro de cabeza afeitada de rodillas como si le hubieran golpeado la frente con un ladrillo. Tosió, jadeó y se puso pálido, mientras sus ojos se desorbitaban y sus dedos se agarraban la garganta. Con la visión del cuerpo roto de Vinnie danzando frente a él, Bob dio un giro y plantó su zapato de la talla nueve en la entrepierna de Corliss. Eso puso fin a la huida. Corliss se desplomó sobre la hierba, gimiendo.

Burke miró a los dos policías y luego a Donatello Carbonari. "Os dije que lo mantuvierais con la correa corta, pero no me hicisteis caso".

El general se quedó con la boca abierta al mirar a Shaka Corliss. Por reflejo más que por cerebro, la mano del jefe de policía se dirigió a la culata de la Glock que llevaba en la funda, hasta que Burke levantó la mano en señal de advertencia y el jefe de policía se detuvo. Burke le miró y Carbonari dijo: "Es la segunda vez que me ataca hoy. Los gamberros como él necesitan una buena paliza de vez en cuando, y él acaba de recibir la suya".

El jefe de policía hizo una pausa y miró a Carbonari, sin saber qué quería que hiciera. Finalmente, Carbonari le hizo un gesto al jefe de policía para que se retirara, y éste lo hizo con gusto.

"Supongo que tienes razón, Burke", dijo finalmente Carbonari. "Shaka ha buscado que le den una patada en el culo, y sin duda se lo merecía. Pero yo tendría mucho cuidado si fuera tú. Enfrentarse a un hombre así no es algo inteligente".

Corliss yacía en el suelo entre ellos, gimiendo. Su nariz parecía aplastada y la sangre corría por la parte delantera de su camisa cuando Carbonari se volvió hacia los Hulks. "Sacad los pulgares del culo y sacadlo de aquí", dijo indignado. Los dos guardias de seguridad agarraron rápidamente a Shaka por debajo de los hombros y lo arrastraron hacia las puertas del casino. "¡Por ahí no, imbéciles!" gritó Carbonari. "Por la puerta de atrás, donde va toda la otra basura".

"No has oído el final de esto", dijo Burke mientras miraba a Carbonari. "O de mí".

"Bien. Esperaba que dijeras eso", respondió Carbonari. "Porque tú tampoco has oído el final de nosotros".

Bob se dio la vuelta y volvió rápidamente al Buick, se sentó en el asiento del conductor y puso la marcha atrás. Hizo un "donut" hacia atrás, chirriando los neumáticos, alrededor del pequeño aparcamiento, levantando una nube de polvo, piedras y suciedad hacia Carbonari, el general y el coronel, y luego aceleró a fondo, haciendo que los dos policías del control de carretera se lanzaran a la hierba para apartarse, mientras él pasaba a toda velocidad y se alejaba cuesta abajo.

Detrás de él, en el asiento trasero, Linda intentó consolar a Patsy sin mucho éxito. "No vas a dejar que se salgan con la suya, ¿verdad, Bob?" exigió Linda.

"Por supuesto que no, pero este no es el momento ni el lugar".

"Entonces, ¿a dónde vamos?"

"De vuelta al aeropuerto de Filadelfia, y luego a algún lugar seguro".

CAPÍTULO OCHO

Mientras Bob se alejaba a toda velocidad del hotel, vio el Lincoln Town Car negro aparcado al pie de la colina esperándolos. Al pasar, echó un vistazo al asiento del conductor del gran coche y vio al Gumbah tanteando su teléfono móvil. Al parecer, la repentina retirada de Bob colina abajo dejó a los dos hombres dentro sin instrucciones, pero Carbonari no tardó en corregirlo. Para cuando llegaron a Maryland y cruzaron el Mediterráneo, miró hacia atrás y vio que el Lincoln venía tras ellos.

"Abróchense el cinturón, chicas", advirtió Bob a Linda y Patsy, esperando problemas, pero después de que el Lincoln las alcanzara, redujeron la velocidad y se mantuvieron a sus habituales cien metros de distancia. ¿Eran sólo una escolta para salir de la ciudad? Es difícil decirlo. Bob continuó hacia el sur hasta Atlantic, con el Lincoln todavía ocupando el centro de su espejo retrovisor. Bob giró bruscamente a la derecha en Atlantic y aceleró, cruzando Carolina del Norte y el bulevar Martin Luther King hasta que por fin vio la señal de la autopista de Atlantic City a la derecha. Esperaba que el coche negro se quedara en Atlantic y no les siguiera más, como había hecho antes por la tarde. Esta vez, sin embargo, el Lincoln tomó la rampa detrás de ellos, y permaneció en su espejo retrovisor mientras se incorporaba a los carriles de la Expressway en dirección norte hacia Filadelfia.

La Expressway de Atlantic City tenía 44 millas, y terminaba en Filadelfia, donde podían cruzar el río Delaware y girar hacia el sur por la I-95 hasta el aeropuerto de Filadelfia. Cinco millas después de entrar en la autopista llegaron a la primera de las dos estaciones de peaje. Bob se dirigió a los carriles de pago y, al acercarse al peaje, el Lincoln pasó por el carril exterior de E-ZPass y continuó hacia el norte, como si los dos hombres del coche no se hubieran dado cuenta del Buick. Cuando pagó el peaje y se marchó, el Lincoln no aparecía por ninguna parte. Consideró la posibilidad de bajarse en la salida de Egg Harbor, o incluso de cruzar la mediana, hacer un giro en U y volver al sur para alejarse del Lincoln, pero su máxima prioridad ahora era salir de la ciudad.

Bob sacó su teléfono móvil, buscó entre sus favoritos y encontró un número que conocía muy bien. Sonó seis veces, pero nadie contestó, que era lo que esperaba. Sin embargo, cuando la llamada saltó al buzón de voz, en lugar de la habitual grabación masculina corta y contundente, escuchó una voz femenina muy sexy y una respiración agitada. "Habla la nueva empresa Ace Storm Door and Window Company. Estamos muy ocupados ahora mismo, haciendo lo que usted cree que estamos haciendo; como no quiere interrumpir, déjenos un mensaje".

A eso le siguieron tres pitidos rápidos, por lo que Bob dijo: "Hola, soy el

Fantasma", preguntándose a quién le había hecho Ace la grabación. "Llámame. Tenemos un problema".

Diez segundos después, sonó el móvil de Bob. "¿Quién es la mujer?", preguntó.

"Oh, es mi nueva amiga Dorothy. Ya que estoy 'entrado en años', como no paras de recordarme, he pensado que me vendría bien un pequeño cambio de imagen."

"¿Como Bruce Jenner?"

"No es tan drástico", rió Ace. "Dorothy es un capitán de las Fuerzas Aéreas, un piloto de combate en realidad, que conocí en el rodeo".

"¿No me digas que has vuelto a montar a caballo?"

"¿Yo? ¿Estás bromeando? ¿Con mi espalda y mi pierna? Dorothy dice que los caballos pueden oler la metralla y los alfileres, y los asusta. No, yo estaba allí viéndola montar. Quedó segunda en Barrel Riding y primera en Tie-Down Calf Roping".

"¡Vaya! Un alma gemela a tu edad. Debe ser una gran ayuda en el Hogar de los Viejos Soldados".

"Y un capitán. Mucho mejores cheques de jubilación".

"¿Fraternizando con un oficial y una dama? ¿Quién lo hubiera pensado?"

"Muy bien, mayor", suspiró Ace. "Ya está bien de tonterías por una tarde. ¿Cuál es el problema que tenemos? ¿En qué te has metido ahora?"

"A mí no. Esta vez fue uno de tus sargentos mayores".

"Déjame adivinar. ¿Ese imbécil, Vinnie?"

No había una manera fácil de hacer esto, así que simplemente lo dejó salir. "Está muerto".

Durante casi un minuto, hubo silencio al otro lado de la línea. Bob había estado cerca de Vinnie, pero Ace había estado más cerca, mucho más cerca de lo que podría estar un oficial. Los dos sargentos habían soportado aburridos destinos en Estados Unidos, tiroteos en una docena de lugares olvidados por Dios, heridas de bala, divorcios, despliegues buenos y malos, accidentes de coche, peleas en bares y demasiada comida mala. En el proceso, enterraron a muchos hombres buenos, pero esos soldados murieron en el campo de batalla, no así.

Finalmente, oyó a Ace toser y decir: "Hace un par de días, se despidió y dijo que iba a llevar a Patsy a Atlantic City. Era su segundo viaje allí en las últimas semanas, pero no le di mucha importancia. Tenía tiempo, así que ¿por qué no? Se suponía que debía reportarse aquí a las 0800 de hoy, pero nunca apareció. Le he estado cubriendo, pensando que entraría por la puerta en cualquier momento".

"Esta vez no".

"¿Qué ha pasado?"

"Se cayó por la ventana del quinto piso del hotel".

"¿Se cayó?"

"Eso es lo que me dicen."

"No parece que les creas."

"No lo creo, pero no puedo probarlo, aún no".

Ace se quedó callado unos instantes y luego preguntó: "¿Patsy está bien?".

"Físicamente, pero emocionalmente es un caso perdido".

"Me lo imagino. ¿Y tú sigues ahí? ¿Quieres que suba?"

"No, nos dirigimos al aeropuerto de Filadelfia -yo, Patsy y Linda- y luego volvemos a Chicago, en cuanto pueda conseguirnos un vuelo".

"Si no 'cayó', supongo que sabes quién lo hizo".

"Probablemente. Estaba tratando con el mismo tipo de imbéciles con los que tratamos la última vez, sólo que una rama diferente de la familia".

"Y asumo que eran más de lo que podías manejar en ese momento".

"Sí, pero ellos afirman que no lo hicieron".

"Hay una sorpresa. Supongo que no vas a dejarlo ahí, ¿verdad?"

"Hoy está lleno de suposiciones, ¿verdad, sargento mayor?"

"Vinnie era uno de los nuestros. Sea lo que sea que estés planeando, cuenta conmigo, y no seré el único", gruñó Ace. "Esa era Dorothy pinchándome en las costillas. Dice que cuente con ella también. Pero no te preocupes. Puede que sea de la Fuerza Aérea y una oficial, pero la dama puede disparar, y puede patear tu trasero, el mío también".

"No nos adelantemos, todavía no, no hasta que esté seguro".

"No suena como tú, Fantasma. Si mataron a uno de nuestros hombres..."

"Si... Vinnie perdió mucho dinero aquí arriba - su dinero - y luego trató de luchar para salir. Sí, los considero responsables, pero no sé si lo mataron".

"¿Cuándo empezó a importar la letra pequeña? Era uno de los nuestros".

"Lo sé, pero quiero estar seguro de quién hizo qué, antes de ir a la carga allí. Por eso he llamado. Tienes que informar de esto a la cadena de mando, lo antes posible. Llama al Coronel Jeffers y ve si puedes contactar al General Stansky en el Comando de Operaciones Especiales. Usa mi nombre y diles lo que te dije. Ocurrió hace unos treinta minutos, y la oficina del médico forense del Estado de Nueva Jersey en Woodbine tiene su cuerpo. Alguien tiene que llamar a la Oficina del Médico Forense de las Fuerzas Armadas en Dover, al CID del Ejército y al FBI. Stansky tiene la influencia para hacer que eso suceda".

"Entendido. Entonces, cuéntame qué pasó".

"Vinnie vino aquí y gastó mucho dinero en el casino".

"No es una sorpresa."

"No. Empezó con 30.000 dólares de su propio dinero, los perdió, pidió prestados 100.000 dólares de ellos, y los perdió también. Así que volvió a su casa, pidió una hipoteca sobre la nueva casa, y volvió aquí, pero en lugar de pagar los marcadores como dijo que iba a hacer..."

"No me digas", gimió Ace. "¿Volvió a las mesas y dobló la apuesta?"

"Lo tienes. Muy pronto, les debía casi 300.000 dólares".

"¡Cristo! Qué idiota".

"Y esta no es gente a la que quieras deberle dinero."

"Aun así, no deberían haberlo arrojado por la ventana".

"No estoy seguro de que lo hicieran, Ace, pero se metió en una pelea con su gente de seguridad, reventó a un par de ellos bastante bien, e hizo mucho daño al casino; así que ¿quién sabe?"

"Tampoco es una sorpresa. Siempre fue un mal perdedor".

Hubo un silencio por un momento o dos, hasta que Bob dijo: "Patsy me llamó anoche".

"Qué pena que la haya involucrado en esto... y a ti".

"No es gran cosa. Volé con algo de dinero en efectivo y un cheque de caja para pagar sus marcas, pero no aceptaron el cheque. Me enviaron a un banco para cobrarlo, mientras llevaban a Vinnie a su habitación para empacar. Cuando volví, estaba tirado en el aparcamiento de abajo, muerto".

"Sin testigos, supongo", preguntó Ace.

"Muchos, pero ninguno que yo creyera. La seguridad de su hotel afirma que salió por la ventana del baño a una cornisa y se resbaló tratando de escapar, pero a mí no me pareció bien. Desgraciadamente, tenía a las chicas y no estaba en condiciones de empujarlas en ese momento".

"Pero habrá una próxima vez, ¿no?"

"Demasiado pronto para decirlo, Ace, realmente. Si no lo hicieron... bueno, tenemos que dejar que se desarrolle". Todo lo que Bob escuchó fue el silencio al otro lado del teléfono, así que trató de cambiar de tema. "¿Sigue en Bragg, sargento mayor Randall?"

"¡Entendido, señor! También Koz y Batman. Lonzo acaba de volver del desierto y sigue muy cabreado por no haber estado la última vez. Chester y Bulldog también están aquí. De la cabeza, probablemente hay diez o veinte más de nuestros mejores operadores aquí abajo ahora, y todos querrán una parte de esto cuando escuchen lo que le pasó a Vinnie".

"Es bueno oírlo, pero no hagas nada todavía. Mantén el silencio por el momento".

"Wilco. La última vez que tuvisteis una de vuestras pequeñas reuniones, en Chicago, sólo éramos cuatro. Esta vez, no tendréis ningún problema para juntar personal. Vinnie tenía muchos amigos aquí, y nadie le hace eso a uno de nosotros y se sale con la suya. Nadie".

"Te escucho, pero primero tengo que llevar a las chicas a Chicago, donde estarán a salvo. Tu trabajo es hablar con Jeffers y Stansky. Diles que los llamaré mañana y que volveré a Bragg en un par de días. Estoy seguro de que habrá un gran funeral. Podemos reunirnos entonces, reevaluar la situación y tomar algunas decisiones".

"Me suena a otra cacería de Gumbah".

"Tal vez... No fue exactamente justo la última vez, ¿verdad?" Dijo Bob con una sonrisa sombría.

"No debía serlo, y tampoco lo será esta vez, si así quieren jugar. Tú y yo sabemos que sólo los tontos quieren una pelea justa".

Después de que Burke se alejara por el camino de entrada, Donatello Carbonari sacó su teléfono móvil e hizo una rápida llamada. Luego, se dio la vuelta y se dirigió al casino, ignorando a la policía municipal, a los paramédicos y a todos los demás. Con largas y furiosas zancadas, recorrió el pasillo principal hasta llegar al pasillo de servicio trasero de la oficina de Gestión de Riesgos. Abrió la puerta de una patada, atravesó la sala y descargó su rabia contenida sobre Shaka Corliss. El hombre negro estaba casi derrumbado en la silla de su escritorio, con las piernas extendidas y la mirada perdida en el techo. Sostenía una gran bolsa de hielo contra su entrepierna y otra contra su cara mientras Carbonari le agarraba por las solapas de la chaqueta y le tiraba de la silla. Eso hizo que los cubos de hielo se esparcieran por la habitación mientras levantaba al fornido negro hasta su nivel, cara a cara, con los pies de Corliss colgando en el aire. "¡Idiota!" comenzó Carbonari. "¿Qué ha pasado en esa habitación? ¿Qué has hecho?"

"Nada, lo juro, jefe. No hice nada".

"¡Y una mierda! Burke tiene razón. Cualquier tonto puede ver que su amigo no se resbaló y "cayó" de esa cornisa. Tú lo tiraste, y hasta esos estúpidos payasos de Atlantic City pudieron verlo. Pronto estaremos hasta el cuello de policías estatales y federales".

"¡Yo no lo hice, jefe! Pregúntales", suplicó, señalando a los Hulks gemelos. Eran más o menos del mismo tamaño: dos tipos blancos de unos veinticinco años con caras redondas y rosadas y cortes de pelo rubio. Corliss nunca podría distinguirlos; pero qué más da, se reía. "Estábamos en su habitación, sacando sus cosas de los cajones de la cómoda y del armario, y metiéndolas en sus maletas, como nos dijiste que hiciéramos. ¿No es así, muchachos?" Corliss trató de explicar mientras miraba a los dos matones en busca de ayuda. Ellos asintieron como dos cabezas de chorlito; pero era obvio que tenían miedo de Corliss y no sabían qué decir.

"Ese tipo, Pastrami, entró en el baño a orinar", continuó el negro. "Lo siguiente que supimos es que se había ido".

"¡Se llamaba Pastorini, tonto del culo, no Pastrami!" le gritó Carbonari.

"Sí, sí Jefe, Pastorini", se corrigió rápidamente Corliss. "De todos modos, oí algo y fui a mirar. La ventana del baño estaba levantada, así que corrí y miré. Estos dos abrieron la puerta del balcón y se asomaron también. Fue entonces cuando lo vimos en la cornisa. Le gritamos que volviera a entrar, pero siguió adelante y se resbaló y cayó".

Carbonari apartó la mirada de Corliss y miró a los gemelos. Puede que Corliss no sepa sus nombres, pero él sí. Conocía el nombre de todos los que trabajaban para él. Uno de los gemelos se llamaba Gerald y el otro Phil; pero al igual que Corliss, tampoco podía distinguirlos. "Gerald, Phil, ¿es eso lo que realmente ocurrió allí arriba? Lo juro por Dios; si me estáis mintiendo, os castraré a los dos". Sabía que los dos grandes guardias rubios no sabían mentir a un hombre como él. Sus cabezas colgaban hacia abajo y los vio mirarse el uno al otro. "¡Mírenme!", volvió a gritar. Cuando no le miraban a los ojos, Carbonari sabía que alguien le estaba mintiendo. "¡Quiero la maldita verdad, ahora!"

"No sabemos qué ha pasado, jefe", respondió Gerald.

"¿Cómo que no lo sabes?" preguntó Carbonari, y luego volvió a dirigir su rabia hacia Shaka Corliss. "Eres hombre muerto, Shaka. Lo has tirado por la ventana, ¿verdad?".

"No, no, jefe. Nunca lo toqué. No estábamos cerca de él. Salió por la ventana del baño, como dije. Lo vimos en la cornisa, pero para entonces ya estaba en el extremo. Abrió la ventana del pasillo. Ahí están los ascensores y las escaleras, y lo vimos entrar. De todos modos, lo siguiente que supimos fue que, ni medio minuto después, volvió a salir volando, de cabeza, con los brazos y las piernas balanceándose como si intentara nadar o algo así, y aterrizó en el aparcamiento."

Carbonari lo miró por un momento con incredulidad. "¿Me estás diciendo que 'salió volando por la ventana'? ¿Por la ventana del pasillo? ¿Por su cuenta?" Carbonari miró fijamente a Corliss y luego a los gemelos. "¿Le visteis subir dentro y luego salió 'volando'...? ¿Qué tan estúpido crees que soy?"

"Es la verdad de Dios, hombre", suplicó Corliss. "Les dije a los dos que se callaran y me apoyaran cuando dije que se había deslizado por la cornisa, porque sabía que nadie nos creería".

"¡Bueno, tienes razón!"

"Pero eso es lo que pasó, hombre. Nosotros tampoco nos lo creímos".

"¿Mirasteis en el vestíbulo del ascensor?"

"Sí, sí. Después de que aterrizara, salimos corriendo de la habitación y bajamos por el pasillo. Los ascensores estaban todos en pisos diferentes, y miramos en las escaleras de emergencia, pero no encontramos a nadie allí. Estaban vacías".

Carbonari miró a los gemelos. "¿Y tú le apoyas en una historia tan loca como ésta?"

"Es lo que pasó, jefe, lo juramos", suplicó Gerald y Phil asintió rápidamente.

Esta vez, Carbonari pudo comprobar que le decían la verdad. Finalmente, dejó caer a Corliss en su silla, considerando lo que acababan de contarle, pero nada de eso tenía sentido. Si estos tres no lo habían hecho, y Burke y las dos mujeres estaban a mitad de camino en el banco, ¿quién demonios habría hecho algo así? ¿Y por qué?

"Está bien, está bien", dijo finalmente Carbonari. "Sólo recuerda que cuando Pastorini salió volando por esa ventana, 175.000 dólares de mi dinero salieron volando por la ventana con él".

Corliss frunció el ceño. "No llevaba dinero encima, jefe. De ninguna manera".

"Imbécil", Carbonari sacudió la cabeza. "Estoy hablando del dinero que Burke sacó del banco. Se fue de aquí con mi dinero en su maletín, Corliss. Lo necesito y lo quiero de vuelta".

"Déjeme ir tras él, jefe, se lo devolveré, lo juro", dijo Corliss mientras conseguía ponerse en pie. "Sé que metí la pata, pero dame otra oportunidad. Yo..."

"Llegas demasiado tarde. Ya he enviado a Lenny y a Gino a por él", descartó Carbonari la idea. "Se dirige de nuevo al aeropuerto de Filadelfia, pero voy a hacer que lo detengan en la autopista una vez que salgan de la ciudad". Carbonari se dio la vuelta y se dirigió a la puerta, se detuvo y volvió a mirarle.

"Te diré una cosa, Shaka", dijo Carbonari. "Si se les escapa o meten la pata, te dejaré ir a por él; porque quiero ese maldito dinero, ¡todo! Pero si vuelves a meter la pata, vete a buscar una pala y empieza a cavar un gran agujero en la parte de atrás y ahórrame la molestia".

CAPÍTULO NUEVE

Mientras conducían hacia el norte a través de las llanas tierras de cultivo del sureste de Nueva Jersey, la hora punta estaba en su punto álgido, y el tráfico era denso en ambas direcciones de la autopista de Atlantic City. Los siempre esperanzados jugadores nocturnos corrían hacia el sur, hacia los casinos en sus coches, camionetas, motocicletas y autobuses fletados, ansiosos por dar un golpe en las mesas, mientras que los excursionistas del día se retiraban de vuelta a Filadelfia y a la I-95 hacia el norte con las carteras vacías y el rabo entre las piernas.

Bob condujo en silencio, pensando en Charlie Newcomb, su difunto y gran amigo, contador de frijoles y jefe de finanzas. En los últimos tres años, nadie conocía a Bob mejor que Charlie. Al observar a Bob en uno de esos oscuros estados de ánimo de planificación táctica, Charlie lo comparó con un experto tallador de diamantes que se esconde en un taller de la trastienda del Distrito del Diamante, en la calle 47 del centro de Manhattan. Se pasan el día encorvado sobre un banco de trabajo, bajo una brillante lámpara de escritorio, estudiando las piedras en bruto, sin cortar, a través de potentes lupas de joyero. De vez en cuando, levantan la piedra y la hacen girar bajo la luz brillante, hasta que ven cada defecto e imperfección que se esconde en su interior. Finalmente, con un plan preciso en mente, golpean, apostando todo a un golpe rápido y preciso. Crearían una gema impecable o harían añicos la piedra preciosa.

Cuando salió de Chicago esa mañana, todo lo que quería era sacar a Vinnie y Patsy de ese casino y volver a casa. Ahora Vinnie estaba muerto. Alguien tendría que responder por eso, pero Bob no tenía ningún interés en entrar en guerra con otra familia mafiosa, sobre todo cuando Vinnie era uno de los principales responsables de sus propios problemas, quizá incluso de su propia muerte. Aun así, alguien debía responder. Por mucho que despreciara a Carbonari, a Shaka Corliss y a ese sapo de Van Gries, esperaría a que el FBI, el CID del ejército y los médicos forenses del ejército investigaran, determinaran los hechos y metieran en la cárcel a los responsables, para no tener que ocuparse de ello. La última vez, no tenía nada que perder y era fácil hacer cosas estúpidas y peligrosas. Esta vez, las cosas eran diferentes.

En el asiento trasero del Buick, Linda siguió consolando a Patsy Evans sin mucho éxito. Finalmente, levantó la vista y captó los ojos de Bob en el espejo retrovisor. "He oído lo que le has dicho a Ace. Puedes intentar convencerle de que vas a esperar y dejar que la policía se encargue, pero no te creo. Tampoco Ace. Vas a ir tras ellos; sé que lo harás".

"Entonces sabes algo que yo no sé".

"He visto las expresiones de suficiencia en sus caras, y te conozco. No vas a esperar; es que no haces nada sin un plan. ¿Cómo lo llama el Ejército? ¿Una orden de operaciones? Eso es lo que estás haciendo, estás elaborando una en tu cabeza".

"Si tú lo dices".

"Sí lo digo, porque te conozco, y si crees que vas a llevarnos de vuelta a Chicago - a Patsy y a mí - y encontrar alguna excusa para dejarnos allí, no funcionará. Vamos a ir. Entonces, ¿cuál es el plan, Mayor?"

"¡Todavía no tengo ninguno!", se enfadó él. Giró la cabeza y la miró por el espejo retrovisor. "Parece que no sabes a quién nos enfrentamos, ¿verdad? ¿Carbonari y los demás? Son la mafia de Atlantic City y están vinculados a los Merlinos de Filadelfia y a las mafias Genovese y Lucchese de Nueva York. Eso es un problema serio, Linda".

"No me importa quiénes son. He visto esa mirada en tus ojos y sé que no te vas a quedar de brazos cruzados. Así que, ten la amabilidad de decirle a las tropas cuál es el plan".

"No hay ninguno, excepto no hacer que maten a más de mis amigos. Eso no va a traer a Vinnie de vuelta". Bob negó con la cabeza. "No sé qué demonios pasó en esa habitación de hotel del quinto piso, y tú tampoco. Vinnie le debía a Carbonari mucho dinero, y Carbonari no lo habría tocado hasta que lo consiguiera, cosa que nunca hizo. Eso no quiere decir que no culpe a Carbonari, a Shaka Corliss e incluso a ese remilgado holandés Van Gries por su muerte, porque lo hago, y quiero que se haga justicia; pero Vinnie tuvo al menos parte de culpa allí. Mucha o poca, no lo sé; pero si se hubiera quedado en esa habitación de hotel y hubiera esperado a que volviéramos, no estaría muerto."

"¡Pero está muerto!" Patsy se sentó y gritó enfadada.

"Y después de ver los informes del Ejército y del FBI, puede que cambie de opinión. Pero Carbonari tenía razón en una cosa, nada de esto tiene sentido; y yo tengo demasiadas responsabilidades como para cargar con algunos quizás."

"¿Responsabilidades? ¿Cuándo te has convertido en una persona de mediana edad?"

"Ahora tengo un centenar de empleados que dependen de mí para ganarse la vida, Linda. Añade a eso una nueva y encantadora esposa y una nueva hijastra a la que me gustaría conocer mejor, y un escuadrón de militares a los que no tengo derecho a seguir poniendo en peligro, y no estoy siendo justo con ninguno de ellos, si no les doy el beneficio de la duda y espero alguna prueba."

"¿El beneficio de la duda? Esa es su elección, no la tuya".

"No, es la mía, y la jugada inteligente es alejarse de esto antes de que consiga matar a más gente, que es exactamente lo que ocurrirá si suelto a los perros antes de estar absolutamente seguro de lo que ha pasado y de quién ha sido el responsable".

Estaban siete millas más allá del peaje de Egg Harbor, conduciendo en silencio, cuando pasaron por delante del gran Lincoln negro aparcado en el arcén de la carretera. Bob miró hacia atrás y vio cómo se desprendía y levantaba una nube de polvo y suciedad cuando se acercaba a ellos. Para no tener problemas con la policía local, Bob había tratado de mantener el Buick cerca del límite de velocidad, pero el Lincoln en el espejo retrovisor cambió todo eso. Cuando tienes "amigos en las altas esferas", como los sabios siempre parecían tener, los límites de velocidad no son un gran problema, supuso.

Aun así, cualquier autopista en hora punta no era un buen lugar para una carrera. Aceleró, tratando de poner la mayor distancia posible entre ellos y el Lincoln, pero el tráfico de la tarde era cada vez más denso. Sorteando a los demás coches, Bob mantenía un ojo en la carretera y otro en el espejo retrovisor. Tal y como esperaba, el coche negro les estaba ganando terreno. Tenían que ir a más de cien millas por hora, tal vez mucho más, mientras urgía al Buick a seguir adelante.

"Abróchense los cinturones con más fuerza", gritó a las dos mujeres del asiento trasero por encima del rugido del potente motor del Buick. Como dos torpes pesos pesados, el Buick y el Lincoln eran potentes en las rectas, pero lentos y difíciles de maniobrar cuando las cosas se ponían difíciles. Después de alcanzarlos, el Lincoln se desvió hacia el carril izquierdo y comenzó a adelantarlos. Bob adivinó que querían alcanzar la parte delantera del Buick, girar de repente y obligarle a salirse de la carretera. Eso era algo que no podía dejarles hacer, pero el Lincoln era más rápido y las opciones de Bob eran pocas. Mientras el Lincoln se deslizaba hacia delante, en su espejo lateral vio cómo se bajaba la ventanilla del lado del pasajero y aparecía de repente el rechoncho cañón de una escopeta recortada del calibre 20, apuntando hacia ellos.

"¡Agáchate!", les gritó a las chicas mientras se desviaba hacia su izquierda para chocar con el Lincoln, puerta con puerta. El Buick rebotó en el Lincoln, pero desvió la puntería del pistolero y casi le arranca el brazo. Aun así, consiguió disparar. La escopeta rugió cuando una carga de perdigones destrozó la ventanilla trasera del pasajero del Buick.

"Ustedes dos, ¿están bien?" Bob gritó.

"Sí, sí, si no te importa sentarte sobre un cristal roto", respondió Linda.

"¡Entonces tírate al suelo y aguanta!", contestó él, mientras giraba de nuevo a la izquierda, golpeando el Lincoln mientras tiraba hacia arriba del freno de emergencia. Eso hizo que el gran sedán hiciera un giro controlado de 360°, lo que le hizo perder parte de su propia velocidad. Cuando el Buick volvió a girar, Bob vio que estaba muy por detrás del gran coche negro, así que pisó el acelerador y se fue tras ellos.

En un momento, el hombre al volante del Lincoln pensó que estaba a punto de empujar al Buick fuera del lado derecho de la carretera; al momento siguiente el

Buick no estaba allí. Al igual que un boxeador de peso pesado que lanza un golpe a la cabeza de su oponente y se prepara para el impacto cuando su puño golpea, el conductor no golpea nada más que el aire y se encuentra corriendo a través del pavimento hacia el hombro de la carretera y la profunda zanja de drenaje más allá. Presa del pánico, el conductor giró repentinamente el volante hacia el otro lado, hacia la izquierda, pero lo único que consiguió fue que el pesado Lincoln volviera a cruzar la carretera.

Este no era el plan, debió decirse el conductor. Tenía que volver a controlar el Lincoln. Sin pensarlo, frenó de golpe, lo que fue precisamente un error, haciendo que el derrape y la cola de pez fueran aún peores. Fue precisamente entonces cuando el Buick se acercó a toda velocidad por detrás, y Bob estrelló la esquina derecha de su parachoques delantero contra la parte trasera izquierda del Lincoln. No hizo falta mucho. Incluso un pequeño golpe haría que el conductor del Lincoln perdiera el control que le quedaba y que el coche grande entrara en una "espiral de la muerte" hacia la derecha.

Bob no le dio un pequeño golpe. Golpeó con fuerza al Lincoln, que giró de lado sin control, volcó y salió volando de la carretera, aterrizando boca abajo sobre su techo en el arcén, a unos quince metros de distancia. Bob lo vio rebotar, dar dos vueltas más y finalmente aterrizar en la profunda zanja de drenaje que corría a lo largo de la carretera. Hizo un largo surco en el barro antes de detenerse finalmente boca abajo, medio sumergido en el agua.

"Aficionados", concluyó mientras giraba hacia el carril izquierdo, se alejaba a toda velocidad y se mezclaba rápidamente con el tráfico.

Con los ojos muy abiertos, Linda se incorporó y miró hacia atrás por la ventanilla trasera. Una docena o más de coches de ambos lados de la autopista se habían detenido en los arcenes de la carretera. Se encendieron las luces de freno, unos pocos valientes corrieron por la mediana para intentar ayudar, mientras que la mayoría se mantuvo al margen de los problemas y contempló el coche volcado en la cuneta.

"Dios", dijo Linda. "Espero que hayas contratado un buen seguro para esta cosa. ¿Dónde has aprendido a conducir así? ¿En la Escuela de Derby de Demolición de Bubba Gump?"

"No exactamente", sonrió. "Una clase de conducción defensiva en una de las escuelas de entrenamiento de la CIA en Virginia. Es sólo algo de geometría de la escuela secundaria, un poco de física, más una pizca de ingeniería mecánica".

"¡Conducción defensiva, mi dulce patootie! Nos ha apuntado con una escopeta de cañones recortados", le espetó Linda. "¿Y bien? ¿Cómo va tu 'beneficio de la duda' ahora? ¿Sigues pensando que lo que le pasó a Vinnie fue un accidente, o quieres más pruebas?"

Mientras continuaban hacia el norte por la autopista en dirección a Filadelfia, uno a uno, el Lincoln, la zanja de drenaje y los recuerdos de los casinos de Atlantic City se desvanecieron de su espejo retrovisor. A medida que lo hacían, se enfadaba más y más y estaba más seguro de lo que debía hacer. Fue entonces cuando Linda intervino.

"No sé si buscaban el dinero o si sólo querían hacernos callar", dijo Linda. "Pero sea lo que sea que hayan hecho, lo hicieron porque Carbonari les dijo que lo hicieran. Eso lo cambia todo y tú lo sabes".

"No puedes dejar que se salgan con la suya", se inclinó Patsy y se sumó.

"No voy a dejar que nadie se salga con la suya", dijo, pero una mirada al espejo retrovisor le dijo que las chicas no estaban muy contentas con él.

Fue Linda quien finalmente tomó la palabra y dijo: "¿Lo que nos estás diciendo es que no te estás echando atrás de verdad, sólo quieres ver si alguien lo hace por ti?".

"¿En serio?" Patsy lo fulminó con la mirada. "¿En qué se diferencia eso de esperar?"

"Mira", Bob trató de razonar con ellos. "Me encantaría entrar ahí y patearle el culo a Carbonari de un lado a otro de Atlantic City, y luego arrojarle a él, a Corliss y a ese jefe de policía de cuatro estrellas de su propio tejado..."

"Eso no sería un mal comienzo".

"No, pero ese complejo de casinos es una fortaleza. Tiene edificios altos que dominan el terreno alto, rodeados de agua, y con acceso limitado. Además, el lugar está lleno de guardias de seguridad privados y policías de la ciudad, con un sistema de cámaras y alarmas de alta calidad dentro y fuera.

"¿No estuviste en ese lugar más de veinte minutos y ya te disté cuenta de todo eso?"

"Es lo que hago, Patsy... no, es lo que solía hacer", se corrigió, "pero algunas cosas nunca cambian. Se necesitará mucho más que un par de tipos con rifles de francotirador y trajes Ghillie para derribar ese lugar".

"Un puñado de tipos y dos mujeres", le recordó Linda.

"A ambas casi el mato hace unos minutos, porque me descuidé".

"No habría sido culpa tuya", le dijo Patsy. "Estamos aquí porque queremos, y cuando vayas a por ellos, también queremos estar allí".

Sacudió la cabeza, sabiendo que era inútil. "Mejor digo que sí, porque sé que no puedo detenerte".

"Bien. Me alegra ver que nos hemos quitado eso de encima", dijo Linda con una gran sonrisa. "Yo tampoco quería seguir peleando por ello, ya que ambos sabemos que no ibas a ganar".

Triste, pero cierto, se consoló. "Por cierto, habrá tres mujeres en esto, no sólo dos. Ace tiene una nueva novia. La conocerás cuando vayamos a Fort Bragg".

"Genial", dijo ella. "Ya te superamos en número; eso hará que sea exagerado".

CAPÍTULO DIEZ

Devolvieron el coche de alquiler en el aeropuerto internacional de Filadelfia algo deteriorado y esperaron el autobús del aeropuerto para volver a la terminal principal. "¿No te alegras de que haya contratado la cobertura total de esa cosa?" dijo Bob mientras el personal del coche de alquiler rodeaba el Buick, llorando.

"Yo probaría con otra compañía de coches la próxima vez", respondió Linda. "Esos tipos no van a querer volver a verte".

Cuando llegaron a la terminal, subieron las escaleras mecánicas hasta el vestíbulo de las tiendas, donde Bob los condujo a una de esas omnipresentes tiendas de libros, juguetes electrónicos y regalos que se pueden encontrar en la mayoría de los aeropuertos metropolitanos hoy en día. Tenían todo lo que un viajero puede desear, desde accesorios para el ordenador hasta maletas y bolsos. Cuando Bob vio una gran bolsa de lona con girasoles amarillos y naranjas de Van Gogh sobre un cielo azul brillante, la cogió.

"¡Esa cosa es horrible!" anunció Linda. "No esperarás que la lleve yo, ¿verdad?".

"Es perfecta", la corrigió Bob mientras se dirigía al cajero y pagaba la bolsa. "De hecho, como no es probable que encuentre nada más bonito, iba a convertirlo en tu regalo de aniversario; pero sabía que lo querrías ahora". Llevaba la bolsa de lona del banco bajo el brazo, enrollada para ocultar el logotipo y el nombre del banco desde que bajaron del coche de alquiler. Dos puertas más abajo, entró en un hueco donde una tienda había sido cerrada por remodelación. Dando la espalda a la explanada, arrancó las etiquetas de la nueva bolsa de la compra, metió dentro la bolsa de lona del banco de dinero Citicorp y se la entregó a Linda.

"¿A quién crees que va a engañar eso?", preguntó ella con petulancia. "No va ni por asomo con mi vestido o mis zapatos. Ugh!" Pero él no estaba escuchando. Se lo colgó del hombro, le desabrochó el botón superior del vestido y deslizó el dedo índice dentro para tirar del siguiente botón y del sujetador para dejar al descubierto aún más escote.

"Te estás volviendo un poco personal ahí dentro, ¿no?"

"En ningún sitio no he estado antes".

"Y puede que no vuelvas a ir, tal y como está siendo este día. ¿Qué estás haciendo?"

"Dando a la TSA algo más bonito que mirar que la bolsa de la compra."

"¿Quieres que me quite el sujetador también?", preguntó ella, exasperada.

Echó un rápido vistazo a la explanada. "No, no quiero iniciar un motín en toda regla en la puerta. Sólo quiero distraer un poco su atención".

"¿Un poco? Buen intento, pero sólo te estás hundiendo más", dijo Linda mientras Patsy empezaba a reírse de las dos. Linda se volvió hacia ella y le preguntó: "¿Quieres llevar esta cosa? ¿Una cosita alegre como tú? Una mirada y estoy segura de que volverías locos a los guardias".

"No, no". Patsy sacudió rápidamente la cabeza y retrocedió un paso, mirando el pecho de Linda y luego el suyo propio, todavía riendo. "Eres perfecta. Yo... no podría aspirar a competir".

"¡Oh, gracias! Parece que te has pasado al 'lado oscuro' con él, chica".

"Linda, hay 100.000 dólares en esa bolsa. ¿Con qué prefieres intentar pasar el control de la TSA? ¿Una bolsa de lona de Citicorp para el dinero en efectivo o la fea de los girasoles?"

"¿Supongo que quieres una sonrisa de dormitorio de ensueño para acompañarla?", preguntó ella.

"Gran idea", respondió Bob. "Pero recuerda que, si esos labios tuyos de un millón de dólares no funcionan, podrías enfrentarte a seis horas con el FBI y a un registro de cavidades corporales o dos".

"Bueno, como esas zonas están reservadas exclusivamente para ti ahora, supongo que optaré por los girasoles".

"De alguna manera, pensé que lo harías".

Volvieron al mostrador de United Airlines. Bob pudo reservar asientos de primera clase en un vuelo a Chicago utilizando la tarjeta de crédito de la compañía. El avión no salía hasta dentro de tres horas, pero con sus billetes de primera clase y el escote de Linda, atravesaron el control de la TSA sin despeinarse.

"Vaya seguridad", refunfuñó Linda mientras se dirigían a la puerta de embarque. "Si me desabrochara el siguiente botón y me inclinara hacia delante, podría haber pasado llevando un elefante".

La espera resultó más larga que el vuelo.

"Dios, quiero salir de aquí. Se me ha entumecido el culo", refunfuñó Linda cuando por fin embarcaron en el 737. "La gente que se queja de O'Hare debería probar una larga escala en Filadelfia con esos asientos de plástico duro y la horrible comida".

"¿Sabes qué puso W. C. Fields en su lápida? 'Mejor aquí que en Filadelfia'. "

"Bueno, al menos estamos en Primera", añadió Patsy.

"Bebida gratis, pretzeles gratis y una película gratis por tres veces el precio de la diligencia".

"Con tu posición y todos los viajes de negocios que haces, no puedo creer que no compres un jet de la compañía. El nuevo G-5 haría maravillas con su imagen".

"¿Y nuestra cuenta bancaria?" Bob negó con la cabeza. "Te olvidas de que hice carrera en aviones pequeños con mis propios pilotos personales".

"Sí, pero tenían agujeros de bala y ametralladoras colgando de las puertas.

Me refería a los que tenían una barra y un suave cuero corintio".

Con tiempo para matar, Bob sacó su teléfono móvil y pulsó el número de marcación rápida de un teléfono móvil no cotizado en el área 312 de Chicago. Después de cinco timbres, oyó una voz apagada que respondía: "Sí... Travers".

"Pareces cansado".

"Eso es porque estoy cansado. ¿Eres tú, Burke?"

"¿Quién más? He oído que te han ascendido a capitán y he llamado para felicitarte, pero por tu voz, parece que ya te están haciendo trabajar demasiado."

"No tienes ni idea, y lo realmente estúpido es que dejé que me sacaran del mejor maldito trabajo de todo el Departamento de Policía de Chicago. Cobraba el sueldo de teniente, que no es precisamente malo, dirigía mi propia oficina en O'Hare y me deslizaba suavemente por la resbaladiza pendiente de la jubilación. Nadie me molestaba. Era mi propio jefe. Podía llegar tarde, salir temprano y comer todas las rosquillas que quisiera... y luego tú tenías que tomar ese maldito vuelo desde Washington y aterrizar en mi puerta".

"Perra, perra, perra..."

"Fue perfecto", continuó Ernie, ignorándolo por completo. "No tuve que lidiar con la política del departamento, nadie me disparaba, diablos, nadie que fuera alguien sabía siquiera que yo estaba allí. Ahora mírame. Los donuts están rancios, el café está frío y ya ni siquiera puedo ver la parte superior de mi escritorio".

"¿Qué he leído que te han hecho? ¿Vicejefe de la División de Crimen Organizado? Y con el sueldo de un capitán. ¡Vaya! Todo ese poder y los grandes dólares también".

"¿Grandes dólares? ¿Poder? Me trasladaron al 'Head Shed' en la 35 y South Michigan. ¿Sabes dónde está eso? La capital mundial de los pandilleros: prostitutas y niños de doce años con sombreros de béisbol torcidos, pantalones caídos hasta las rodillas y pistolas automáticas de nueve milímetros metidas en la cintura. Cada vez que me doy la vuelta tengo los pantalones rotos, no consigo aparcamiento en el maldito garaje y necesito una escolta del equipo SWAT para llegar a mi coche en el aparcamiento de superficie. Menudo favor me has hecho".

Burke sonrió. "Bueno, sí, hemos hecho unas cuantas mellas en su operación".

"Sí, pero es como el Whack-a-Mole. Ya sea la Black P. Stone Nation, los Gangster Disciples, los Latin Kings, los rusos, los jamaicanos o la mafia italiana, derribas a uno de ellos y aparecen dos caras nuevas para ocupar su lugar. Pero así ha sido en Chicago desde Al Capone, Frank Nitti y Tony Accardo. Nunca cambiará".

"Qué bonito".

"Oye, no he hablado contigo desde la boda. ¿Cómo es la vida en los suburbios? ¿Linda está bien?"

"Ella está bien, Ernie."

"No la mereces, sabes."

"Lo sé."

"Entonces, ¿qué pasa? No me has llamado para que te ponga al día sobre la mafia de Chicago, ¿verdad?"

"No, estoy llamando al vicejefe del crimen organizado del Departamento de Policía de Chicago para obtener un poco de información de inteligencia. ¿Has oído hablar de los Carbonaris, en Atlantic City?"

"¡Oh, Cristo!" Ernie gimió. "¿En qué te has metido ahora?"

"Yo no. ¿Te acuerdas de Vinnie?"

"¿Vinnie el de los ojos muertos? Era un fantástico tirador con ese rifle de francotirador".

"Bueno, ahora está muerto."

"¿Muerto? ¡Vaya! ¿Qué pasó?"

"Donatello Carbonari dice que se cayó de la cornisa de un quinto piso intentando salir por una ventana del casino Bimini Bay, pero no me lo creo. Creo que lo echaron".

Ernie se quedó en silencio un momento, pensando en ello. "¿Debo suponer que les debía mucho dinero? Eso suele ser lo último que haría un corredor de apuestas o un casino. Podrían romperle la pierna o tirarlo por una ventana después, pero es difícil sacarle dinero a un hombre muerto".

"Eso es lo que dijeron también", hizo Bob una pausa y aceptó de mala gana. "Estuve en la escena justo después de que ocurriera, y no puedo entenderlo. El cuerpo de Vinnie aterrizó demasiado lejos del edificio como para haber resbalado y caído. Esa geometría no funciona. Tuvo que ser empujado o arrojado".

"¿Cuándo ocurrió esto?"

"Hace aproximadamente una hora y media".

"¿Y todavía están en Atlantic City?"

"No, estamos en el aeropuerto de Filadelfia".

"¿Quiénes somos?"

"Yo, Linda y Patsy Evans".

"Dios, esto es horrible. Supongo que habrá un servicio. ¿Tenía familia?"

"Sí, la mitad de Fort Bragg. Estoy seguro de que habrá un servicio allí después de que la Oficina del Médico Forense del Estado de Nueva Jersey y los forenses del Ejército terminen".

"Eso suena como un montón de investigadores".

"Sí, pero no encontrarán nada. Cayó cinco pisos sobre hormigón. El resto son suposiciones. Lo que no sabemos, y nunca sabremos, es el por qué y el quién".

"Parece que tú deberías ser el capitán detective, no yo. Hazme saber cuándo es el servicio y estaré allí".

"Gracias, Ernie, los chicos lo agradecerán, y me dará la oportunidad de presentarte a un montón de gente que no conoces".

"Aunque sólo estuve con tus chicos un par de horas esa noche, sentí que realmente llegué a conocerlos -Vinnie, Ace, Koz y Chester- eran buenos hombres, todos ellos. En Irak, yo sólo era un coronel de la Policía Militar de la Reserva que dirigía una reserva de prisioneros de guerra y trataba de seguir vuestro ritmo, pero también trabajé con muchos otros hombres de infantería y de operaciones especiales, y todos eran francos. Me convertí en un gran fan".

"Gracias, Ernie, pero antes de que vayas a Bragg, tengo que pedirte un par de favores".

"Dime que no estás pensando en enfrentarte a los Carbonaris, ¿verdad?"

"Espero que no, pero ¿conoces a alguien del FBI en Nueva Jersey? Uno de los banqueros de aquí me dio un nombre: Philip T. Henderson en la oficina de campo del FBI en Woodbine".

"Lo comprobaré, pero como la mayoría de los policías, evitamos a los 'Feebs' siempre que podemos. Siempre parecen tener una agenda propia cuando tratan con policías normales", le dijo Ernie. "Pero asistí a una conferencia en Detroit hace un par de meses e intercambié bebidas con el número dos de la Fuerza de Tareas contra el Crimen Organizado de la Policía Estatal de Nueva Jersey, un tipo grande llamado Carmine Bonafacio. Te gustará".

"¿Un chico irlandés?" preguntó Bob, sorprendido.

"Créeme, nadie odia más a la mafia que un policía italiano. La mafia dirige Hoboken, Jersey City, Newark, Atlantic City y la mayor parte del resto del lugar. Mantiene a los polis a raya. Lo llamaré y veré qué puedo aprender".

"De acuerdo, lo dejaré en tus manos. Sólo ten cuidado".

"¿Yo? ¿Me estás diciendo que tenga cuidado? Oh, eso es rico".

Cuando por fin llamaron a su vuelo para embarcar, tomaron rápidamente sus asientos en la sección de Primera Clase del 737, con Bob junto a la ventanilla y Linda y Patsy junto a él en los asientos del pasillo de enfrente. Linda cerró los ojos y se fundió en los suaves cojines. "Mucho mejor", dijo con una sonrisa de satisfacción. "No hay cristales rotos, ni escopeta, ni derby de demolición".

Bob deslizó su maletín bajo el asiento de enfrente y metió la bolsa con estampado de girasoles bajo el asiento de enfrente del suyo mientras una azafata canosa de mediana edad se abría paso a codazos entre la fila de pasajeros que embarcaban para tomar sus pedidos de bebidas. "Oh, esa bolsa de girasoles es tan bonita", dijo con entusiasmo. "Soy de Kansas y he estado buscando algo así".

"Bueno, se acerca la Navidad", dijo Linda mientras abría un ojo y la miraba. "Si eres una chica realmente mala, tal vez Santa te traiga uno también".

"¿Así es como conseguiste el tuyo?", replicó la azafata con una sonrisa de cocodrilo.

"No tienes ni idea", replicó Linda mientras pasaba su mano por el interior del muslo de Bob. Él se sobresaltó y ella preguntó: "¿Qué tal un Martini doble para mí y otro para mi amigo del otro lado del pasillo? ¿Tú también quieres uno, semental? Después de todo, tú pagas".

"Ninguno para mí", respondió Bob. "Prometí a la Hermandad Fraternal de Auxiliares de Vuelo que no volvería a beber en uno de sus vuelos, nunca más".

La azafata se encogió de hombros. "A cada uno lo suyo", dijo y luego se apresuró a volver a la cocina para llenar los pedidos de bebidas de las chicas.

Dos horas y quince minutos después, el avión aterrizó en O'Hare. Sin equipaje y sentadas en primera clase, salieron del avión, bajaron a la explanada y subieron al autobús del aparcamiento en veinte minutos.

"Tenemos que recoger a Ellie y a su nuevo gato antes de que se haga más tarde", le recordó Linda mientras subían al viejo Saturn de Bob. "Patsy, tenemos una habitación extra y no has estado en casa en semanas. Ven a quedarte con nosotros un par de días. Esto no es algo por lo que debas pasar sola. Además, Ellie te echa mucho de menos".

"De acuerdo", aceptó Patsy de mala gana. "Normalmente, insistiría en ir a casa, pero llevo dos días sin dormir y estoy demasiado cansada para discutir con nadie ahora mismo".

Bob también tenía el cerebro muerto y tardó unos instantes en asimilar las palabras de Linda. "¿Te he oído decir 'el nuevo gato de Ellie'?", preguntó con el ceño fruncido. "Sabes que los gatos no me gustan".

"Eso no es cierto. No te gustan, y los gatos son muy sensibles. Se dan cuenta".

Bob giró la cabeza y la miró con desconfianza.

"El gato es un regalo de mi hermana para Ellie", intentó explicar Linda, "y ella lo adora absolutamente. El terapeuta de su escuela dice que está muy frágil ahora mismo después de todo lo que pasó, así que no podemos decir que no".

"¿Frágil? Si Ellie estuviera aquí, sería la mujer más madura y equilibrada de este coche", dijo mientras movía el antebrazo, anticipando un fuerte codazo en las costillas.

Linda también vio el bloqueo del brazo. "Estás aprendiendo, Burke, pero el tiempo está de mi lado y puedo esperar. Me queda mucho más que a ti, lo sabes".

"Pero no será ni la mitad de divertido", bromeó. "Sabes, hay dos tipos de personas en este mundo: las personas con gatos y las personas con perros".

"Todos los niños necesitan una mascota, Bob", dijo Patsy. "Y a las niñas les encantan los gatitos bonitos, especialmente a una niña como Ellie, después de todo lo que ha pasado".

Linda empezó a moverse en su asiento. "Bueno, eh... esto no es exactamente un gatito lindo", dijo mientras entraba en modo "escape y evasión".

Bob finalmente lo entendió. "¡Oh, no! ¿No será ese gato grande y feo de tu hermana? No estará intentando endilgarnos esa bestia otra vez, ¿verdad? ¿Un gatito? Es del tamaño de un pavo de Acción de Gracias, arrogante, intratable, y ¿cuánto pesa? ¿Veinte? ¿Veinticinco libras?"

"Sí, necesita ponerse a dieta, pero Ellie se ha encariñado mucho con él", explicó Linda.

"Puedo verlo ahora, pelos de gato por todas partes, muebles arañados... ¡me arañó a mí!".

"Realmente tienes que verlos juntos, Bob".

"...y odio pensar en las veces que hará saltar mi sistema de alarma".

"Le romperás absolutamente el corazón si haces que lo devuelva."

"¿Cómo se llama, Godzilla?" Preguntó Bob mientras se giraba en el asiento y la miraba fijamente, sabiendo muy bien que estaba atrapado, que era exactamente lo que su hermana tenía en mente.

"No, ella lo llamó Crookshanks. Además", añadió Linda, agarrando la última estaca para clavársela en el corazón. "Si eres amable, me esforzaré de forma especial para compensarte".

Volvió a mirarla. "Extra especial, ¿eh?"

"Extra, extra especial", dijo ella con una sonrisa cómplice mientras le soplaba un beso.

Patsy se echó a reír. "Vaya, que estás azotado".

"Dímelo a mí", murmuró él.

"No me vais a tener despierta toda la noche con ese ruido otra vez, ¿verdad?".

"Sólo si ella empieza a gritar", respondió Bob. "Normalmente, sólo gime".

"¡Es tan mentiroso! ...Pero te pondremos al final del pasillo, por si acaso".

La modesta casa adosada de Bob y Linda en Arlington Heights databa de sus días de soltero, después de que él y Angie se separaran. Era muy diferente de la "mansión" de la familia Toler en la orilla del lago, en Winnetka, que recientemente había puesto a la venta. De ninguna manera iba a volver a mudarse a esa casa. Cuando él y Linda se sintieran cómodos el uno con el otro, les encontraría un nuevo lugar; pero por ahora, la casa de la ciudad les venía muy bien. Era una casa alta, estrecha y de dos pisos, situada entre dos casas de los extremos. Cada una de ellas tenía tres dormitorios, con dos baños, un gran salón y una cocina en la planta baja, un patio trasero rodeado por una valla de dos metros de altura y un garaje para dos coches que daba a un callejón trasero. Venía con los acabados estándar del constructor y con muebles baratos y desechables. Añadió televisores HD de pantalla grande en el salón y en los otros dormitorios, un buen reproductor de CD Onkyo, altavoces Tyler Acoustics y dos estanterías de pie para su preciada colección de CD de jazz. Aparte de un partido de fútbol ocasional el fin de semana, los televisores eran un desperdicio de dinero. Su agenda rara vez le dejaba tiempo para ver algo, a menos que lo grabara y adelantara los anuncios.

Antes de conocer a Linda, Bob no tenía ningún interés en remodelar o retocar los muebles o los acabados, y mucho menos ahora. Cuando se mudaran a una casa de verdad, podría hacer esas cosas a su antojo. Aparte de la televisión y el sistema de audio, lo único en lo que gastó mucho dinero fue en un sistema de seguridad integrado de última generación. Los viejos enemigos pueden ser los más persistentes, especialmente los de Oriente Medio, y él los había hecho por docenas durante sus quince años en el ejército.

Con la ayuda de algunos compañeros de "operaciones negras" de Fort Bragg, instalaron el sistema un fin de semana sin obtener permisos ni colocar ninguna de esas simpáticas pegatinas en sus puertas o ventanas. Cableó las puertas y ventanas con sensores e instaló detectores de movimiento y cámaras de vídeo e infrarrojos en miniatura en todas las habitaciones del primer piso y en el garaje. El cableado, los contactos y los sensores de movimiento eran casi invisibles. Por último, escondieron el panel de control y el grabador de vídeo en un estante alto de su armario, detrás de una caja. Eran fácilmente accesibles para él, pero el último lugar donde alguien más pensaría en buscar para desactivar el sistema.

Si un sensor se disparaba cuando él no estaba en casa, se activaban las cámaras y las luces interiores y exteriores de la casa, el garaje y el patio, y luego se enviaba una alarma y una transmisión de la cámara en directo a su teléfono móvil. Sabía por experiencia que las luces brillantes solían ser suficientes para hacer huir a un intruso. En cambio, cuando estaba en casa, los sensores sólo activaban una serie de pequeñas luces intermitentes, códigos y débiles pitidos en sus teléfonos. No activaban ninguna de las luces interiores o exteriores, pero podía transmitir rápidamente un conjunto rotativo de imágenes de la cámara a su teléfono o al televisor de su habitación. De ese modo, podía mantener sus opciones abiertas, determinar el alcance de la amenaza y decidir qué contramedidas emplear.

Eran casi las once de la noche cuando llegaron a casa. Recogieron a Ellie en casa de la hermana de Linda, y ella y Patsy estaban profundamente dormidas, cogidas del brazo en el asiento trasero con el gato tumbado sobre su espalda, con las patas en el aire, entre ellas. Al salir de la carretera principal para entrar en su complejo de casas y llegar al callejón trasero detrás de su unidad, sacó su teléfono móvil y activó la aplicación de seguridad de la casa, como hacía habitualmente cada vez que llegaba a casa. Miró la pantalla y vio que ninguno de los sensores de las puertas o ventanas se había activado. Tampoco lo había hecho el de la puerta del garaje, así que se acercó y pulsó el botón del mando del garaje. Cuando la gran puerta doble comenzó a inclinarse hacia arriba, se encendieron las brillantes luces exteriores e interiores del garaje. Como no veía nada raro, metió su viejo Saturn en el garaje y apagó el motor.

Bob salió por la puerta del conductor, volvió a mirar dentro y vio que era el único que seguía despierto. Linda y Patsy fueron fáciles de despertar, pero Ellie y su gran gato estaban en el suelo. "Yo llevaré a Ellie adentro", le dijo a Linda. "Tú coge al gato y Patsy puede traer las dos bolsas con el dinero".

Linda metió la mano dentro y cogió al gran gato en brazos. "Cielos, Godzilla sí que pesa una tonelada, ¿no?".

"No se llama Godzilla, mami, se llama Crookshanks", la corrigió Ellie mientras salía sola del coche e inmediatamente le quitaba el gran gato a su madre.

"¡Crookshanks! Es el gato de Hermione en Harry Potter". Patsy asintió con conocimiento de causa y sonrió. "Excelente elección".

Bob sacudió la cabeza y dio varios pasos hacia la caja de la alarma para reiniciar todo, cuando escuchó una voz demasiado familiar que le llamaba desde el oscuro callejón fuera del garaje.

"Bueno, mira lo que tenemos aquí", dijo Shaka Corliss mientras entraba en el charco de luz fuera del garaje, sonriendo. "Es mi inteligente amigo del ejército, el mayor Burke, dos de sus bellezas de máquinas tragaperras y un nuevo amiguito de juegos. Vaya, vaya, ¡vamos a divertirnos esta noche!"

CAPÍTULO ONCE

De pie bajo la brillante luz directamente detrás del viejo Saturn de Bob y a unos cinco metros de distancia, Shaka Corliss le sonrió a Bob con sus dientes de tapa blanca que brillaban bajo los focos brillantes de la parte trasera del garaje. Su calva, sus gafas de sol y sus cadenas de oro le daban el aspecto de matón callejero que pretendía, pero no eran tan impresionantes como la pistola cromada del 44 que llevaba en la mano. A la izquierda y a la derecha de Corliss se encontraban los dos Hulks de la bahía de Bimini, aunque Corliss no necesitaba ninguna ayuda. El gran revólver de pata de cerdo apuntaba al centro del pecho de Bob. Los dos Hulks tenían Glocks de 9 milímetros de tipo corriente apuntando a las dos mujeres, pero las expresiones de sus rostros no eran menos asesinas.

Bob sabía que tenía que actuar, y rápido. "¿Eres tú el que se esconde en las sombras, Shaka?", preguntó, maldiciéndose en silencio por haber permitido que esos tres payasos se le adelantaran. Sin embargo, lo hicieron, y tal vez eso fue una bendición disfrazada. Podía negarlo todo lo que quisiera, pero dos años de matrimonio y vida corporativa le habían dejado blando y gordo. La conciencia de combate y los reflejos rápidos como un rayo de los que había dependido durante tantos años se habían oxidado y embotado, como un buen cuchillo de caza Henry abandonado bajo la lluvia. Eso podía ser fatal para un hombre que todavía se consideraba una "máquina de combate magra". A partir de ahora, tendría que ser doblemente diligente, si es que iba a haber un "a partir de ahora".

"No me estoy escondiendo en ningún sitio", erizó Corliss. "Pero vas a estar muerto, si no te callas", dijo mientras tiraba hacia atrás el martillo del gran revólver Smith & Wesson con un fuerte ¡Chasquido!

Pocas cosas concentran mejor la mente que el sonido de una pistola amartillada. Triangulando los cuerpos en el espacio que le rodeaba, le tenían atrapado aquí dentro del garaje. Retirarse o no hacer nada no era una opción, no con tres pistoleros armados frente a él y las tres chicas dispuestas detrás. No, cuando te sorprenden, te superan en armamento y te flanquean, la mejor opción es atacar primero. Parafraseando a Chesty Puller: "Ahora los tenemos justo donde queremos". Y si el rival era mejor que él, no estaría más muerto que si no hiciera nada.

Bob levantó la mano para protegerse los ojos, como si tuviera problemas para ver en la brillante luz, mientras seguía caminando lentamente hacia Shaka Corliss, acortando la distancia.

Patsy sostenía el maletín de Bob y la bolsa de mano de colores brillantes. Corliss se volvió hacia Hulk Uno y le hizo un gesto con el revólver. "Mira lo que hay en las bolsas que lleva esa perra, tonto". Hulk Uno frunció el ceño, pero se metió la Glock en el cinturón, le quitó las dos bolsas a Patsy y la empujó contra el coche, tratando de superar a su jefe.

"Vuelve a tocarla y caminarás con una cojera permanente", le espetó Linda.

Hulk se volvió hacia ella, vio la expresión de su cara y retrocedió, sin dejar de mirarla mientras arrojaba las dos bolsas sobre el maletero del coche. Al abrir la tapa del maletín, vio gruesos montones de dinero en efectivo en su interior y hurgó con el dedo para asegurarse. A continuación, colocó la llamativa bolsa de transporte sobre el maletín, sacó la bolsa del banco que había dentro y metió la nariz en su interior.

"¿Ese es el dinero?" preguntó Shaka con impaciencia.

"Sí", respondió Hulk. "Las dos están llenas de dinero, y hay mucho".

A Bob no le gustaban estas posibilidades, pero mientras hablaban entre ellos y miraban el dinero, siguió acercándose. Ahora, todo lo que tenía que hacer era encontrar una manera de desequilibrarlos.

Corliss le sonrió y metió la mano en el bolsillo de su chaqueta. Sacó su nuevo I-Phone 6-S y pulsó la lista superior de Favoritos. Lo puso en el altavoz y subió el volumen. Después de cuatro timbres, Donatello Carbonari respondió. "Sí, ¿qué tienes?"

"Bueno, tengo a ese gilipollas de Burke, a sus dos novias y un par de grandes bolsas de dinero", cacareó Corliss, con sus dientes de tapa blanca brillando bajo el brillante foco. "Todavía no lo he contado todo, pero..."

"¡Entonces hazlo y deja de molestarme!"

"¿No quieres ver cómo lo hago?" Shaka frunció el ceño, deseoso de complacer, y claramente decepcionado. "Puedo encender la cámara de vídeo del móvil y..."

"¡No, tonto! ¡No quiero estar atado a nada de eso! Es tu trabajo, ahora termínalo", ordenó Carbonari y la línea se cortó.

Corliss trató de mantener la sonrisa, pero Bob pudo ver que se trataba de una importante reprimenda de su jefe delante de sus dos lacayos blancos. Por la mirada enfadada de sus ojos, era obvio que a Corliss no le hacía ninguna gracia que le dejaran en evidencia de esa manera, y eso le escocía. Bien, pensó Bob. Eso le haría pensar en otra cosa. La última vez que vio a Corliss, los dos Hulks llevaban su forma postrada hacia la puerta trasera del hotel Bimini Bay.

Bob recordaba cómo le golpeó sólidamente en la cara con el codo. Todavía podía sentirlo y oírlo, y esperaba ver cinta adhesiva en el puente de una nariz muy aplastada y un par de grandes ojos negros de "mapache" a cada lado. Sin embargo, era difícil saber el alcance de los daños de Shaka Corliss. El callejón estaba oscuro y él llevaba esas tontas gafas de sol Oakley negras y envolventes. Cubrían parcialmente cualquier vendaje y los dos ojos negros. No obstante, Bob sabía lo fuerte que le había golpeado, y aún sentía el crujido del cartílago cuando su codo se estrelló contra el puente de la nariz de Corliss. El dolor y la probable conmoción cerebral deberían dejar a Corliss mareado, viendo doble, enfadado y con ganas de venganza. Era una ventaja, pero tenía que estar más cerca para usarla.

Aunque Corliss era fornido y musculoso, era bajo; y el revólver cromado de "Harry el Sucio" le hacía parecer aún más pequeño, un punto en el que Burke se fijó inmediatamente mientras seguía acercándose. "Cielos, ¿puedes apagar el 'bling'?" Burke se rió, levantando la mano izquierda como si tratara de hacer sombra a sus ojos, señalando las cadenas de oro que colgaban del cuello de Shaka. "Entre la luz que se refleja en tu fea cabeza calva, el oro y ese llamativo cañón cromado que tienes en la mano, no puedo ver nada".

"¡Tienes una boca muy inteligente, muchacho! Voy a disfrutar cerrándola permanentemente", Corliss levantó el revólver y apuntó a la cabeza de Burke.

"¿En serio?" Burke sonrió y preguntó. "Un tipo pequeño como tú podría querer llevar algo mucho más pequeño que una pata de cerdo cromada como esa. El arma es tan grande que te hace parecer un camarón".

"¿Un camarón? ¿Así es, Burke?" contestó Shaka, claramente enfurecido por dentro.

"Sí, y apuesto a que te deja con el culo gordo cuando la disparas".

"Supongo que lo veremos, después de que te haga grandes agujeros", dijo Corliss mientras se volvía hacia los dos Hulks. "Agarren a esos dos hos. Las haremos todas adentro".

"¿A quién llamas puta?" Linda lo fulminó con la mirada.

"Cállate", ordenó Hulk Uno mientras metía su Glock en la parte trasera de su cinturón y se acercaba a las dos mujeres, deseoso de demostrar a Corliss que él también podía ser un malote. Agarró a Linda y a Patsy por la parte superior de los brazos, creyendo que las estaba controlando.

¿Controlar a Linda? Ese fue el gran error número 1, sonrió Bob, mientras se acercaba a Corliss.

"Además, ambos sabemos que no vas a dispararme".

"¿No? Sólo tienes que esperar a que entremos y verás lo que esta cosa puede hacer", dijo Corliss con enfado. "Vamos, llévalos adentro".

"Como dije, no puedes dispararme, Shaka. ¿Delante de tus chicos, aquí? Perderás todas tus "credenciales de la calle", mi hombre". Burke dijo con una sonrisa. "Te pateé el culo dos veces en el casino, y te aplasté la nariz como a un pepino podrido", dijo Burke mientras seguía avanzando hacia él, "Y no soy un tipo que tú y tus dos amigos puedan tirar por un balcón..."

"Ah te lo dije, no hicimos eso".

"¿No? Bueno, es tu turno. Tienes que patearme el culo ahora, tú y yo, directamente y de hombre a hombre. Si no lo haces, estos dos maniquíes de pruebas de choque van a volver a Nueva Jersey y le dirán al resto de los chicos que eres un pelele — todo un espectáculo de dureza, y no va."

Se había acercado a un metro de Corliss y miró a los dos Hulks. "Míralos Shaka", dijo. "Mira sus ojos. Ya se están riendo de tu lamentable culo, pensando que eres 'el negro bajito sin pelotas'. Creo que eso es lo que los oí llamar cuando te sacaron del aparcamiento.

"¡No, hombre!" Hulk Dos se apresuró a desmentirlo. "No hemos dicho nada de eso".

"Pregúntale a Carbonari. Él escuchó lo que dijeron", le dijo Burke. "Por eso les dijo que te arrastraran dentro por la puerta trasera. No quería que nadie te viera. Además, de todos modos, vas a acabar en uno de sus bidones de aceite en las afueras de Brigantine cuando vuelvas allí; es decir, si no les dijo a estos dos que te pusieran uno en la nuca en cuanto terminaras aquí."

"¡Eso no es cierto, lo juramos!" Hulk Uno se unió.

"Está mintiendo, nadie nos dijo que hiciéramos nada de eso, Shaka", coincidió rápidamente Hulk Dos.

"¿Qué le dijiste a Carbonari?" Corliss apartó los ojos de Burke y miró fijamente a los dos grandes hombres blancos, exigiendo saber.

"Nada, hombre. Nunca le dijimos nada", insistió Hulk Uno.

"Por supuesto que eso es lo que dirían ahora", continuó Bob mientras daba el último paso. "Míralos; se están riendo de ti, los dos, porque saben que eres hombre muerto".

Los ojos de Corliss se entrecerraron mientras enfocaba a Hulk Uno, tratando de leer sus ojos. Esa era toda la ventaja que Bob necesitaba. Su mano izquierda salió más rápido que la lengua de una rana que va a por una mosca. En una situación de proximidad como ésta, el largo cañón de un revólver de pata de cerdo era una desventaja para el hombre negro: era fácil de agarrar y aún más fácil hacer palanca. Bob agarró el extremo del cañón, lo giró y lo dobló hacia atrás. Con el dedo índice de Shaka atrapado en el guardamonte, la gran pistola se disparó con un ensordecedor ¡Boom! pero la bala de punta hueca de 240 grains atravesó inofensivamente la puerta superior y se estrelló contra el techo.

Bob sólo estaba empezando. Siguió retorciéndose, obligando a Corliss a arrodillarse hasta que Bob le quitó el revólver de la empuñadura con la misma facilidad que si le quitara un juguete a un niño pequeño. Al mismo tiempo, agarrando con firmeza el pesado cañón de la Smith & Wesson, Bob lo hizo girar y le dio un revés a Corliss en un lado de la cabeza con la culata de la pistola. Los ojos del hombre negro se pusieron en blanco y cayó de lado sobre la plataforma de hormigón de la puerta del garaje, inconsciente.

Los ojos de Hulk Uno se volvieron redondos como platillos al ver a su jefe desplomarse sobre el hormigón. Se colocó entre y detrás de las dos mujeres, con sus grandes manos agarrando a cada una de ellas por la parte superior de los brazos. Se había metido la Glock en la cintura trasera del pantalón, donde estaba fuera de su alcance y no le servía de nada. Como no era de reacciones rápidas, antes de que pudiera pensar en hacer algo inteligente, Linda levantó el pie y le pasó el duro y afilado tacón de su zapato de vestir de cuero por la espinilla. Pocas cosas en la vida pueden causar más dolor que una mujer decidida con un par de zapatos de tacón de cuero. Hulk gritó cuando su espinilla se vio repentinamente sacudida por el dolor. Sin esperar, Linda volvió a levantar la pierna y le clavó el tacón en el empeine del pie, haciéndole saltar sobre la otra pierna. Mientras lo hacía, ella agarró la Glock de la cintura trasera de sus pantalones, la hizo girar y le golpeó en la nuca con su cantonera de acero. Al igual que su jefe, Hulk Uno quedó inconsciente antes de caer al suelo.

Al parecer, las cosas se habían movido demasiado rápido para que el cerebro de guisante de Hulk Dos pudiera asimilarlas. Con los ojos muy abiertos, finalmente reaccionó girándose y tratando de apuntar a Burke con su Glock. Ellie sostenía al enorme y feo gato en sus brazos. Antes de que Hulk Dos pudiera pensar qué hacer, Ellie susurró al oído del gato: "¡A por ellos, Crookshanks!". Dio un paso adelante y lanzó al gato contra Hulk. Se había convertido en una jugadora de baloncesto bastante buena, usaba los dos brazos y se lanzaba, como un perfecto tiro de "empuje" a dos manos en la clase de gimnasia — fuera y arriba del pecho.

Aunque Crookshanks pasó la mayor parte de su mimada existencia como un gato doméstico gordo, la hermana de Linda era una de esas personas que se dedican a los gatos y no cree en quitarles las garras. No era justo para el gato, dijo, lo que resultó ser una decisión excepcionalmente buena. Entre el fuerte disparo y el hecho de haber sido arrojado como una pelota de gimnasia, Crookshanks estaba completamente enfadado y dispuesto a desquitarse con alguien. Chilló y aulló mientras se encontraba volando por el aire. Sin embargo, los gatos tienen un sentido del equilibrio sorprendentemente bien desarrollado y excelentes instintos defensivos.

Con las patas extendidas hacia delante y las garras totalmente extendidas, sus patas eran un borrón mientras arañaban el aire. De alguna manera, Crookshanks consiguió enderezarse, justo antes de aterrizar sobre el pecho del gran matón. Como una motosierra desbocada, sus garras se clavaron y encontraron tracción mientras subían por el pecho de Hulk, le atravesaban la cara y le pasaban por encima de la cabeza, destrozando todo lo que encontraba a su paso y haciendo volar trozos de camisa, sangre y piel en todas direcciones.

Hulk gritó y se quedó congelado en la puerta del garaje, conmocionado. Con los ojos muy abiertos, las manos extendidas y temblando de miedo, no volvió a pensar en Shaka, en Burke ni en la pistola que tenía en la mano. La pistola cayó inofensivamente sobre el hormigón junto a Corliss, mientras éste se miraba el pecho, ahora cubierto de sangre, y seguía gritando. Al parecer, el gato también estaba harto. En lugar de volver para dar una vuelta de victoria sobre el matón, Crookshanks aterrizó de pie detrás de Hulk, aulló y salió corriendo por el callejón.

Bob se volvió hacia Ellie y sonrió. "¡Buen trabajo!", le dijo y luego miró a Linda. "¡Tú también! Ah, y puedes olvidarte de todas esas cosas malas que dije sobre Godzilla... quiero decir, Crookshanks. Puede quedarse... suponiendo que alguna vez quiera volver". Finalmente, Bob miró a Hulk Uno, al que Linda dejó inconsciente en el suelo del garaje a sus pies. "Y un gran choque de manos para ti", le dijo a Linda, "supongo que tú también puedes quedarte".

"¿De verdad? ¿Qué te hace pensar que yo también querré?", replicó ella.

"Está bien, está bien, lo siento. Pero vamos a meteros dentro", les dijo a Linda y a Patsy. "Acostad a Ellie y tratad de relajaros unos minutos. Voy a llamar a la policía, pero es probable que hayan oído el disparo de esa gran 44 en Wisconsin y ya estén en camino, así que no os preocupéis. Necesitarán hablar contigo, porque nunca me van a creer".

"No me voy a acostar hasta que encontremos a Crookshanks", afirmó Ellie, mientras cruzaba los brazos sobre el pecho y fruncía el ceño.

"Lo encontraré, cariño, tan pronto como me deshaga de esta basura de aquí. Lo prometo".

"¿Lo prometes?", preguntó ella mientras sus ojos se entrecerraban sospechosamente, aún sin estar segura.

"Lo prometo, aunque tenga que recorrer todo el barrio y buscar en todos los garajes y cubos de basura".

"De acuerdo", aceptó la niña de mala gana.

"Bien, ¿dónde está la bebida?" exigió Linda. "No me voy a acostar hasta que me tome una copa. Tal vez un par de tragos altos".

"Y te conseguiré uno", prometió Bob, "pero espera a que se vaya la policía. Te quiero sobrio como un juez cuando hables con ellos".

"De acuerdo, entraré a acostar a Ellie, pero diles que se den prisa, porque no voy a esperar mucho", añadió mientras seguía a Ellie y Patsy al interior de la casa.

Bob recogió las tres pistolas y se las metió en la cintura. Shaka Corliss y Hulk Uno estaban tumbado en la plataforma de hormigón de la puerta del garaje, detrás del coche. Hulk Dos seguía de pie, tambaleándose de un lado a otro con las manos en la cara, gimiendo, mientras intentaba detener la hemorragia.

"Siéntate o llamaré al gato", le dijo Bob, dispuesto a bajarlo si no lo hacía, pero eso resultó innecesario. Hulk se desplomó en el suelo donde estaba. En cualquier caso, ya no era una amenaza, así que Bob se dio la vuelta y entró en el garaje. Recordó que había una caja de trapos debajo de su banco de trabajo y varios trozos de cuerda para la ropa colgando de los ganchos de un tablero de clavijas. Los cogió y volvió a salir.

"Toma", le dijo a Hulk Dos mientras le lanzaba la toalla. "Estás sangrando por todo mi callejón". Luego dirigió su atención a Corliss y Hulk Uno. Los puso boca abajo y los ató rápidamente, tirando de los brazos y las piernas hacia atrás y enrollando el tendedero alrededor de las muñecas y los tobillos una media docena de veces. Sólo entonces empezó a relajarse. Habría añadido a Hulk dos a la pila, pero una mirada le dijo que no era necesario.

Había sido un día muy largo, y Bob se dio cuenta de repente de lo realmente cansado que estaba. Sacó una silla deportiva de lona de su garaje, la desplegó en medio del callejón, bajo la luz, y colocó las tres pistolas en el cemento frente a él. Era un buen lugar, bajo la luz. Le permitía ver claramente a los tres matones, y la policía tendría una visión clara de él cuando llegara. Después de todo, un callejón oscuro no era el mejor lugar para sorprender a un grupo de policías nerviosos y fuertemente armados. Finalmente, se acercó a Shaka Corliss, rebuscó en sus bolsillos y sacó su nuevo iPhone. La última entrada en Llamadas recientes tenía un código de área de Nueva Jersey. Bob pulsó volver a marcar y no tuvo que esperar mucho.

"¿Y ahora qué?" Contestó la voz airada de Donatello Carbonari. "¿No puedes ocuparte de esto, Corliss, o tengo que deletreártelo yo? ¿Qué pasa ahora?"

"Oh, no pasa nada, Donnie. Sólo que he echado de menos tu agradable voz".

Hubo un silencio absoluto al otro lado de la línea. "¿Burke? ¿Qué demonios está pasando?"

"Oh, nada en realidad, Shaka acaba de decidir tomar una siesta. También lo hizo su línea ofensiva. ¿Quieres que te envíe una foto? ¿Tal vez un video? Pero no te preocupes, la policía de Arlington Heights estará aquí en un par de minutos. Cuando lleguen, les daré el teléfono de Shaka. Estoy seguro de que querrán hablar contigo".

"¡Eres un hombre muerto!"

"Donnie, suenas como un disco rayado. Lo intentaste esta noche en la autopista. ¿Cómo te funcionó? Ahora, en tu infinita estupidez, enviaste a Shaka y a sus dos mascotas a Chicago para otra patada en el culo. Llegaron rápido, también. Hay un bonito avión de la compañía aparcado por aquí, ¿no? Debería ser fácil de rastrear a través de los registros de la FAA, y los federales tienen la mala costumbre de confiscar cosas como esa".

"No tienes ni idea de con quién te estás metiendo", continuó desahogándose Carbonari.

"Sí la tengo, pero esta noche has cometido un gran error. Casi estaba dispuesto a darte un paseo por Vinnie. Después de todo, era un exaltado, como dijiste; probablemente él empezó; y te debía mucho dinero, ¿no? Lo entiendo. ¿Pero la autopista? Tenía "civiles" en ese coche conmigo. Hasta entonces, pensé que era sólo un accidente y que lo pasado, pasado está, pero eso me cabreó, así que saqué a esos tipos del tablero. Destrocé su coche y probablemente los destrocé a ellos también. Entonces te pusiste muy estúpido y enviaste a estos tres aquí. Ahora es tu turno, Donnie, y voy a por ti".

"¡Nadie me habla así, pequeño idiota!"

"¡Yo sí! El marcador es cinco a uno ahora — los dos en el Lincoln más estos tres que enviaste aquí. Y te contaré una pequeña historia. Me encanta aumentar la puntuación de los delincuentes como tú".

"Eso es una gran charla."

"Oh, aún no has oído nada. Voy a tomar el dinero de tu almuerzo, romper tus juguetes, y luego te voy a sentar en el barro, como hice con los otros matones en tercer grado".

"¿Sí? Bueno, te estoy esperando", gritó Carbonari al teléfono. "Incluso te compondré una habitación, pero empaca un almuerzo. Puede que estés aquí un rato".

Carbonari rompió la conexión, y tal vez el teléfono, ya que la línea se cortó, dejando a Bob, mirando una pantalla en blanco. "Eso fue grosero", murmuró. "Ni siquiera llegué a ningún insulto serio ni a hablar de su madre. Oh, bueno", dijo mientras dejaba caer el I-Phone de Shaka en el suelo junto a las tres pistolas. "Bueno, al menos tengo tu atención, ahora, Donnie, ¿no?"

CAPÍTULO DOCE

Bob sacó su teléfono móvil y marcó el 911. Sólo hicieron falta dos timbres para que el despachador de emergencias contestara: "Emergencias de Arlington Heights, ¿en qué puedo ayudarle?".

"Soy Bob Burke en el 847 de Poplar Drive..."

"Señor, acabamos de recibir múltiples informes de disparos en ese lugar."

"Sólo hubo uno... pero supongo que fue bastante fuerte."

"Hay múltiples unidades respondiendo a la escena. ¿Hay algún herido?"

"Ninguno que me quite el sueño, pero dígale a su sargento de turno que estoy sentado en una silla en el callejón detrás de mi garaje con los tres intrusos a los que he desarmado e incapacitado".

"¿Los tres intrusos que has...?"

"Así es. Y menciona el nombre de Burke. Tengo un poco de historia con ustedes. De nuevo, estoy desarmado, estoy en una silla en el callejón, y estoy seguro de que los veré pronto".

"¡Uh... Sí, ¡señor!", respondió el despachador del 911 mientras Bob colgaba.

Cuando empezó a hacer una segunda llamada, vio que el gato Godzilla asomaba la cabeza por un cubo de basura al otro lado del callejón. El gato lo miró, todavía inseguro, y luego cruzó lentamente el callejón hacia él. Su pelaje se erizaba en el centro de su espalda, y su cabeza seguía girando cautelosamente de un lado a otro como la antena de un radar. Teniendo en cuenta todo lo que había pasado, la actitud del gato era comprensible, pensó Bob.

"Buen chico", dijo Bob y bajó la mano para dar la bienvenida al gato. "Me alegro de que hayas regresado por tu cuenta, porque no me apetecía una cacería de gatos durante toda la noche". Bob incluso movió los dedos, ofreciéndose a acariciar a la bestia, pero el gato no quiso. En lugar de eso, se acercó lentamente a Hulk Dos, al que había mutilado a conciencia unos minutos antes, y se sentó a un metro de él, lo suficientemente cerca, pero justo fuera del alcance del gran hombre. El gato lo miró fijamente y ladeó la cabeza, aparentemente estudiándolo, como sólo un gato puede hacer. Al no obtener ninguna reacción del gran pistolero casi comatoso, el gato comenzó a maullar. Finalmente, cansado de este deporte, el gato comenzó a limpiar sus patas, lamiendo cuidadosamente la sangre, sin dejar de vigilar al matón.

Entre sus propios gemidos patéticos, Hulk Dos finalmente bajó la toalla lo suficiente como para ver al gran felino limpiando sus patas y mirándolo fijamente. Eso lo hizo. El matón empezó a temblar. "¡Mantén esa cosa lejos de mí!", suplicó.

Bob se encogió de hombros. "Ha vuelto a por otro trozo de ti, así que cállate o volveré a vomitarle encima", como si tuviera algún tipo de control sobre la bestia. Bueno, al vencedor le corresponde el botín, y el gato estaba delimitando su nuevo territorio, que ahora incluía el callejón y el muñeco en la silla. Personalmente, Bob siempre había preferido los perros, como un pastor alemán o un Golden Retriever. Si las cosas se ponían realmente peligrosas y tu vida estaba en juego, el perro se entregaría por ti, mientras que un gato se daría la vuelta y huiría, pensando que cada felino estaba por su cuenta.

Al oír las primeras sirenas de la policía en la distancia, volvió a coger el móvil y completó la llamada. Al tercer timbre, respondió Ernie Travers.

"¿Otra vez tú?", preguntó el gran capitán de la policía de Chicago.

"¿Es esa la forma de tratar a un amigo perdido hace tiempo? Tienes identificador de llamadas, ¿eh?"

"Por fin llego a casa, pongo la cena en el microondas y... No me digas, ¿a quién mataste?"

"No hay tiempo para detalles. ¿Tienes amigos en el Departamento de Policía de Arlington Heights?"

"Después de tu última escapada, dudo que tenga amigos en algún lugar".

Las sirenas se acercaban ahora, y de repente se callaron. "¿Puedes hacer una llamada rápida, Ernie? Están atendiendo una llamada al 911 en mi casa. ¿Tal vez puedas decirles que soy uno de los buenos?"

"Oh, está bien. ¿Pero por qué llamaste al 911?"

"Porque tengo a tres sicarios de Nueva Jersey tirados en el suelo a mi lado y..."

"No los has matado, ¿verdad?"

"No, no, sólo los abollé un poco. Dos de ellos están atados como pavos de Acción de Gracias, y mi gato está vigilando al tercero. De todos modos, ¿puedes llamarlos?"

"¿Y has derribado a los tres?"

"La verdad es que no", respondió Bob al ver que un coche de policía entraba en el callejón a su izquierda y otro entraba por la derecha, con las luces apagadas. "Yo embolsé a uno, Linda abatió a otro con su pistola y el gato derribó al tercero".

"Esto tengo que verlo", se rió Ernie. "No vayas a ningún lado, ya voy para allá".

Fue entonces cuando los dos coches patrulla encendieron sus faros, lo rodearon con sus focos y pulsaron el altavoz. "Usted en la silla, ponga las manos en alto y permanezca donde está".

Bob dedicó a la policía su mayor sonrisa mientras media docena de agentes tácticos con chalecos antibalas y rifles automáticos se acercaban a él desde ambos extremos del callejón.

El jefe y el ayudante del jefe de policía de Arlington Heights tardaron tres minutos más en llegar, Ernie Travers quince más, y otra hora antes de que terminaran de interrogar a Bob, Linda, Patsy, Ellie y el gato. Sólo entonces le quitaron las esposas a Bob. Hicieron varios intentos de entrevistar a Shaka Corliss y a Hulk Uno, pero "se pusieron de acuerdo" y se negaron a decir nada. Hulk Dos, en cambio, no paró de hablar, suplicando un médico y rogando que dispararan al gato. Para entonces, Crookshanks era la imagen de la inocencia, acurrucado y dormido en el regazo de Ellie en una silla de la cocina.

Después de que los policías se llevaran a Shaka y a los Hulks, Ernie presentó a Bob al jefe de policía de Arlington Heights. "No es la primera vez que llevamos nuestras unidades tácticas a esta dirección, señor Burke. Parece que atrae usted a una compañía muy peligrosa".

"Yo no los invité, jefe", respondió Bob mientras metía la mano en el bolsillo de su pantalón y sacaba la arrugada tarjeta de visita del FBI que le dio Henry Stern, el director de la sucursal bancaria de Citicorp. "Cuando termines de ficharlos, comprueba sus armas y huellas dactilares, y llama a este tipo". El jefe de policía bajó la vista y vio el nombre de Philip T. Henderson, agente residente del FBI en Northfield, NJ. "Sospecho que él puede darte algunos antecedentes sobre ellos".

"Y tengo un amigo en la Policía Estatal de Nueva Jersey", añadió Ernie. "Le diré que le llame también".

"Esto no es lo habitual aquí en Arlington Heights, señor Burke", dijo el jefe con una sonrisa irónica. "No es por entrometerme, pero he leído que ha heredado una hermosa casa en el lago de Winnetka. El jefe Novak dirige un buen departamento allí. ¿Ha pensado alguna vez en trasladarse?"

"Con toda esta atención no deseada de Nueva Jersey, nunca se sabe".

"Bueno, cuando decidas mudarte, llámame". El jefe sonrió amablemente. "Estoy seguro de que puedo conseguir una docena de voluntarios para ayudar a cargar ese camión".

Bob se rió. "Estoy seguro de que puedes. Mientras tanto, hemos decidido hacer un pequeño viaje a Carolina del Norte, si te parece bien. El capitán Travers sabrá dónde estamos si nos necesita".

"¿Nos vamos otra vez?" Linda se quejó. "Pero acabamos de llegar a casa".

"Teniendo en cuenta lo que ha pasado aquí, creo que su marido tiene razón, señora Burke, estaría más segura en otro lugar. Nuestras unidades de patrulla pueden vigilar el lugar mientras usted no está".

"Pongamos algunas cosas en una maleta", dijo Bob. "Luego podemos pasarnos por casa de Patsy y dejar que coja algunas cosas también. Conseguiremos unas habitaciones de motel para pasar la noche y volaremos mañana. Llama a tu hermana y pregúntale si Ellie puede quedarse con ella unos días".

"¿Me dejará llevar a Crookshanks?" preguntó Ellie mientras abrazaba al gato.

"¿Por qué no?" Respondió Bob. "Dile a tu hermana que nos quedaremos con el gato. Creo que se ha ganado el derecho a ser parte de la familia ahora, y tu hermana no puede discutir ese trato".

Linda sonrió mientras Ellie le daba un gran abrazo.

A las 10:30 de la mañana siguiente, Martijn Van Gries llamó a la puerta del despacho de Donatello Carbonari y entró. El gran hombre estaba sentado en la silla de su escritorio, con un aspecto sorprendentemente desaliñado. No se había afeitado, tenía el pelo revuelto y, aunque llevaba una camisa blanca, no tenía corbata ni chaqueta. Para él, eso era lo peor que podía pasar. Van Gries ya había cruzado la mitad de la sala antes de que Carbonari hiciera un movimiento poco entusiasta hacia uno de los sillones vacíos frente a su escritorio.

"Siéntate", dijo el hombretón con el ceño fruncido. "Llevo levantado desde las 3:30. ¿Sabes lo que he estado haciendo?"

Van Gries pensó un momento. "¿Pesca en alta mar? ¿Cazar patos? ¿Robar una gasolinera? ¿Qué más hace la gente de por aquí a esas horas?".

Los ojos de Carbonari se entrecerraron. Estaba claro que no le hacía gracia el humor holandés tan temprano. "He hablado por teléfono con abogados, y ya sabes lo mucho que odio a los abogados, sobre todo en plena noche. Empezó cuando recibí una llamada de ese imbécil de Shaka Corliss preguntándome si quería ver cómo se lo montaba a Burke. Iba a grabarlo con su móvil para mí, si puedes creerlo, ¡quizá tomarse un maldito 'selfie' con su cuerpo!".

"Cálmate", advirtió Martijn. "Te vas a reventar un vaso sanguíneo. ¿Consiguió el dinero?"

"¡No! ¡A los pocos minutos recibí otra llamada al móvil de Shaka de Burke! Se ha cargado a Corliss y a los dos muñecos que se llevó, y ahora viene a por mí. Dice que también eliminó a Lenny y a Gino..."

"¿Ese accidente en la autopista? ¿Él hizo eso?"

"Aparentemente no fue un accidente. Entonces, tiene los cojones de decirme que le gusta 'correr el marcador' en tipos como yo".

"¿Mató a Shaka y a los otros dos?"

"No, mucho peor. Están encerrados en la cárcel del condado de Cook. Están acusados de media docena de cargos, desde asalto con arma mortal hasta armas de fuego no registradas, violaciones de la ley RICO, y la lista continúa. Tuve que llamar a ese bufete de abogados de Chicago que usan nuestros "amigos" de allí. Para entonces, la centralita estaba llena de llamadas de la policía de Arlington Heights, dondequiera que esté, de los periódicos, de la policía del Estado de Nueva Jersey, ¡incluso del maldito FBI! No voy a aceptar más. Pueden citarme si quieren, pero ya no hablaré con nadie".

"Te advertí de que Burke podía ser un problema", le recordó Van Gries, sabiendo que cuando Carbonari se explayaba en los coloquialismos de Nueva Jersey, se volvía sumamente peligroso.

"¡No me dijiste nada!" Carbonari se inclinó hacia delante y lo miró con desprecio.

"¿Puedes sacarlos de la cárcel?"

"Los abogados dicen que probablemente. Es el condado de Cook. Todo depende del juez que nos toque y de cuánto dinero queramos pagarle, pero no podemos dejarlos allí. Probablemente el FBI ya esté trabajando en ellos, intentando que nos delaten".

"Ya veo el problema. ¿Quieres que haga algo?"

"Sí. Averigua quién es realmente este tipo Burke. Dijo que era del ejército, y afirma que dirige algún tipo de compañía telefónica, pero no me creo nada de eso. El abogado con el que hablé en Chicago dijo que recordaba ese nombre de todo el asunto que explotó con las DiGrigorias y Tony Scalese hace unos meses. Unas dos docenas de nuestros chicos fueron golpeados allí. Pensó que era una especie de pelea territorial entre los DiGrigoria, pero no sabía mucho más".

"¿Crees que es una especie de policía encubierto o algo así?"

"No tengo la menor idea".

"¿Y si llamo a nuestro congresista local? Le hemos dado suficiente dinero a lo largo de los años. Si Burke tiene algún tipo de historial en el ejército..."

"No, no quiero que me rastreen aquí". Carbonari pensó por un momento. "Pero mi padre tenía en nómina a un congresista negro de Harlem. Llámalo".

"Lo haré", dijo Van Gries mientras se levantaba. "Con los tres en la lata, ¿qué hacemos con la seguridad?".

"Iba a llamar a Filadelfia, tal vez a Brooklyn, para que me enviaran a algunos de sus muchachos".

"Antes de hacer eso, dame el resto del día para hacer algunas comprobaciones".

"¿Por qué?" preguntó Carbonari con suspicacia.

"Dudo que tus amigos de Nueva York sean mejores que los que teníamos nosotros. Si Burke va a por ti ahora, tienes que subir el tono".

"¿Conoces a alguien?"

"Yo no, pero mi hermano conoce gente. Déjame llamarle", dijo Van Gries mientras se levantaba y se dirigía a la puerta. "¿Y Corliss y los otros dos?".

Carbonari le miró con los ojos más fríos y duros que Van Gries había visto nunca. "Son un problema que no necesitamos. Cuando salgan, ocúpate de ello".

A las cuatro y media de la tarde siguiente, su vuelo de conexión desde Charlotte aterrizó por fin en el pequeño aeropuerto de Fayetteville, Carolina del

Norte. Estaba situado a unas quince millas al sureste de Fort Bragg, y Linda y Patsy habían pasado la mayor parte de ese vuelo discutiendo si Patsy debía o no volver a la casa que ella y Vinnie habían comprado recientemente al este del puesto.

"Cariño, hay demasiados recuerdos en ese lugar. Ven con nosotros al Embassy Suites", le dijo Linda.

"Estoy cansada de las camas de los demás. Estaré bien, y necesito empezar a limpiar las cosas".

"No necesitas empezar ahora mismo".

"Estará bien", dijo Bob. Se dirigían hacia los coches de alquiler, mientras Patsy recogía el coche de Vinnie en el aparcamiento exprés, donde lo habían dejado antes de su vuelo. "Pero, Patsy, si cambias de opinión o necesitas hablar, llámanos al hotel. ¿Lo prometes?"

"Lo prometo", dijo Patsy mientras se separaban, "pero me estáis tratando como a un niño pequeño. Estaré bien, de verdad".

A las dos de la madrugada sonó el teléfono de la mesa auxiliar de su habitación de hotel. Su mano tanteó en la oscuridad hasta que finalmente lo encontró. "Aquí Burke", respondió.

"Mayor Burke, soy el sargento Iversen del Departamento de Policía de Fayetteville. ¿Conoce a Patsy Evans?"

"Claro que sí, sargento. ¿Cuál es el problema?", preguntó.

"Ha habido un tiroteo aquí en el 227 de Maple Hill Drive..."

"¿Un tiroteo? ¿Está bien?", preguntó, momento en el que Linda se levantó, inclinándose sobre él y tratando de escuchar.

"Está bien, aunque un poco conmocionada. Por desgracia, no puedo decir lo mismo del hombre al que disparó. Al parecer, entró en la casa y ella le metió tres tiros de 9 milímetros en el centro del pecho".

"Buena agrupación de disparos", bromeó Bob.

"Eso suena a charla de los Delta", replicó rápidamente Iversen.

"¿Yo? Oh, no, Cuerpo de Señales, y retirado. ¿Necesita un abogado?"

"Lo dudo. Dos intrusos enmascarados cortaron la mampara y entraron en su casa por la ventana del comedor. Tenemos sus huellas de barro por el pasillo hasta el dormitorio principal desde el parterre de fuera. Cuando el primero abrió la puerta, ella lo sacó y el segundo salió corriendo. Encontramos algo de sangre en el marco de la ventana del comedor, así que puede que ella haya alado al segundo también. Quizá el laboratorio pueda averiguar a quién pertenece".

"Mi esposa y yo iremos enseguida."

"Esa podría ser una buena idea. La Glock que disparó pertenece a un sargento Vincent Pastorini. La casa está registrada a nombre de ambos. ¿Creo que sirvió con usted?"

"Eso es correcto. Era uno de mis sargentos superiores. Estamos en la ciudad para su funeral mañana, y Patsy es una amiga íntima de mi esposa y mía. ¿Puedo hablar con ella?"

"Todavía estamos tomando su declaración, así que prefiero que espere hasta que termine".

"Estaremos allí en unos veinte minutos".

"Bien. Por cierto, esa agrupación de tres disparos fue excelente, pero ella les disparó siete veces. Hizo estallar la pared y el marco de la puerta. Dado que su marido trabajaba para ti, supongo que también debía ser del Cuerpo de Señales, porque cuatro fallos no estarían a la altura de los estándares de los Delta, ¿verdad?"

Maple Hill Drive era una corta calle residencial en el lado norte de Fayetteville. Cuando Bob y Linda llegaron, estaba repleta de coches de la policía municipal y del sheriff, una ambulancia, un furgón negro del forense y un gran furgón blanco de la policía. El sargento Iversen los recibió en la puerta principal y los condujo al interior. Patsy se sentó en la cocina y Linda se apresuró a darle un fuerte abrazo. Iversen hizo un gesto a Bob para que le acompañara hacia la parte trasera de la casa, donde había un cuerpo tendido en la puerta del dormitorio principal, cubierto con una sábana de plástico negra. Iversen se arrodilló y apartó la sábana. El hombre llevaba pantalones negros, un jersey negro de cuello alto y zapatos negros de cuero. El pasamontaña negro que llevaba estaba tirado en el suelo a su lado.

"¿Lo reconoces?", preguntó el sargento de policía.

"No, nunca lo había visto", respondió Bob mientras se arrodillaba y estudiaba la cara del hombre.

"¿Nunca le has visto por Fort Bragg?".

"No, pero llevo tres años fuera. ¿Has encontrado algo sobre él?" preguntó Bob.

"Nada, aparte de unas correas de plástico desechables para las muñecas y los tobillos y un cuchillo", respondió Iversen mientras levantaba tres bolsas de plástico. "No hay identificaciones, ni llaves del coche, nada".

Bob metió la mano en el cuello trasero del jersey del hombre, buscando la etiqueta del fabricante, pero también la habían cortado. Lo mismo ocurrió con los pantalones. No hay etiquetas. Bob miró la bolsa de plástico con el elegante cuchillo negro plomo que sostenía Iversen. "No soy un experto, pero parece un cuchillo táctico Hill, de fabricación europea, y bastante caro".

"¿Es una marca que utiliza Delta?"

"Sigues insinuando, pero ¿parezco un Delta?". Bob se rió mientras se miraba a sí mismo, sabiendo que él mismo era su mejor camuflaje.

El sargento de policía le miró también y se encogió de hombros. "No, supongo que no; pero déjeme ir al grano, Mayor", dijo Iversen mientras se inclinaba más cerca. "Dos tipos de negro, con pasamontañas, ataduras de plástico, sin identificaciones, sin etiquetas, y un cuchillo como ése..."

"No eran aficionados, ¿verdad?"

"No, y no creo que fuera un robo que salió mal, o un ataque sexual, tampoco".

"¿Las esposas a presión? ¿Crees que fue un secuestro?" preguntó Bob, escéptico.

"Llámalo como quieras, pero ella era el objetivo".

"¿Patsy? ¿Pero por qué? ¿Le has preguntado sobre esto?"

"Con mucho gusto. Pero háblame del sargento Pastorini. Ha venido para su funeral, ¿fue una baja de combate en alguna parte?"

"¿Combate?" Bob negó con la cabeza. "Se cayó por la ventana del quinto piso de un casino de Atlantic City".

"¿En Atlantic City? ¿Fue un accidente? ¿Suicidio?"

"Depende de a quién le preguntes. Mira, sé lo que estás pensando, pero ¿dónde está la conexión? Vinnie acumuló un montón de deudas de juego en un casino de allí y trató de escapar arrastrándose por una ventana. Patsy no tuvo nada que ver con eso".

"Bueno, seguro que tuvo algo que ver con esto", señaló Iversen con la cabeza al cadáver.

"¿Estás analizando las huellas dactilares de este tipo y las pruebas de la sangre de la puerta principal?"

"Por supuesto. Las huellas dactilares se borran bastante rápido en las bases de datos estatales y federales, pero no te contengas con la sangre".

"Bueno, si consigues una coincidencia, házmelo saber". Bob dijo mientras miraba hacia la cocina. "¿Podemos sacar a Patsy de aquí ahora? Me gustaría llevarla de vuelta al Embassy Suites con nosotros, quizás hacer que mi mujer coja algunas de sus cosas".

"Sí, de acuerdo, pero hazme saber dónde estará. Ese segundo tipo todavía está ahí fuera".

En cuanto subieron a Patsy al coche, se puso a llorar. "Dios, no puedo decirles lo mucho que aprecio esto. No sé qué habría hecho... esos dos hombres..."

"Han sido unos días duros para ti", se compadeció Bob. "Pero antes de llegar al hotel, déjame preguntarte un par de cosas. Primero, ¿de dónde sacaste la Glock?"

"Era de Vinnie. Me llevó al campo de tiro y me enseñó a disparar".

"Parece que te enseñó bastante bien. ¿Pero qué te despertó? Debes haber estado cansado, y parecía que eran cuidadosos, arrastrándose por la casa".

"No lo sé. Algo hizo. Hay un par de tablas en ese pasillo que no están bien.

Vinnie se quejó al constructor dos o tres veces de que necesitaban ser clavadas de nuevo. Tengo un sueño ligero, tal vez fue eso. De todos modos, algo me despertó, así que saqué la pistola de la mesita de noche y esperé. Cuando la puerta del dormitorio se abrió y vi a alguien de pie en la puerta... empecé a apretar el gatillo, como me dijo que hiciera".

"Hiciste lo correcto. Iban a por ti".

"¿Yo? ¿Pero por qué? Yo no..."

"¿Nunca lo viste antes, tal vez con Vinnie, o alrededor del puesto?"

"No, lo juro".

"Vale, vale, te creo; pero tienes que tener cuidado. Estaban aquí por una razón, y el otro todavía está por ahí".

CAPÍTULO TRECE

Fort Bragg es una de las mayores instalaciones del Ejército de Estados Unidos en todo el mundo. Se extiende por partes de cuatro condados en el Piamonte central de Carolina del Norte y abarca 251 millas cuadradas, una superficie mayor que la ciudad de Chicago. Como todo soldado de infantería sabe, Fort Benning Georgia, dos estados al sur, es el hogar de la aburrida y anticuada infantería de "piernas" y del 75º Regimiento de Rangers de élite, mientras que Fort Bragg acapara los trabajos divertidos del Ejército. Es el hogar de la 82ª División Aerotransportada, las tropas del cielo que saltan desde los aviones. También es el hogar de la Escuela de Guerra Especial John F. Kennedy, y de los hombres y mujeres que llevan esas ingeniosas boinas verdes, granates y beige. Muchos de ellos pertenecen a varias unidades de operaciones especiales secretas, como la ultrasecreta Delta Force, que trabaja bajo el Mando Conjunto de Operaciones Especiales o JSOC, como se denomina. Como tal, era el hogar de 77.000 "amigos personales cercanos" de Bob Burke, cada uno de los cuales se toma muy a pecho el asesinato de uno de sus compañeros.

Tres días después de salir de Chicago, Bob se encontró subiendo lentamente la escalera curva hasta el púlpito elevado dentro de la Capilla del Puesto Principal de Fort Bragg. Se trata de un precioso edificio colonial de dos pisos de tablillas blancas con un alto campanario de tejas rojas. El interior de la capilla está pintado de blanco puro, con vidrieras y balcones, una alfombra carmesí en el pasillo principal y una elegante araña de latón que cuelga en lo alto.

El púlpito donde se encontraba Bob no era menos impresionante. Colgado de la pared lateral, contemplaba el altar, el piso principal y el ataúd envuelto en la bandera en la cabecera del pasillo principal. Había entrado en la capilla muchas veces para asistir a bodas, servicios religiosos ordinarios y funerales. Hoy era la tercera ocasión en la que se le pedía que pronunciara el panegírico. Las dos primeras fueron cuando las guerras de Irak y Afganistán estaban en su apogeo, y las capillas de correos eran lugares muy concurridos en todas partes. Esta vez era diferente. El nivel de conflicto en todo el mundo había disminuido, y Washington incluso estaba retirando las tropas de Operaciones Especiales de muchos lugares, lo que sólo hacía que un elogio fuera mucho más difícil.

Vinnie sirvió en muchas de las unidades de Bragg y de Benning, especialmente en las de élite, como Delta y el 75º Regimiento de Rangers y todos sus componentes, con distinción. Cualquier muerte entre esta fraternidad de guerreros de élite era de lamentar, pero la muerte de Vinnie era cualquier cosa menos ordinaria, y todos en la sala lo sabían. Tal vez por eso Bob se encontró de pie frente a una multitud desbordada esa mañana.

En la primera fila estaban sentados el teniente general Arnold Stansky, del JSOC, y el coronel Irving Jeffers, del Delta, con Patsy y Linda sentadas entre ellos, acompañados por varios otros oficiales generales y una falange de coroneles, tenientes coroneles y mayores, todos de uniforme. En su retaguardia inmediata se sentaban el sargento mayor Harold Ace Randall, varios sargentos mayores de mando encanecidos, y Chester, Lonzo, The Batman, Koz, Bulldog, y otros innumerables suboficiales y oficiales con los que Vinnie había servido, o al menos se había tomado unas cervezas a lo largo de los años. La mayoría llevaba su uniforme verde de gala, como había hecho Bob, con todas las cintas, insignias y distintivos especiales. Sentado junto a Linda estaba Ernie Travers, que había llegado de Chicago minutos antes de que comenzara el servicio en la capilla. Era uno de los pocos hombres vestidos con trajes de negocios oscuros y, por su tamaño, era difícil no verlo.

Por las expresiones serias en la cara de todos, era obvio que querían respuestas. Desgraciadamente, Bob sabía que, si les decía la verdad, una turba con antorchas se dirigiría al norte y asaltaría el "castillo" de Donatello Carbonari en Nueva Jersey, como los buenos ciudadanos de Transilvania habían marchado sobre el del Conde Frankenstein. Mirando los rostros sombríos y el ataúd cerrado y envuelto en la bandera con las numerosas medallas de Vinnie y su boina bronceada del 75º Regimiento de Rangers que yacía sobre él, sería difícil para Bob decir que no deberían hacerlo.

"Esta no es una ocasión feliz para ninguno de nosotros", comenzó. "Hoy despedimos al sargento de primera clase Vincent Pastorini, un veterano altamente condecorado con quince años de servicio en dos guerras y muchos otros conflictos, y receptor de dos Estrellas de Plata, dos Estrellas de Bronce, cuatro Corazones Púrpuras, la Medalla al Servicio Meritorio y tres Medallas de Encomio del Ejército. A lo largo de los años, como muchos de ustedes pueden atestiguar, hay muy pocas unidades de combate de élite del Ejército en las que Vinnie no haya servido. Los que luchamos y sangramos con él le conocimos como un guerrero que nos dejó demasiado pronto. Era un buen amigo, un soldado valiente, un leal compañero de armas, y se le echará mucho de menos. Alguien dijo una vez que el único final noble para un soldado es ser muerto por la última lanza, o la última flecha, o la última bala en la última batalla de una guerra; y luego ser llevado fuera del campo en su escudo por sus compañeros. Estoy seguro de que eso es lo que Vinnie habría preferido, pero no fue así.

En cambio, murió en un trágico accidente que no fue obra suya. Sin embargo, en lugar de detenernos en su triste final, recordemos al hombre y los buenos momentos en que caminó entre nosotros con un momento de oración silenciosa."

Tras unos minutos de absoluto silencio en la capilla, Bob levantó la vista y dijo: "Tras este servicio, Vinnie será enterrado en el Cementerio Principal del Puesto, y me gustaría agradecer al General Stansky su ayuda para que así sea. Por último, habrá una reunión informal de los amigos de Vinnie en el Centro de Conferencias a las 4:00 p.m., y todos son bienvenidos para ayudar a despedir a Vinnie con el estilo que estoy seguro hubiera querido. Gracias por venir".

La "reunión informal" en el salón de baile trasero del nuevo y gran Centro de Conferencias estaba ya muy avanzada y se codeaban cuando llegó la multitud del cementerio. Al igual que los demás, Bob se dirigió al bar, pero desde el momento en que atravesó la puerta, no pudo caminar metro y medio sin que le dieran un apretón de manos, una palmada en la espalda o le hicieran preguntas agudas sobre qué demonios había pasado y qué se estaba haciendo al respecto. Finalmente, perseveró lo suficiente para llegar al bar, donde Ernie Travers le esperaba con un gran bourbon con hielo.

"Tengo que admitir que los chicos del ejército saben cómo organizar un buen velatorio irlandés", dijo Ernie.

"Tenemos mucha práctica", respondió Bob.

"Aun así, si no fuera por todos esos uniformes verdes, pensaría que estoy en O'Shaughnessys o en The Galway Arms en el lado norte de Chicago". En unos momentos, Ace, Chester, The Batman, Koz e incluso Bulldog se habían reunido alrededor, estrechando la mano de Bob, Ernie y de los demás. "Como todo buen policía de Chicago, beberé con cualquiera sin importar la raza, el credo, el origen nacional, el rango o la altura".

"Lo mismo para los sargentos del ejército", respondió The Batman con una gran sonrisa. "Incluso beberemos con un policía de Chicago". Fue entonces cuando entraron las chicas: Linda, Patsy y la nueva amiga de Ace, Dorothy, a la que conocieron en la cena de la noche anterior e inmediatamente se hicieron amigas. Dorothy era una rubia alta y de complexión robusta, quizá de unos treinta años y mayor que las otras dos mujeres. Llevaba un sencillo vestido negro y un llamativo collar de perlas. Mientras se acercaban a los hombres, Bob le preguntó: "¿No lleva uniforme, capitán?".

"Si lo tuviera, no estoy segura de qué resultaría más incómodo", respondió Dorothy mientras se agarraba al brazo de Ace, "que un capitán de las Fuerzas Aéreas le pusiera de vez en cuando los labios a este apuesto sargento mayor del Ejército, o ser el único uniforme azul en un mar de verde".

"No sería incómodo para él, te lo aseguro", respondió Bob. "Le encantaría".

Mientras el grupo se dividía en una serie de conversaciones paralelas, Ernie aprovechó la oportunidad para apartar a Bob. "¿Has decidido lo que vas a hacer?", le preguntó.

"Cuando salimos de Atlantic City, pensé que lo dejaría pasar, y que vería lo que el forense sacaba en claro; pero después de lo que pasó en la autopista, y luego fuera de mi garaje, Carbonari se pasó de la raya. Soy un tipo sencillo, Ernie. No me enfado, me desquito".

"Lo entiendo perfectamente, sobre todo cuando hay familia de por medio. ¿Pero qué pasa con esa gente? ¿Ninguno de ellos ha visto El Padrino, por el amor de Chris? ¿No saben que las mujeres se supone que están fuera de los límites?"

"Sí, ¿dónde está Vito Corleone cuando realmente lo necesitas? De todos modos, supongo que Shaka y sus amigos fueron procesados a la mañana siguiente".

"En el centro judicial del condado en Rolling Meadows, a pocos kilómetros al oeste de donde vives, así que yo mismo fui hasta allí para ver el espectáculo. No duró mucho. Los ojos morados, las cabezas vendadas y el brazo de Corliss en cabestrillo... fueron todo un espectáculo cuando los ayudantes del sheriff los hicieron entrar", se rió Ernie. "Realmente les diste una paliza, Bob".

"¡Oye! Linda y el gato hicieron la mayor parte. Además, tuvieron su merecido".

"Bueno, alguien debió avisar a alguien, porque la sala del tribunal estaba llena de periodistas. El propio juez jefe presidió y el fiscal adjunto del Estado se encargó de la acusación. Sé que el FBI y los policías estatales de Nueva Jersey habían estado al teléfono con los fiscales toda la mañana, porque yo también los llamé. Todos querían un pedazo de Corliss. Todos esperábamos que el juez fijara una fianza alta, o que no fijara ninguna, para que los policías pudieran hacerlos sudar en ese agujero infernal que llaman la cárcel del condado de Cook, y tratar de voltearlos. Cuando se llamó su caso, un gran abogado penalista llamado Winston Jenkins, de Ernst y Willie, se levantó, con su traje de Savile Row de 5.000 dólares y zapatos italianos hechos a mano, y le dijo al juez que los representaba. Eso hizo que el juez se pusiera nervioso. Se presenta a la reelección y Ernst y Willie son grandes contribuyentes a todas las carreras del Tribunal de Circuito".

"La política de Illinois: ¿no te encanta?"

"Bueno, para su crédito, el juez no se echó atrás. Fijó una fianza de un millón de dólares para Corliss y medio millón para los otros dos. Noventa y nueve veces de cada cien, eso va a mantener a un delincuente tras las rejas. Ese día no. Jenkins pagó las fianzas sin siquiera pestañear, y salieron por la puerta en treinta minutos. Nos quedamos con la boca abierta".

Bob sacudió la cabeza. "No volverán a verlos".

"Bueno, si no aparecen, a alguien le costará mucho dinero".

"No importa. Carbonari no iba a dejar que esos tres pasaran otra noche en la cárcel, donde los policías pueden trabajar con ellos. La siguiente parada sería Protección de Testigos en Oregón o Nuevo México, y la prisión federal Supermax para Donnie".

"¿Crees que se deshará de los tres?"

"¿Tú no lo harías?" respondió Bob con una risa cínica.

"Mi imaginación no llega tan lejos, pero entiendo tu punto de vista".

"Los dos Hulks son músculos de diez centavos", dijo Bob. "Pero Corliss no es tan estúpido. Cuando el juez le ofreció la libertad bajo fianza, debería haber saltado y gritado: "¡No, gracias, tío, vuelve a encerrarme!". Son hombres muertos andando, sólo que no se han dado cuenta todavía".

Mientras él y Ernie terminaban de hablar, el sargento mayor Harold "Ace" Randall se apretujó junto a ellos. Durante los últimos seis años de Bob en el servicio activo, Ace había sido su suboficial mayor y su alter ego. Eso incluía cuatro despliegues en Afganistán, dos en Irak e innumerables batallas y tiroteos entre ellos. Físicamente, los dos hombres no podían ser más diferentes. Ace era la imagen que todo el mundo tenía de un soldado: 1,80 metros de altura, 1,80 kilos de peso y un aspecto muy atractivo. Con veintiún años, era mayor que los demás sargentos de la unidad, casi de la edad de Bob, y tenía las cicatrices que lo demostraban. Por otra parte, con su metro sesenta y nueve y ahora uno sesenta y cinco, Bob no era la imagen de un oficial de operaciones especiales.

La Fuerza Delta del Ejército tenía tres extrañas peculiaridades que la distinguían de otras unidades. En primer lugar, la pertenencia a la Unidad era ultrasecreta. Aparte de las esposas, no se lo decías a nadie, ni a las novias, ni siquiera a tu madre, por su propia protección. En segundo lugar, al igual que los policías encubiertos, los "operadores" de la Fuerza Delta no estaban obligados a cumplir las normas de apariencia física normales del Ejército.

El pelo largo, la barba y los pendientes eran la norma, lo que les permitía mezclarse más fácilmente con la población civil. En el caso de Ace, llevaba una larga cola de caballo fuertemente trenzada, un bigote de Fu Manchu y un tatuaje en cada antebrazo. En uno se leía: "He estado allí, he hecho eso", y en el otro decía: "Mátenlos a todos, que Dios lo arregle". Y, en tercer lugar, salvo en contextos militares formales con otros soldados alrededor, solían utilizar sus nombres tácticos de radio o "asas" cuando hablaban entre ellos, independientemente de su rango. Era un signo de cohesión de la unidad, de exclusividad e incluso de afecto.

Ace sonrió y le tendió la mano a Ernie. "Coronel-Capitán Travers", dijo, divirtiéndose con la doble condición de Ernie de coronel de la Policía Militar de la Reserva y de capitán detective del Departamento de Policía de Chicago. "No esperaba volver a verle pronto".

Ernie se rió. "Es curioso cómo van las cosas; ¿cómo has estado?"

"Bien, hasta hace unos días, al menos. Os vi a ti y al 'Fantasma' con las cabezas juntas por aquí. ¿Qué ha decidido? ¿Vamos a otra cacería de Gumbah?"

"Parece que estás dispuesto a ello", se rió Bob.

"Cerrado y cargado, señor, al igual que la mitad de los chicos de la sala, si preguntamos".

"¿Señor? ¿Has oído eso, Ernie?" Preguntó Bob. "Ahora sé que el hombre está desesperado".

"No está desesperado, sólo decidido. Esto es personal", respondió Ace mientras su expresión se volvía seria. "Alguien tiene que pagar por Vinnie, pero lo entiendo. El Fantasma acaba de casarse y estamos muy lejos de Chicago. Pero no hace falta, puedo sacar una Barrett de la sala de armas, pasar unos fines de semana en la costa de Jersey y ahuyentar todos sus negocios hasta que se sinceren".

El M107 Barrett era el rifle de francotirador más letal del mundo. En manos de un experto, puede acertar con precisión en objetivos situados hasta una milla de distancia y sus balas de calibre 50 pueden perforar grandes agujeros en las paredes exteriores de ladrillo y estuco de un hotel, en la carrocería de un coche, en una máquina tragaperras o en la ventana de un hotel. El mejor tirador de la unidad había sido Vinnie Pastorini, pero el segundo mejor era Ace, y un tercero muy cercano era el Fantasma.

Ace se encogió de hombros. "Ustedes me conocen. No es alardear si puedes hacerlo".

"Ya hablaremos de eso más tarde", le dijo Bob mientras miraba la sala. "Por cierto, parece que toda la vieja unidad está aquí. A Vinnie le habría gustado".

"Los chicos vinieron de muchos sitios", le dijo Ace. "Benning, Campbell, Eglin..."

"Veo a todo el mundo aquí excepto al abuelo Benson", dijo Bob. "Escuché que tuvo algunos problemas al final, pero de alguna manera todavía esperaba verlo entrar".

"Me has pillado", respondió Ace. "Desapareció unos seis meses después que tú. Todo era secreto, y los suboficiales de bajo rango sabíamos que no debíamos preguntar qué pasaba en su 'fraternidad secreta de oficiales'. Sin embargo, debió de cabrear a alguien. Oí que hubo una Junta o algo así, pero ninguno de los chicos fue llamado a declarar. Simplemente desapareció".

"¿No crees que lo enviaron a algún lugar, tal vez en una misión destacada?"

"Quién sabe. Me pareció más bien que se cagó en medio de la alfombra del general, y lo escoltaron fuera del puesto, le cortaron los botones, le rompieron la espada y sellaron los archivos."

"Aun así, estaba cerca de Vinnie, y me sorprende que no haya venido".

"Quizá no pudo", se encogió de hombros Ace, "o sabía que no debía hacerlo".

Un silencio incómodo cayó sobre la gran sala. Bob giró la cabeza y vio al teniente general Stansky y al coronel Jeffers entrar por la puerta principal, seguidos por sus suboficiales superiores. Los fríos ojos azules de Stansky podían congelar una cascada. Permaneció un momento escudriñando a la multitud hasta que sus ojos se posaron finalmente en Bob Burke. La sala estaba abarrotada, pero cuando Stansky se adelantó de repente y se dirigió a Burke, la multitud se separó como lo hizo el Mar Rojo con Moisés.

"Bueno, esto debería ser interesante", murmuró Ace mientras él y Ernie retrocedían uno o dos pasos para permitir que el círculo se ampliara.

"General... Coronel", asintió Bob a ambos, mientras el Sargento Mayor del Mando de Stansky, Pat O'Connor, se despegaba y marchaba en doble fila hacia la barra para coger bebidas.

"Gran discurso, Bobby", comenzó Stansky sin preliminares. "Como siempre he dicho, cuando me muera, coge a un "golpeador de anillos" de West Point para que haga el panegírico. He oído que ahora enseñan esa mierda sensiblera en el Hudson, ¿no?", le dio un codazo al coronel Jeffers.

"Sí, señor, ahora está en el plan de estudios básico", respondió Jeffers cuando O'Connor volvió con sus bebidas. "Está a la altura de la lectura, la escritura y el saber qué tenedor usar".

Stansky, el único hombre de la sala que podría ser más bajo que Bob Burke, era un soldado contundente que había ascendido en el escalafón de la manera más difícil, empezando como piloto de helicóptero de bombardeo y de evacuación médica, de 20 años y 130 libras de peso, altamente condecorado, en los últimos años de la guerra de Vietnam. Después de que les disparasen a cuatro helicópteros, Creighton Abrams le concedió personalmente la Cruz de Servicios Distinguidos, la segunda condecoración más alta que otorgaba el Ejército por su valentía bajo el fuego, lo sacó del campo de batalla a pesar de sus ruidosas objeciones y lo envió a la OCS. Siempre irascible e irreverente, Stansky sentía un especial desprecio por los punteros del Oeste, los oficiales de Estado Mayor y algún que otro suboficial superior que olvidaba de dónde venía. El suboficial mayor Patrick O'Connor sabía que no debía cometer un error así. O'Connor era el único hombre de la sala que parecía tan en forma como Ace Randall, y tenía casi tantas medallas en su chaqueta como Stansky o Bob Burke.

El general levantó su vaso y dijo: "Al sargento de primera clase Vincent Pastorini, un buen soldado, con el que todos estuvimos orgullosos de servir. Que Dios los bendiga".

"Oído, oído", los demás secundaron el sentimiento y se acercaron.

Stansky pareció sorprendido cuando levantó de nuevo su vaso, olió el doble trago de bourbon y sonrió. "¡Esto es realmente bueno, Bobby! He crecido en esas colinas y lo reconozco cuando lo bebo. He oído que tenemos que darte las gracias".

"Es un privilegio, señor".

"Entonces, por el buen bourbon: un regalo de Dios para el este de Tennessee, porque seguro que no le dio mucho más con lo que trabajar", dijo el general mientras les dirigía otro trago.

"Vinnie también lo habría apreciado", dijo Bob.

"¿Vinnie? No recuerdo que su gusto fuera tan cultivado. Creía que se inclinaba más por el Old Crow y el Early Times, pero no voy a discutir", dijo Stansky riendo mientras miraba a Burke y lo estudiaba por un momento. "He oído que te ha ido bien en el negocio del teléfono desde que nos dejaste, Bobby. Te agradecemos mucho que te acuerdes de nosotros, los pobres, aquí en el Piamonte. Después de tres años de indisciplinada pereza civil, ¿significa esto que estás listo para volver a entrar?"

"Todavía no, señor", se rió Bob.

"Parece que ahora tienes más acción en el exterior que la que puede ofrecerte el Ejército, al menos por lo que he oído sobre esa pequeña polvareda en Chicago hace unos meses", dijo Stansky mientras lanzaba una mirada cómplice alrededor del pequeño círculo que le rodeaba. "No me pierdo mucho, ya sabes".

"Oh, no puedes creer todas las historias locas que se escuchan en estos días", respondió Bob.

Stansky le ignoró y se volvió hacia Ernie. "Usted debe ser el capitán detective Travers, del Departamento de Policía de Chicago. Tengo entendido que le han ascendido a la unidad de Crimen Organizado. Estoy seguro de que ese es un lugar mucho mejor para un coronel de la policía militar de la reserva, pero ten cuidado al rodearte de esos sinvergüenzas del Delta. Te tendrán al otro lado de las rejas, si no tienes cuidado". Stansky se acercó más, pecho con pecho con Ernie. "Por cierto, he oído que esos tres pistoleros que asaltaron a Bobby y a su joven esposa ya están en libertad bajo fianza. Ya sea en Nueva Jersey, Chicago o las colinas de Tennessee, supongo que el dinero habla, ¿no?

"Sin duda, señor", tuvo que asentir Ernie.

Finalmente, asintió a los demás y apartó a Bob para que diera un lento paseo con la cabeza por el perímetro de la sala. "Tengo una copia de la puerta trasera del informe del forense de Dover y de las conclusiones del CID", le dijo en voz baja.

"¿Qué concluyeron?" preguntó Bob, ahora muy interesado.

"El informe no se anda con rodeos. Vinnie no se cayó de la cornisa, sino que fue arrojado por la ventana del pasillo. ¿Pero quién lo hizo? ¿Nadie lo sabe? Ellos no lo saben y la policía local tampoco, pero esos tres payasos que fueron a por ti en Chicago eran los únicos que estaban allí arriba. Aun así, es imposible probar nada, sobre todo cuando la policía local no quiere molestarse".

"Aunque no sean culpables, pienso exigirles responsabilidades".

"Me imaginé que lo harías, pero ten cuidado", advirtió Stansky. "La última vez, tuviste un caso claro de defensa propia y todo el mundo te apoyó. Pero si dejas que esto se convierta en una especie de asesinato por venganza de Pastorini, perderás todo eso. ¿Entendido?"

"Entendido, señor", miró a Stansky a los ojos, y ambos asintieron. "Parece usted muy bien informado, como siempre".

"¡Puedes apostar tu dulce culo a que lo estoy!" dijo Stansky mientras daban la vuelta al resto del grupo. "No hay mucho que ocurra por aquí de lo que no esté bien informado, o le daré por culo", lanzó un pulgar por encima del hombro hacia el CSM Pat O'Connor, que se había quedado atrás. Luego volvió a clavar sus ojos acerados en Bob Burke y Ace Randall. "Pero lo que realmente me cabrea, señores, es que ya no me incluyen en ninguna de las diversiones".

"La pesada responsabilidad del rango, señor", se compadeció Bob con una sonrisa.

"Hablas como un verdadero civil, Bobby", rió Stansky mientras se volvía hacia O'Connor y chasqueaba los dedos. "Dale una tarjeta, Pat". Una tarjeta de visita blanca apareció instantáneamente en la mano del gran CSM, que le entregó a Bob. "Mira, sé que vas a por ellos".

"Con el debido respeto, señor, usted sabe algo que yo no sé".

"Oh, lo sabrás", le corrigió Stansky. "¡Vinnie era uno de los nuestros, maldita sea! Ninguna banda de gamberros callejeros sicilianos se va a salir con la suya".

"¿Y la tarjeta de visita?"

"Un número de teléfono, por si alguna vez lo necesitas, 24 horas al día. ¿Entendido?" le dijo Stansky, mientras clavaba sus ojos en los de Bob, luego en los de Jeffers, en los de Ace y finalmente en los de Ernie. "Supongo que usted también estará en esto, coronel Travers".

"Si lo pide, como el resto de sus hombres, señor".

"Es esa clase de líder, ¿no?"

"El mejor que he visto, señor, y he visto unos cuantos".

"Yo también, y el mejor oficial de combate que he tenido el placer de servir a mis órdenes. Aun así, me jode que lo hayamos perdido para que se haga rico... ¡arreglando teléfonos!"

"Diseñamos complejos programas de telecomunicaciones para..." Bob intentó corregirle.

"¿Quién está arreglando teléfonos?" Linda apareció de repente junto al codo de Bob y se abrió paso en su estrecho "círculo de hombres".

"Ese exasperante marido tuyo, querida", le dijo Stansky. "Está ahí detrás arreglando teléfonos, cuando debería estar aquí, haciendo el importante trabajo de una nación".

"¿Como reorganizar los escombros en Siria o Libia? ¿O hacer la paz entre los chiítas y los sunitas en Irak?" Bob quería al viejo, pero a veces hay que decir lo que hay que decir. "Pero lo que finalmente me cabrea, general, es que nadie en el Pentágono lee la historia, y mucho menos la entiende. Vietnam, Irak e Irán... Oh, demonios, Kipling les habría dicho todo lo que necesitaban saber sobre

Afganistán".

"¡Entonces deberías estar aquí ayudando a cambiar eso, Bobby, no fuera en algún lugar arreglando malditos teléfonos!"

Después de que el general continuara su ronda por la gran sala, Bob hizo lo mismo, encontrándose con una conversación con viejos amigos tras otra. Había puesto su teléfono móvil en el bolsillo de la cadera en vibración, pero se sorprendió al sentirlo sonar. Se disculpó mientras se daba la vuelta y miraba la pantalla. El número era local, lo que le sorprendió, ya que casi todos los que conocía en Fayetteville estaban aquí en la sala.

"Burke", respondió, curioso.

"Mayor Burke, soy el Sargento Iversen de nuevo, del Departamento de Policía de Fayetteville. Espero no molestarle, pero me ha pedido que le informe sobre esos dos asaltantes".

"Por supuesto, y se lo agradezco", dijo Bob mientras empezaba a caminar hacia la puerta lateral para escapar del ruido. "¿Conseguiste alguna identificación de ellos?"

"No, y eso es lo raro. No hemos encontrado nada, cero, cero. Lo esperaba en la sangre, pero no en las huellas dactilares. Teniendo en cuenta todo lo que tú y yo comentamos sobre cómo entraron en el local, la ropa, los candados, el cuchillo y todo lo demás, no es de recibo que el autor no tenga huellas registradas en ningún sitio, ni civil ni militar."

Bob frunció el ceño. "No, creo que estoy tan sorprendido como tú".

"Cuando no obtuve absolutamente nada de los federales, hice algunas llamadas telefónicas a algunas personas que conozco. No obtuve más que negativas, y mis contactos tampoco consiguieron nada; pero empecé a intuir que era más bien que nadie nos iba a contar nada, que no había nada que contar, como si alguien hubiera bloqueado esas huellas. ¿Sabes a qué me refiero?"

"Esperaba no hacerlo, pero supongo que sí".

"Por eso te he llamado. Normalmente, nunca discutiría un caso como este con un civil, pero en esta ciudad, he estado lo suficiente como para saber cuándo me encuentro con alguna obstrucción de "seguridad nacional". Diablos, incluso nos pasa con las multas de tráfico. Pero de alguna manera, tengo la ligera sospecha de que tú también conoces a un par de personas, y tal vez puedas ayudarme".

"Tal vez. Probablemente valga la pena una o dos llamadas".

"No me importa decirte que las personas a las que llamé estaban bastante arriba en el tótem, pero tal vez tú puedas hacerlo mejor".

Bob miró alrededor de la habitación y vio la cabeza de Stansky en el lado opuesto. "No digo que lo haga, pero déjame ver qué se me ocurre. Te llamaré si me entero de algo".

CAPÍTULO CATORCE

A medida que avanzaba la tarde, el licor fluía y las lenguas se soltaban; pero mientras Bob circulaba por la sala, pasaba mucho más tiempo sosteniendo su vaso que bebiendo de él. Mientras pasaba de un grupo a otro, no perdía de vista al general Stansky. Bob tenía una cosa más que quería preguntarle al general, pero ni esta multitud ni el despacho del general eran lugares para hacerlo. Finalmente, vio a Stansky y al sargento mayor O'Connor dirigirse a la puerta. Tardó unos instantes en alcanzarlos, pero cuando se quedaron fuera esperando a que llegara el coche del Estado Mayor del general, Bob pudo acortar distancias.

El conductor abrió la puerta trasera del lado del pasajero y, cuando Stansky empezó a subir, Bob puso la mano en el marco de la puerta y preguntó: "¿Le importaría hacer una pregunta rápida, señor?".

Stansky le miró y frunció el ceño. "Más vale que sea buena. Entra. Llego tarde a una recepción, y la esposa del general le dará un golpe en la cabeza si llego más tarde".

Bob se apresuró a dar la vuelta a la otra puerta y se deslizó dentro. "Me ha sorprendido que mi antiguo ejecutivo, Randy Benson, no haya venido hoy", empezó Bob. "Él y Vinnie dirigieron varias operaciones juntos, incluso más que conmigo. He oído que dejó el ejército poco después de que yo lo hiciera, quizá en términos dudosos, pero nadie parece saber mucho después de eso."

Stansky lo miró y suspiró. "Bien... Larry, vamos a dar un pequeño paseo. El recorrido de diez minutos", le dijo a su conductor, haciendo una pausa para encender un cigarrillo. "Francamente, me sorprende que te hayas enterado de tanto. Ese cabrón de Benson se marchó, en efecto, bajo unos "términos dudosos", como tú has dicho con tanta delicadeza. Se silenció, pero lo que se ha ido es lo que se ha ido y no va a volver".

Bob parecía desconcertado, así que Stansky se inclinó más hacia él: "Hace quizá un año y medio, fue destinado a una de esas malditas unidades operativas "independientes" de la CIA que todo el mundo parece conocer, pero que nadie puede controlar. Fue entonces cuando desaparecieron algunas cosas muy valiosas del Museo Nacional Iraquí de Bagdad: unos trece millones de dólares en oro, monedas, joyas y gemas preciosas, sobre todo cosas babilónicas y asirias. No sé nada de arte antiguo, pero eso es lo que dijeron".

"¿Creí que ese museo había sido limpiado en el 2003?"

"Así fue. La mayor parte de lo que se llevaron entonces eran objetos pequeños que se podían llevar, o incluso meter en el bolsillo de alguien, llámalo saqueo común. Esa gente no tenía ni idea de lo que tenía ni de qué hacer con ello. Probablemente lo enterraron en sus patios. Pero en los años siguientes, los iraquíes consiguieron recuperar más de la mitad. Usaron algo de dinero de EE.UU. y lo compraron a los tontos que lo tomaron en el 2003".

"Suena como el típico crimen "desorganizado" de Bagdad".

"Así es, hasta que tu capitán Benson, algunos de sus compañeros de juego de Langley y algunos personajes turbios de la inteligencia militar iraquí hicieron su pequeña travesura. Benson era quizás el número dos o tres de la unidad, la mayoría de los cuales eran mercenarios internacionales y 'contratistas'. ¡Contratistas! Maldita sea, tenemos un puesto del ejército lleno de la mejor infantería ligera del mundo, y esos payasos de Langley salen a contratar mercenarios para que hagan su trabajo: extranjeros, inadaptados, rechazados, lo que sea. No son muy exigentes con los que contratan. ¿Sabes por qué?"

"La negación", respondió Bob. "Todo es extraoficial".

"No, es porque pueden encontrar hombres que hagan cosas que a nuestras tropas regulares se les dice que no hacemos. ¿Has hablado alguna vez con alguno de los nuestros después de volver de una de esas misiones extraoficiales de la CIA? Están arruinados. Ya no tienen ningún concepto del bien o del mal, o de lo que representa el ejército americano. Por eso nunca ganaremos esas guerras. Yo fui un piloto de helicóptero de veinte años en las Tierras Altas Centrales, y créanme, lo sé. Cuando un ejército pierde su brújula moral, todo se acaba", dijo Stansky, con la mirada perdida en la ventana.

"Está empezando a sonar como yo, señor".

"Lo sé, y me da mucho miedo. De todos modos, Benson y sus compañeros de juego eran inteligentes. El robo en el museo de Bagdad ocurrió un jueves por la noche. El viernes era el día sagrado musulmán, así que cuando se reabrió el sábado por la mañana, encontraron los cuerpos de dos guardias del museo, tres agentes de la Inteligencia Militar iraquí muertos, un montón de vitrinas vacías y dos cajas fuertes vacías. Nadie mantiene un secreto así en un lugar como Irak durante mucho tiempo. Obviamente, fue un trabajo interno, y tarde o temprano, muchos dedos empezaron a señalar a la Inteligencia Militar iraquí, a un general kurdo y a un grupo de contratistas de la CIA en Mosul, que incluía a nuestro propio capitán Benson. Hubo una investigación, por supuesto, pero el CID no pudo probar nada. Los implicados afirmaron que nunca salieron de Mosul, y nadie los vio en Bagdad".

"Suena como una operación bien planeada, y un encubrimiento mejor planeado".

"Puede que lo hayas entrenado demasiado bien. De todos modos, tres tranquilos meses después, Benson volvió a rotar aquí, puso sus papeles y salió por la puerta. Al igual que la mayoría de los contratados de la CIA. El CID del Ejército aún quería retenerlos para interrogarlos, pero no tenían nada. Además, había tardado demasiado tiempo, y había mucha gente en Washington y en Bagdad que quería que se barriera todo bajo la alfombra. Ya sabes cómo es eso".

"¿Alguna idea de dónde fue o qué está haciendo?"

"Según tengo entendido, él y los demás siguen en Oriente Medio, vendiendo sus servicios al mejor postor", dijo Stansky mientras se giraba y le miraba. "Y también podrías saber la parte realmente enferma. Vinnie Pastorini fue asignado a esa misma unidad más o menos al mismo tiempo que Benson. Para concederle el beneficio de la duda, la coartada de Vinnie se comprobó mucho mejor que la de Benson o la de los demás, así que odio echar pestes de los muertos honrados, especialmente de uno que me gustaba, pero ¿quién sabe?".

Bob se recostó en el asiento y sacudió la cabeza, preguntándose.

Stansky recogió su maletín del suelo del coche y lo abrió. "Aquí está el informe del CID y las conclusiones del forense", dijo mientras le entregaba a Bob el sobre. "Probablemente plantean más preguntas de las que responden, pero tú estabas allí. Hazme saber lo que piensas".

"Corliss me decía que no lo había hecho".

"¿Qué esperabas que dijera?"

"Lo sé, pero él no tenía que decir nada. Y odio decirlo, pero el tipo es demasiado estúpido y arrogante para mentir muy bien".

"¿De acuerdo, pero si él no lo hizo...?" Stansky se encogió de hombros. Los dos hombres se miraron fijamente durante un largo rato, pero ninguno de los dos dio una respuesta. "Por cierto", añadió Stansky. "Tiendes a recoger enemigos como un sabueso de Tennessee recoge pulgas. ¿A quién hiciste enfadar en Harlem?"

"¿Harlem?" Bob se rió. "Eso es nuevo para mí".

"Esta mañana recibí una llamada de un congresista negro de allí que trató de presionarme para obtener información sobre ti. Lleva décadas en el Comité de Servicios Armados de la Cámara de Representantes. Rara vez asiste a alguna reunión, y cuando lo hace, se sienta en el extremo de la última fila y duerme. No creo que hayamos intercambiado ni diez palabras a lo largo de los años y nunca nos apoya, pero supongo que cree que tiene cierta influencia conmigo. De todos modos, algún tonto en Washington le dio mi línea directa. Cuando me dijo lo que quería, le remití al personal del Ejército en Washington y le dije que pidiera su expediente 201. Dijo que ya lo había hecho, pero que casi todo estaba tachado y redactado".

"Eso ya lo he oído antes", se rió Bob.

"¿Te lo imaginas?" Stansky se rió con él. "De todos modos, le dije que eras un buen y honrado oficial. Luego, le pregunté quién quería saberlo. Me dijo que unos colaboradores suyos de Nueva Jersey estaban considerando su empresa para un gran contrato. ¿Te parece que eso tiene sentido?" preguntó Stansky cuando su coche se detuvo en la puerta del centro de conferencias.

"Los únicos intereses empresariales que conozco allí no hacen ningún tipo de contrato que yo quisiera".

"¿Crees que es ese grupo de Atlantic City?"

"Probablemente".

"Eso es lo que yo pensaba también".

"Mientras te tengo", dijo Bob mientras se inclinaba más cerca. "Anoche hubo un robo en la casa de Vinnie. Patsy estaba allí. Dos hombres enmascarados entraron..."

"Lo he oído", dijo Stansky, con cara de piedra.

"De alguna manera pensé que lo harías. Le metió tres balas a uno de ellos. Estaba muerto. Puede que le haya dado al segundo, pero nadie está seguro. Yo vi al muerto. Estos no eran aficionados. Era Patsy a quien buscaban. Para sorpresa de todos, la policía local no puede encontrar absolutamente nada sobre el muerto. Civil, militar, no hay registro de sus huellas digitales en ningún lado. Están intentando una coincidencia de ADN con la sangre del otro tipo, pero eso tampoco los lleva a ninguna parte. Creen que les están dando largas".

"¿Y quieres que vea si puedo hacerlo mejor?"

"¿Puedes?"

Stansky miró a O'Connor, que estaba sentado en el asiento delantero, y asintió. "Tal vez. No me gusta más que a ti que alguien se meta con una de nuestras mujeres, así que ya veremos. Soy un poco más difícil de engañar que el Departamento de Policía de Fayetteville".

Para entonces, el sedán había dado la vuelta hasta la puerta principal del centro de conferencias y Bob sabía que su tiempo había expirado. Cuando abrió la puerta y empezó a salir, Stansky le dijo: "Ten cuidado ahí arriba, Bobby, y recuerda lo que te dije sobre los perros sabuesos y las pulgas. Pronto te darán un mordisco en el culo".

Después de que el sedán del general lo dejara y se alejara del centro de conferencias, Bob reflexionó sobre lo mucho que Stansky podía meter en una reunión de diez minutos. Evidentemente, tenía mucha experiencia en estas visitas a la base, pensó Bob. Pero ¿qué iba a hacer con lo que Stansky le había contado sobre Randy Benson? Obviamente, trece millones de dólares eran una gran tentación para cualquiera; y como dijo el hombre: "¿Quién sabe?". Se volvió hacia la puerta principal del edificio y vio salir a Linda y Patsy, del brazo de su nueva amiga Dorothy. Ace y Ernie les seguían de cerca, y el resto de la "manada de ratas" -Chester, Koz, The Batman, Lonzo, Bulldog, y algunos otros de los "veteranos"- ocupaban la retaguardia.

Linda tomó la delantera. "Muy bien, semental, ¿y ahora qué? Las mentes inquietas quieren saber".

"Diles que estoy trabajando en ello".

"¿Qué fue lo que dijiste una vez? ¿Los únicos dos lugares que enseñan liderazgo son el Ejército de los Estados Unidos y los Boy Scouts?", insistió ella, con las manos en las caderas. "Bueno, tengo todas las insignias de mérito que quiero; así que lidera, sigue o quítate de en medio".

Sacudió la cabeza y sonrió. "Impresionante. Algo se me debe haber pegado".

"Tú y yo podemos hablar del contacto corporal cercano más tarde. ¿Qué vamos a hacer?"

"Por el momento, vamos a volver a entrar y volver a la fiesta en serio", le contestó. "Pero si quieres enfrentarte a Donatello Carbonari, tenemos mucho trabajo que hacer; y el aparcamiento del Centro de Conferencias de Fort Bragg no es el lugar adecuado para hacerlo. ¿Qué tal si el grupo se reúne en el hotel para almorzar, mañana al mediodía? Conseguiré una habitación".

"¿Almuerzo?" Ace se rió. "¿Qué pasó con las reuniones de Operaciones a las 06:00?"

"06:00? Tendré suerte si has dejado de beber para entonces, y mucho menos si estás sobrio. Por eso dije a mediodía, después de que todos hayan dormido un poco. ¿Entendido?", preguntó mientras miraba a su alrededor, cogió a Linda del brazo y se volvió hacia la puerta principal del centro de conferencias.

"Ese complejo de casinos de Atlantic City tiene un sistema de seguridad increíble: cámaras, alarmas, sensores de movimiento, guardias, todo lo necesario", dijo. "Así que necesitaremos a algunos técnicos realmente buenos para abrirla", le dijo. "La última vez, tuve a Charlie. Podía descifrar cualquier sistema digital en cualquier lugar, en cualquier momento; pero sin él, no sabría ni por dónde empezar. ¿Conoces a algún contratista que sea bueno en ese tipo de cosas?"

Linda pensó un momento y luego se rió. "Puede que esto te sorprenda, pero tenemos un par de nuevas contrataciones increíblemente agudas en el departamento técnico".

"¿No te referirás a esos dos chicos que Charlie me convenció de contratar?" Bob frunció el ceño. "¿Barker y Talmadge? Uno parece tener quince años y el otro parece su hermano menor".

Linda se rió. "Realmente eres un idiota, sabes".

"¿Qué? Gafas con fondo de botella de Coca-Cola y marcos pegados, camisetas de superhéroes y calendarios de Garfield. Creía que eran becarios de verano del instituto Schaumburg".

"¿No has aprendido ya que cuando tienes un problema informático serio, llamas al más joven y friki del cubículo más pequeño en la esquina trasera del departamento de tecnología? Charlie sabía exactamente lo que tenía cuando los contrató. Y odio decírtelo, pero durante los últimos seis u ocho meses, han hecho la mayor parte del trabajo por él".

"¿Esos dos? ¿Me estás tomando el pelo? ¿Cuántos años tienen, dieciocho? ¿Diecinueve?"

"Más bien veinte, veintiuno, con títulos avanzados de Berkeley. Todas las grandes empresas de la ciudad los querían".

"¿De verdad? Lo único que faltaba era un bolsillo de camisa lleno de bolígrafos Bic".

"¿Plumas Bic? Dudo que sepan cómo funciona uno. Hoy en día, todo utiliza un joystick, un lápiz óptico, el dictado de audio, la punta del dedo o un casco de realidad virtual."

"Hmmm, se me ocurren dos o tres cosas que sus joysticks no pueden hacer", murmuró Bob mientras le daba una palmadita en el trasero.

"Promesas, promesas, pero ¿sabes cómo las consiguió Charlie? No fue por el sueldo ni por los beneficios; para empezar, no tienen ni idea de lo que es un beneficio. No, les prometió que les compraría los ordenadores de juego más calientes, más rápidos y más grandes del mercado".

"¿Ordenadores para juegos?"

Patsy le miró fijamente. "No tienes ni idea de lo que hacen esos chicos, ¿verdad?".

"Bueno... no", admitió, "pero los he visto arrastrarse los lunes por la mañana. He visto a bastantes soldados rasos hacer lo mismo a lo largo de los años, y me imaginé que los chicos de tecnología eran unos fiesteros como los demás."

"Vaya que se equivocan. Desde que llegan a casa el viernes hasta el amanecer del lunes, están en línea jugando en juegos masivos de rol".

"¿Jugando al rol? ¿Con sus 'joysticks'?"

"Eres incorregible".

"Si supiera lo que es eso, probablemente me sentiría insultado, ¿no?"

"Probablemente, pero son otra generación. Tienen los trabajos de día para pagar los nuevos juguetes de fin de semana. Y los fines de semana, no distinguirían los Osos de Chicago de los del Zoológico de Lincoln Park. Simplemente no los entienden".

"¿A ellos? Apenas te entiendo a ti".

"Realmente eres neandertal, ¿no?", dijo ella mientras le apretaba el brazo. "Así que dime qué quieres que hagan y les llamaré".

"Por el momento, necesito una investigación seria sobre ese complejo de edificios de Bimini Bay".

"¿Quieres que vuelen hasta aquí?"

"Claro, pero me imagino que necesitan estar cerca de esos grandes ordenadores que compró Charlie".

"Eres un idiota. Hoy en día, lo grande es lo pequeño, por eso Charlie les compró ordenadores portátiles. Pueden trabajar en cualquier lugar".

"Muy bien. La reunión es a mediodía. Tráelos aquí".

Los casinos trabajan 24 horas al día, y también la gente que los dirige. A las 10:15 de esa noche, Martijn Van Gries estaba en su "otro" escritorio, debajo del Casino Bimini Bay, en el "edificio de mantenimiento", cuando cogió su teléfono móvil y marcó rápidamente a Shaka Corliss.

Corliss pudo ver de quién era la llamada, así que dejó que sonara media docena de veces antes de contestar. "¿Sí? ¿Qué tal?", preguntó con brusquedad. El holandés le superaba en el orden jerárquico del casino, pero ninguno de los dos era miembro de la hermandad siciliana y Corliss no trabajaba para él. Ambos trabajaban directamente para Donatello Carbonari, lo que obligaba a Corliss a cooperar con Van Gries, pero no tenía que actuar como si le gustara. De hecho, podía ser tan grosero como quisiera, sabiendo que el holandés no se atrevería a correr a papá.

"El jefe tiene un trabajo para nosotros, para los dos", comenzó Van Gries. "Reúnete conmigo en el muelle de carga y trae a los 'gemelos musculosos', Gerald y Phil, contigo".

"Están ocupados. ¿Para qué los quieres?"

"Algo de trabajo pesado, así que deja de discutir conmigo, Shaka. Diez minutos... a no ser que prefieras hacerlo tú mismo", replicó y colgó. "Maldito sea ese negro cabrón", murmuró Van Gries entre dientes apretados. Abrió el cajón de su escritorio y sacó su Walther PPK automática del calibre 380. Era el emblemático modelo de James Bond y a Martijn le encantaba. Atornilló un silenciador SSG, introdujo el cargador de 7 cartuchos en la culata y lo asentó con un golpe firme del talón de la mano. Metió una bala en la recámara, se metió la Walther en la cintura y se dirigió a la puerta.

El muelle de carga del Bimini Bay estaba situado en la fachada trasera del edificio, bien protegido de las entradas y aparcamientos del casino por un alto muro de contención y por el gran compactador de basura del complejo. Por razones de seguridad, todas las luces del perímetro y de los aparcamientos permanecían encendidas durante toda la noche, incluidos tres focos en la parte trasera del edificio. También estaba cubierto por cámaras de vídeo superpuestas. Van Gries sabía que tendría que ocuparse de las cámaras más tarde, pero eso no sería un problema para él. Las grabaciones de vídeo eran de su dominio exclusivo.

A estas alturas de la noche, el muelle de carga siempre estaba desierto. Esta noche, sin embargo, un camión blanco sin marcas estaba aparcado en el extremo más alejado, con la puerta trasera cerrada. Van Gries llevaba veinte minutos allí, paseando de un lado a otro, pero Corliss aún no había llegado. Sabía que Corliss se había retrasado a propósito, tratando de provocarlo, como siempre. El holandés sonrió. Esta vez, habría retribución. Finalmente, la puerta del extremo del muelle se abrió y Corliss salió, seguido por su rubio músculo. Van Gries estaba convencido de que había contratado a esos dos precisamente porque eran grandes, rubios, de cara rosada y más tontos que él. Probablemente llevaba sus fotos en el móvil para poder mostrar a sus amigos de la calle que podía abofetear a esos dos tontos granjeros cuando quisiera.

"Llegas tarde", se quejó Van Gries. "Te dije diez minutos".

"Como si me importara una mierda. No trabajo para ti, y ellos tampoco".

Van Gries se mordió la lengua. "Hay cuatro archivadores llenos de informes contables que Carbonari envió desde Tuscany Towers. Los quiere encerrados aquí en el sótano".

"¿Qué? ¿Son demasiado pesados para ti y tus "amiguitos" de contabilidad?"

"No, quiere que lo haga Gestión de Riesgos. Vienen los auditores y esos informes serían una mala noticia si cayeran en las manos equivocadas. Por alguna extraña razón, confía más en tu gente que en la mía. ¿Es eso suficiente? Por supuesto, puede llamar a Filadelfia y pedirles que envíen a algunas personas; pero si lo hiciera, no le serviría de mucho tu insolente trasero, ¿verdad?".

Shaka le miró fijamente, sin estar seguro de si había sido halagado o insultado. "Sí, sí, vale. Sólo lo comprobaba. Muy bien, muéstrales a estos dos tontos lo que quieres mover".

Van Gries los condujo al oscuro compartimento de carga del camión. Había una pequeña bombilla en el techo. La encendió y señaló hacia los archivadores de la pared delantera. A un lado había dos bidones de productos químicos de 55 galones, una pila de bloques de hormigón, algunos tubos de hierro, cadenas de acero y una gran carretilla. "Sólo los archivadores", dijo Van Gries. "Pesan una tonelada. Una vez que se pone uno en la carretilla se puede ir andando hasta el ascensor".

Mientras los dos grandes hombres blancos se agachaban y cogían el primero de los pesados armarios, Van Gries se puso detrás de ellos. Sacó su Walther PPK de la cintura trasera y disparó a Phil en la nuca, y luego se volvió e hizo lo mismo con Gerald. Con el silenciador colocado, lo único que se oyó en el interior del camión fue un suave "¡Phap, Phap!" y los dos guardias de seguridad estaban muertos antes de caer al suelo.

Corliss dio un paso atrás, con los ojos muy abiertos, aturdido. "¿Qué? ¿Qué haces, tío?", gritó cuando el holandés se inclinó hacia delante y le disparó a cada uno en la cabeza por segunda vez. La segunda bala no era necesaria, pero Van Gries hizo lo que le dijeron. Luego se dio la vuelta y se enfrentó a Corliss. El gran negro debió de pensar que era el siguiente y trató de sacar su gran revólver del calibre 44 de la funda del hombro, pero se le escapó de las manos sudorosas y cayó al suelo.

Para Van Gries, la expresión de terror en la cara de Shaka valió la pena. Corliss miró su gran revólver, pero antes de que pudiera agacharse y recogerlo, Van Gries sacó su teléfono móvil, marcó un número rápidamente y se lo puso en la cara al negro.

"¡Aquí!" Van Gries gritó. "¡Cállate y escucha!"

Corliss no era la bombilla más brillante del grupo. Tardó un buen rato en entender lo que dijo Van Gries. Le tembló la mano cuando cogió el teléfono y se lo llevó al oído.

"Oye, Shaka, ¿eres tú?", oyó que le hablaba Donatello Carbonari.

"Eh, sí, sí, jefe. Eh, él..." Corliss tartamudeó.

"Le dije a Martijn que hiciera eso. ¿Sabes por qué?"

"Uh, sí, sí, yo... uh, no, yo..."

"Esos dos sabían demasiado", dijo Carbonari. "Nuestros abogados me llamaron. Los policías de Illinois se dirigen hacia aquí con más órdenes de arresto, y esos dos iban a volver a la cárcel. No podía permitirlo, porque no son como tú o Martijn. Se volverían contra nosotros tan pronto como estuvieran tras las rejas de nuevo, así que tenían que ser eliminados. Ahora lo entiendes, ¿no?"

"Sí, jefe. Lo entiendo, pero si me lo hubieras dicho, yo..."

"No. Podrías haber dicho algo o haber hecho algo sin pensar, y haberles avisado. Por eso le dije a Martijn que te mantuviera al margen. Así es como tenía que ser".

"Sí, supongo que ahora lo veo, yo..."

"¡Bien! Ahora ve con Martijn y haz lo que te diga. El barco de pesca de mi viejo está en Brigantine, y ustedes dos van a hacerlos desaparecer. ¿Entendido?"

"Claro, claro, jefe", contestó Shaka mientras sentía que empezaba a recuperar su antigua confianza. "Claro, iré con...", empezó a decir, hasta que se dio cuenta de que Carbonari ya había colgado. Lentamente, le devolvió el teléfono a Van Gries. "Yo, eh, bueno...", trató de explicar, con la mano aún temblorosa mientras se agachaba y recogía su revólver del 44.

"Vamos", le dijo Van Gries mientras guardaba la automática, le guiaba de nuevo hacia el muelle y bajaba la puerta trasera del camión. Dieron la vuelta y se subieron al asiento delantero del camión, con Van Gries al volante, y se alejaron lentamente.

CAPÍTULO QUINCE

La pequeña ciudad de Brigantine está situada a cinco minutos al noreste de Atlantic City a través de un largo y elevado bulevar que atraviesa la ensenada de Absecon y las marismas que la rodean. Mientras que Atlantic City había acaparado todos los casinos y las casas de empeño, Brigantine se enorgullecía de tener las nuevas y bonitas casas de playa y adosadas. También contaba con un departamento de policía que podía detener a una vieja y destartalada furgoneta blanca que atravesaba la ciudad en mitad de la noche. Donatello había atracado el viejo pesquero de madera de treinta y cinco pies de su padre en Brigantine después de que los federales enviaran a "Crazy Eddie" a la cárcel federal unos años antes. Encontró un amarre barato en uno de los muelles más viejos y deteriorados del lado más lejano de la pequeña isla, y lo dejó allí.

"¿Vamos a meter a los chicos en los bidones de aceite?" Preguntó finalmente Corliss.

"Si caben, pero lo dudo", respondió Van Gries.

"Tienes razón. No se han perdido demasiadas comidas, ¿verdad?" ofreció Corliss con una risa nerviosa. "Tengo que decirte que nunca me he deshecho de un cuerpo así. Los enterrábamos en los Pine Barrens. He oído que los chicos de Filadelfia y Nueva York utilizan bidones de aceite como éste, pero les rompen las piernas o los cortan en pedazos. ¿Qué te parece? ¿Vamos a cortarlos en pedazos?"

"¡Jesús, Shaka! ¿Tienes idea de la cantidad de sangre que contiene un cuerpo humano, especialmente los grandes como esos dos? Tal vez quieras limpiar el camión mañana y lavar con una manguera el barco del jefe, pero yo no. No, meteremos a la mayoría en los bidones, los lastraremos con esos bloques de hormigón y los ataremos con alguna cadena. Eso debería bastar".

"Sí, y ahora veo por qué me necesitabas. Esos chicos son todo carne."

"No te hagas ilusiones. Después de aquella cagada en Chicago, podría haber habido tres tambores allí; pero le dije al Jefe que necesitábamos tenerte cerca".

Shaka miró al holandés, sorprendido. "¿Le dijiste eso?", preguntó.

"Sí, porque no hay manera de que pueda levantar a estos dos bastardos".

Shaka se rió con fuerza. "Estás bien, Van Gries. Ya sabes, estás bien".

El muelle privado donde Carbonari guardaba el viejo barco estaba al final de un camino corto y oscuro en el lado norte de la isla. Sólo había una luz tenue al pie del muelle, así que Corliss se bajó y dirigió mientras Van Gries acercaba el camión al barco. Haciendo una pausa para asegurarse de que estaban solos, Van Gries se dirigió a la parte trasera, se subió al portón trasero y levantó la puerta trasera. "Pongámoslos en los bidones y luego rodaremos los bidones hasta el barco".

Corliss se unió a él en el interior. Agarraron a Gerald por debajo de los brazos y lo arrastraron hasta uno de los barriles. "Vaya, qué pesado", gimió Shaka mientras le metían la cabeza y los brazos dentro. "Agarra la otra pierna, y vamos a levantar". Juntos, levantando, tirando y empujando, consiguieron que las tripas de Gerald pasaran por encima del borde y lo empujaron de cabeza. Cuando su pesado cuerpo se desplomó en el interior, sus piernas se doblaron por las rodillas, pero aún sobresalían de la parte superior del tambor.

Los dos hombres se apartaron para examinar su trabajo. "No es ninguna belleza", resopló Corliss mientras apoyaba los codos en el tambor.

"No, pero servirá", respondió Van Gries.

"¿Quieres que le rompa las piernas y se las meta también?"

"No, no". El holandés se encogió, agachándose para ver más de cerca el tambor. "Hay dos agujeros aquí arriba, cerca de la parte superior. Tiraremos un par de esos bloques de hormigón dentro con él y pasaremos la cadena. Eso debería retenerlo". Afortunadamente, el portón trasero tenía un elevador eléctrico. Corliss colocó el tambor en la carretilla y lo bajó al muelle. Juntos hicieron rodar y empujaron el primer tambor hasta la cubierta de popa del barco de Carbonari.

"Me vendría bien una cerveza, tío", dijo Corliss, mientras hacían una pausa.

"Hay una caja entera en la cocina. Cuando terminemos puedes beber hasta hartarte".

Volvieron al interior del camión, metieron a Phil en el otro bidón y lo subieron a la cubierta del barco junto al primero. "Te diré algo", dijo Van Gries. "Baja a la cocina y trae un par de cervezas para nosotros, mientras yo muevo el camión".

Cuando volvió a bordo unos minutos más tarde, el gran hombre negro estaba tumbado en el banco lateral de madera desnuda del pequeño camarote, terminando su tercera cerveza. Miró a su alrededor y preguntó: "¿Esta cosa va a sobrevivir? Porque no sabe nadar muy bien".

"Lo logrará. Nunca se ha hundido antes", respondió el holandés mientras luchaba bajo el peso de otros dos bloques de hormigón, un galón de lejía y un largo tramo de la pesada cadena de acero que finalmente arrojó en la cubierta cerca de los bidones.

"¿Para qué los has traído?" Corliss se sentó y frunció el ceño.

"Esos dos son grandes y gordos", respondió Van Gries, respirando con dificultad. "A veces un cuerpo puede volver a flotar después de haber estado un rato en el agua, así que decidí añadir algo más de peso, por si acaso".

"Sí, sí, supongo que puedo verlo". Corliss se recostó en el banco y se relajó.

Van Gries cogió una de las cervezas que Corliss había traído y se dirigió al puente de mando. Pronto, los dos grandes motores diésel del barco se pusieron en marcha con unas cuantas toses y un tartamudeo. El holandés dirigió la embarcación a través de los retorcidos canales entre las marismas, y se dirigió hacia la entrada del puerto y el océano más allá. Con un cuarto de luna, las brillantes luces de Atlantic City, Brigantine y el resto de la costa de Jersey se desvanecían lentamente tras ellos.

"Nada de eso del GPS, ¿eh?" preguntó Corliss, mirando alrededor de la espartana cabina.

"No, navegamos a la antigua usanza, con los ojos". Veinticinco minutos más tarde, Van Gries volvió a poner los motores del barco al ralentí. "Ya hemos llegado", dijo mientras volvía a la popa. "Acabemos con esto y salgamos de aquí".

"El barco es una mierda, tío", dijo Corliss mientras miraba a su alrededor y cogía el primer bidón. "Ni siquiera sabía que Carbonari lo tenía".

"Era de su viejo. Lo odia".

"¿Por qué no lo vende, entonces?"

"No tengo ni idea. Por alguna razón, prefiere dejarlo allí y ver cómo se pudre".

Volcaron el primer barril y lo hicieron rodar hasta la barandilla de popa. Entonces ambos hombres se agacharon, uno a cada lado, y lo inclinaron hacia delante para conseguir un buen agarre. Mirando a Corliss a los ojos, Van Gries dijo: "Muy bien, a la cuenta de tres: uno, dos, tres, ¡levanten!". Con gruñidos y gemidos, consiguieron levantar el pesado barril lo suficiente como para inclinarlo sobre la barandilla de popa y volcarlo en el océano. Hizo un gran chapoteo, flotó durante un momento o dos mientras se llenaba de agua, y enseguida se fue al fondo. "Bien", resopló Van Gries. "Mi peor temor era que se quedara flotando".

"¿Y los otros bloques y la cadena?" preguntó Corliss con suspicacia.

"¡Maldita sea! Lo había olvidado. Ah, ¡que se joda! El primero se fue hacia abajo, y estoy cansado".

El segundo barril no fue más fácil, pero lo consiguieron hasta la barandilla y por la borda también. "Caramba, esos chicos son pesados", dijo Corliss, mientras también caía por la popa y se hundía. Respirando con dificultad, el fornido negro se apoyó en la barandilla y observó cómo una línea de burbujas volvía a la superficie desde el tambor. "Mira eso", se rió mientras miraba por encima del hombro a Van Gries. Fue entonces cuando vio la Walther PPK en la mano del holandés. Le había quitado el silenciador, pero el cañón le apuntaba directamente.

"Ponga las manos en la espalda", le ordenó Van Gries.

"Ahora, espere un maldito minuto", trató de bravuconear Corliss, hasta que la 380 automática ladró, y una bala le hizo un profundo corte en el costado de la cabeza. "¡Ah!", gritó, mientras la bala le quitaba la capacidad de lucha.

Van Gries dio rápidamente la vuelta a Corliss, lo inclinó sobre la barandilla de popa y le puso un par de esposas en las muñecas.

"Maldita sea, tío", gimió Corliss al sentir que la sangre le corría por un lado de la cabeza. "¿Por qué has ido y.?.?", preguntó mientras giraba la cabeza y miraba de nuevo hacia atrás. Sin embargo, antes de que pudiera terminar, Van Gries había enhebrado la gruesa cadena a través de las esposas y alrededor de sus muñecas. Luego cogió uno de los pesados bloques de hormigón y lo dejó caer en el centro de la espalda de Corliss. "Ah, mierda, tío", gimió el negro mientras intentaba enderezarse, pero Van Gries le clavó la Walther en la nuca.

"Vamos, hombre", suplicó Corliss mientras Van Gries dejaba caer rápidamente un segundo bloque de hormigón sobre su espalda, pasaba la cadena también por sus aberturas y volvía a rodear sus brazos y muñecas. Finalmente, ató los extremos en un nudo cuadrado. "¿Por qué me haces esto?"

"Eres un cabrón pesado, lo reconozco", gimió Van Gries mientras se inclinaba y rodeaba las rodillas de Corliss con sus brazos, "pero esto va a ser puro placer".

Corliss gritó cuando Martijn levantó las piernas y luego dejó que el peso de los bloques de hormigón hiciera el resto. Inclinaron al negro por encima de la barandilla, lo arrastraron hacia abajo, con la cabeza por delante, y lo voltearon sobre su espalda incluso antes de que golpeara el agua. Durante un fugaz segundo, Van Gries vio los ojos aterrorizados de Corliss mirándole antes de que los dos bloques de hormigón lo hundieran. Se hundió, al igual que los dos bidones de aceite.

Van Gries sonrió y se quitó el polvo de las manos, pensando que no recordaba la última vez que había disfrutado tanto de un paseo nocturno en barco como éste. Metió la mano en el cinturón, sacó de nuevo su Walther PPK y la miró durante un largo y cariñoso momento, antes de darle cuerda y tirarla al océano. Era una pistola preciosa, pero siempre podía conseguir otra en Virginia o Carolina del Norte por unos cientos de dólares. Luego tiró el silenciador lo más lejos que pudo en la otra dirección. Si la policía encontraba alguna vez el cuerpo de Shaka Corliss, encontraría su Smith & Wesson del 44 cromada en su funda de hombro. Eso cerraría más de un caso de asesinato abierto. Sin embargo, la policía nunca atraparía a Martijn Van Gries con ninguna prueba incriminatoria encima.

Rebuscó en el barco hasta que encontró una manguera de goma enrollada en uno de los armarios, la conectó a la espita de agua dulce situada cerca de las escaleras de la cocina y la encendió. Había sido un trabajo muy duro, concluyó, mientras ponía la cabeza bajo el chorro de agua y se deleitaba con ella durante un largo rato. Después de refrescarse, limpió con una manguera la cubierta de popa, cogió un cepillo viejo de la cocina y el galón de lejía, y restregó las rozaduras y la sangre manchada de la cubierta y la barandilla de popa hasta que volvieron a tener el mismo aspecto mugriento. Sólo entonces sacó su teléfono móvil y marcó la rellamada.

Donatello respondió rápidamente. "¿Ya está hecho?", preguntó.

"Nuestros problemas duermen con los peces".

"¡Deja ya la mierda de El Padrino! Odio esa maldita película".

Al filo del mediodía del día siguiente, Bob Burke entró en la pequeña sala de conferencias del Marriott Courtyard, a medio camino entre Fort Bragg y Fayetteville, y colgó un cartel en el exterior de la puerta que decía: "Reunión privada en curso." Se habían dispuesto varias mesas de tres metros de largo en un gran cuadrado en el centro de la sala, con manteles, vasos, jarras de agua, bolígrafos y blocs de papel.

"El sargento mayor Randall dice que debo comenzar rápidamente", dijo. "Pero antes de que lo haga, desliza todos esos blocs de papel hacia Linda, en el extremo más alejado. Nada de notas. Nada de garabatos. Si no pueden recordar lo que decidimos hacer, no deberían estar aquí para empezar".

Mirando las caras, Bob llegó rápidamente a la conclusión de que ésta era la reunión de operaciones más extraña que había convocado nunca. Había tres mujeres, dos de las cuales habían sido oficinistas y recepcionistas, y una capitana de las Fuerzas Aéreas, alta y rubia. El resto incluía a un corpulento capitán de la policía de Chicago y a seis de los operativos de la Fuerza Delta más capacitados y letales del ejército: Ace, Koz, The Batman, Chester, Lonzo y Bulldog. Dos de las sillas de la mesa seguían vacías, a la espera de que llegaran los magos de la informática de Chicago.

"Empecemos por lo obvio", dijo Bob mientras desenrollaba una foto aérea de 36 pulgadas por 36 pulgadas que había ampliado e impreso en Staples esa misma mañana. La colocó en el centro de la mesa, permitiendo que los demás se inclinaran hacia delante y la vieran por un momento. "Se trata del Hotel y Casino Bimini Bay de Atlantic City y de los alrededores de la ciudad. Linda, Patsy y yo tuvimos la oportunidad de comprobarlo la semana pasada. ¿Alguno de ustedes ha estado allí antes?", preguntó mientras miraba a su alrededor. Dorothy levantó la mano, pero los demás negaron con la cabeza. "Bien. Los demás podéis verlo con ojos nuevos, y sus cámaras de vídeo tampoco os habrán visto todavía. ¿Has conseguido una tarjeta del Club Oro?" Bob se giró y preguntó a Dorothy.

"Por supuesto, pero eso fue hace unos cinco años", dijo ella mientras se encogía en su asiento, avergonzada.

"Bien. En el último año, más o menos, han añadido un software de reconocimiento facial a su sistema, pero tú estabas allí antes de todo eso."

"¿En un casino?" Varios de los hombres se mostraron sorprendidos. "¿Reconocimiento facial?" preguntó Koz.

"Dudo que lo usen con todos, pero el Bimini Bay y sus dos propiedades hermanas tienen algunos de los sistemas electrónicos y de seguridad más sofisticados del negocio", dijo Bob mientras miraba directamente a Ace. "Para derribar un complejo como ese se necesitará algo más que un par de tipos con rifles de francotirador".

"Y tres mujeres", intervino Linda.

"Tres o ciento tres, sólo los marines intentarían un asalto frontal a un lugar como ese. Tenemos tres objetivos: Donatello Carbonari, Martijn Van Gries y Shaka Corliss. Ellos son los responsables de Vinnie. No cuento a los dos guardias de seguridad rubios de Hulk que trabajan para Corliss, pero si se abollan y se les raspa un poco la pintura, no pasa nada. Son demasiado tontos para saberlo, pero poner las manos en esos otros tres requerirá mucho sigilo y astucia".

"Por cierto," Ernie habló, "Tuve una llamada telefónica esta mañana de un amigo en la oficina del Fiscal del Estado del Condado de Cook. Ayer presentaron más cargos contra Corliss y sus dos fornidos compañeros, y dos de sus ayudantes llegaron a Atlantic City para detenerlos esta mañana. Se desplazaron con dos ayudantes locales del condado de Atlantic, pero no pudieron encontrarlos en los casinos ni en sus apartamentos. El casino dice que fueron dados de baja, pero sus coches siguen aparcados en Bimini Bay y sus cosas siguen en sus apartamentos. Así que ¿quién sabe?"

"¿Despedidos?" Linda se rió.

"Hasta los ayudantes del condado de Atlantic pensaron que era gracioso, casi tanto como dos policías de Chicago tratando de entregar papeles a pistoleros de la mafia en Nueva Jersey".

"Tal vez". Ernie se encogió de hombros. "Pero Corliss y los otros dos no son sicilianos. Tampoco lo es Van Gries. Eso los convierte en descartables, lo sepan o no".

"Mira", preguntó Batman, "si ya han empezado a 'desaparecer' a su propia gente, ¿por qué no podemos coger a Carbonari y a Van Gries y hacerles un favor? Ya hemos hecho algunos de esos secuestros de "capuchas negras", en su día".

"Esa es siempre una opción", aceptó rápidamente Bob. "Pero recuerda quiénes son y dónde están. Hay un montón de seguridad humana y electrónica alrededor de esos edificios, y arrebatar a uno de ellos sin activarlo sería difícil. Tendríamos que agarrar a los tres al mismo tiempo. Eso sería aún más difícil, y sólo tendríamos un intento. Si termina siendo una batalla abierta con Carbonari, eso traerá a la mafia de Filadelfia, y luego a los Genoveses y a los Lucchis de Nueva York. Esa es una guerra que no podemos ganar".

"¿No hay disparos?" Ace se enfureció. "¿Para qué nos necesitas?"

"Nunca dije que no hubiera disparos, pero tenemos que tener cuidado. Hay demasiados civiles corriendo por los casinos y los aparcamientos, que estarían en la línea de fuego. Pero si me encuentro con alguien que necesite disparar en serio, sé que siempre puedo recurrir a ti y a tu Barrett para que le hagan grandes agujeros. ¿Qué te parece? Preguntó Bob.

"Tal vez no sea necesario", ofreció Ernie. "Tal vez podamos conseguir que alguien más haga el trabajo pesado por nosotros".

"¿Te refieres a sus amigos del hampa en Nueva York?" preguntó Dorothy.

"Exactamente", respondió Bob. "Pero para conseguirlo, tendremos que entrar en sus ordenadores y sistemas de seguridad: sin ruido, sin huellas y sin que nadie sepa que hemos estado allí".

"¿Qué diversión tendría eso?" replicó Batman.

La puerta del pasillo se abrió y dos hombres muy jóvenes asomaron la cabeza al interior de la sala de reuniones. Tentativos e inseguros, miraron al grupo barbudo y de pelo largo sentado alrededor de la mesa y comenzaron a retroceder, hasta que vieron a Linda y a Patsy y finalmente sonrieron.

"¿Son los chicos del autobús?" preguntó Koz. "Necesitamos más café".

"Ignóralo. Entrad, chicos". Linda se apresuró a llegar a la puerta, los rodeó con sus brazos y tiró de ellos hacia el interior de la habitación como una madre de la guarida con dos nuevos lobatos.

"Hemos estado buscando en todas las habitaciones", se disculpó el más alto de los dos. Era muy delgado y parecía tener unos quince años. El otro era bajo, más grueso y parecía su hermano menor. Llevaba unas gafas con una pesada montura negra y un grueso trozo de cinta adhesiva blanca que sujetaba el puente de la nariz. Arrojaron sus bolsas de viaje al rincón, cogieron sus ordenadores portátiles y tomaron asiento.

"Debe ser la Marina". Bulldog les echó un vistazo y suspiró.

"No, la Guardia Costera", le corrigió Chester.

"¡Compórtense ustedes dos!" les reprendió Linda. "Son Jimmy Barker y Ronald Talmadge, de nuestro departamento técnico en Toler TeleCom, en Schaumburg".

"Civiles. Peor aún", añadió Batman.

Linda lo miró mal y continuó de todos modos. "Jimmy, Ronald, ya conocéis a Bob y Patsy, y puede que os presente a los demás más tarde... o no".

Los dos Geeks miraron nerviosos las caras duras que había alrededor de la mesa mientras abrían sus portátiles. "No sabía que nos había vendido a los piratas, señora B.", dijo Jimmy. Su silla estaba casualmente frente a la de Patsy, y Bob la vio mirar hacia él y sonreír.

"Sé que Linda te informó del problema que estamos tratando de resolver. Con vuestros conocimientos técnicos e informáticos, sobre todo los trucos que habéis aprendido de Charlie, quiero que os pongáis a trabajar en los sistemas de contabilidad y seguridad de Van Gries. A fin de cuentas, vuestra misión es entrar en su sistema financiero y encontrar sus libros, los verdaderos. ¿Entendido?"

Los dos frikis se miraron el uno al otro. "¿Nuestra misión?" Ronald dio un codazo a Jimmy y soltó una risita. "Como Tom Cruise en Misión Imposible".

"Sí, y tú te autodestruirás si lo estropeas". Ace le frunció el ceño de la manera más feroz.

"No se preocupe, señor B.", replicó rápidamente Jimmy, sin intimidarse lo más mínimo. "Ronald y yo somos una ventanilla única. No hay mucho que no podamos descifrar".

"Sí", se rió Ronald. "Pero no hay que sudar. Ya nos conectamos a Internet y echamos un vistazo bajo el capó de ese casino. Ese tipo, Carbonari, se licenció en Yale y cursó un MBA en Stanford. Bastante inteligente, en el sentido de los negocios. Pero su técnico, Van Gries, era del MIT, el primero de su clase como mucho", dijo con una mueca despectiva. "No hay competencia".

Bob los miró desde la mesa, desconcertado.

"Los dos somos de Berkeley", explicó Jimmy con indiferencia. "Nos comimos a esos derbs del MIT para desayunar en todas las competiciones de software. Créeme, le chamuscaremos tanto el culo que tendrá que mojarlo en el río Charles para refrescarse".

"Te diré algo", le dijo Bob. "Si hacen eso, les deberé una gran cantidad de dinero".

Se miraron de reojo. "¿Deber? ¿A lo grande?" Jimmy sonrió como el Gato de Cheshire. "Bueno, si ese es el caso, antes de que realmente empecemos a golpearlos, Ronald y yo podríamos usar algún hardware de batalla actualizado, algunas armas nuevas".

"Creía que Charlie os había comprado nuevos portátiles". Bob miró a Linda, confundido.

Ronald se encogió de hombros y se inclinó hacia delante. "Esta es la cuestión, señor B. Hay cosas nuevas, y también hay cosas más grandes, más rápidas, a velocidad warp, seriamente nuevas".

"Sí". Jimmy palmeó su portátil. "Charlie nos consiguió estos mocos hace como seis meses, y eso es la Edad de Piedra ahora. Si quieres que realmente pateemos traseros..."

"Suficiente. No me lo digas a mí, díselo a Linda. Ella te llevará a Charlotte, o puedes hacer un pedido exprés por internet. Lo que sea que necesites, hazlo, porque tenemos que entrar en los libros de Carbonari, no los que muestra a la gente del Estado y de los impuestos, o a la IRS, o incluso a sus socios en Nueva York, sino el flujo de caja real antes de que se lleve la parte superior. Eso es lo que le llevará a la cárcel, o hará que sus compañeros le den una paliza".

"Hablando de eso", Ernie intervino, "hablé con mi amigo de la policía estatal de Nueva Jersey, Carmine Bonafacio. De hecho, lo tengo en espera en mi teléfono móvil. En lugar de repetir lo que ha dicho, me gustaría ponerlo en el altavoz y que lo escuches tú mismo". Ernie pulsó el botón del altavoz. "Inspector, cuente a mis amigos lo que me ha dicho".

"Los Carbonaris no son una de las familias de primera línea, pero se remontan a dos o tres generaciones en Atlantic City y a Filadelfia y Nueva York antes de eso. Esos casinos generan mucho dinero, pero es sobre todo dinero de los Lucchese y los Genovese. Es un grupo peligroso para trabajar. Aunque Donatello pueda parecer un pez gordo de la mafia para nosotros, los tontos, está comprado y pagado por las familias de Nueva York, como su padre".

"Carmine, este es el amigo de Ernie, Bob. ¿Cómo crees que le va a Carbonari?"

"El negocio de los hoteles y casinos está mal en todas partes, pero especialmente en Atlantic City: recesión, casinos indios, vuelos baratos a Las Vegas, y una tonelada de juego online, lo que sea. Nadie sabe cuáles son sus verdaderos números, y siempre que habla con la prensa, sigue diciendo que todo está muy bien, pero que tiene que estar al límite."

"He leído muchas de las historias de los periódicos sobre él y he visto sus citas", dijo Bob. "¿No es un poco extraño que uno de esos tipos hable con los periodistas para empezar?"

"¿Uno de esos tipos? ¿Quieres decir italiano? ¿O de Nueva Jersey?" Carmine se rió.

"Me refiero a la mafia".

"Sí, es más que extraño. Sé que a los jefes de Nueva York no les gusta, pero ese es Donnie -odia ese nombre, por cierto- y es la gallina de los huevos de oro."

"Con media docena de casinos de la ciudad cerrados, ¿cómo es que tiene huevos?" preguntó Ernie. "Me dijiste que tiene una gran 'nuez' que debe a los Genoveses y Luccheses cada mes".

"Esa es la cuestión. Aguantan toda su mierda de 'Príncipe Donnie', pero nuestros contactos en Nueva York dicen que más vale que la gallina no se quede sin huevos de oro o se va a cocer."

"Quizá por eso presionaba tanto para conseguir el dinero que Vinnie les debía", dijo Ace. "En ese momento, me imaginé que era calderilla para una gran operación como esa".

"Ya nada es calderilla para ninguno de ellos", le corrigió Bonafacio. "Donatello disfruta de un estilo de vida fastuoso, yendo y viniendo a la ciudad en su nuevo helicóptero. Su nuevo apartamento en Park Avenue ya ha aparecido en media docena de revistas de arquitectura. El de la cima de la bahía de Bimini tampoco está nada mal. Tiene más de 3.000 pies cuadrados y ocupa la mitad de la azotea de esa torre de seis pisos, junto con una piscina exterior, jardines y un helipuerto, además de que tiene un velero de un millón de dólares en el puerto deportivo. No les gusta que un tipo alardee y llame la atención. Se ha salido con la suya, pero si se queda atrás. Bueno, cuanto más grandes se creen..."

"Entonces, ¿esos casinos no son realmente suyos?" Preguntó Chester.

"Oh, no. Boardwalk Investments es el dueño. Fue fundada por su abuelo.

Donatello es el presidente de la junta y el director general, pero las familias de la mafia de Nueva York son los verdaderos dueños. Oye, eso es todo lo que tengo por el momento. Tengo una reunión a la que tengo que ir corriendo, pero hazme saber si puedo ayudar en algo".

"Gracias, Carmine, te llamaremos", le dijo Bob mientras colgaba.

"Si ya está en la cuerda floja con sus amigos de Nueva York..." comenzó a preguntar Ace.

"¿Tal vez podamos darle un empujón?". Koz remató la idea.

"Lo mismo pienso yo", respondió Bob. "También tenemos que indagar en Martijn Van Gries, nuestro talentoso holandés. Es el más cercano a Carbonari, y tenemos que averiguar todo lo que hay que saber sobre él: de dónde es, dónde ha trabajado, si tiene antecedentes policiales en algún sitio y cuáles son sus puntos débiles. Lo mismo ocurre con el desaparecido Shaka Corliss. Estoy seguro de que tiene un historial policial tan largo como mi brazo, pero vamos a averiguarlo.

"Para los que quieran acompañarnos, planeen salir en cuarenta y ocho horas. Eso significa que empiecen a hacer listas de todo lo que crean que van a necesitar". Bob miró alrededor de la habitación e hizo contacto visual con cada uno de ellos. "Genial, planifiquemos reunirnos aquí a las 08:00 y al mediodía cada día hasta que nos vayamos. Ahora pongámonos a ello".

CAPÍTULO DIECISÉIS

Atlantic City

Eran las 3:30 de la tarde cuando la asistente administrativa de Martijn Van Gries, Eva Pender, llamó a su mesa. "Tengo a un congresista Jepperson de Harlem en la línea tres. Lo único que quiere esa gente de DC son comps. ¿Quieres que me deshaga de él, o que lo deje morir en espera?"

"No, no, me devuelve la llamada. La cogeré". le dijo Van Gries mientras levantaba el dedo para pulsar el botón encendido de la línea tres, y luego se detuvo. "¿Cena más tarde en el barco, Eva?"

"No he pensado en otra cosa en toda la tarde".

"Qué delicioso. La pasarela saldrá a las 7:00".

"¿La tuya o la del barco?", preguntó con voz ronca mientras colgaba.

Martijn trató de volver a concentrarse mientras pulsaba la línea 3 y decía: "Diputado, qué gusto hablar con usted de nuevo. ¿Se ha enterado de algo sobre nuestro amigo?"

"Sí, bueno, cualquier cosa por Donnie. Ya sabes, lo he llamado Donnie desde que era un niño pequeño jugando bajo el gran escritorio de su padre en esa oficina de cajas de galletas detrás del bar en Pacific, donde guardaba los libros. Sí, solíamos ir allí todo el tiempo. Siempre nos hacía pasar un buen rato. Nunca conociste al viejo de Donnie, Crazy Eddie, ¿verdad?"

"No, lamentablemente, nunca tuve el placer".

"Nunca fue un placer", Jefferson se rió y tosió. "Era un viejo hijo de puta intratable".

"Ah, los buenos tiempos".

"Algunos, pero estaría mintiendo si dijera que todos fueron buenos".

"Congresista, por mucho que haya disfrutado recordando, ¿ha aprendido algo?"

"Francamente, no mucho, Marty. Ya sabes, estoy en el Comité de Servicios Armados de la Cámara. He estado en él desde... oh, diablos, tal vez desde George Washington, pero no pude sacar nada del Pentágono, o de ese maldito grupo en Fort Bragg, tampoco. Tengo que decirte que no estoy acostumbrado a que me traten así, y habrá que pagar un infierno en el próximo presupuesto".

"¿Qué aprendiste? ¿Algo?"

"Dejaron que uno de mis empleados echara un vistazo a su expediente 201. Ese es su archivo de personal del ejército. Dice que fue un graduado superior de West Point y sirvió quince años en el Cuerpo de Señales. ¡Eso es mentira! Recibió casi todas las medallas que se pueden dar a un hombre, lo que es realmente pe-culiar para el Cuerpo de Señales. De todos modos, la mayor parte de su expediente fue "redactado", que es una palabra elegante para decir que alguien tachó todo con un bolígrafo negro grueso, para que no se pueda leer. Son cosas de "seguridad nacional". Significa que debe ser de Operaciones Especiales, de la Fuerza Delta, de los Boinas Verdes, o tal vez de la maldita CIA. Así que no vas a saber mucho de lo que realmente hizo".

Van Gries lo pensó durante un minuto. "Lo entiendo. Mi hermano menor realizó tareas similares en los Royal Dutch Marines".

"Bueno, no sé nada de los marines holandeses, pero llamé a un coronel que conozco en el G-2 en el Pentágono, y todo lo que me dijo fue que este tipo Burke era "un auténtico malote", muy letal. Así que puedes tomar eso por lo que vale, porque es todo lo que vas a conseguir".

Martijn se recostó un momento en la silla de su escritorio, pensando. Finalmente, se levantó y cogió el ascensor ejecutivo para ir al ático. Los técnicos de Martijn barrían las oficinas todos los días en busca de micrófonos, y recientemente había instalado equipos de ruido blanco y de interferencia; pero en su negocio, uno nunca es demasiado cuidadoso. Se sentó frente a Donatello y dijo: "Con la marcha de algunos miembros clave de nuestro personal de Gestión de Riesgos, necesitamos encontrar gente nueva, gente buena, para sustituirlos".

"De acuerdo, llamaré a Filadelfia, o quizá a Angelo en Brooklyn, y veré quién está disponible".

"¿Estás seguro de que esa es la dirección que quieres tomar?" Preguntó Van Gries, sonando señaladamente escéptico. "He recibido respuesta de ese congresista de Harlem al que me dijiste que llamara".

"¿Jepperson? ¿Se ha enterado de algo?"

"No mucho, lo que dice mucho en sí mismo".

"Estoy cansado de tus malditas adivinanzas holandesas. ¿Qué dijo?"

"El archivo de Burke es en su mayoría alto secreto. Todas las partes buenas están redactadas, tachadas, para que no puedas leerlas".

"¿Qué significa eso? ¿Es algún tipo de espía, o algo así?"

"Tal vez, o la versión del Ejército de todos modos. Asistió a West Point y trabajó en operaciones especiales, donde se refirieron a él como 'un verdadero malote'. Sus palabras, no las mías".

"Yo también he conocido a unos cuantos malos."

"No con su conjunto de habilidades. ¿Recuerdas lo fácil que fue derribar a Corliss y a los gemelos con sus propias manos? Le vi hacerlo una vez y tú le viste hacerlo la segunda vez. Odio pensar en lo que podría hacer con una pistola o un rifle".

Carbonari frunció el ceño y lo pensó. "Sí, quizá tengas razón, es diferente".

"Si traemos más payasos como el último grupo, también los atravesará".

"Muy bien, listillo, ¿quién entonces?" preguntó Carbonari, frustrado.

"Dame hasta mañana por la mañana. Mi hermano estuvo en los Royal Marines holandeses, en sus Fuerzas Especiales. Ha luchado por todo el mundo con muchos de los mismos tipos de personas que Burke. Le llamaré. Creo que tenemos que combatir el fuego con el fuego".

"¿Su hermano?" Carbonari reflexionó. "Qué rico. ¿Es... como tú?"

"No, todo lo contrario, me temo: frío, de ojos claros y mortal como el áspid de Cleopatra. Él y algunos de sus hombres dirigen una empresa de seguridad privada que se encarga de la protección de "personas de alto poder adquisitivo" en todo Oriente Medio. En ocasiones, les llaman para "eliminar plagas", algunas de las cuales eran tan difíciles como la que nos enfrentaba".

"¿Pero tu hermano? ¿No es eso nepotismo?"

"¿Nepotismo? Tu 'fraternidad' siciliana se fundó en el nepotismo, ¿no?"

"Está bien, llámalo, pero tenemos que poner fin a este asunto".

Mientras su reunión se tomaba un descanso de diez minutos, Bob hizo un gesto para que Patsy y Linda pasaran al frente y hablaran con él. "Necesito a alguien que se encargue de la logística: viajes, habitaciones de hotel, coches de alquiler, lugares de reunión, suministros, teléfonos móviles, un barco, todas esas cosas. Ustedes dos serían perfectos".

"Me parece terriblemente sexista". Linda cruzó los brazos sobre el pecho y frunció el ceño.

"Proceso de eliminación", replicó. "Mira, es lo que ustedes dos solían hacer para ganarse la vida, y no pueden acercarse al casino, de todos modos. Además, no quiero que ninguno de los dos vuelva a disparar a nadie... o que les disparen. Tenemos que encontrar una base de operaciones en Atlantic City. Estaba pensando en ese viejo Holiday Inn en la Avenida Atlantic. Está a pocos kilómetros de la bahía de Bimini, y no es llamativo. También necesitamos billetes de avión a Filadelfia, y algunos coches. Podemos recogerlos en el aeropuerto de Filadelfia: diferentes agencias de coches, diferentes tarjetas de crédito, ya te haces una idea.

"Mientras nosotros hacemos todo el trabajo pesado, ¿qué vas a hacer tú?" preguntó Linda.

"¿Yo? Voy a alquilar un barco muy grande que he encontrado en Internet".

"¿Un barco? ¿Por qué te llevas toda la diversión?" Linda lo fulminó con la mirada.

"El abogado de nuestra empresa, George Grierson, está ultimando los preparativos. Si terminas tu trabajo y te portas bien conmigo, puede que incluso te lleve a Cape May cuando vaya a recogerlo. Tú también, Patsy".

"Oh, no, os conozco a los dos. Habrá demasiado ruido debajo de la cubierta para mis inocentes oídos: todos esos gemidos y gritos. Incluso podríais hacer zozobrar el barco".

"Eso es todo él", contestó Linda, con cara de circunstancias. "Yo sólo me tumbo ahí".

"No es su voz lo que oigo". Patsy sacudió la cabeza. "Si te da igual, me quedaré atrás, para que podáis divertiros sin inhibiciones... y sin que me ponga celosa".

"No es por eso que quieres quedarte atrás, y lo sabes, chica", dijo Linda mientras miraba a Bob. "Ella piensa que Jimmy Barker es lindo, tan lindo de hecho..."

"¿Barker? ¿Te refieres al flaco Geek?" Preguntó Bob.

"¡Linda! No puedo decir nada cerca de ti, ¿verdad?" Patsy la fulminó con la mirada.

"No es asunto mío", Bob levantó las manos en señal de rendición. "Pero no estoy segura de cuánta experiencia ha tenido Jimmy con el sexo débil".

"Dudo que tenga experiencia con el sexo en absoluto", cacareó Linda mientras Patsy se ponía roja.

Bob la miró. "Odio entrar en lo personal, pero acabas de pasar tres meses con Vinnie. Sé que ha sido una semana bastante mala para ti, pero ¿Jimmy? ¿Estás segura de que no te estás lanzando a algo? Él podría ser un... cambio de ritmo para ti".

Patsy miró al suelo por un momento, componiendo cuidadosamente lo que iba a decir. "No me malinterprete, mayor; Vinnie me gustaba, me gustaba mucho. Era divertido, pero desde Chicago todo ha sido un poco borroso. Me convenció de venir aquí con él, y estaba el dinero, y la casa, y me puso en su seguro, que yo no quería; pero... todo sucedió. Yo acababa de cumplir veintiún años, y él era... ¿cómo decirlo? Era todo un hombre, con mucha más experiencia, como se dice, que yo. De todos modos, nos divertimos mucho... mucho. Pero con su edad y lo que hizo en el ejército, nunca iba a ser permanente entre nosotros. Él lo sabía, y yo también. Ambos queríamos pasarlo bien, y lo hicimos, pero... bueno, Jimmy tiene mi edad. Nos gusta el mismo tipo de música, y es tan inteligente... y, bueno, tan mimoso".

"Vinnie era muchas cosas, pero mimoso no era una de ellas", concedió Linda.

"Mira", le dijo Bob, "cuando esto termine, volveremos todos a Bragg. Tienes que ocuparte de la casa y del seguro. Después, puedes quedarte allí o volver a Chicago con nosotros, lo que quieras. Así que no te preocupes".

Linda le dio un gran abrazo. "Así que diviértete y recibe todos los 'mimos' que quieras. Te lo has ganado".

"Y si Jimmy no capta la indirecta, Linda lo meterá en tu habitación alguna noche y cerrará la puerta con llave", añadió Bob.

"Oh, no necesita ninguna indirecta", dijo Patsy mientras su cara se ponía roja.

"Pero no le hagas daño al pobrecito", le dijo Linda.

Cuando el grupo volvió a reunirse, Bob les dijo: "Estuve revisando los anuncios de empleo en línea en el Press of Atlantic City. El Bimini Bay tiene un gran anuncio allí casi todos los días para conserjes y personal de limpieza. Sería una buena manera de meter a un par de nuestros chicos. Sargento mayor Randall, ¿quiénes son los mayores fanáticos del orden en el equipo?".

Los ojos de Ace se entrecerraron mientras miraba alrededor de la mesa un rostro tras otro que miraba hacia otro lado y no le devolvía la mirada. "Bueno, mayor, es una carrera muy reñida. Pero después de pensarlo bastante, creo que tendrían que ser Lonzo y Chester".

Esos dos gimieron, mientras los otros tres aplaudían y sonreían.

"Cuando lleguemos a Atlantic City, quiero que vosotros dos entréis y os presentéis. Decidles que habéis limpiado edificios de oficinas en... Boston. Lo más probable es que no conozcan a nadie allí".

"¿Cuánto pagan?" Chester preguntó.

"Con experiencia, me pareció ver doce dólares la hora".

"Eso es más de lo que estamos ganando ahora", dijo Lonzo a Chester. "Tal vez deberíamos quedarnos".

"¿Veis? Se os ha abierto todo un nuevo campo profesional", se rió Bob.

"¿Y qué hay de la comprobación de antecedentes? ¿No lo echará todo a perder?" preguntó Dorothy.

Los chicos Delta de la mesa sacudieron la cabeza y se rieron; y ella los oyó decir cosas como: "Noob", "Novato", "¿Comprobación de antecedentes?" y "¿De dónde la has sacado?".

Bob sonrió. "El JSOC tiene una sección de personal de documentos que no hace más que construir "leyendas" falsas, o paquetes de identificación para nuestros chicos. Siempre tienen cuatro o cinco listas para los operadores, así que aprovecharé la oferta del general Stansky", dijo Bob mientras sacaba la tarjeta de visita que le dio el general. "Haré una llamada para que me preparen algunos".

"Es así de fácil, ¿eh?" preguntó Linda.

"Sí, es así de fácil", le dijo Bob. "Todos los que trabajan en el casino tienen que ser certificados por la Comisión Estatal del Juego, pero eso lleva un par de semanas. Todo el mundo quiere ser crupier; pero están tan escasos de mano de obra semicualificada en todos los casinos que se lanzarán a por dos hombres con experiencia en limpieza que hablen inglés y estén listos para empezar. Probablemente te pongan a limpiar las oficinas, ya que eso no entra en las normas de la Comisión, y ahí es exactamente dónde te quiero. Te meterán en la Oficina de Negocios, incluso en la de Van Gries".

Finalmente, Bob sonrió mientras se volvía hacia Dorothy. "No quiero que volemos en avión comercial. Un Gulfstream G-550 es muy bonito, ¿no? ¿Puedes pilotar uno de esos?".

"¿Bromeas?", sonrió ella. "Es el estándar de oro de la aviación civil; y sí, puedo pilotar uno. También puedo pilotar un F-16 Eagle, un F-22 Raptor, e incluso he pasado algún tiempo en el nuevo F-35 Lightning", dijo con una sonrisa avergonzada. "También puedo volar la mayoría de los helicópteros, pero no suelo contarlos".

Ace le dio una palmadita en la mano y dijo: "Es mía, y está cogida".

"Ya veo por qué", se rió Bob. "No creo que pueda conseguir ninguna de las otras, pero alquilaré el jet durante una o dos semanas y podrás llevarnos en avión. Imaginemos que las ruedas suben a las 18:00, amigos. Eso es a las 18:00 para ustedes, los civiles", dijo, mirando directamente a Linda y Patsy.

"Listillo". Sé lo que son las 18:00", le dijo Linda. "Veo el NCIS".

"Es bueno saberlo. Bueno, entre las repeticiones, consigue a Ace y Koz habitaciones en las Torres Toscana y Siesta Cove", dijo mientras se volvía hacia los dos Deltas. "Sus tejados parecen tener la altura y la distancia adecuadas de la bahía de Bimini para un nido o dos, si los necesitamos".

"¿Un nido...?" Preguntó Linda cuando todos los hombres se volvieron y la miraron de nuevo. "Vale, vale, no preguntes, ¿vale?"

Bob puso los ojos en blanco y finalmente miró a Ace. "Necesitamos unas buenas comunicaciones tácticas. Si puedes, consíguenos uno de esos nuevos sistemas PRC 154A Rifleman y una docena de los auriculares. Y pásate por la sala de armas para ver algunos de tus juguetes favoritos".

"¿Un par de Barrett del calibre 50?" preguntó Ace esperanzado.

"Eso me vale", dijo Bob al ver que Ace sonreía. "Y llévate a los chicos a la 'Mercería' para que se lleven un surtido de disfraces que puedan ser útiles: ascensor Otis, Direct TV, aire acondicionado Trane, ya sabes", dijo mientras miraba alrededor de la mesa. "Eso debería servir. Nos vemos todos en el aeropuerto de Windermere a las 18:00".

Cuando Linda llamó al Holiday Inn, se puso en modo "asistente ejecutiva" y le dijo al gerente que estaban haciendo un trabajo analítico muy delicado para los casinos y que no negociara sus tarifas enormemente infladas. Insistió en pedir seis habitaciones en el último piso y la suite "Presidencial". Contaba con dos amplios dormitorios, en los que colocó a los Geeks, una sala de estar y una gran mesa de comedor en la que podían desplegar sus ordenadores, mapas y papeles. Las alquiló por una semana, a cambio de lo cual, iban a tener total privacidad, haciendo su propia limpieza de la habitación y comiendo sus comidas en el restaurante del hotel o a través del servicio de habitaciones. Fue el negocio más dulce que el gerente había visto en más de un año. Mareado, incluso les permitió instalar pequeñas antenas parabólicas y un conjunto de antenas en el balcón. Para los frikis, aquello valía cualquier precio, porque proporcionaba una conexión por satélite segura y de altísima velocidad a la red de datos y telefonía de la empresa Toler TeleCom.

A las nueve de la noche, habían aterrizado en el pequeño aeropuerto "internacional" de Atlantic City y conducido hasta la ciudad, a quince kilómetros al sur. Jimmy y Ronald se afanaban en instalar los platos y equipos de datos y comunicaciones en el balcón. Lonzo y Chester se habían ido a reconocer la cala Siesta, mientras que Koz y Bulldog tomaron las Torres Toscanas. Como la Bahía de Bimini era la más grande y contaba con las oficinas administrativas centrales y presumiblemente con los ordenadores centrales, Bob envió dos equipos: Ace y Dorothy, y Ernie Travers y The Batman.

Los equipos iban casualmente vestidos con vaqueros, cazadoras, ropa de equipos deportivos y chaquetas de la NASCAR, y no se distinguían del resto de turistas de mediana edad y pelo largo que había dentro. La tarea consistía en inspeccionar las tragaperras, los juegos de mesa, las apuestas deportivas, el vestíbulo del hotel y las zonas comunes, los bares y los restaurantes, observando a los guardias, las cámaras de seguridad y los circuitos cerrados de televisión. ¿Los guardias son fijos? ¿Circulan? ¿Y estaban armados? Si era posible, debían entrar en algunos de los pasillos de servicio traseros, en las oficinas administrativas, en los tejados del edificio y en los sótanos. En el exterior, Bob también quería información sobre las puertas, las plataformas de servicios, el aparcamiento, los aparcamientos de superficie, las líneas telefónicas, las cajas de interruptores, el alumbrado perimetral, las antenas parabólicas y el puerto deportivo de Bimini Bay.

Bob fue el último en llegar. Cuando lo hizo, encontró a los Geeks ya ocupados en su trabajo. Ronald estaba tumbado en la lujosa alfombra del salón tecleando furiosamente en su portátil, mientras que Jimmy estaba sentado en uno de los sillones de cuero acolchados tecleando en el suyo. Una sonriente Patsy Evans estaba sentada detrás de él en el sillón, dándole a Jimmy un vigoroso masaje en los hombros y el cuello. Por la expresión de su cara, Jimmy estaba en el cielo cuando Bob se acercó y preguntó: "¿Cómo va todo, chicos?".

"No tan bien como esperábamos", contestó Ronald, avergonzado, mientras levantaba la vista y de repente empezaba a pasarse las yemas de los dedos por el cuero cabelludo como un salvaje.

"No le hagas caso", dijo Jimmy. "Así se pone cuando está trabajando".

"Cuando hackeamos un sistema, utilizamos un proceso paso a paso con mucho ensayo y error", le ignoró Ronald y continuó. "Ya hemos pasado por encima de las opciones fáciles y hemos cogido la 'fruta que cuelga baja', por así decirlo".

"¿Y no ha habido suerte?" preguntó Bob.

"No mucha, pero si fuera fácil, no nos necesitarías, ¿verdad?". Jimmy se rió.

"La gente que montó este sistema de seguridad no eran unos completos bobos", concedió Ronald. "Han establecido algunas buenas contramedidas y nos han quitado los caminos habituales, pero entraremos. Sólo lo están haciendo más difícil".

"¿Podéis hacerlo sin que salten las alarmas o los cables trampa?" preguntó Bob.

"No somos totalmente vírgenes, sabe, señor B.", rió Jimmy.

"Ya no", oyó Bob que murmuraba Ronald mientras volvía a su ordenador.

Patsy besó a Jimmy en un lado del cuello, y él sonrió.

Durante las dos horas siguientes, los equipos de reconocimiento fueron regresando al Holiday Inn, tomando una cerveza en la cocina y dejándose caer en uno de los sofás. En general, todos contaron la misma historia sobre la seguridad y la disposición física del edificio.

"La oficina de personal estaba cerrada, como esperábamos", informó Lonzo. "Pero Chester y yo iremos allí a primera hora y pondremos en marcha las solicitudes de empleo".

"Dorothy tiene una de esas nuevas tarjetas doradas", dijo Ace mientras se la pasaba a Talmadge. "Tal vez ustedes puedan meter algunos códigos que podamos usar. Subimos por el pasillo de servicio y probamos las puertas de las oficinas, pero tienen cámaras por todas partes y uno de los matones de Gestión de Riesgos nos echó de allí."

"Nuestra habitación está en el último piso de la torre grande", dijo Dorothy. "Los ascensores de los huéspedes sólo van a las plantas de los huéspedes, de la 1 a la 6; y hay un ascensor exprés separado en el pasillo de servicio que llega hasta el ático de la azotea. No pudimos saber si va al sótano o a otras plantas, ya que no pudimos entrar."

"Sin embargo, las escaleras de emergencia sí van a todas las plantas", añadió Ace. "Así lo exige el código de incendios. Siempre puedes fingir que subes y bajas para hacer ejercicio, así que Dorothy y yo subimos hasta el sexto piso. Afortunadamente, fueron baratos y no pusieron ninguna cámara en los huecos de las escaleras".

"Podría ser útil saberlo", dijo Bob.

"Las escaleras van a un cuarto mecánico en el techo, pero tienen grandes cerraduras magnéticas en la puerta contra incendios, y un lector de tarjetas. Lo mismo en las puertas del sótano".

"Lo mismo en Tuscany Towers", dijo Bulldog, "y esas cerraduras magnéticas son grandes mamones. No hay forma de abrirlas sin la tarjeta llave o algo de C-4".

"Lo mismo ocurre con Siesta Cove", añadió Chester. "Ni un elefante pícaro podría abrir esa cerradura magnética".

"Cuando consigamos los trabajos de limpieza, estoy seguro de que nos darán tarjetas que den acceso a muchas zonas, pero dudo que eso incluya el ático de Carbonari en el Bimini Bay. Tal vez podamos entrar en el sótano, si es que allí guardan sus compuestos de limpieza".

"Cuando tengas las tarjetas, déjanos escanearlas", dijo Ronald. "Tal vez podamos adaptarlas para dar acceso genérico a todas las puertas".

"Eso podría funcionar", dijo Ace. "Y para futuras referencias, nuestra habitación en el último piso del Bimini Bay da directamente a las Tuscany Towers, así que, sin llegar a subir, parece que el tejado de las Tuscany Towers tiene una vista clara del ático y el helipuerto de Bimini Bay. Usando mi telémetro desde nuestro balcón, está justo a 2.000 metros. Pan comido".

"¿Pedazo de qué pastel?" Linda frunció el ceño y preguntó con suspicacia.

"Otra cosa", dijo Bob mientras le entregaba a Linda un papel. "Aquí está el acuerdo sobre el alquiler del barco. Estará listo mañana por la tarde, así que tú y yo podemos ir a Cape May a recogerlo".

Linda miró el papel y sus ojos se abrieron de par en par. "¡Vaya!", dijo. "¿75.000 dólares, más un depósito de 100.000 dólares? ¿Qué es, el Queen Mary?"

"Más o menos", se rió él. "Lo entenderás cuando lo veas".

CAPÍTULO DIECISIETE

Martijn Van Gries esperó hasta la medianoche para llamar a su hermano. Había una diferencia horaria de siete horas entre Atlantic City y Kuwait, pero como antiguo oficial del Real Cuerpo de Marines holandés, Theo siempre había sido madrugador. También podía estar en cualquier parte del mundo, pero Kuwait era el lugar donde estaba trabajando la última vez que Martijn llamó. Theo seguía intentando que Martijn se trasladara al Golfo. Era tentador, pero aún no lo había conseguido.

"Aquí el dinero realmente crece en los árboles", le decía Theo. En la región había varios complejos turísticos de alto nivel que pagarían a Martijn tres o cuatro veces más de lo que le pagaba Carbonari; y a pesar de su retórica conservadora, los árabes eran más que tolerantes con los hombres extranjeros ricos con inclinaciones sexuales "inusuales". Hasta ahora, Martijn había resistido la tentación. El calor y el polvo de Oriente Medio siempre le habían parecido un poco desagradables, pero también lo era trabajar para los maleducados de la mafia americana.

Después de cinco timbres, escuchó la familiar voz acentuada que respondió: "Aquí Van Gries".

"¿Ya te has tomado el café de la mañana, hermano?" preguntó Martijn en holandés, y los dos hombres empezaron a conversar en su lengua materna sin temor a que nadie los escuchara. El neerlandés era bastante difícil, pero el suyo era un dialecto coloquial y gutural que sólo se encontraba en los barrios étnicamente mezclados de Asia y Oriente Medio que rodeaban los muelles de Rotterdam, donde se habían criado. Era incomprensible para cualquiera que no fuera un nativo.

"En realidad, acabo de volver de mi carrera matutina y estoy sentada en mi balcón, mirando al norte a través de la ciudad y la bahía antes de que llegue el calor, disfrutando de esa primera taza".

"Qué bien. Pero estás en el piso veintisiete, y apuesto a que el hedor y las moscas de la ciudad no suben mucho más allá del diez".

"¡Ah! Olvidé que has estado aquí, pero el dinero tiene sus ventajas".

"No hay impuestos, no hay interferencia del gobierno, y no hay preguntas. Dudo que eches mucho de menos a los marines".

"Eso depende del día, Martijn, pero ¿por qué llamas? ¿Vienes a visitarme de nuevo?"

"En realidad, me gustaría que tú y algunos de tus hombres vinieran a visitarme, tal vez durante una semana, no debería llevar mucho más que eso".

"¿Trabajo, entonces? No somos baratos, ya sabes. ¿Qué es lo que necesitas?"

"Digamos que tenemos una plaga molesta que necesita ser eliminada".

"Cuando se trata de los rusos, los corsos, los sicilianos o el hampa americana, siempre he tratado de evitar sus peleas intrafamiliares".

"Esto no es intrafamiliar, Theo. Se trata de un forastero, un comando del ejército americano de algún tipo, que culpa a mi jefe de la muerte de uno de sus hombres."

"¡Ah! Ya veo tu problema. Esos grupos están muy unidos. Si creen que Donatello fue el responsable... bueno, pueden ser realmente muy difíciles. ¿Cuál es el nombre de este tipo?"

"Burke. Es un ex-mayor del ejército americano".

Theo hizo una pausa, pensando. "Puede que haya oído el nombre, pero su gente de operaciones especiales suele operar bajo un nombre de guerra. Tendré que investigar un poco. Hay un compañero que empleo de vez en cuando y que estuvo en Delta. Tal vez lo conozca".

"Excelente, pero te necesito aquí. ¿Cuánto por la semana?"

"Bueno, tendríamos que dejar otras cosas en las que estamos trabajando..."

"Puedo oír las ruedas girando, Theo. ¿Cuánto?"

"Para emplearme a mí y a siete de mis hombres durante una semana, necesitaría 300.000 euros, digamos 400.000 de tus dólares, más gastos. Por lo general, podemos traer nuestras propias armas y equipos, pero hay costes asociados a ello."

"Entendido. Envíenme una lista de todo lo que necesiten, y cuándo llegarán".

"Mientras tanto, veré lo que puedo aprender con respecto a esta plaga tuya".

Donatello rara vez se levantaba antes de las nueve. A la mañana siguiente, Martijn le dio cinco minutos más antes de subir en el ascensor, abrió la puerta del despacho de Carbonari y se deslizó con confianza en uno de los sillones frente a su escritorio. "¿Recuerdas aquella idea mejor que tuve sobre la seguridad?", empezó.

"¿Quieres decir que debería contratar a tu hermano?".

"Lo llamé, y él y siete de sus hombres están disponibles".

"Eso parece mucho, esto no es Oriente Medio. ¿Sabe él lo que está haciendo?"

"Es un pistolero a sueldo, Donatello, y el hombre más frío y mortífero que he conocido. Si quieres deshacerte de Burke, Theo es a quien necesitas".

"Corliss era un marine, ya sabes".

Van Gries negó con la cabeza. "En la misma medida que un Ford Fiesta usado y un Maserati son ambos automóviles. Los Reales Marines Holandeses, los 'Diablos Negros', como los llamaban los alemanes en la Segunda Guerra Mundial, son una unidad de comando de élite". Van Gries hizo una pausa, decidido a no dejar que ese estúpido italiano se metiera en su piel. ¡Italianos! Son tan incompetentes en la guerra como los franceses. "Con el final de las guerras de Irak y Afganistán y la desintegración de la Unión Soviética, Europa y Oriente Medio están llenos de soldados de operaciones especiales de muchos países que están dispuestos a contratar sus servicios al mejor postor."

"Como esos samuráis, después de la muerte de sus señores. Sí, he visto esa película", gruñó Carbonari. "¿Y qué significa eso en inglés? ¿Es un mercenario, o un sicario, o qué?"

"Un poco de ambas cosas, supongo. Lo más importante es que ha trabajado con los Rangers americanos, los SEALs, e incluso con la Fuerza Delta en Irak y Afganistán. Cree que Burke podría haber sido uno de ellos. Si eso es cierto, es extremadamente peligroso".

"¿Y cuánto me costará?"

"400.000 dólares, más gastos, por una semana".

"¡Jesucristo! ¿Cuatrocientos mil dólares? ¿Me estás tomando el pelo?"

"Es mucho, pero mucho menos de lo que costaría tu funeral".

Carbonari lo fulminó con la mirada. "De acuerdo", aceptó de mala gana. "Pero voy a llamar a Brooklyn para ver si puedo conseguir también a algunos de sus hombres".

"Ya sabes lo que dicen sobre dejar que el camello meta la nariz bajo tu tienda, tendrás que pagar el infierno para sacarlo".

Después de que Martijn Van Gries se marchara, Carbonari se sentó de nuevo en la silla de su escritorio, debatiendo algunas decisiones realmente malas. De mala gana, cogió el teléfono e hizo la llamada que sabía que debía hacer a Brooklyn. Cuando contestó una voz femenina que le resultaba familiar, dijo con su voz más elegante: "Bárbara, querida, soy Donatello Carbonari. ¿Está Angelo?"

"Me alegro de volver a saber de usted, señor Carbonari. Ha pasado mucho tiempo. Déjeme ver".

Esperaba plenamente que le dejaran en espera durante unos minutos. Era el pequeño juego que Angelo Roselli jugaba para recordarle quién era el jefe. Cuando la espera se alargó hasta los cinco minutos, supo que la conversación iba a ser un rompe pelotas.

"Sí", contestó finalmente el gran hombre. "¿Eres tú, 'Donnie'? ¿Qué demonios está pasando ahí abajo? He oído historias".

"¿Historias? ¿Qué tipo de historias?" Preguntó Carbonari, tratando de sonar confiado.

"Policías, ambulancias, tipos que se caen de los tejados..."

"Eso fue un accidente. Un hombre se subió a una cornisa y se cayó, eso es todo".

"¿Qué? ¿Suicidio en un casino? No es la forma en que lo escuché. De todos modos, ¿cómo fue el fin de semana? ¿Empieza a mejorar el negocio?"

"Algo", contestó Carbonari, sacudido por el hecho de que Roselli pareciera saber todo lo que estaba pasando. "Las tragaperras han repuntado, pero se trata de mucho comercio local. Las habitaciones y los espectáculos se mantienen, pero las mesas siguen estando lejos. Esos vuelos de descuento a Las Vegas desde LaGuardia nos están matando".

"Sí, bueno, todos tenemos problemas que nos están matando, ¿no?". Roselli contestó, su voz carente de cualquier simpatía o humor. "Hablando de problemas, con el tipo que se llevó un cabezazo de la Bahía de Bimini, y ahora este asunto en Chicago, te dije hace meses que deberías haber traído a algunos de nuestros chicos de Brooklyn para que te ayudaran con la seguridad. El gorila Corliss se cree el maldito Mister T, y esos jugadores de fútbol que contrató son inútiles".

"Eran útiles, dada la clientela que tenemos aquí."

"No sirven para una mierda, si me preguntas, Donnie. Y no puedes confiar en ellos. Llevas un negocio serio ahí abajo; necesitas una ayuda seria. Y si esos tres chamanes acaban en la cárcel de Chicago y empiezan a hablar..."

"Eso no sucederá. El problema está resuelto".

"¿Encargado?" Angelo se detuvo un minuto, sabiendo cómo interpretaba esa respuesta, y queriendo verificar lo que acababa de escuchar. "¿Encargado? ¿De todos ellos, permanentemente, quieres decir?"

"De todos ellos. Permanentemente. Por eso te he llamado, para hacértelo saber y decirte que tenías razón. Y me gustaría traer a un par de tus hombres aquí, temporalmente, tal vez dos o tres durante una semana más o menos, hasta que pueda conseguir que Corliss y los otros sean reemplazados."

Angelo gruñó. "Un movimiento inteligente, Donnie. Por fin te estás dando cuenta. Me gusta un hombre que puede admitir que ha cometido un error, siempre y cuando no cometa muchos más. ¿Entiendes lo que digo?"

Carbonari se mordió la lengua y dijo: "Sí, supongo que todos vivimos y aprendemos". "No, tienes el culo al revés, chico. Aprendemos y vivimos", se rió Roselli. "Pero te diré algo, llamaré a Cheech y le diré que se lleve a algunos de sus chicos para que te ayuden durante la próxima semana o algo así".

"¿Cheech?" Carbonari se encogió. "Bien, será perfecto", sabiendo que Roselli no podría haber hecho una peor elección, al menos para él. Cheech Mazoulli era un burdo patán que era cien por cien leal a Angelo Roselli. No se detendría a mear sobre Carbonari ni, aunque estuviera en llamas.

"Tengo un montón de guardias de seguridad privados, los tipos de las americanas azules que vigilan la pista y se encargan de los borrachos. Pero con tres casinos y tres hoteles que vigilar, necesito algunos tipos que los vigilen. Como dije, dos o tres tipos deberían ser suficientes. Que me llamen cuando lleguen y me reuniré con ellos en el vestíbulo".

"Estarán aquí esta noche. Normalmente, te cobraría doscientos grandes a la semana por un equipo así; pero para demostrar lo comprensivos que pueden ser tus socios aquí en Brooklyn, te pagaré incluso la mitad. Todo lo que tienes que hacer es pagar sus gastos de habitación y comida".

"Lo que tú digas, Angelo", respondió Donatello, tratando de sonar feliz, pero sabiendo muy bien a cuánto ascendería la factura de la comida y el bar para los hombres de Roselli.

"Bien", dijo Roselli. "Por cierto, ¿cuánto vas a invertir aquí mañana?"

"No he visto los números finales. Déjame hablar con Van Gries y te llamo".

"No es necesario. Hemos estado recibiendo ocho, a veces ocho y cuarto. Ese es el tamaño de los huevos de oro que los chicos esperan ver aquí... ¡llámalos huevos extragrandes! - y no quieres decepcionarlos, ¿verdad, Donnie?"

La oficina de Angelo Roselli se encontraba en la parte trasera de su gran restaurante italiano, situado en el bulevar Cristoforo Columbo, o la 18ª avenida para los que tienen problemas étnicos, y la calle 70, en el centro del barrio de "Little Italy" de Bensonhurst, en el suroeste de Brooklyn. La decoración interior recordaba a los años 50 y 60, pero también a Bensonhurst y a la mayoría de su clientela. Por aquel entonces, la zona era mucho más bonita y más italiana, se lamentaba Roselli, pero suponía que todo tenía que cambiar; incluso esos pollos de la costa de Atlantic City. Habían puesto oro durante muchos años. Desgraciadamente, como decía su abuelo siciliano, "hasta la mejor gallina deja de poner tarde o temprano". Para eso está la cena del domingo".

Angelo preparaba un maravilloso plato de Scaloppini de ternera, y todos en Brooklyn sabían que sus Cannoli estaban de muerte. Normalmente pasaba las tardes en la cocina, preparando él mismo sus platos estrella, lo que dio lugar a su apodo mafioso, "El Panadero". Sin embargo, la cocina era sólo un pasatiempo para él, porque Angelo Roselli era el subjefe de la familia criminal Lucchese de Brooklyn, una de las cinco familias mafiosas originales que aún gobernaban Nueva York.

Como la gran mayoría de los demás jefes y subjefes, había entrado y salido de una prisión estatal o federal tras otra durante la mayor parte de los últimos cincuenta años. Cumplió condena en Sing Sing, Attica, Dannemora, Lewisburg y Allenwood, por chantaje laboral, usura, juego ilegal, extorsión, solicitud de sobornos, cohecho, amaño de licitaciones, corrupción de funcionarios sindicales, prostitución, apuestas, secuestro y fraude bancario. Aparte de esos graves cargos, el hecho de "entrar" como cocinero y panadero de renombre siempre le hacía ser asignado a las cocinas de la prisión.

A todos los que estaban dentro les gustaba comer, incluidas las bandas latinas, negras y supremacistas blancas más malas, los guardias y los guardias; y proporcionar buena comida y postres era mejor protección que cualquier chaleco antibalas. "Tiempo suave" o no, la prisión había hecho de él un hombre viejo. Angelo no tenía intención de volver a entrar, por lo que se volvió muy cauto en todos sus tratos y muy circunspecto con todos los que hablaba.

Roselli hacía vigilar de cerca a sus personas clave, e incluso hacía vigilar a los vigilantes. Su secretaria, Bárbara, era su hermana y, sin duda, la mayor compradora de teléfonos móviles de un solo uso en Brooklyn o el Bronx. Pasaba un día entero al mes conduciendo por Long Island, Manhattan, Brooklyn e incluso Nueva Jersey visitando tiendas de descuento y farmacias para comprar docenas de teléfonos móviles baratos con minutos precargados para él y sus personas clave. Angelo tenía un cajón del escritorio lleno de ellos, y su regla fundamental era usarlos sólo una vez. Antes de que Barbara se marchara cada día, recogía los usados, los llevaba al sótano del restaurante y los tiraba personalmente al horno.

Después de colgar a Carbonari, Roselli buscó en el cajón inferior de su escritorio, sacó un nuevo teléfono móvil y marcó un número.

"Soy yo... sí... Escucha, necesito que lleves a seis de tus mejores hombres a la costa por un tiempo. Vas a ayudar a ese tipo con algo de seguridad en sus tres lugares... No, debería ser algo rutinario. El otro tipo, con el que te peleaste, ya no está. Cuando llegues allí, llama al tipo. Él hará los arreglos. Va a su cuenta, pero quiero que lleves a los tipos correctos contigo. Nada de mujeres, nada de alcohol, nada de juegos de azar. Sólo negocios. Y quiero que tus chicos sean amables con él, que charlen con él y sean amistosos, pero recuerda que trabajan para mí... Sí, yo también he oído muchas cosas, y quiero saber qué está pasando ahí abajo".

Después de su conversación con Roselli, Donatello Carbonari se encontró deprimido, mirando distraídamente por la ventana de su oficina. Normalmente tenía un exceso de confianza en sí mismo, pero ser interrogado por "los chicos" de Brooklyn le volvía loco. Si alguien se atrevía a llamarle Donnie otra vez, le daba un golpe en la oreja. ¡Dios, odiaba ese nombre!

Por fin, cogió el teléfono y casi marcó el número de extensión de Van Gries al otro lado del dial. "¿Cuánto vamos a cablear hasta Brooklyn esta noche?" Carbonari exigió saberlo, sin preámbulos ni sutilezas sociales.

"¿Esta noche?" preguntó Van Gries, sorprendido por lo repentino de la pregunta y el tono de enfado de la voz de Carbonari. El hombre revolvió algunos papeles en su escritorio, como si buscara un informe, tratando de eludir la pregunta. "Ha sido una mala semana, ya sabes".

"Ha sido un año jodidamente malo, Martijn, ¡así que déjate de chorradas!".

"Lo entiendo, Donatello, pero la ocupación ha bajado, hemos tenido unas pérdidas inusuales en las mesas, y este mes no hay fin de semana festivo..."

"Conozco los malditos problemas; ¡dame el maldito número!"

"¡Muy bien! Puedo hacer seis millones, tal vez seis y medio si realmente estiro las cosas".

"Tiene que ser ocho y cuarto".

"¡Jesús!" contestó Van Gries mientras giraba en su silla y miraba hacia la ventana. Puso la mano sobre el auricular y dijo: "Sabes que no tenemos esa cantidad de dinero libre, no con los impuestos que se avecinan y todo lo demás".

"No me estás escuchando", dijo Carbonari. "Tengo que enviar a esos bastardos ocho y cuarto. Si no lo hago, Brooklyn se va a cagar en mí, y luego vendrán aquí y se cagarán en ti. ¿Entiendes la idea?"

"Sí, y no es muy bonito", le dijo Van Gries al darse cuenta de hacia dónde se dirigía esta conversación.

"Haz lo que hiciste la última vez".

"Y lo que hice un par de veces antes de eso. Ahora quieres aún más. Si saco otros dos millones de la reserva fiscal y de las cuentas en custodia, vamos a tener más de nueve millones de luz al final del próximo trimestre. ¿Qué hago entonces?"

"¡Entonces lo coges de otro sitio! Oye, ¿no acaban de enviarnos Detroit y Nueva Orleans dinero de inversión para la ampliación que les propuse para Tuscany Towers? ¿Cuánto fue eso? ¿Tres millones? Utilízalo".

Van Gries se quedó callado por un momento. "Sabes, tu gente fue la que inventó el esquema Ponzi en primer lugar. Uno de estos días, van a despertar y darse cuenta de lo que estamos haciendo aquí abajo".

"¡Mentira! Esta ciudad ya ha pasado por malos momentos. No creerías todos los trucos que mi padre y mi abuelo solían hacer. Hablando de contabilidad creativa. Pero volverá, siempre lo hace", dijo Carbonari, mintiendo incluso para sí mismo. "Y si se despiertan, al menos no será mañana. Así que, a menos que tengas una idea mejor, haz lo que te he dicho".

Martijn quiso seguir discutiendo, pero se encontró con un teléfono muerto. Carbonari le había colgado. Como bien sabía el holandés, el problema no era sólo el de los impuestos, ni el de Detroit, ni el de Nueva Orleans. El problema era que también había descremado más de diez millones para sí mismo, y el descremado estaba empezando a tropezar con el descremado.

Los Geeks estaban desparramados en el suelo del salón, con Patsy Evans tumbada en el suelo junto a Jimmy, dándole de comer Doritos. Jimmy y Ronald hacían un dúo, aporreando el teclado de los nuevos ordenadores portátiles que Linda les había comprado. Por las intensas expresiones de sus rostros, no estaban teniendo mucho éxito. Bob había llegado unos veinte minutos antes y se había sentado en la mesa del comedor con Ace y Linda, bebiendo café y observando a Jimmy y Ronald como se observa a alguna especie rara en el zoo. Mientras los observaban, Ronald empezó a rascarse furiosamente la parte superior de la cabeza, en una nerviosa liberación de energía.

"¿Cómo están funcionando las nuevas máquinas?" preguntó finalmente Bob.

Fue entonces cuando Jimmy y Ronald levantaron la vista y vieron a los tres adultos que los observaban.

"Oh, no os vi entrar", empezó a explicar Jimmy, y luego cambió de dirección. "Las nuevas máquinas son totalmente 'ra-daces', señor B., pero me alegro de que estén aquí. Odio admitir esto, pero parece que nos hemos encontrado con un problema importante. Anoche, nuestros primeros intentos de penetrar en su sistema fallaron. Cuanto más profundo sondeamos, tratando de entrar en las áreas financieras importantes que usted dijo que quería..."

"Penetrar... cuanto más profundo sondeaba... Apuesto a que a Patsy le encanta cuando habla sucio de esa manera, ¿no crees?" Linda susurró.

"...más nos topamos con algunos cortafuegos muy inteligentes", continuó Jimmy, sin escuchar las risas o sin importarle. "Normalmente, seguiríamos adelante, pero dijiste que no querías activar ninguna alarma".

Ace los miró, tomó otro sorbo de café y preguntó: "¿No recuerdo algo sobre un derb de clase media, del MIT, y cómo le abrasabas tanto el trasero que tenía que mojarlo en el río Charles para refrescarse...?".

"Bueno, sí, pero hizo trampa", respondió rápidamente Ronald.

"¿Hizo trampa?" Bob tosió, casi derramando lo que quedaba de su café en su regazo.

"En realidad es muy sencillo", se burló Jimmy. "Es imposible que un palurdo del MIT haya diseñado un sistema de seguridad de datos tan sofisticado como éste. Tuvo que haberlo subcontratado. Todo lo que tenemos que hacer es averiguar a quién acudió".

"¿No hay como un billón de tiendas de software a lo largo de la Ruta 128?" Preguntó Ace.

"¿Lleno de más derbs del MIT, construyendo aún más cortafuegos?" Bob añadió.

¿"Cortafuegos"? Ace se incorporó rápidamente. "Tengo mi Barrett en el maletero. Indícame la dirección correcta y haré un montón de agujeros en esa pared en un abrir y cerrar de ojos".

Los dos Geeks se miraron, con la boca abierta, preguntándose quién había invitado al Neanderthal a la fiesta.

"Sólo está bromeando, chicos", se rió Bob. "Pero podría hacerlo. De todos modos, seguid con ello, no tenemos otra opción. Linda y yo iremos esta tarde a recoger el barco. Deberíamos estar de vuelta al anochecer. Es grande y rápido, y debería darnos una base más cercana desde la que operar que sentados aquí en el Holiday Inn."

"¿Vas a aparcarlo en el puerto deportivo de Bimini Bay?" Preguntó Koz.

"No, hay otro puerto deportivo en el lado sur del pequeño puerto, uno pequeño, pero podemos vigilar la Bahía de Bimini desde allí. De todos modos, nos reuniremos en el barco más tarde".

Cuando el grupo se separó, Bob hizo un gesto para que Ace y Dorothy se acercaran. "Necesitamos un conjunto de planos de construcción para la Bahía de Bimini".

"Los arquitectos nunca te van a dejar ver los planos", le dijo Ace, "pero la ciudad podría hacerlo. Dorothy y yo iremos al Departamento de Construcción de la ciudad. Fingiremos que tenemos un trabajo en el hotel. Mi padre era contratista eléctrico y todavía puedo hablar de ello".

"Mira si puedes echarles un vistazo esta tarde, mientras estamos fuera. Oh, otra cosa. Oye, Jimmy, desata a la joven doncella y ven aquí un momento", le llamó Bob.

"¿Doncella?" Linda apartó la mirada y se rió. "Tienes que estar bromeando".

"Sólo intento llamar la atención del chico", respondió Bob mientras Jimmy se acercaba. "Tú también, Ace. Me parece que casi todo el mundo que entra en el hotel o en el casino utiliza el aparcamiento o las puertas principales, ¿no? ¿Hay alguna manera de que podamos instalar un par de cámaras de vídeo allí, para poder vigilarlos aquí?"

"O, ¿podemos intervenir las suyas?" sugirió Jimmy.

Ace se encogió de hombros. "Instalar un equipo propio nos llevaría mucho tiempo y sería difícil hacerlo sin que se notara. Pero no hay nada particularmente especial en su equipo. Las cámaras probablemente estén conectadas a cajas de conexión, y supongo que las cajas de conexión se conectan a sus servidores y, a su vez, a sus ordenadores. Si pirateamos la alimentación... ¿pero de dónde sacaríamos la energía?".

Jimmy pensó en el problema durante un minuto. "Las cajas de conexiones deben tener energía. Podríamos intervenir su línea con un módem, uno pequeño".

"¿Pero sería lo suficientemente fuerte como para obtener una señal hasta el puerto deportivo?" Preguntó Ace.

"De ninguna manera", pensó Jimmy un poco más, "pero podríamos aparcar un coche en el garaje y un segundo en la esquina sur del aparcamiento con un par de grandes amplificadores de señal en sus maleteros. Podríamos alimentarlos con una batería de coche y un transformador. Entonces, la señal llegaría".

"Vale la pena intentarlo. Gracias, Jimmy", dijo Bob. "Ace, ve si puedes hacerlo esta tarde. Necesitamos saber qué está pasando allí".

"Entendido. Me pondré a ello en cuanto volvamos de la ciudad con los planos. Puede que me den algunas ideas sobre cómo piratear una señal".

"Otra cosa, cuando Linda y yo volvamos con el barco, tendremos que poner una guardia, 24 horas al día. Tiene un puente volante en la parte superior. Ese es el punto más alto del barco y proporcionará una visibilidad de 360 grados".

"¿Supongo que sólo quieres a nuestros hombres y los pones en turnos de dos horas?"

"Eso es lo que pensé. Un hombre por turno debería ser suficiente. Añádeme a mí y a Ernie a la rotación, pero deja fuera a los Geeks y a las chicas. Puedes poner a Lonzo y Chester, pero sólo en el turno de día. Necesitarán dormir un poco cuando vuelvan de limpiar, pero pueden cubrir la mañana y las primeras horas de la tarde".

"Al no haber visto el puerto deportivo, supongo que seremos más vulnerables al anochecer".

"He echado un vistazo. El muelle está razonablemente iluminado".

"Pero el agua no lo estará", le dijo Ace. "Pondremos algunos rifles, pistolas, granadas y bengalas en el puente".

"Buena idea. Y he visto un juego de prismáticos Zeiss en el inventario del barco, para que los chicos de guardia puedan escudriñar los edificios y vigilar el puerto deportivo de Bimini de vez en cuando."

"Lo haré".

CAPÍTULO DIECIOCHO

Tardó una hora y media en recorrer las cincuenta millas que separan Atlantic City de Cape May, en el extremo sur de la costa de Nueva Jersey. En lugar de dirigirse al oeste y tomar la rápida Garden State Parkway hacia el sur, Bob optó por la carretera costera, mucho más lenta y pintoresca, que serpenteaba por las relajadas comunidades playeras de Atlantic City, pasando por Ocean City, Strathmere, Avalon, Stone Harbor y Wildwood, hasta llegar a Cape May, en el extremo de la estrecha isla donde se unen el río Delaware y el océano Atlántico. Conocida por sus playas, sus coloridas casas victorianas de pan de jengibre y sus puertos deportivos, les proporcionó un maravilloso descanso emocional.

"No quiero irme", dijo Linda mientras recorrían el pequeño pueblo.

"Podemos volver cuando termine Atlantic City. Parece que sería un gran lugar para relajarse". Bob recorrió toda la calle Washington antes de comprobar su GPS y dirigirse al puerto deportivo. Aparcó en un espacio para visitantes frente a la oficina y siguió a Linda al interior, donde una joven y amable recepcionista los saludó.

"¿Está el señor Marble?" le preguntó Bob.

"Sam está abajo, en el muelle 6, dando la última revisión a uno de los alquileres".

"Me llamo Bob Burke, me dijo que me reuniera con él aquí en..."

"Ahí es donde está, en su barco. Puedes bajar y yo prepararé los papeles".

Atravesaron el ajetreado astillero y encontraron la señal hacia el muelle 6, donde amarraban los yates y veleros más grandes.

"¿Cómo se llama el nuestro?" preguntó Linda.

"El Enchantress".

"¡Oh, qué buen nombre! Debían de saber que iba a venir".

"No hay duda. Ahí está, aparcado allí", dijo mientras señalaba un enorme y elegante yate blanco amarrado en el muelle 9.

Linda se quedó con la boca abierta y se detuvo en seco mientras miraba el barco desde la proa hasta la popa. "¡Santo cielo! ¿Me estás tomando el pelo?"

"Bueno, pensé que necesitábamos algo con algo de tamaño y velocidad".

"¿No pudiste convencer a la Marina de un acorazado?"

"Oh, es grande, pero no es tan grande. Es un Ferrenti 750 -eso significa que tiene setenta y cinco pies de largo- e italiano. Es el Maserati de los yates a motor, tan potente que ronronea".

"¡Es un barco, Burke! Yo ronroneo, el barco no".

"Viene con todas las campanas y silbatos que puedas desear, desde dos grandes motores diésel hasta un jacuzzi en la cubierta superior".

"¿Un jacuzzi? ¿En la cubierta superior? ¿Margaritas y aceite de bebé al sol?" Ella miró con asombro mientras se acercaban al gran barco. "Quizá tengas razón después de todo".

"Sabía que te gustaría, pero para mí es más importante el CRRC de la cubierta de popa".

"¿El qué?"

"Un Combat Rubber Raiding Craft, así es como los llaman los militares. Es una balsa salvavidas de goma con un gran motor fuera de borda. Creo que podemos usarla para cruzar a la bahía de Bimini si lo necesitamos. Las militares son negras, por supuesto, y ésta es blanca".

"Apuesto a que aquí lo llaman balsa salvavidas de goma blanca".

La miró fijamente por un momento. "Pero eso le quita toda la gracia".

"¡Ese barco es enorme!", dijo ella cuando se acercaron. "¿Vas a ser capaz de manejarlo?"

En ese momento, un hombre bajito, con pecho de barril y camisa blanca, se inclinó sobre la barandilla superior y les llamó: "¿Señor Burke? Hola, soy Sam Marble, suba y le mostraré esta dulce belleza".

"¿Debo quitarme los zapatos? ¿Cubrirme la cabeza?" susurró Linda.

Bob la ignoró, cruzó la pasarela y estrechó la mano de Marble. "¿Conseguiste el cheque y el resto de los papeles que querías de mi abogado en Chicago?" preguntó Bob.

"Claro que sí, y el seguro y las garantías corporativas están bien. Pero antes de que despeguen en esta cosa, pensé que debía tomarme unos minutos y mostrarles el lugar", dijo Marble mientras los guiaba hacia el puente de mando. "Normalmente, un barco como éste sale con una tripulación profesional de tres personas. No nos ha pedido que le proporcionemos ayuda contratada, y eso me preocupa un poco. Este no es un barco de pesca que se arrastra al lago el sábado por la mañana. Es un Ferrenti, elegante, rápido, maniobrable, y puede correr a treinta nudos todo el día".

"¿Es eso rápido?" preguntó Linda.

"¿Rápido? Sí, es rápido, muy rápido", advirtió Mármol. "¿Están seguros de que pueden manejar algo así?"

"Estaremos bien, Sr. Marble. He conducido mi cuota de barcos grandes y rápidos", sonrió Bob, "al igual que la media docena de amigos míos que van a salir con nosotros."

"¿Marina?" preguntó Marble.

"Algo así", le miró y sonrió. "Juntos, no hay mucho que vuele o flote que no hayamos sacado". Miró a su alrededor y concluyó que el Ferrenti era incluso mejor de lo que esperaba. Las ventanas de los salones y los camarotes estaban tintadas de negro, por lo que los pasajeros podían mirar hacia fuera, pero nadie podía mirar hacia dentro. El comedor y la cocina tenían capacidad para diez personas y los cuatro camarotes de la parte delantera, más los de la tripulación, eran más que suficientes para el número de personas que quería tener a bordo. "Además, esta tarde lo llevaré a Atlantic City, donde permanecerá quizá una semana como base para que mis amigos disfruten de los casinos. No estoy seguro de que vayamos muy lejos después de eso hasta que volvamos aquí. He dejado las llaves de nuestro coche de alquiler en tu despacho".

"No hay problema. Tienes el barco alquilado por dos semanas. Si decides que es demasiado tiempo, llámame y llevaremos tu coche y recogeremos el barco".

"O bien, mi mujer y yo podríamos decidir que no es suficiente tiempo, dejar al resto y recorrer la costa nosotros solos".

Linda sonrió mientras Marble decía: "Lo que sea que haga flotar tu barco, como dicen. Avísame y podemos arreglar algo".

"Linda, ¿por qué no llevas el coche al supermercado que hemos pasado y te abasteces de comida para los chicos?", le dijo mientras sacaba la cartera y cinco billetes de cien dólares.

"Ya hemos abastecido la cocina con algunos bocadillos y bebidas para que os pongáis en marcha. Parece que vas a cargar con mucho más, así que déjame enviar a mi hombre de mantenimiento, Ernesto, a la tienda con tu mujer. Él puede llevar las cosas, mientras yo te enseño los motores, el equipo de navegación y el de comunicaciones. Son cosas bastante complicadas".

Bob le entregó una de sus tarjetas de visita de la empresa Toler TeleCom. "No te preocupes, esas cosas son de mi competencia. Y si no lo entiendo, tendré un par de técnicos conmigo, que lo harán".

Sam Marble tardó casi una hora en mostrar a Bob la compleja maquinaria de la sala de máquinas, y Linda en guardar lo último de la comida, el alcohol y la cerveza en la cocina y los dos bares. Finalmente, Bob y Linda se despidieron con la mano mientras Charlie bajaba por el muelle hacia su oficina.

Bob miró su reloj y vio que sólo eran las 4:30 p.m. "Bueno, es un poco temprano, pero podríamos seguir adelante y regresar al norte", le dijo a Linda. "Mi plan era no llegar hasta el anochecer. ¿Quieres bajar a tierra y comer algo antes de salir?"

"Tengo un plan mucho mejor", dijo ella mientras le agarraba del brazo y tiraba de él por las escaleras, a través del salón y la cocina, y hacia los camarotes. "No necesitamos salir. El barco tiene suficiente comida para una semana, pero no vas a creer este camarote principal. Incluso tienen un espejo en el techo, Robert. ¡Un espejo! Y no te he tenido a solas para un tiempo de calidad en días".

"¿Tiempo de calidad? ¿Así es como lo llaman ahora?"

Ella lo miró. "Puedo hacerte daño, sabes".

Bob finalmente se sentó y miró por el gran ojo de buey oblongo junto a la cama. Las sombras empezaban a alargarse alrededor del puerto. Se inclinó y le dio un beso e intentó apartarse sin mucho éxito. "Linda, querida", le dio otro beso y le suplicó. "El sol se pondrá en una media hora, y todavía no me fío de todo ese equipo de navegación. Me gustaría salir del puerto y llegar a aguas abiertas mientras todavía tenemos algo de luz para trabajar".

"Soy un gatito amoroso. Ronroneo, recuerda, no trabajo", dijo ella mientras levantaba la mano e intentaba tirar de él encima de ella de nuevo.

"Qué tal, me has agotado".

Ella lo miró y finalmente suspiró. "¿Te he agotado? Muy bien. Supongo que eso me pasa por casarme con un viejo".

"Tienes razón. Ahora levántate y vístete, porque necesitaré que desates los cabos y subas a la proa y vigiles mientras dirijo esta cosa hacia el canal".

"Me rechaza y luego quiere ponerme a trabajar. Se acabó la luna de miel".

"Pondré en marcha los motores y el equipo. Tú sube la pasarela y desata todos los cabos, tíralos a la cubierta y vuelve a subir a bordo".

"¿Volver a bordo? ¿Sin pasarela? ¿Y si me caigo al agua?"

"No te caerás al agua. El barco no debería moverse... simplemente no pierdas tiempo".

"Como acabo de decir, 'si me caigo al agua', no estaré contento, Burke".

Bob accionó los interruptores y puso en marcha los grandes motores diesel MTU 2000, encendió la navegación GPS, las luces de marcha, las comunicaciones por satélite, el radar y el buscador de profundidad. Al caer la noche, no quiso correr riesgos. Finalmente, recordó lo más importante y se acercó a la barandilla para ver cómo estaba Linda. Ella había soltado los cabos y estaba de pie en el muelle, con las manos en las caderas, mirando hacia el hueco entre el muelle y la cubierta de popa del barco, y luego hacia el puente, mirándolo con desprecio.

Rápidamente, bajó a la cubierta trasera, empujó la pasarela hasta el muelle y esperó a que ella volviera a subir. "Lo siento", dijo mientras subía la pasarela. "Supongo que estaba más lejos de lo que pensaba para alguien con las piernas cortas".

"¿Piernas cortas? Buen intento", le rozó y se dirigió a la proa. "Salgamos de aquí antes de que te metas en peores problemas de los que ya tienes".

Treinta minutos más tarde y a diez millas de la costa, estaban sentados en las sillas del capitán y del oficial en el puente de mando mientras se acercaban a la pequeña ciudad de Avalon, Nueva Jersey, cuando sonó el teléfono móvil de Bob. Lo sacó del bolsillo, miró la pantalla y vio un código de área 910.

"Burke, aquí", contestó rápidamente.

"Mayor Burke", reconoció inmediatamente la voz áspera y sin tonterías del sargento mayor Patrick O'Connor, el suboficial principal del general Stansky. "Lamento molestarle durante la hora del cóctel", comenzó O'Connor, "pero el general me ha pedido que le llame".

"No hay problema, Sargento Mayor".

"Parece que ha habido otro robo en la casa del sargento Pastorini en Fayetteville. No hemos podido localizar a la señorita Evans, así que el general estaba preocupado y me pidió que le llamara."

"Ella está viajando con mi esposa y conmigo. Pensamos que era mejor sacarla de allí".

"Parece que fue una buena idea. La policía de Fayetteville nos dijo que había estado revisando la casa; pero en su última visita de esta tarde, la encontraron completamente desvalijada. Todos los cajones, cajas y recipientes estaban tirados, los cojines y los muebles tapizados habían sido rebanados, incluso los colchones. La escalera del ático estaba bajada, y algunas cajas estaban tiradas. En el piso de abajo, algunas tablas del suelo habían sido arrancadas, e incluso un par de agujeros estaban perforados en las paredes".

"Parece que alguien estaba buscando algo".

"Eso es lo que piensan la policía de Fayetteville y nuestro propio CID. Nadie vio nada, pero parece que ocurrió en algún momento de las últimas dieciocho horas. Con los interrogantes previos que rodearon la última gira del sargento Pastorini en Afganistán, el general los trajo inmediatamente."

"Buena idea", aceptó rápidamente Bob.

"¿Sabe cuándo regresará aquí la señorita Evans?"

"En unos días, probablemente no mucho más que eso, pero ella necesitaba alejarse".

"Entendido, pero por favor avísele que el CID necesita hablar con ella tan pronto como regrese aquí".

"Lo haré. La traeré en cuanto volvamos, y se lo haré saber al general", dijo Bob, mientras se ponía a pensar.

"¿De qué se trata?" preguntó Linda.

"No estoy segura, pero creo que no me gusta".

El padre de Ace tenía un pequeño negocio de contratación eléctrica en los suburbios de Pittsburgh. Cuando Ace estaba en el instituto, ayudaba en pequeños trabajos y hacía de chófer general después de la escuela, pasando gran parte de ese tiempo conduciendo por los ayuntamientos de McKeesport, West Mifflin, North Braddock y los otros pequeños suburbios al sur y al oeste de la ciudad. Presentaba planos de construcción y recogía permisos de construcción, por lo que tenía una buena idea de cómo conseguir los planos de construcción del complejo Bimini Bay en las oficinas municipales de Atlantic City.

Como le habían enseñado numerosas misiones encubiertas con Delta, el secreto de cualquier buen disfraz era hablar y aparentar. Dorothy y él llevaban pantalones vaqueros. Él añadió una camisa de franela roja a cuadros con las mangas remangadas hasta los codos, mientras que ella llevaba una sudadera gris holgada, un lápiz metido detrás de la oreja y un portapapeles. En lugar de ir directamente a las oficinas de la ciudad, hicieron un viaje lateral al hotel Bimini Bay. En su reconocimiento de la noche anterior, recordó haber visto una sección de salas de reuniones en el segundo piso que estaba cerrada por remodelación. Un muro temporal de contrachapado bloqueaba el acceso, y en el exterior había un cartel de contratista y una fila de permisos de construcción de la ciudad. Esos documentos proporcionaban una gran cantidad de información sobre los contratistas y subcontratistas que ya estaban trabajando en el lugar, lo cual era todo lo que Ace necesitaba, ya que sacó su teléfono móvil y tomó algunas fotos.

Había una puerta improvisada en la pared de madera contrachapada que separaba la zona de construcción del pasillo. Los trabajadores con cascos habían estado entrando y saliendo con herramientas y suministros de construcción, así que Ace se acercó, abrió la puerta y metió la cabeza dentro para echar un vistazo rápido y ver qué materiales y equipos estaban utilizando. Dorothy metió la cabeza bajo su brazo y también echó un vistazo. "¿Ves eso?", preguntó mientras señalaba con la cabeza una larga mesa de madera contrachapada situada a la derecha de la puerta. Encima de la mesa, vio una estación de recarga que contenía una docena de radios comerciales de dos vías, dibujos de construcción y una alta pila de cascos blancos. "Justo lo que necesitamos para completar nuestro vestuario, ¿no crees?", susurró.

"Muy astuto, oh capitán, mi capitán", respondió mientras metía la mano dentro, cogía dos y volvía a salir rápidamente. Se puso un casco en la cabeza y el otro en la de ella, levantó el portapapeles como si estuviera estudiando algo y se dirigió hacia las escaleras mecánicas.

La División de Licencias e Inspección de la ciudad revisa los planos de construcción, expide los permisos de obra y realiza las subsiguientes inspecciones estructurales, de fontanería, eléctricas, mecánicas y otras relacionadas mientras se realizan las obras. Se encontraban junto a Atlantic Avenue, en el bulevar Bacharach, en el centro de la ciudad, no lejos del Holiday Inn.

Ace había aprendido de su padre que la mayoría de las personas que formaban parte del personal de los departamentos de construcción de la ciudad eran viejos carpinteros y fontaneros que habían pasado demasiados inviernos en obras frías, o que se habían golpeado en el pulgar con un martillo demasiadas veces. El resto eran comerciantes que habían sufrido demasiadas recesiones, o contratistas de poca monta que no podían dirigir un negocio con éxito para salvar sus vidas. El resultado neto fue optar por la certeza peor pagada de un trabajo en la ciudad, donde los sindicatos de empleados públicos de Nueva Jersey les impedirían despedir a nadie durante al menos un mes o dos, incluso después de que encontraran su cadáver apoyado detrás de su escritorio, siempre que tuviera un lápiz en la mano.

Ace también aprendió que las mejores horas para ir a cualquier oficina municipal eran a mitad de su hora de almuerzo o a las 4:15, justo antes de cerrar. Por lo general, era cuando las ventanillas estaban atendidas por empleados de bajo rango, que o bien tenían prisa, o bien no les importaba mucho para empezar. Por eso era la mejor hora del día para conseguir lo que querías, sobre todo si venías con regalos.

Ace y Dorothy entraron en la División de Licencias e Inspección a las 12:30, a propósito, en plena hora del almuerzo, con sus nuevos cascos y llevando una gran caja de pizza para llevar de Donato. Detrás del mostrador había un empleado de mediana edad, aburrido, con el pelo ralo, barriga cervecera y una gran etiqueta con el nombre de la ciudad en el bolsillo de la camisa que decía: "¡Hola, soy Larry!". Mientras se acercaban al mostrador, a Ace le hubiera gustado pensar que los ojos del empleado estaban puestos en él, pero sabía que estaban divididos entre la preciosa rubia que estaba a su lado y la caja de pizza.

"Hola, Larry", comenzó Ace con una gran sonrisa mientras dejaba la caja de pizza sobre el mostrador. "Soy Jerry, de Consolidated Electric. Estamos licitando algunos trabajos eléctricos en la bahía de Bimini. ¿Supone que podemos echar un vistazo rápido a los planos del edificio y de la electricidad?"

"Claro. Todas las copias de los archivos de la ciudad están digitalizadas ahora. Hay que pedirlas, y eso suele llevar 48 horas. Pero siempre hay trabajo en el Bimini, así que tenemos una copia impresa del conjunto completo en la sala de conferencias de al lado".

"Oye, gracias, tío", respondió Ace mientras se daba la vuelta y empezaba a alejarse.

"Uh, la pizza, no podemos aceptar regalos".

"¿Regalo? Oh, no, eso es sólo basura", le dijo Ace mientras levantaba la tapa y dejaba que Larry viera el pastel fresco y caliente que había dentro. "Íbamos a tirarlo al contenedor de afuera, pero tal vez puedas hacerlo por mí... ya que es basura... y por lo tanto no vale nada. Así que no es un regalo, ¿verdad?" Ace sonrió mientras se daba la vuelta, vio cómo Larry levantaba la parte superior de la caja de pizza, volvía a mirar dentro y la metía debajo del mostrador.

"Eso debería mantenerlo alejado de nosotros durante un tiempo", dijo Ace mientras salían y caminaban por el pasillo hacia la sala de conferencias. Había una gran pila de planos encuadernados esparcidos por la larga mesa.

"¿Por dónde empezamos?" le preguntó Dorothy.

"Busco el conjunto con el tejado, el ático y el helipuerto, el nivel del sótano y la zona de administración del primer piso. Empezaremos por ellos, por los planos estructurales y eléctricos en particular. Déjame verlos. Fotografiaremos cualquier cosa interesante con nuestros teléfonos móviles, pero me gustaría salir de aquí en veinte, quizá treinta minutos".

Les llevó cerca de cuarenta minutos, pero al final, Ace tuvo la mayor parte de lo que quería.

"¿Aprendiste algo?" preguntó Dorothy mientras apilaban los planos en el centro de la mesa.

"Sí, el mayor tiene razón. Ese lugar es una fortaleza. Si queremos entrar, hará falta mucho sigilo y astucia". Cuando volvieron a pasar por la oficina, Larry, el encargado de los códigos, seguía de pie detrás del mostrador donde lo dejaron, con la boca llena de pizza y varias manchas de tomate fresco en su camisa blanca.

"Gracias, tío", sonrió Ace y saludó. Larry le devolvió el saludo, sonrió y murmuró algo, pero Ace no pudo entender las palabras.

"¿Entendiste lo que dijo?" preguntó Dorothy mientras salían por la puerta.

"Sí, algo sobre poner más anchoas en la basura la próxima vez".

"Bien, ¿dónde ahora, de vuelta al Holiday Inn? Tenemos que coger nuestras cosas".

"No, hay una tienda de electrónica que encontré justo al oeste de la ciudad, junto a la carretera de peaje", dijo Ace. "El comandante quiere que vea si podemos intervenir la alimentación de las cámaras de seguridad del hotel y enviar el vídeo por Wi-Fi al barco".

"¿Puedes hacerlo?", preguntó ella.

"Creo que sí. Si puedo conseguir el tipo de módem adecuado, un par de paquetes de energía y dos amplificadores de señal, lo haremos al anochecer".

CAPÍTULO DIECINUEVE

A las 8:50 de aquella noche, Bob maniobró lentamente el gran yate Ferrenti a través del agua oscura y hacia su amarre reservado en el pequeño puerto deportivo al otro lado del puerto, tomándose el tiempo de girar el barco para que la proa apuntara a las palmeras de neón parpadeantes de la torre del hotel Bimini Bay. Con algunas delicadas idas y venidas, por fin consiguió que la gran embarcación se apretara contra la línea de neumáticos que bordeaba el muelle, donde los demás esperaban para subir a bordo.

"Linda, baja y lánzales los cabos, antes de que esta gran bestia se mueva de nuevo", le gritó para decirle, pero ella ya había corrido por las escaleras hasta la cubierta inferior y estaba charlando animadamente con Dorothy y Patsy sobre el bote mientras las tres mujeres finalmente lo ataban.

Cada embarcación tenía uno de esos bonitos faros de fibra de vidrio de un metro de altura a los que un barco puede conectar todos sus servicios. Los muelles más grandes, como éste, tenían tres de ellos, cada uno con una luz que funcionaba en la parte superior para iluminar el muelle. Mirando hacia el muelle, vio a Ace, Dorothy, Ernie, Patsy, los Geeks y sus maletas. La mayoría de ellos miraban el barco con la boca abierta. Bajó a la cubierta de popa y salió corriendo por la pasarela.

"Tirad vuestras cosas abajo", les dijo, "y coged una cerveza. El barco tiene capacidad para once personas, y ya pensaremos en cómo dormir los que no se alojen en los hoteles".

Mirando las caras mientras se emparejaban y subían a bordo, supo que el rango tendría sus privilegios, como inevitablemente ocurrió. Él y Linda se quedaron con el camarote delantero, mientras que Ace y Dorothy se quedaron con el otro. Ernie y Koz podían tener uno de los dos camarotes laterales. Patsy y Jimmy subieron a bordo con los brazos rodeando la cintura del otro y la cabeza de ella apoyada en el hombro de él. Dada la inevitabilidad de esa situación, les dio el otro camarote lateral. Eso dejaba a Ronald, a Batman y a Bulldog con las tres literas del camarote de popa de la tripulación. Incluso aquel pequeño camarote les parecía lujoso a los dos militares, y dudaba que la experiencia de Ronald fuera muy diferente. Como Chester y Lonzo limpiaban por la noche y aún tenían habitaciones en el Siesta Cove, los números funcionaban, al menos hasta que las cosas estallasen aquí en Atlantic City y todos se fuesen. Para entonces, los cuerpos extra podrían dormir en el suelo del salón, porque no importaría.

El grupo se reunió en el salón principal y se detuvo, maravillado por el magnífico interior. Era espacioso y abierto, con un gran sofá de cuero blanco en forma de C a lo largo del mamparo de babor, una gran cocina más allá y neveras y refrigeradores en el lado de estribor. Mientras los demás se instalaban en sus camarotes, él tomó una cerveza y se sentó en la mesa del comedor del barco con Ace. El gran sargento mayor sacó su teléfono móvil y le mostró las fotografías que había tomado de los planos de construcción del Bimini Bay.

"La única forma de subir a la azotea es el ascensor privado del ático, o las escaleras de emergencia con esos grandes cierres magnéticos en la parte superior e inferior".

"¿O bajar en rappel desde un helicóptero?" Preguntó Bob.

"¿Rapel?" Ace se rió. "Cuando todos éramos más jóvenes y mucho más tontos. Pero lo más importante que descubrí mirando los planos es que hay algo realmente extraño en esa adición del edificio de mantenimiento en la parte trasera del edificio, cerca del muelle de carga".

"¿Te refieres a esa cosa de bloques de ceniza de mala calidad?" preguntó Bob mientras entraba Jimmy.

Ace le indicó que se acercara. "Oye, echa un vistazo a esto, Jimmy. Hay todo un segundo piso debajo de esta adición con energía redundante importante, un piso elevado en el nivel inferior, y grandes cargas de refrigeración. Lo único que podría ser para un enorme conjunto de servidores".

"Eso es mucha más capacidad de datos de la que necesitan tres hoteles", convino Jimmy.

"Y la puerta del muelle de carga es de acero reforzado, si es que se abre", dijo Ace. "Así que la única forma de entrar podría ser a través del sótano, con más puertas de acero y cerraduras magnéticas".

"¿Para qué podrían querer tanto almacenamiento de datos?"

"Bueno, si no podemos entrar físicamente, podemos intentar el acceso 'virtual'", sonrió Jimmy. "Ronald y yo nos hemos dejado la piel toda la tarde...".

Bob lo miró y luego a Patsy, que tenía la cabeza sobre su pecho, ambos brazos rodeando su cintura y lo suficiente de "ese" resplandor somnoliento para forzar una respuesta escéptica. "¿De verdad?" preguntó Bob.

"Bueno, la mayor parte de la tarde", se sonrojó Jimmy, tratando de mantener la compostura. "Pero no pudimos entrar en lo realmente bueno. Necesitamos algunas contraseñas o sus códigos de programación. Sin ellos, tememos que podamos hacer saltar algunas alarmas en su sistema".

"No queremos hacer eso todavía, así que esperen. ¿Cómo funcionó lo del conserje?" Bob se giró y preguntó a Koz, mientras hacía un gesto para que Ronald se uniera a ellos. "Tengo que pensar que es nuestra mejor oportunidad para conseguir las contraseñas y las tarjetas llave que quiere Jimmy".

"Chester y Lonzo fueron contratados, tal y como pensabas", le dijo Koz.

"Empezaron a las cuatro de la tarde en el turno de noche, limpiando las oficinas traseras de la Torre Toscana y el Bimini Bay. Ronald y Jimmy tienen mucha más experiencia con lo que ocurre en una oficina que cualquiera de nosotros. Les dijeron a Lonzo y a Chester que muchas secretarias son perezosas y dejan sus contraseñas clavadas en las paredes de sus cubículos, pegadas en la parte inferior de sus teclados o simplemente sueltas en los cajones de sus escritorios. Deberían estar de vuelta a medianoche, entonces veremos qué han podido encontrar en las oficinas de personal, seguridad y finanzas".

"Inteligente", dijo Bob.

"En realidad, no lo es", le corrigió Ronald. "Convencer a alguien para que te dé sus contraseñas y números de empleado con una estafa telefónica, o simplemente encontrarlos tirados en una oficina es la forma en que se realizan la mayoría de los hackeos y robos de datos hoy en día. Incluso el mejor sistema de seguridad se rompe cuando alguien es tan tonto como para entregarte las llaves".

"En unas horas veremos lo que han sido capaces de conseguir y lo útil que será", añadió Jimmy. "La mayoría de los datos están segregados por departamentos, así que, aunque hayan podido conseguir algunas contraseñas, puede que sólo nos dejen entrar en una parte del sistema".

"Sabes, mientras esperamos..." Ronald comenzó a inquietarse.

"Pensamos que podría ser útil que Ronald y yo entráramos y echáramos un vistazo rápido al hotel y al casino, en carne y hueso, por así decirlo", explicó Jimmy. "Ya sabes, si podemos ver el montaje, las cámaras, las alarmas, las tragaperras y las mesas de juego, y todo lo demás, podría tener más sentido después, cuando intentemos entrar en sus ordenadores".

"Tal vez jugar un poco, como el resto de los turistas", dijo Ronald en voz baja.

"Ustedes dos son críticos para la misión, no quiero que..." Bob trató de explicar.

"Nosotros tampoco. Tendremos cuidado", respondió Jimmy.

Ace miró a Bob y dijo: "¿Qué daño haría? Nadie los ha visto. Dorothy y yo podemos acompañarlos y vigilarles".

"No hagáis ruido, y si vais a apostar, no perdáis demasiado".

Jimmy miró a Ronald y ambos soltaron una risita. "¿Perder? Señor B., no perdemos en absoluto, al menos no en el blackjack o en algunos de los otros juegos de cartas".

"Jimmy, todo el mundo pierde", les corrigió Ace. "Así es como los casinos se mantienen en el negocio".

"Nosotros no. Nunca perdemos, a menos que queramos hacerlo. Ronald y yo somos contadores de cartas", Jimmy miró al grupo y anunció con orgullo. "Así es como pagamos la escuela de posgrado".

Bob le miró fijamente. "Creía que todos los casinos habían pasado a un sistema de seis barajas, con barajado mecánico, zapatos inteligentes y todas esas cosas, sólo para acabar con esos sistemas".

"Lo hicieron", respondió Jimmy, "pero no importa".

"¿Quieres decir que puedes guardar seis barajas en tu cabeza?" preguntó Linda, escéptica.

"Bueno, puedo, pero la mayoría de los contadores utilizan un sistema de más y menos para llevar la cuenta de los valores que se juegan. No es tan bueno, pero mejora un poco las probabilidades. Desgraciadamente, si el casino ha implementado los sistemas de seguridad que has mencionado, se hace más difícil."

"Entonces, ¿cómo lo haces?" preguntó Bob.

"¿Yo? Bueno..." Jimmy sonó avergonzado, "En realidad puedo recordar todas las cartas que se juegan - cuatro barajas, seis barajas, ocho barajas, realmente no importa. Es un pequeño "don" que tengo, y ninguna de las contramedidas del casino puede impedirlo. Pero nos han pillado un par de veces", admitió Jimmy, encogiéndose de hombros.

"Sí, como en el Casino Sun de Connecticut", añadió Ronald.

"¿Ese antro indio?" preguntó Ace.

"Y en Las Vegas, en el Venetian, el Bellagio y el Harrah's. Nos dejamos llevar un poco y no fuimos demasiado cuidadosos. Ganamos demasiado, pero esas fueron las primeras veces que lo probamos".

"Vosotros tenéis gustos caros", se rió Bob. "Os gusta que os peguen los mejores".

"Fue hace mucho tiempo, cuando éramos novatos en Berkeley", dijo Jimmy.

"Jóvenes y tontos, ¿quién lo hubiera imaginado?" Ace sonrió.

"Pero tienes razón, en Las Vegas pensamos que nos iban a dar una paliza, y los indios casi lo consiguen. Dijeron que podían hacer lo que quisieran con nosotros, ya que estábamos en la Res, y es un país extranjero. Incluso tenían unas madejas de pelo colgadas en la pared de su oficina de seguridad y nos amenazaron con unos grandes cuchillos de caza. Dijeron que podían arrancarnos el cuero cabelludo y que nadie podía hacer nada al respecto".

"Pero sabíamos que sólo querían asustarnos... y supongo que lo consiguieron", dijo Ronald.

"Con los indios, no estábamos muy seguros", añadió Jimmy. "Se quedaron con todo nuestro dinero, que es lo mismo que hicieron en Las Vegas, pero al final se limitaron a tirarnos al aparcamiento".

"Eso no es todo lo que hicieron. Apuesto a que también tomaron sus fotos", les advirtió Bob. "Los casinos tienen una base de datos nacional sobre los tramposos, y estoy bastante seguro de que ustedes están en ella ahora".

"Eso fue en nuestros días de pelo largo y friki, señor B.", sonrió Jimmy. "Ya no nos parecemos en nada a eso".

"¡Genial! Eso me hace sentir mucho mejor", dijo Bob, tratando de mantener una cara seria.

"No te preocupes, fue entonces cuando aprendimos que tenemos que perder intencionadamente muchas manos", añadió Ronald. "Así no se dan cuenta de todas las grandes que ganamos. Pero esta noche sólo saldremos de cuentas. Lo prometo".

Bob los miró fijamente y trató de no sonreír. "De acuerdo, pero enviaré a The Batman y a Bulldog con ustedes. Ace y Dorothy los alcanzarán cuando terminemos aquí", les dijo Bob. "No quiero que os agarre la gente de seguridad de Carbonari. Así que nada de ganar, ¡entendido!"

"¿Decirle a un jugador que no gane?" Linda chirrió. "Oh, mucha suerte con eso".

"¿Puedo ir yo también?" Suplicó Patsy.

"¡Por supuesto que no!" le dijo Bob. "Después de nuestro último viaje, tu bonita cara está en todas sus cámaras de seguridad y ordenadores -la de Linda y la mía también-, así que te quedas aquí con nosotros. Pero Jimmy, asegúrate de estar de vuelta a las 12:30. Chester y Lonzo deberían estar aquí para entonces".

Los Geeks no veían la hora de bajar del barco. Batman y Bulldog los siguieron de cerca, mirando hacia atrás el tiempo suficiente como para lanzar una mirada divertida a Bob y Ace. Mientras desaparecían por el muelle, Bob vio a Patsy avanzando hacia su camarote y la llamó: "Oye, chica, ¿puedes venir un momento?".

Ella se dio la vuelta y le frunció el ceño, todavía con un mohín, pero regresó lentamente. "No vas a volver a sermonearme sobre Jimmy, ¿verdad? Porque..."

"No, nada de sermones, no esta vez. A diferencia de mi esposa, yo elijo mis batallas". Eso puso una gran sonrisa en su cara, hasta que Bob le contó el resto de las noticias. "Recibí una llamada de Carolina del Norte cuando veníamos hacia aquí. Parece que alguien ha vuelto a entrar en tu casa de Fayetteville y ha destrozado el lugar. La policía y la gente del CID del Ejército creen que no fue sólo vandalismo. Los ladrones estaban buscando algo. ¿Tienes alguna idea de lo que podría ser?"

"¿Yo? No", respondió ella. "Quizá sólo vieron una casa vacía. No estoy seguro de haber dejado alguna luz encendida, y apenas pudimos conocer a los vecinos".

"Vale, pero si se te ocurre algo, házmelo saber. Hubo preguntas después de la última gira de Vinnie en Afganistán, y el CID va a querer hablar contigo cuando volvamos".

"¿El CID? ¿Qué he hecho?", preguntó ella, sonando asustada.

"Nadie dice que hayas hecho nada; pero eres la dueña de la casa con Vinnie, y es con él con quien realmente les hubiera gustado hablar".

"Lo único que me dejó es esa gran hipoteca que pidió hace una semana para pagar el casino, pero ¿dijiste que destrozaron el lugar?".

"Sí, y si se te ocurre algo, tienes alguna duda, sólo quieres hablar, o quieres que te consiga un abogado, dímelo, ¿vale?".

"Sí, claro", dijo mientras se daba la vuelta y se alejaba, pareciendo repentinamente agitada.

Ace negó con la cabeza. "El doble de Vinnie ataca de nuevo".

"Dios, espero que no. ¿Llegaste a alguna parte con los videos?" le preguntó Bob.

"Oh, sí", sonrió Ace. "La operación Bootleg está en marcha; y resulta que no fue tan difícil. Dorothy y yo volvimos a hacer de contratistas eléctricos, con los cascos que robamos del ala de conferencias. Jimmy me dijo que buscar en la tienda, qué comprar y cómo instalarlo. Es inteligente, muy inteligente. Lástima que el Ejército no sepa cómo conseguir chicos así y mantenerlos", dijo Ace mientras sacudía la cabeza. "Ah, diablos, supongo que no sería práctico, de todos modos, ¿no? Dos mundos diferentes".

"Más bien dos universos diferentes".

"Punto de vista. De todos modos, llegamos al hotel alrededor de las 7:00 cuando todo el personal habitual se había ido. Las cajas de conexiones estaban escondidas detrás de unos arbustos, pero eran fáciles de alcanzar. Eso nos permitió trabajar fuera de la vista y ocultar nuestro módem detrás de sus cajas. Entramos y salimos en cinco minutos. Pusimos el amplificador en mi coche de alquiler y lo alimentamos con una de las baterías de coche que compré".

"¿Y funciona?"

"Cinco por cinco, pero sube al puente un momento. Tengo algo que tienes que ver". Dijo Ace. "Tú también, Ernie. Creo que podríamos usar tu experiencia".

"Esto debería ser bueno", dijo Bob mientras los tres hombres y Dorothy recorrían los dos tramos de estrechas escaleras hasta el oscuro puente de mando, donde Koz estaba sentado en la silla del capitán con un rifle de francotirador M110 con visor nocturno sobre sus muslos. En sus manos había un par de prismáticos Zeiss 8x56, que Bob había encontrado en la suite principal y que estaban utilizando para escanear la bahía de Bimini y su puerto deportivo.

"¿Cómo va todo?" preguntó Bob. "¿Ves algo?"

"No, sólo la gente normal de los juegos de azar y las cosas que se hacen en el bar, además de los nuevos pistoleros que Ace vio".

"¿Los nuevos pistoleros?" Bob giró la cabeza.

"Toma, te lo enseñaré", respondió Ace mientras abría el ordenador portátil y pulsaba "replay". "Tengo las señales de vídeo de ambas cámaras pasando a DVD. Una cámara cubre la puerta de entrada al casino desde el aparcamiento, mientras que la otra cubre la gran puerta principal bajo el pórtico. Espera uno. Déjame encontrar el marcador de tiempo en el disco".

Dorothy intervino y continuó: "Justo después de que termináramos de conectarlo todo y encendiéramos el módem, bajamos por la rampa de estacionamiento y nos detuvimos en la salida del garaje. Dos limusinas Mercedes de color azul oscuro pasaron junto a nosotros dirigiéndose a la entrada principal del hotel".

"Los seguimos. No sé por qué", continuó Ace. "Efectivamente, se detuvieron bajo el pórtico y bajaron siete tipos. Se estiraron, como si llevaran un rato en los coches, que fue cuando tu amigo Carbonari salió a saludarles. Todo sonrisas y abrazos. Los observé, y me recordaron a los payasos con los que nos topamos en aquellos bosques de las afueras de Chicago: los mismos coches, las mismas feas chaquetas deportivas y cadenas de oro, y las mismas tripas de cerveza."

"Refuerzos", concluyó rápidamente Bob.

"Lo tienes. Toma, mira el video, lo haré más lento".

Bob y Ernie se acercaron y vieron a cuatro Gumbahs salir del coche de cabeza. Mientras lo hacían, era fácil distinguir las fundas de hombro y cintura que llevaban. Los conductores abrieron los maleteros de los coches y entregaron las llaves a los aparcacoches. Al principio, Carbonari sonreía, pero cuando el Don vio salir a otros tres hombres del segundo coche, Bob pensó que parecía mucho menos entusiasta. Aun así, todos intercambiaron apretones de manos y palmadas en la espalda mientras se dirigían a las puertas principales.

"Las matrículas de los coches son de Nueva York. Si puedes ampliar los números, puedo rastrearlos", dijo Ernie.

"Me imaginé que dirías eso, ya está hecho", dijo Ace mientras le entregaba un papelito.

"Lo haré ahora", dijo Ernie mientras sacaba su teléfono móvil y pulsaba un número de marcación rápida. "Gladys, soy el capitán Travis de Crimen Organizado. ¿Podría comprobar dos matrículas para mí...? Muy bien. Son del Estado de Nueva York, números BSW-7522 y BSW-7523... Sí, esperaré", le dijo. "No debería tardar mucho", dijo a los demás mientras volvían a ver la grabación de vídeo, examinando cuidadosamente las caras. "Sí, ¿qué fue eso...?" dijo Ernie mientras Gladys volvía a la línea. "Vale, gracias". Ernie colgó y se volvió hacia los demás y les dijo: "Los dos están registrados a nombre de 'Brooklyn Solid Waste', probablemente otro frente de la mafia, pero no hay ninguna 'orden de búsqueda' contra ellos".

Bob se inclinó y vio el vídeo por segunda vez, y una tercera. "Sí, refuerzos, pero eso plantea una pregunta interesante. ¿A quién no ves?"

Los demás se inclinaron, pero todos negaron con la cabeza, sin entenderlo.

"Shaka Corliss y los dos Hulks. Piénsalo: llegan refuerzos de Brooklyn, Carbonari sale a recibirlos y su jefe de seguridad y sus dos musculitos no aparecen

por ningún lado..."
"Otra señal de que no los volveremos a ver", coincidió Ernie.

Era casi la una de la madrugada cuando los Geeks y su séquito consiguieron encontrar el camino de vuelta al puerto deportivo desde el casino. Jimmy y Ronald estaban risueños y excitados cuando subieron al gran barco, todavía vestidos con sus "trajes de casino de incógnito", como los llamaba Jimmy. Llevaba un sombrero negro con gafas de sol oscuras y una camisa hawaiana con estampado de flores, mientras que Ronald optó por un sombrero de béisbol de los New York Yankees de ala plana, gafas de sol oscuras y un jersey negro de cuello alto. Patsy los recibió como si fuera un cachorro nuevo que hubiera estado encerrado solo toda la noche, que era más o menos el caso, ya que saltaba y reía junto a ellos. Ace, Dorothy, Batman y Bulldog se colocaron en la retaguardia y se dirigieron a la nevera en busca de cervezas.

Los dos Geeks se acercaron al sofá donde estaban sentados Bob, Linda, Ernie y Koz. Sacaron de sus bolsillos varios fajos de billetes arrugados y los dejaron caer sobre la mesita. "Casi 5.300 dólares", dijo Ronald. "No puedo creer lo bien que nos ha ido".

"Pensaba que no ibais a ganar, sólo a quedaros a mano", le espetó Bob.

"¡Lo intentamos!" suplicó Jimmy. "Sólo jugamos tal vez diez o quince manos de blackjack, sólo una prueba, y ni siquiera estoy seguro de que hayamos ganado allí. La mayor parte es de los dados, el Caribbean stud, algunas tragaperras e incluso la mesa de la ruleta. Seguimos moviéndonos, pero seguimos ganando".

Bob le miró fijamente. "Bueno, me alegro de que te hayas divertido".

"Y yo me alegro de que no te hayan roto las piernas", dijo Ace.

"O que te hayan arrancado la cabellera", añadió Linda.

Fue entonces cuando Lonzo y Chester subieron a bordo, todavía con sus pantalones azules de trabajo y su camisa con un gran parche de "Boardwalk Services" bordado en la espalda. Se detuvieron en medio de la escalera y vieron a los demás riendo y bebiendo cerveza. "No sé, de ti Lonzo", dijo Chester, "pero creo que nos ha tocado la parte más corta de este trato".

"Que alguien les traiga a esos chicos una cerveza también", se rió Bob. "Parece que se han ganado una".

"Realmente no fue tan malo, sólo aburrido", dijo Lonzo mientras Ace les entregaba a ambos una Bud fría. "Y no me gustaría hacerlo para ganarme la vida. El ejército ya es bastante malo".

"¿Tuvisteis suerte encontrando las contraseñas?" preguntó Bob.

"Jimmy tenía razón; no fue nada difícil. Alguien se gasta todo ese dinero en sistemas complicados y contraseñas con todo tipo de letras y números al azar, y luego las abejas trabajadoras las dejan a la vista."

"¿Y nadie te vio?"

"No lo creo", respondió Chester. "Hay un par de cámaras en cada oficina, sobre todo en las esquinas. Cubren la sala, pero desde un ángulo alto; y no pueden ver por debajo de los escritorios. Mientras íbamos barriendo, quitando el polvo y recogiendo la basura, era bastante fácil agacharse y mirar alrededor de los ordenadores, y coger los trozos de papel en los que escribían las contraseñas. Cuando encontrábamos una, anotábamos también el nombre".

"Bien, dale todo eso a Jimmy y a Ronald. Y Jimmy", Bob se giró y le dijo: "Ponte con ellos a primera hora de la mañana. Ahora vamos a dormir un poco".

"Antes de que todos desaparezcamos", Ernie se volvió hacia Bob y le preguntó: "¿As dijo que necesitabas una tarjeta llave para subir al techo y al sótano?"

"Esperábamos que Jimmy y Ronald pudieran trabajar con las que les dieron a los conserjes, pero esas podrían no cubrir las áreas realmente seguras".

"Sus guardias de seguridad las tendrían, ¿no?" preguntó Ernie.

"Corliss y Van Gries ciertamente los tendrían", respondió Bob. "Y tal vez los supervisores y los Gumbahs, pero probablemente no los policías ordinarios de abrigo azul de alquiler".

"Entonces, ¿por qué no robamos uno?" preguntó Ernie. Bob le miró fijamente y empezó a preguntar algo, pero Ernie continuó. "Esos mismos tipos, ¿no serían también útiles sus teléfonos móviles?"

"Eh, sí, tendrían todo tipo de cosas en ellos: llamadas, números, y probablemente acceso al correo electrónico, información del servidor y un montón de cosas más... ¿pero robar uno? ¿Quién, tú?"

"No, no", sonrió Ernie y negó con la cabeza. "Me refiero a un carterista profesional. Mira, hay un tipo llamado Dimitri Karides, al que arresté en O'Hare justo antes de tu escapada allí arriba. Si no hubiera estado comprobando otras cosas en vídeo y me hubiera puesto a vigilarlo durante cuatro o cinco días, nunca lo habría atrapado. Incluso usando la cámara lenta, sólo en raras ocasiones pude averiguar lo que estaba haciendo. El tipo es así de bueno. Resulta que hay una escuela internacional de carteristas en Columbia. Dijo que querían que se quedara a enseñar, pero no podían pagarlo".

"¿Podemos?" Preguntó Bob.

"Oh, ahora es barato", se rió Ernie. "Está sentado en la cárcel del condado de Cook".

"¿Y crees que puedes sacarlo para que venga a robar algo para nosotros?"

"¿Estás bromeando? Oh, puedo inventar una u otra razón para 'sacarlo'; y si le prometo un buen filete, haría cualquier cosa para salir de ese lugar por unos días. Lo curioso es que es un tipo realmente agradable. Bajo, gordo, con gafas gruesas y una gran sonrisa: parece un contable de mediana edad. Si Dorothy puede llevarme hasta allí mañana en ese Gulfstream, puedo tenerlo de vuelta aquí a media tarde. Conseguir que Dimi robe algo es la parte fácil; conseguir que se detenga será el problema".

CAPÍTULO VEINTE

A las 8:30 de la mañana siguiente, Bob estaba en el puente de mando con Ace, tratando de mantenerse despierto mientras miraba las transmisiones de vídeo de las entradas del casino en su ordenador portátil, cuando sonó su teléfono móvil.

"Burke", respondió.

"Bobbie, aquí Arnold Stansky", escuchó e inmediatamente se sentó en posición de atención.

"Sí, señor, ¿qué puedo...?", empezó a preguntar, pero Stansky no esperó.

"No hay tiempo para eso. Mira, normalmente, le diría a O'Connor que te llamara, pero quería que escucharas esto de mi parte, directamente. Es sobre esas huellas y la sangre".

"Sí, señor. ¿Qué has averiguado?"

"Demasiadas cosas. Para empezar, cada vez que rascas un problema por aquí, encuentras a la maldita CIA debajo. ¡Siguen con esa mierda de la seguridad nacional conmigo, si puedes creerlo! Como si creyeran que eso iba a funcionar. Tuve que hablar con el mismísimo subdirector de la CIA en Langley para que me dijeran la verdad. Y sólo lo conseguí después de amenazar con llevar todo el asunto al Jefe de Estado Mayor y al Secretario de Defensa, si no decían la verdad".

"¿Cómo podrían discutir con huellas y un cadáver, señor?"

"¿Tú crees? De todos modos, el cadáver es un ex SEAL de la Marina llamado Peter Kowalski".

"¿UN SEAL? ¿Qué demonios era...?"

"Me salté a la CIA. Fui a la base de datos del Departamento de Defensa, que encadenó las huellas con la Marina; y luego llamé personalmente al CNO. A nadie le gusta airear sus trapos sucios a otro servicio, pero cuando se enteraron de que la CIA estaba detrás de esto, se cabrearon tanto como yo. Después de siete años de servicio activo, Kowalski fue sometido a un consejo de guerra y se le concedió la baja general "por el bien del servicio". Parece que hubo una serie de acusaciones de brutalidad y maltrato a los prisioneros, que son notoriamente difíciles de probar, una acusación de violación similar, y luego una contra una mujer marine, hace dieciocho meses. ¿Adivina dónde ha vuelto a aparecer?"

"Oh, no me lo digas", dijo Bob con disgusto. "¿No será el mismo grupo de operaciones deshonestas en Mosul, el que creen que atacó el Museo de Bagdad?"

"¡Bingo!"

"¿Pero ¿qué hacía en Fayetteville?"

"Estás lento esta mañana, Fantasma. El oro del museo, dos robos en esa casa, Vinnie Pastorini... ¿por qué si no iban a ignorar a un muerto en combate y volver a registrar el lugar? Tiene que ser el oro. Creen que está dentro de la casa, o que la chica sabe dónde está".

Bob lo pensó por un momento. "Pero han destrozado toda la casa, toda ella. Si hubieran encontrado el oro, ¿no se habrían detenido y se habrían ido?"

"No sé si lo encontraron o no, pero no te he contado la peor parte. La sangre en el marco de la puerta era de Benson".

"¿De Benson?"

"El Ejército hace un análisis de sangre a cada recluta que llega. Pero hace seis o siete años, también empezamos a registrar los perfiles de ADN en las muestras de sangre de todas nuestras tropas de operaciones especiales, por si alguna vez necesitáramos hacer identificaciones post-mortem. La sangre de esa puerta coincidía con el ADN de Benson".

"Lástima que Patsy no apuntara un poco más a la derecha", le dijo Bob.

"No", respondió Stansky. "Eso sería demasiado fácil. Quiero que responda por lo que ha hecho".

Al mismo tiempo, Dorothy esperó mientras el personal de tierra rellenaba los depósitos de combustible del Gulfstream G-550 con un poco de Jet-A fresco, y luego se dirigió a la línea de vuelo del Aeropuerto Internacional de Atlantic City. Cuando terminó la comprobación previa al vuelo y presentó su plan de vuelo a la torre, se volvió y miró a Ernie en la cabina principal. Se había acomodado en uno de los sillones giratorios tapizados en cuero y había abierto el Philadelphia Inquirer de la mañana.

"Hola, Ernie", dijo. "¿Por qué no subes aquí y te sientas conmigo?".

"¿No hay alguna norma de la FAA que prohíba hacerse pasar por copiloto?"

"Oh, tal vez en los grandes aviones comerciales", dijo ella mientras se adelantaba y se encajaba en el otro asiento. "En uno de estos no".

Miró el complicado conjunto de pantallas y controles y dijo: "Espero que no esperes que pilote esta cosa".

"No te preocupes. Estaremos en piloto automático. Vuela solo. Todo lo que tienes que hacer es mirar por las ventanas para ver si hay otros aviones y traerme café".

"Eso supone que pueda volver a levantarme de este asiento", dijo Ernie mientras se abrochaba el arnés y miraba la cabina. "Mido 1,90 y peso 240 libras. No hacen máquinas como ésta para tipos de mi tamaño. Supongo que por eso entré en el ejército".

"Podrías haber terminado en un tanque, sabes".

"Peor aún, terminé como policía del ejército. Nunca me gustaron las celdas pequeñas".

Cuando terminaron de reírse, obtuvo su autorización, rodó hasta el final de la pista de rodaje, giró a la derecha y se detuvo al final de la pista. "Tienen un vuelo entrante. En cuanto aterrice, nos autorizarán a despegar". En menos de un minuto, otro elegante avión corporativo de largo alcance aterrizó y rodó hacia la terminal. "Es un Dassault Falcon", le dijo Dorothy mientras empujaba la palanca hacia adelante. "Es francés. No se ven muchos por aquí".

Los motores gemelos Rolls-Royce BR-710 turbo ventilados rugieron y empujaron a Ernie hacia atrás en su silla acolchada. "¡Vaya! Eso es una patada en el pecho", dijo.

Mientras corrían por la pista, Ernie miró al Dassault. Había aparcado en un espacio transitorio a un lado de la pista. Cuando pasaron, vio que la escalera estaba bajada y el compartimento de carga de la panza estaba abierto. Cinco hombres estaban descargando en la pista bolsas de equipo y cajas metálicas de armas. Mientras lo hacían, dos limusinas negras entraron por la puerta de servicio del aeropuerto y se detuvieron junto al avión. En sus puertas, vio el nombre "Bimini Bay" con el brillante logotipo del casino debajo.

"¿Puedes llamar a la torre y averiguar de dónde viene ese avión?" preguntó Ernie. "Me gustaría saber si era de Nueva York o de Filadelfia".

Dorothy pulsó el micrófono de la barbilla y dijo: "Torre ACA, aquí Gulf Stream 795. Ese Dassault que acaba de aterrizar, ¿puede decirme de dónde viene?"

"Gulfstream 795, torre ACA. De Oriente Medio, creo. Sí, que sea Bahrein, vía Alejandría, las Azores y LaGuardia. Un viaje largo".

"Gracias, torre ACA. Nos vemos esta tarde", dijo Dorothy, y se despidió. "¿Por qué la pregunta, Ernie?", preguntó mientras el elegante Gulfstream seguía ganando altura y giraba hacia el oeste.

"Quizá no sea nada, pero gafas de sol oscuras, pelo corto, bronceado, bolsas de nylon para el equipo y fundas para las armas: ninguno de esos tipos me parecía un cazador de patos".

"¿Y las dos limusinas de Bimini Bay? Pasaron por la puerta y no se detuvieron, como si fueran los dueños del lugar".

"Dirigí el destacamento de policía de Chicago en O'Hare durante cuatro años", le dijo Ernie, "y no se puede conducir un vehículo no autorizado hasta una de nuestras líneas de vuelo, pasando por encima de la TSA y la aduana sin que suenen muchas campanas".

"Parece que esto no es O'Hare".

"Me temo que tampoco es LaGuardia".

"¿Quieres que avise al barco?

"Sí. Puede que sólo sean los nervios del viejo policía, pero me parece que están trayendo más refuerzos, y creo que Bob y Ace deberían saberlo".

"Entendido", dijo ella, alcanzando su micrófono de nuevo.

Ernie tenía razón cuando decía que el aeropuerto LaGuardia de Nueva York no era como el O'Hare de Chicago. Si ponías suficiente dinero en un sobre blanco y lo entregabas a las personas adecuadas en la pequeña terminal de aviación general de LaGuardia, a nadie le importaba quién eras o qué traías. Mientras el sabio adecuado hiciera los trámites y tú estuvieras en tránsito hacia otro aeropuerto, te sellarían el pasaporte y te dejarían pasar por la aduana mientras tú y tu equipaje estaban sentados en el avión. En definitiva, era un sistema de lo más civilizado, pensó Theo Van Gries, sobre todo cuando quieres llevar contigo una serie de piezas de equipo altamente especializadas y únicas.

Theo había perdido la noción de cuántas horas habían estado en el aire desde que despegaron de Bahrein el día anterior, o quizás fue el día anterior. Lo único que sabía era que era la tercera tripulación y que los seis pasajeros de atrás apenas habían hecho otra cosa que dormir, jugar a las cartas y limpiar sus armas desde que despegaron. Tres de los hombres eran antiguos marines holandeses como él, uno era un alemán del KSK de la Bundeswehr y otro era un británico que había pasado nueve años en el SAS. Al igual que los soldados de todo el mundo, estaban aburridos, nerviosos y más que dispuestos a patearle el culo a alguien.

Cuando el Dassault despegó de LaGuardia, Theo pidió al piloto que llamara a su hermano. "Dígale que estaremos allí a las 8:30 y que agradeceremos que nos recoja una furgoneta".

Él y sus hombres acababan de bajar las escaleras del lujoso compartimento de pasajeros y estaban descargando su equipaje y equipo en la pista cuando la puerta automática cercana a la terminal se abrió y entraron dos largos coches negros. Cuando se detuvieron con un chirrido junto al Dassault, la mano derecha de Theo buscó en el interior de su chaqueta la pistola Walther de 9 milímetros que llevaba en una funda para el hombro. ¿El FBI? ¿EL INS? Pero en lugar de problemas, los conductores de las limusinas se bajaron de los coches y abrieron rápidamente las puertas traseras. Salieron seis camareras de casino escasamente vestidas, bailando y riendo. Llevaban copas y botellas de champán en las manos e hicieron señas a Theo y a sus hombres para que se unieran a ellas dentro de los coches. Sus hombres se quedaron con la boca abierta y luego se rieron. A lo largo de los años, no había muchas cosas que no hubieran visto cuando llegaban "al país" en algún aeropuerto tercermundista desvencijado o en una pista de aterrizaje en la selva, pero ésta era la primera vez.

"¿Nuestro comité de bienvenida, Herr Leutnant?" Preguntó el alemán Klaus Reimer.

"Su hermano es un buen caballero holandés", respondió Joost DeVries, uno de sus marines holandeses.

"Metan el equipo en los maleteros del coche y pongámonos en marcha", ordenó Eric Smit, su sargento primero. "Y con todo el respeto, si fuera tan buen caballero, las chicas se habrían subido al avión en Bahrein o Alejandría, no aquí para un viaje de diez minutos a la ciudad".

Todos se rieron, y Reggie MacGregor, el británico, añadió: "Bueno, por lo que he visto de vosotros, no estoy seguro de que esas tías hubieran sobrevivido a la experiencia".

"Y por lo que he visto", añadió otro holandés, Joost DeVries, "no estoy seguro de que sobrevivan al viaje a la ciudad".

Mientras se reían y se amontonaban en las dos limusinas, tres por coche, Theo advirtió: "Cuidado con la burbuja. Puede que esto no parezca Afganistán, pero nos han traído aquí por una razón". Subió al asiento del pasajero delantero de la limusina principal, dejando a dos de sus hombres en la parte trasera con las tres camareras. No parecieron quejarse. En cambio, el conductor no estaba acostumbrado a que los clientes se sentaran delante con él. Miró a Theo con extrañeza hasta que el holandés dijo: "¿A qué esperas? Vete".

Las dos grandes limusinas tardaron menos de quince minutos en atravesar la autopista y la ciudad, y aparcar bajo el reluciente pórtico delantero del Hotel y Casino Bimini Bay. Cuando los coches se detuvieron, dos porteros vestidos con esmoquin, sombrero de copa y guantes blancos abrieron las puertas laterales de la limusina. Sus hombres salieron en tropel por las puertas traseras con copas de champán y bimbos en la mano, preguntándose en qué planeta habían aterrizado. Theo salió lentamente del asiento delantero en medio de un asalto sensorial de luces intermitentes de colores y música a todo volumen. Hizo una mueca cuando miró a su alrededor, y finalmente vio a su hermano mayor, Martijn, abriéndose paso a través de las altas puertas de cristal que van del suelo al techo.

"¡Theo!" Martijn le llamó. "Muchas gracias por venir. Sé que ha sido..."

Theo le dirigió una mirada fría. "Es un trabajo, ni más ni menos". Volvió los ojos y vio que cuatro botones abrían los maleteros de la limusina. Empezaron a descargar las bolsas de lona para pasar la noche y las maletas de "equipo", y a apilarlas en dos carros de equipaje. "¡No!", espetó. Se volvió hacia sus hombres y les dijo en holandés: "Llevad vuestras propias maletas y no las perdáis de vista".

"Dejad que os llevemos dentro y al registro", dijo Martijn mientras pasaba el brazo por los hombros de Theo. "Tengo unas bonitas habitaciones reservadas para ti y tus hombres".

"Sin registros y sin nombres", le dijo Theo. "Sólo coge las llaves, por favor. Quiero que las habitaciones queden vacías en su inventario".

"Debería haber previsto eso. Por desgracia, estamos en diferentes líneas de trabajo, ¿no es así, mi hermano?"

"Por eso me has llamado, ¿no?" dijo Theo mientras dejaba que Martijn los guiara al interior. "Porque hay cosas que no puedes hacer, o no quieres hacer".

"Por supuesto". Martijn se rió. "Pero Donatello necesita hablar contigo.

Tiene algunos asuntos que discutir".

"¿Han llegado ya mis otros dos hombres, Benson y Kowalski?" preguntó Theo, mirando a su alrededor con desconfianza, siempre en guardia.

"Benson lo ha hecho, dentro de una hora, pero no he visto a un segundo hombre. Benson está en el despacho de Donatello esperándole. ¿Le importaría decirme quién es?"

"El oficial americano del que te hablé. Sirvió en sus Rangers y en la Fuerza Delta, así que veremos si sabe algo que pueda ayudarnos".

En el puente de mando del Enchantress, Bob estaba sentado en la silla del capitán con los pies descalzos apoyados en la parte superior de la extensa consola de control del yate y su ordenador portátil en equilibrio sobre las piernas. Sus ojos estaban pegados a la pantalla del portátil mientras observaba las vistas de las cámaras giratorias que cambiaban desde las puertas delanteras y traseras del casino. Ace estaba en la silla del oficial a su lado, escudriñando la carretera de entrada a la bahía de Bimini, el puerto deportivo y la azotea a través de los prismáticos.

"Sabes," dijo Ace. "Creo que Zeiss hace la mejor óptica de largo alcance de este lado del telescopio Hubble. Puedes contar los pelos del culo de un elefante a mil metros con estos".

"Sólo no los dejes caer. También hacen los más caros".

Llevaban así desde las 07:00, poco después de la salida del sol, y ya podían sentir que se quedaban sin cerebro. Dos horas de esto era lo máximo que cualquiera podía aguantar y mantener la concentración, así que debían rotar los trabajos en otros quince minutos.

"¿Quieres más café?" preguntó Ace.

"No, serían tres, y ya estoy bastante nervioso", respondió Bob cuando la pantalla volvió a cambiar al gran pórtico del casino y vio que dos limusinas negras entraban y se detenían.

"Fíjate en la entrada principal", le dijo a Ace mientras congelaba la rotación de la cámara y observaba cómo los porteros y cuatro botones con carros de equipaje salían y rodeaban los dos coches en un elaborado espectáculo de servicio. Ace enfocó los prismáticos Zeiss hacia los porteros cuando abrieron las puertas de los coches y media docena de chicas del casino y hombres vestidos de manera informal se amontonaron fuera de los coches.

"Gente pesada", coincidió Ace. "Deben ser los personajes que Dorothy dijo haber visto en el aeropuerto hace un rato. Mira, el hotel incluso envió a los bimbos a buscarlos".

Mientras Bob observaba, vio que Martijn Van Gries salía y se acercaba al coche principal. "Y Martijn Van Gries también", le dijo rápidamente Bob. "Mira los otros cinco". Los vio apartar a los botones y descargar ellos mismos los maleteros de los coches. "Las bolsas de equipo de lona, las maletas rígidas, las botas y la ropa informal: se parecen a nosotros".

"¿Qué te dice eso?"

"Alguien trajo más refuerzos, como dijo Ernie, pero esos no son de la mafia. A mí me parecen de Operaciones Especiales, quizá no estadounidenses, pero sí de alguien".

Bob observó cómo Martijn Van Gries estrechaba la mano del hombre que salió del asiento del copiloto del coche de cabeza. Sonreían y hablaban. "¿Reconoce a alguno de ellos?" preguntó Bob.

"¿No te dijo Van Gries que tenía un hermano?".

Bob cogió los prismáticos y miró por sí mismo. "Un teniente de los Diablos Negros. Puede que lo hayamos conocido en Irak, pero eso fue hace mucho tiempo, y no estoy seguro".

"Bueno, si es él, parece que se ha pasado al "lado oscuro", Obi-Wan".

"¿De verdad?" Bob se rió mientras veían a los seis hombres entrar.

Cuando entraron en el vestíbulo del Bimini Bay, Martijn Van Gries pasó por el gran y reluciente mostrador de recepción e hizo que el encargado de la recepción le diera las llaves de seis habitaciones vacías, que distribuyó rápidamente mientras los conducía al pasillo de servicio trasero del casino y al ascensor ejecutivo que llevaba al ático.

"Donatello ha estado bajo mucha presión por parte de sus superiores de Nueva York, que han enviado algunos hombres adicionales aquí, así que tengan la amabilidad de comportarse lo mejor posible".

Una fina sonrisa cruzó los labios de Theo cuando su hermano empujó la puerta doble, tallada a mano, de la suite del ático de Carbonari y todos entraron. Un italiano corpulento y de piel aceitunada, con un traje bien confeccionado y corbata, estaba sentado detrás de un amplio escritorio antiguo. Benson estaba sentado solo en una silla acolchada a un lado, con cara de aburrimiento, mientras que cuatro hombres voluminosos de mediana edad, con pantalones y abrigos deportivos, estaban de pie a lo largo de la pared más lejana, mirando a Theo y a sus hombres. Evidentemente, eran mafiosos estadounidenses, pensó Theo, quizás diez años más viejos, veinte libras más de peso y treinta puntos menos de coeficiente intelectual que sus propios soldados profesionales. Incluyéndose a sí mismo, ahora había trece hombres en el despacho del ático. Theo bajó la vista y dirigió a Benson una breve mirada dura mientras se volvía hacia Carbonari.

Carbonari se levantó, rodeó el escritorio y le tendió una cálida sonrisa y la mano a Theo. "Martijn me ha contado muchas historias sobre ti", le dijo Donatello. Theo contestó con un educado asentimiento y un firme apretón de manos, pensando que, a pesar de su tamaño, Carbonari tenía el suave apretón de una mujer.

"Parece que ustedes, caballeros, están listos para ponerse a trabajar", continuó Carbonari. "Pero antes, hay algunas personas que quiero que conozcan. Este es 'Cheech' Mazoulli, uno de mis socios de Brooklyn". Señaló con la cabeza a uno de ellos. "He perdido a algunas personas de seguridad, y el jefe de Cheech ha tenido la amabilidad de prestarme a él y a algunos de sus hombres durante unos días. Trabajarán con mis guardias de seguridad habituales y vigilarán el hotel y el casino por mí".

Theo miró fijamente a Mazoulli y a sus hombres, observando los bultos bajo sus brazos, pero no le tendió la mano a Mazoulli, como tampoco lo hizo Mazoulli con él. "Mi hermano nos contrató para eliminar un problema específico que tiene el señor Carbonari. Supongo que usted y sus hombres se encargarán del hotel y el casino, y se mantendrán al margen de nosotros, del mismo modo que nosotros nos ocuparemos de su problema y nos mantendremos al margen del suyo. Como todos estamos armados, creo que eso es esencial. ¿Está de acuerdo?"

Mazoulli le devolvió la mirada y luego se volvió hacia Carbonari. "¿Qué es esta mierda, Donnie? Creía que Angelo nos había puesto a cargo de la seguridad aquí abajo".

Theo observó la cara de Carbonari. Cuando Mazoulli utilizó el apodo de Carbonari, vio un imperceptible estrechamiento de los ojos de éste. "Me temo que eso no es del todo correcto, Cheech. Estos chicos están aquí haciendo un trabajo personal para mí", le dijo Carbonari. "Usted y su equipo se encargarán de la seguridad del hotel y del casino, especialmente en torno a los juegos de mesa y las salas de póquer. Pero ha habido algunas amenazas dirigidas a mí por parte de algunos clientes descontentos, algunos tipos del ejército. Por eso Theo y sus hombres están aquí, para ocuparse de ellos por mí. Así que, como él ha dicho, haz tu trabajo y él hará el suyo".

Mazoulli se encogió de hombros y señaló a sus hombres hacia la puerta. "Tengo dos tipos más que van por los otros dos hoteles. ¿Quieres que te los presente también?"

"Creo que los reconoceremos", respondió Theo con una fina sonrisa.

Mazoulli lo miró y frunció el ceño. "Voy a decir una cosa, este tipo tiene pelotas. ¿Es bueno?"

"Deja que yo me preocupe de eso, Cheech. Quería que nos reuniéramos todos, pero ahora él y yo tenemos que hablar de algunos detalles, si no te importa".

Mazoulli asintió a sus hombres y los sacó de la habitación.

Carbonari cerró la puerta tras ellos y dijo: "No tendrás ningún problema".

"Nunca tengo problemas, sólo oportunidades interesantes", le dijo Theo, y luego se volvió hacia Benson. "Qué bien que por fin haya podido unirse a nosotros, capitán. No huya; usted y yo tenemos que hablar".

Benson se recostó en la silla acolchada y asintió con la cabeza, pero no respondió.

Theo se volvió hacia Carbonari y dijo: "¿Tengo entendido que el tal comandante Burke se ha enemistado con usted y con algunos de los suyos?".

"Sí, bueno, algunas cosas se descontrolaron la semana pasada", comenzó Donatello mientras volvía a su escritorio y se sentaba en el borde. "Uno de los antiguos sargentos de Burke perdió mucho dinero en el casino. Salió por una ventana al intentar alejarse de mi gente de seguridad, pero se resbaló y cayó por una cornisa. Fue un accidente. Hasta la policía local y el forense lo dijeron, pero Burke no parece estar de acuerdo. Me considera responsable".

Theo lo pensó un momento y preguntó: "¿Fue un accidente?".

"Somos un casino. Los hombres muertos no pagan a sus marcadores, así que somos los últimos que querríamos liquidar al tipo. Tratamos de explicarle eso a Burke. Vino aquí con el dinero en efectivo para pagar la deuda de Pastorini, pero después de que Pastorini se lanzara en picado al aparcamiento, Burke no quiso darnos el resto. Tres de mis hombres le siguieron hasta Chicago para intentar que cambiara de opinión".

"¿En serio?" Benson miró a Carbonari y se rió. "¿Cómo resultó eso?"

"No muy bien", respondió Carbonari, visiblemente molesto por el tono frívolo de Benson. "Se llevaron la peor parte y acabaron en la cárcel, por lo que tuve que traer ayuda de Nueva York para que les sustituyera".

"Entonces, ¿se cargó a tres de tus guardias de seguridad?" preguntó Benson. "¿Cuántos hombres tenía Burke?"

Carbonari lo fulminó con la mirada, enfadándose visiblemente. "Dijeron que Burke estaba solo, excepto dos mujeres, un niño... y un gato".

"¿Un gato?" Benson sacudió la cabeza y se ahogó de risa. "¡No tiene precio! Sospecho que la única razón por la que dejó vivir a sus hombres fue la presencia de las dos mujeres y el niño pequeño... o tal vez el gato tenía un estómago sensible."

"¡No me hace ninguna gracia!" La voz de Carbonari retumbó. "Conocí a Burke en la oficina de Martijn hace una o dos semanas. Es un tipo pequeño, un enano, ¿cómo iba a saberlo?"

"No lo sabías", dijo Benson mientras se incorporaba. "No parece gran cosa, ¿verdad? Pero Pastorini era uno de sus mejores hombres, y te considera responsable de su muerte, a pesar de todo".

"Sí, ha dicho que ahora viene a por mí, ¡y eso no tiene mucha gracia!"

"Oh, Burke es cualquier cosa menos divertida", dijo Benson mientras miraba a Carbonari. "Puede ser como una... fuerza de la naturaleza. El teniente Van Gries es uno de los hombres más letales que he visto en un campo de batalla. Sus otros hombres aquí son muy buenos también", dijo Benson mirando a su alrededor. "Por lo demás, yo también lo soy, pero nunca he visto a nadie tan letal como Burke. Si dice que va a por vosotros, podéis contar con ello; y tenéis razón en estar preocupados... muy preocupados".

"Me parece que estás preparando una excusa de mierda para cuando falles", dijo Carbonari mientras se volvía hacia Theo y lo miraba con odio. "Sólo dime, ¿puedes detener al tipo, o no?".

"Con toda probabilidad, sí", respondió Theo. "Sabemos que viene, pero no sabe que estamos aquí. Esa es una ventaja crítica, y tenemos que mantenerla".

"También hay otro punto positivo", dijo Randy Benson. "Sabemos que es su objetivo, y eso facilita mucho nuestro trabajo".

"Muy bien, ¿qué necesitas para detener a esta 'fuerza de la naturaleza' tuya?" exigió Carbonari.

"Veo que tenéis cámaras de seguridad por todo el hotel y el casino", dijo Benson. "Necesito ver todas las grabaciones de los últimos días para ver si Burke ya está aquí, y ver cuánta de su gente ha traído con él".

"¿Tienes idea de la cantidad de imágenes que hay?" Martijn se burló.

"No hay ninguna opción. Si no está aquí todavía, lo estará".

"Bueno, supongo que puedes verlas en mi despacho", le dijo Martijn. "Theo puede instalarse allí también. Así habrá menos "distracciones" neoyorquinas con las que tengas que lidiar".

"Entonces, si no le importa, nos pondremos a trabajar", dijo Theo con una cortante reverencia.

Carbonari los despidió con una inclinación de cabeza. "Martijn, quédate aquí un momento, tú y yo aún tenemos que resolver algunos asuntos contables".

CAPÍTULO VEINTIUNO

Theo, Benson y los cinco mercenarios de Theo estaban en el ascensor bajando al primer piso cuando Theo se volvió hacia Benson. Sus ojos duros y fríos estudiaron al capitán americano durante un momento, y luego le preguntó: "¿Dónde has estado? No has devuelto ninguna de mis llamadas".

"En Carolina del Norte, intentando localizar a Pastorini. Como has oído, fue una pérdida de tiempo. Así que, anoche conduje y conseguí una habitación aquí usando una de mis identificaciones encubiertas".

"¿Dónde está Kowalski?"

"Muerto", respondió Benson con calma.

Theo le miró fijamente. "Os envié a vosotros dos para que encontrarais a Pastorini y el oro. Pastorini está muerto, ¿y ahora me dices que Kowalski también está muerto?"

"Pastorini fue asesinado aquí en Atlantic City por estos imbéciles, pero su novia está viviendo en su casa cerca de Fort Bragg. Nos imaginamos que era allí donde escondía el oro, así que entramos con la intención de hacerla hablar. Por desgracia, ella tenía una pistola y Kowalski recibió tres disparos en el pecho en la puerta del dormitorio. Estaba muerto antes de caer al suelo. La zorrita también me dio a mí", dijo Benson mientras se abría la camisa y le mostraba a Theo el vendaje en la parte superior del brazo. "Pero no te preocupes. Kowalski estaba limpio cuando cayó, sin marcas ni identificaciones".

"¿Y el oro?" Theo exigió saber.

"Volví dos días después, con la intención de arrancarle el corazón, pero ya no estaba. Me pasé toda la tarde y la noche registrando el lugar. Busqué por todas partes. No hay nada. Supongo que cuando terminemos aquí, podremos volver a Fayetteville y hacerla hablar".

"¿Crees que ella sabe dónde está?"

"Bueno, si no lo sabe, estamos realmente jodidos, porque no sé dónde más buscar".

"Muy bien. Cuando terminemos aquí, le haremos una visita... todos nosotros", les dijo Theo, con los ojos todavía duros y fríos. "Ahora dime lo que sabes de este hombre Burke".

"Allí todo el mundo utiliza nombres en clave. Sólo hemos trabajado juntos brevemente una o dos veces, y las asignaciones son secretas, así que realmente no sé mucho."

"Pero acabas de decirle a Carbonari..."

"¿Preferirías que le dijera que Burke era un empleado de suministros?

¿Cuánto nos pagaría entonces?" le dijo Randy Benson con una sonrisa cómplice.

A última hora de la mañana, los Geeks se habían puesto el traje de baño y estaban tumbados al sol en los bancos tapizados de cuero blanco de la cubierta de popa. Por las actualizaciones periódicas que le daban a Bob, éste sabía que habían trabajado en la media docena de contraseñas que Lonzo y Chester habían traído de su incursión nocturna en el mundo de los conserjes. Uno a uno, fueron probando varios sistemas de personal, de atención al cliente y de contabilidad, hasta ahora sin mucho éxito. Bob pasó la mayor parte de la mañana con Ace en el puente de mando. Habían extendido el toldo bajo que lo cubría, lo que les permitía pasar relativamente desapercibidos en las sombras.

"¿Estás listo para una cerveza?" preguntó Bob mientras se levantaba y se estiraba.

"¡Dios, sí!" respondió Ace. "Y me alegro de no ser el único".

Bob se giró en la silla y vio que los Geeks seguían trabajando afanosamente en sus portátiles. Sacudió la cabeza, pensando que los trajes de baño eran como las curvas de campana. Algunas personas se ven fabulosas en ellos, la mayoría no, y algunas nunca deberían acercarse a uno. Los Geeks estaban en esta última categoría. Sin embargo, según la experiencia de Bob, lo peor de todos los tiempos fue una multitud de vacaciones en una playa nudista en el sur de Francia a la que acudían grandes familias multigeneracionales: niños, adolescentes, padres y abuelos. Todos llegaron con sus mantas, sillas y cestas de comida y vino, y enseguida se deshicieron de todo para hacer un extenso picnic por la tarde. Eso fue suficiente para convencerle de que, en muchos casos, la ropa se había inventado por una buena razón.

Bob volvió a la barandilla de popa, miró a los Geeks y se rió. Parecían tan pálidos como un pescado blanco escalfado, pensó, y tenían casi tantos músculos. ¿Cómo los llamaba Koz? ¿Los "noctámbulos cerebritos"? Los bancos en los que estaban tumbados tenían cojines tapizados de color blanco puro, por lo que era difícil distinguir dónde empezaba Geek y dónde terminaba el banco de cuero. Patsy Evans estaba tumbada junto a Jimmy con su cuerpo acurrucado contra el de él. Estaba leyendo una revista de moda, mientras los chicos estaban completamente absortos en sus ordenadores portátiles. Puede que no se vean bien en sus trajes de baño, pensó Bob, pero Patsy ciertamente lo hacía, incluso si los otros dos eran demasiado densos para entender mucho sobre la figura femenina.

"Sabéis, el sol está subiendo", les dijo Bob. "Si vais a estar mucho tiempo ahí fuera, poneos crema solar. El sol os freirá el cerebro si no lo hacéis".

Patsy lo miró por encima del borde superior de sus gafas de sol y sonrió. "Ya lo he hecho, mayor, señor, y he vuelto a tostar su delicada piel de alabastro cada hora".

"¿Alabastro?" Linda llamó desde la galera de abajo. "No te olvides del pobre Ronald".

"Oh, no te preocupes, Linda. Yo también me encargo de Ronald... No, no, no quería decir eso", se rió Patsy, y Linda se rió junto a ella. Jimmy y Ronald finalmente levantaron la vista, se miraron y fruncieron el ceño, sin haber escuchado la conversación.

Bob levantó las manos en señal de rendición y dijo: "No me meto en esto". Se dio la vuelta, abrió la pequeña nevera integrada en la consola frontal del puente de mando y sacó dos botellas de Budweiser. Mientras le entregaba una a Ace, volvió a mirar los vídeos de su ordenador. Interesante, pensó. En la pantalla, los guardias de seguridad habían vuelto a rotar, como hacían cada dos horas. La mayoría de los habituales eran jóvenes y fornidos, como los dos Hulks que le visitaban en Arlington Heights. Eran contratados privados con pantalones grises, chaquetas azules, camisas blancas y corbatas, como los que vio en el casino y sus alrededores en su último viaje. Sin embargo, por primera vez, Bob vio que al elenco de pelo rubio y ojos azules del Gold's Gym se le habían unido los lagartos de salón de Nueva York que habían llegado antes. Mientras que los de pelo azul estaban apostados en las puertas o seguían rutas de patrulla regulares alrededor del perímetro y a través de los aparcamientos, las tripas de la cerveza parecían vagabundear, paseando al azar por las entradas del hotel y del casino, por los garajes y por los aparcamientos.

Bob se quedó mirando la pantalla un rato más, y luego volvió a la barandilla de popa y gritó: "Eh, Jimmy, sube un momento". El joven mago de la informática se soltó rápidamente de Patsy Evans y subió corriendo la estrecha y curvada escalera. "¿Cómo vas con las contraseñas?" le preguntó Bob.

"Bueno, no tan bien como nos gustaría, me avergüenza decirlo", respondió Jimmy, mientras sus frustraciones comenzaban a manifestarse. "Las contraseñas que los conserjes trajeron anoche nos condujeron a una serie de áreas potencialmente útiles, como el personal, los registros de empleo del hotel y del casino, las reservas del hotel, e incluso los cargos diarios de las habitaciones y la contabilidad, pero no nos permiten llegar hasta los niveles superiores de finanzas donde tú quieres que vayamos. Pero nos dijiste que no presionáramos, así que no lo hicimos".

"Hicisteis lo correcto", aceptó rápidamente Bob. "No quiero disparar ninguna alarma".

"Sin embargo, estaba pensando que podría haber otra manera. Lo que hemos estado tratando de hacer es entrar en su sistema de forma remota, utilizando las contraseñas de su personal de la oficina exterior donde sus chicos están limpiando. Sin saber cómo está estructurada Boardwalk Investments, es posible que esa gente no tenga acceso a la contabilidad y los registros de más alto nivel que tú quieres, sin importar la contraseña que utilicemos."

"¿Qué otra opción hay? ¿Irrumpir en la Oficina de Negocios y usar una de las suyas?"

"Esa es una opción, pero hay información anecdótica adecuada en la red que indica que cuanto más se asciende en la cadena alimentaria corporativa, más descuidada se vuelve la gente. Es la gente con las oficinas de la esquina la que comete más errores con su propia seguridad en Internet. Así que, si podemos entrar en una de esas oficinas de la esquina..."

"¿Información anecdótica adecuada en línea...? ¿En la oficina de quién quieres probar? ¿La de Carbonari o la de Van Gries?"

"Bueno, ¿y si Ronald y yo bajamos y conseguimos trabajos de conserje? Si pudiéramos entrar en una de ellas, aunque fuera unos minutos -estaba pensando en la de Van Gries, porque es el jefe de finanzas- creo que podría entrar en el sistema. Puede que incluso escondan allí su servidor o un pequeño ordenador central".

Bob le miró fijamente durante un momento. "Eso es demasiado arriesgado. Mira, Ernie volverá de Chicago dentro de unas horas con su amigo carterista, y lo soltaremos en el casino esta noche. Como dijiste, esperaba que pudiéramos conseguir lo que necesitábamos entrando en sus ordenadores de forma remota; pero si podemos conseguir sus tarjetas llave maestra, tal vez intentemos hacerlo a la vieja usanza."

"¿Y si entramos por la ventana de su oficina? Patsy y yo estuvimos viendo una película de Tom Cruise anoche, en la que se abren paso por la ventana de un edificio de oficinas de gran altura con un artilugio láser que corta el cristal de forma circular..."

Bob volvió a mirarle fijamente. "Supongo que me he perdido esa".

Mientras hablaban, Ronald subió las escaleras detrás de Jimmy y miró todo el sofisticado equipo de navegación en la consola de mando del puente de mando. "Hombre", dijo Ronald, sonriendo, "esto es como el puente del Halcón Milenario".

Ace bajó los prismáticos unos centímetros y miró a Ronald de reojo, pero no dijo nada.

"¿Le has contado nuestra idea?" preguntó Ronald.

"De acuerdo, ignorando las ideas del robo y del artilugio láser", dijo Jimmy, "Ronald y yo pensamos que podríamos volver al casino esta noche. Esta vez, en lugar de pasar desapercibidos, podríamos hacer muy obvio que estamos contando cartas."

"Sí, sí, ¡podríamos empezar a ganar a lo grande!" Ronald resopló.

"¿Y cuánto tiempo crees que va a durar eso antes de que su gente de seguridad te agarre y te golpee en tus cabecitas puntiagudas?" Preguntó Ace. "Sabes que no les gustan los contadores de cartas".

"De eso se trata", respondió Jimmy con una sonrisa de caimán. "Cuando nos atrapen, harán exactamente lo mismo que hicieron en el Sun o en el Bellagio. Nos arrastrarán hasta su oficina de seguridad, nos empujarán, amenazarán con darnos una paliza y nos quitarán todo el dinero".

"Me estoy perdiendo algo", dijo Ace, sacudiendo la cabeza. "¿Cómo es eso algo bueno?"

"Porque estaríamos dentro de sus oficinas, 'detrás de la cortina', por así decirlo". Ronald volvió a resoplar. "Quizá veamos a ese tipo Corliss del que hablabas y a esos dos grandes Hulks. Pero lo más importante es que nos dará a Jimmy y a mí la oportunidad de ver qué tipo de equipo informático y de red tienen allí, y si hay algún manual técnico por ahí. Buena idea, ¿no?".

Bob frunció el ceño. "Sólo estás adivinando cuál podría ser su reacción".

"¡No pueden matarnos!" contestó Ronald con nerviosismo. "¿Pueden?"

"Es Nueva Jersey", respondió Ace encogiéndose de hombros. "Sólo estoy diciendo".

"Ah, sólo estás tratando de asustarnos de nuevo. Contar cartas es legal aquí. Lo hemos comprobado", le contestó Jimmy.

"Como ha dicho, 'es Nueva Jersey'", advirtió Bob.

"Sin embargo, tienen un punto", concedió Ace. "Por muy divertido que sea sentarse aquí y beber cerveza, el tiempo no está de nuestra parte. Tenemos que hacer algo".

"Supongo que estoy de acuerdo", le dijo Bob. "Pero ustedes saben que hay riesgos al entrar allí, ¿verdad? Podemos protegerte hasta cierto punto, pero estarás por tu cuenta una vez que te agarren".

"Mi suposición es que deberíamos estar allí cuando las cosas se agiten alrededor de la medianoche. Es cuando la mayoría de la gente estará allí", sugirió Jimmy.

"Creo que tienes razón. En el peor de los casos, tratarán de minimizar la interrupción cuando te agarren y te cierren".

"Sí, con una gran multitud, tendrán que tener cuidado con las salpicaduras de sangre", dijo Ace con cara seria. "La compensación de todas esas facturas de la tintorería puede ser excesiva".

Bob le echó una mirada. "Entonces te pondré a cargo de la protección. Puedes llevarte a Batman, Bulldog y Dorothy para que los vigilen. Sólo ten cuidado".

Mientras los hombres empezaban a discutir la idea de Jimmy en el puente de mando, Patsy Evans dejó su revista, comprobó su bronceado y bajó las escaleras de la cubierta de popa al salón principal. Vio a Linda en el fregadero y pretendía pasar rápidamente y hacer una parada rápida en la proa, cuando Linda la interceptó y la condujo a la pequeña cocina.

"Linda, realmente tengo que ir, y esto no es..."

"Sí, lo es. Soy tu mejor amiga, y necesitas un poco de "realidad"".

"No empieces conmigo otra vez, sólo porque no te gusta Jimmy".

"¡Quiero a Jimmy!" Linda respondió. "Y Bob también".

"Bueno, seguro que tienes una forma divertida de demostrarlo".

"Estáis actuando como dos chicos de instituto en celo".

Los ojos de Patsy se entrecerraron. "Bueno, tal vez has olvidado lo que se siente al ser joven y estar enamorado".

"¿Amor?", se burló ella. "¿Qué edad tiene?"

"Quizá te sorprenda saber que los dos tenemos veintiún años".

"No, chica. Él tiene veintiuno y va a cumplir quince años, y tú tienes veintiuno y vas a cumplir treinta".

"Y Vinnie tenía treinta y tres, a punto de cumplir cuarenta y tres", replicó Patsy, cruzando los brazos sobre el pecho. "Eso es lo que os ha molestado a los dos, ¿no? Creéis que tengo que quedarme de brazos cruzados porque Vinnie ha muerto, pero no voy a hacerlo. Era un gran tipo y muy divertido, cuando estaba cerca. No estoy diciendo que no lo fuera. Me enseñó mucho, probablemente demasiado -dijo, sonando avergonzada-, pero nunca estuvimos enamorados. Era demasiado mayor para mí, y el ejército era lo primero para él. Yo lo sabía, y él también lo sabía. Así que sólo nos divertíamos. Jimmy es tan diferente. Podemos hablar, y nos gusta la misma música, los programas de televisión, y esas cosas. Cuando le digo cosas, él sabe de qué estoy hablando. Así que, ¿qué tiene de malo?", preguntó, y luego se marchó enfadada.

Linda la vio alejarse y se volvió hacia el fregadero. Por mucho que odiara admitirlo, Patsy tenía razón. Era demasiado joven para vestir de negro.

A las tres de la tarde, Ernie y Dorothy entraron en el aparcamiento del puerto deportivo y bajaron por el muelle hasta el barco, acompañando a un hombre bajo y regordete entre ellos. Iba impecablemente vestido con un caro abrigo de mohair de color camel, pantalones grises y una camisa blanca de cuello abierto. Llevaba el pelo muy ralo y se lo peinaba hacia atrás para que no se le viera la frente. Mientras bajaba por el largo muelle hacia el barco, miraba el sol brillante y las numerosas embarcaciones a vela y a motor atracadas en el puerto deportivo, y se detenía para respirar profundamente el aire fresco y picante del mar. A mitad de camino hacia el muelle, se detuvo cuando un gran pelícano gris oscuro se lanzó al agua en el muelle vacío junto a ellos con un gran chapoteo y salió con un pez. El hombre lo señaló y se rió. Era evidente que se estaba divirtiendo como nunca, pero Dorothy y Ernie mantuvieron cuidadosamente sus posiciones flanqueándole y empujándole hacia la gran lancha blanca que había al final del muelle.

Cuando subieron a bordo, Ernie dirigió al hombrecillo hacia la cubierta de popa. Al pasar junto a Patsy y los dos Geeks, le dedicó una agradable sonrisa y una educada y anticuada reverencia. "Encantador, absolutamente encantador", dijo, su voz tenía un leve acento de Europa del Este. "¿No podemos quedarnos aquí arriba, Ernest?", suplicó con un dramático movimiento de la mano. "El sol brillante, el agua, los barcos, las hermosas jóvenes..."

"Abajo, Dimi". El gran policía de Chicago señaló la estrecha escalera y el salón principal de abajo.

"Sabes que no sé nadar, y me estoy haciendo demasiado viejo para correr".

Ernie volvió a señalar la escalera. El hombrecillo suspiró, pero hizo lo que le dijeron.

La mayoría de los demás ya se habían reunido allí abajo, incluido Bob. Ernie le indicó al hombrecito que se sentara en uno de los sillones giratorios de felpa mientras Ernie tomaba el de al lado.

El hombrecito dijo: "¡Caramba!", mientras pasaba las manos por el cuero y se mecía en la silla. "¿Puedo llevarme uno de estos a mi celda?". Se rió en voz alta.

"Señoras y señores, este es Dimitri Karides. Dimi, no me molestaré en presentarte a todos, ya que no vas a estar aquí mucho tiempo. Basta con decir que Dimi es uno de los más renombrados "magos de mano" del mundo, como él prefiere llamarse. Si tiene algo en un bolsillo, colgado del cuello o atado a la muñeca que le guste a Dimi, desaparecerá en cuestión de segundos".

"Oh, capitán Travers, exagera usted tanto", se rió Karides y desechó el pensamiento con un gesto de la mano. "Prefiero pensar en mí mismo como un 'liberador financiero'. Sólo 'adquiero' cosas de gente que nunca las va a echar de menos", dijo con un severo movimiento del dedo, "y nunca, jamás, robo a los pobres".

"Lo que sea". Ernie miró alrededor de la habitación. "Sólo mantened las manos en vuestras carteras".

"Eso no será un problema", les dijo Bob. "Todos estamos en la categoría de pobres".

"¿La categoría de pobres?" se burló Karides mientras miraba a su alrededor. "¿Ese maravilloso avión que enviaste para mí, y ahora este yate de vela...?

"Todo son alquileres a corto plazo, te lo aseguro", respondió Bob mientras miraba la ropa que llevaba Karides. "Pero parece que tu negocio ha sido bueno".

"Oh, ¿estos?" Dimitri miró su abrigo y sus pantalones. "Son bonitos, ¿verdad? Hice que Ernest se detuviera en una de las mejores tiendas de ropa masculina del centro comercial Woodfield de camino al aeropuerto. La cárcel del condado de Cook se las arregló para extraviar toda mi ropa. Sin duda, aumentaron el fondo de jubilación de algún guardia. De todos modos, le dije a Ernest que podía ponerme a trabajar aquí abajo con uno de esos monos naranja brillante o comprarme un traje nuevo. Así que sospecho que tengo que agradecer su cuenta de gastos, señor Burke. Pero ese mono naranja no serviría en el casino esta noche, ¿verdad?", dijo con una sonrisa de satisfacción.

"Supongo que no, siempre y cuando nos consigas lo que queremos", respondió Bob.

"Señor Burke", sonrió Karides amablemente, "seguro que bromea. A cambio de estas encantadoras ropas y de una buena cena, tal vez acompañado de una de sus hermosas jóvenes..."

"Tendrá que conformarse con Ernie", respondió Bob.

"Oh, que Dorothy vaya con ellos", rió Ace. "Han estado volando todo el día, así que ella también se merece una buena comida".

"Excelente", dijo Dimitri con una cortés reverencia hacia Ace y Dorothy, y luego miró su reloj. "Y sé exactamente adónde iremos. Sin embargo, si no les importa, tal vez haya un lugar donde pueda echar una siesta. Ha sido un día muy largo, y uno debería estar en la cima del juego, dado lo que me dijeron sobre la oposición de esta noche".

A las ocho y media de la tarde, un coche en el que iban Dorothy y Dimitri Karides en la parte delantera y Ernie Travers en la trasera salió del aparcamiento del puerto deportivo y se dirigió hacia el sur, hacia Atlantic Avenue, con Dorothy al volante. Cuando llegaron a South Albion, una pequeña calle residencial, Dimitri la dirigió hacia el oeste, al restaurante italiano clásico de la "vieja escuela" del chef Vola, escondido en el sótano de una gran casa de los años 20 al final de la manzana.

Dos horas después, Ernie apartó finalmente su plato y dijo: "Increíble. Ha sido la mejor ternera a la parmesana que he comido nunca, y créanme, he comido bastante".

"Lo mismo para el linguini con salsa de almejas blancas", coincidió Dorothy. "¿Cómo encontraste este lugar?"

Dimitri sonrió satisfecho. "Cuando uno está encarcelado veinticuatro horas al día, tiene tiempo de sobra para todos los números atrasados de Conde Nast y Gourmet Magazine".

"¿Pero me dijiste que habías estado soñando con un gran filete?" preguntó Ernie.

"Ah, eso fue antes de que me dijeras que nuestro destino era Atlantic City. El condenado tiene derecho a una cena de su elección, ¿no?"

"Esperemos que no se llegue a eso", dijo Ernie.

"Ernest, olvidas que soy el mejor. No se llegará a nada, te lo aseguro. La cena, sin embargo, es una historia diferente. Este magnífico restaurante lleva años encabezando mi lista".

Ernie miró su reloj y vio que eran casi las once de la noche. "Tenemos que irnos. Los demás ya estarán en el casino y tenemos que dejar tiempo para echar un vistazo".

"Es cierto, pero no podemos irnos sin tarta; es la especialidad de la casa".

"¿Pastel? No sé dónde la pondría", le dijo Dorothy.

"Entonces pediremos una porción de la tarta de crema de plátano, una porción de tarta de queso ricotta y tres tenedores. Llevo dos años soñando con ellos. Además, tus amigos tardarán al menos una hora en poner suficientemente nerviosos a los jefes de los boxes del casino para que convoquen a los demonios y los saquen de las mesas. Ese es el momento de atacar".

"¿Cuándo hay mucho movimiento y distracción?"

"Precisamente".

CAPÍTULO VEINTIDÓS

Más de la mitad de las mesas de la planta principal estaban llenas cuando Ernie, Dorothy y Dimitri llegaron alrededor de la medianoche. Venían directamente del restaurante y, a pesar del buen tiempo, Dimitri seguía llevando su voluminoso abrigo de mohair color camello. Los otros dos le siguieron mientras paseaba por el interior del casino y rodeaba las mesas de juego, que estaban dispuestas en hileras espalda con espalda en el centro de las tres alas del casino. Cada mesa era semicircular, diseñada para un juego específico y para acomodar hasta ocho jugadores, cada uno de los cuales jugaba contra la banca, no entre sí.

Ernie miró su reloj. Una gran multitud de divertidos espectadores se había reunido en torno a la mesa de blackjack situada en el extremo de la fila. Estaban observando a dos jóvenes frikis que se sentaban en los extremos opuestos de la mesa, cada uno con una gran pila de fichas frente a él. Uno llevaba una gorra negra de ala plana de los Chicago White Sox y una sudadera azul oscuro con el nombre "Berkeley" y el gran sello circular de la universidad en dorado en la parte delantera. El otro no llevaba sombrero, sino una camisa de franela roja y azul y un par de gafas gruesas de montura negra sujetas en el puente de la nariz con una gruesa cinta adhesiva blanca.

Mientras jugaban, se habían convertido en el centro de atención. Riendo y bromeando con el público en voz alta, insultaban a los espectadores que estaban detrás de ellos, al crupier, a los otros jugadores de la mesa, al jefe de la sala con su traje negro e incluso a los guardias de seguridad con sus chaquetas azules, que se habían agolpado alrededor de los dos extremos de la mesa. Los jóvenes eran muy arrogantes, aparentemente compitiendo para ver quién podía ser más ruidoso y odioso. Dicho esto, era difícil negar las crecientes pilas de fichas que tenían delante.

Examinando los rostros de la multitud que había detrás de ellos, Ernie distinguió rápidamente a The Batman, Bulldog y Ace, que se encontraban en el borde exterior. Ellos también vieron a Ernie, y rápidamente intercambiaron breves asentimientos. Dorothy se dirigió al otro lado de la multitud, donde estaba Ace, y deslizó su brazo dentro del de él, dejando a Ernie y Dimitri solos en el lado del distribuidor. Dimi era un pie y medio más bajo que el capitán de la policía de Chicago. Levantó la mano y le indicó a Ernie que se agachara y se inclinara más cerca mientras susurraba: "¿Ves a los dos caballeros torpemente vestidos que están detrás de Jimmy y Ronald? Supongo que son algunos de tus adversarios de Nueva York".

Ernie siguió los ojos de Dimitri y vio a dos hombres de pie, juntos, en la parte trasera de la multitud, que llamaban la atención por sus abrigos deportivos mal ajustados, sus camisas de cuello abierto y sus demasiadas joyas. Ernie suspiró. "Bueno, no puedo ver las medallas de San Antonio alrededor de sus cuellos ni los pines de los Caballeros de Colón, pero diría que tienes razón".

Dimi se burló. "Si eso es lo mejor que puede ofrecer la oposición, le aseguro que son colegiales comparados con los rusos y los serbios con los que he tenido que tratar. No obstante, son los que quiero".

Al menos por el momento, parecía que los dos mafiosos se conformaban con permanecer de pie, con los brazos cruzados sobre el pecho y mirando con desgana a los dos jóvenes. Sin embargo, mientras Ronald recogía otro montón de fichas, Ernie le susurró a Dimi: "Será mejor que te prepares. No creo que vayan a esperar mucho más".

Una camarera del casino, escasamente vestida, pasó llevando una bandeja llena de bebidas. Dimitri la miró con una agradable sonrisa y tomó dos de ellas. "¡Eh!", empezó a objetar ella. "Esos son para..."

"Dale a esta encantadora joven veinte dólares, Ernest, y trata de mantener el ritmo", dijo Dimitri mientras se deslizaba entre la multitud como una serpiente entre la hierba alta y daba la vuelta al otro lado.

Ernie sacó un billete de veinte dólares de su bolsillo y lo dejó caer sobre su bandeja, lo que satisfizo cualquier indignación moral que ella tuviera por la grosería del pequeño. Ernie se dio la vuelta y trató de alcanzar al griego bajito; pero mientras lo hacía, vio que los dos matones se saludaban con la cabeza y empezaban a acercarse a Jimmy y Ronald. Señalaron con la cabeza al jefe del pozo, que se adelantó con cuatro guardias de seguridad uniformados. El crupier estaba a punto de repartir la siguiente mano, pero se detuvo inmediatamente y anunció: "Lo siento, amigos, pero esta mesa está cerrada por cambio de turno".

"¡Oye! ¿Qué demonios, tío?", se quejó Ronald en voz alta. Se volvió hacia la multitud y dijo: "No querréis que nos cierren, ¿verdad? Vamos, ¡un aplauso por mantener la mesa abierta!". Se puso de pie, levantó las manos sobre la cabeza y comenzó a aplaudir rítmicamente. Cuando el resto del público empezó a aplaudir y a gritar con él, el crupier se inclinó hacia delante y sacó su pila de fichas y la de Ronald.

"¡Esas son mis fichas!" se quejó Jimmy en voz alta cuando dos guardias de seguridad intervinieron y le agarraron los brazos. Otros dos guardias agarraron a Ronald y lo levantaron de su silla.

"Si viene con nosotros, señor, le pagaremos en la oficina", dijo el jefe del pozo mientras se abría paso, atravesando la multitud de curiosos y abriendo un camino para los demás hacia el pasillo de servicio. Cuando los dos Gumbahs se giraron y empezaron a seguirlos, Dimitri se puso delante de ellos, tropezó borracho y cayó sobre ellos. Sus bebidas salieron volando, golpeando a uno de los Gumbah en la cara con el hielo y el líquido frío, y al otro en la parte delantera de su camisa, con el resto corriendo por la parte delantera de sus trajes. Al caer, Dimitri alargó los brazos y rodeó a los dos hombres para frenar su caída, pero sólo consiguió desequilibrarlos.

"¡Oh, Dios! Lo siento mucho", balbuceó mientras bailaba en un pequeño círculo con los dos hombres. "Disculpen, parece que no puedo...", dijo, continuando con los empujones, tirones y zarpazos, hasta que todos cayeron al suelo, con Dimitri encima.

"¡Idiota!", juró uno de los Gumbah.

"¡Cuidado!", advirtió el otro mientras Dimitri intentaba volver a levantarse al mismo tiempo que el mafioso empujaba a Dimitri. "¡Caramba!", dijo el pistolero cuando Dimitri volvió a caer encima de él.

"Vaya, ¿dónde me bajo de este paseo?", continuó Dimitri balbuceando.

"Tendrás que perdonar a mi amigo", dijo Ernie mientras intervenía e intentaba ayudar a Dimitri a levantarse, pero el griego bajito seguía volcando y cayendo encima de los dos mafiosos.

"¡Le romperé el maldito cuello, eso es lo que haré!", respondió el primero mientras rodaba y se ponía de rodillas, quitando el hielo y la bebida de la parte delantera de su traje. "¡Jesucristo!"

"Lo siento, mi amigo se tomó una de más", dijo Ernie. "Necesita un poco de aire".

"Me voy a poner enfermo", murmuró Dimitri mientras se inclinaba de nuevo sobre ellos y empezaba a tener arcadas. Los Gumbah seguían intentando ponerse en pie, y eso fue todo lo que necesitaron para empujar a Dimitri y tratar de arrastrarse fuera de la posible zona de explosión.

Ernie pasó los brazos por debajo de Dimitri y lo puso en pie. Mientras el hombrecillo seguía diciendo "lo siento, lo siento", Ernie le dio la vuelta y le empujó hacia la multitud, que se abrió y cerró rápidamente tras ellos mientras tosía y tenía arcadas. Luego se agacharon detrás de una de las barras, se dirigieron a la puerta de la rampa de auto aparcamiento y desaparecieron en cuestión de segundos. Subieron corriendo las escaleras hasta el siguiente nivel, ambos riendo histéricamente, y luego zigzaguearon entre las filas de coches aparcados hasta que llegaron al otro lado del garaje y bajaron las escaleras hasta el coche aparcado de Ernie.

"Eso fue brillante, amigo mío", le dijo Ernie. "Me tenías tan convencido de que estabas a punto de vomitar que tampoco estaba seguro de querer tocarte".

"¿Y renunciar a esa buena cena? Eso no iba a suceder, Ernest".

"**¡Me estáis haciendo daño!**" se quejó Jimmy mientras los fornidos guardias de seguridad le arrastraban por el pasillo de servicio. No fue un gran concurso, tuvo que admitir. Los dedos de los guardias rodearon fácilmente sus bíceps y los de Ronald, y probablemente podrían haber levantado a los dos Geeks y llevarlos por el pasillo con una sola mano si hubieran querido, sin siquiera sudar.

"¡Tranquilo, amigo! Tenemos derechos, ya sabes", se quejó Ronald.

"¿Sí?" Respondió rápidamente el jefe del foso. "Bueno, no incluyen el conteo de cartas".

"¿Cuenta de cartas? No hicimos nada", dijo Jimmy. "Y no puedes demostrar que lo hicimos".

"¡Cállate!", añadió el primer Gumbah mientras se ponía al día, todavía intentando quitarse la bebida de la chaqueta del traje, con ganas de golpear algo. Se llamaba Marco Bianchi y su antiguo compañero del taller de automóviles de la Escuela Secundaria Vocacional Thomas Edison de Queens era Selmo Lombardi. Ambos se habían graduado recientemente en el correccional Midstate de Attica (Nueva York). Al parecer, su interés juvenil por la mecánica automotriz había florecido en múltiples cargos de robo de autos, intención de privación, hurto mayor, despojo de autos y posesión.

"Maldita sea, debería romperos los dedos a los dos", continuó Bianchi hasta que vio la sudadera azul y dorada y echó humo: "¿Berkeley? Perdí quinientos dólares con vosotros, cabrones, en el partido de la copa del año pasado. Debería arrancaros el pellejo".

En menos de un minuto, con más empujones, el grupo había continuado por el pasillo y doblado la esquina, donde el jefe de foso llamó a la última puerta de la izquierda, marcada como Oficina de Negocios. Fue entonces cuando Selmo finalmente lo alcanzó, aún más enojado que su amigo. "¿Dónde ha ido esa comadreja del abrigo color camello, Marco? Lo mataré si lo atrapo; ¡juro que lo haré!"

De repente, Lombardi se detuvo en el centro del pasillo y comenzó a palpar los bolsillos de su chaqueta. "¡Eh! ¿Qué demonios?", preguntó, "¿Dónde está mi radio? ¿Y mi teléfono móvil...?"

Marco Bianchi se giró, le miró de nuevo y se palpó rápidamente los bolsillos. "¡Maldita sea, Selmo! Yo también. Mi cartera ha desaparecido... ¡Mis llaves, y mi maldita pistola también!"

Los dos fornidos hombres de mediana edad se detuvieron y se miraron fijamente, estupefactos, hasta que sus expresiones de sorpresa fueron sustituidas de repente por miradas de reconocimiento furioso.

"Ese pequeño bastardo nos ha robado los bolsillos, ¿no es así?" preguntó Lombardi.

"No puedes matarlo. Es mío y lo mataré con mis propias manos si es necesario". gruñó Bianchi cuando se abrió la puerta del despacho y se encontraron con un Martijn Van Gries desconcertado que los miraba fijamente.

"¿A quién vas a matar?", frunció el ceño el holandés.

"¡A nadie... a nada!" respondió rápidamente Lombardi. "Aquí están los dos malditos contadores de cartas que viste en la mesa de blackjack. Marco y yo tenemos que irnos. Hay algo de lo que tenemos que ocuparnos", le dijo a Van Gries mientras él y Bianchi se daban la vuelta y corrían por el pasillo hacia el piso del casino.

Por desgracia para los dos mafiosos, ya era demasiado tarde para alcanzar a Ernie y Dimitri, que ya estaban en el coche de alquiler de Ernie y salían del aparcamiento hacia una de las calles laterales del oeste. Ernie continuó hasta la avenida Pennsylvania y giró hacia el sur.

"Odio decir que parecía fácil", empezó Ernie, "pero parecía fácil".

"Las cosas siempre lo parecen, cuando no eres tú quien las hace".

"Bueno, lo que sea que hayas hecho, no pude ver nada".

"Menudo detective de la policía eres".

"Vale, me lo merezco. ¿Conseguiste mucho de ellos?"

Dimitri le dirigió una mirada divertida y negó con la cabeza. "Me has visto trabajar antes. Se supone que debes observar estas cosas, Ernest" dijo mientras metía la mano en los bolsillos interiores de su gran abrigo y empezaba a sacar varias cosas.

Ernie se quedó con la boca abierta al ver una radio de dos vías, dos teléfonos móviles, dos carteras, dos tarjetas de plástico de la bahía de Bimini, un llavero con al menos una docena de llaves colgando y un revólver de punta fina del calibre 38.

"¡Guau!" Ernie miró hacia abajo, con los ojos muy abiertos. "Tienes que estar bromeando. No te he visto coger nada de esto, ni siquiera he visto tus manos dentro de la ropa. Por otra parte, tampoco vi lo que hiciste en Chicago. Dios, eres bueno Dimitri, tengo que reconocerlo".

"¿Bueno?", el hombrecillo levantó una ceja, claramente ofendido. "No soy simplemente bueno, Ernest; a estas alturas, debes admitir que soy el mejor".

Una vez que llegaron a la avenida Baltic, Ernie giró hacia el oeste y entró en un aparcamiento de 7-Eleven, haciendo girar el coche de alquiler en un espacio a lo largo de la fila exterior bajo uno de los altos postes de luz. Primero cogió la pequeña y comercial radio bidireccional Motorola RDV, la miró un momento y luego observó detenidamente los dos iPhone.

"Los chicos del barco se van a divertir mucho con ellos", dijo, "y apuesto a que mi viejo amigo Carmine Bonafacio, de la policía estatal de Nueva Jersey, en Trenton, se divertirá aún más". Ernie miró entonces el llavero, del que colgaban todo tipo de llaves de aspecto extraño. "Habrá que investigar un poco para averiguar a qué cerraduras corresponden, pero es muy factible", dijo mientras recogía las dos tarjetas de llaves de plástico, ambas con las palabras "Operaciones de casino" impresas en el frente en letras rojas.

"Creo que te ha tocado el premio gordo con estas, Dimi", dijo Ernie con una sonrisa de oreja a oreja. "Me apuesto mi pensión a que estos son maestros". Finalmente, cogió las dos carteras y sacó los permisos de conducir. "Nueva York, con direcciones en Brooklyn. Me lo imagino", dijo mientras hurgaba rápidamente en el resto del contenido de la cartera y veía una colección bastante mundana de tarjetas de crédito, tarjetas de socios de gimnasios y cosas por el estilo. Por último, abrió la parte trasera de cada cartera y sacó dos montones bastante gruesos de billetes grandes. Abanicando rápidamente los billetes, dijo: "Parece que hay más de tres mil dólares aquí, tal vez cuatro, no es un mal botín".

"¿Para su fondo de jubilación, capitán?" preguntó Dimitri.

"Me conoces mejor que eso", respondió Ernie.

Dimitri se dio la vuelta y miró por la ventana. "Muy bien, Ernest, ¿y ahora qué? ¿Al menos podré dormir en una cama suave con sábanas limpias y tener una buena comida más antes de que me devuelvas a esa horrible cárcel tuya del Condado de Cook?"

Ernie le miró. "Dime, ¿a dónde irías si no te llevara de vuelta?"

La cabeza de Dimitri se giró y le dirigió al gran policía una mirada larga y apreciativa. "¿Yo? ¿A dónde iría? Oh, al extranjero, definitivamente al extranjero. A París y al sur de Francia, creo. Siempre he querido comer en los mejores restaurantes de la Provenza".

"¿No te quedarías en Filadelfia o Nueva York? ¿Todos esos bolsillos para robar?"

"Ernest", negó con la cabeza. "Como te he dicho, me considero un 'Robin Hood liberacionista'", dijo con una agradable sonrisa mientras miraba los objetos que cogía de los dos encapuchados. "Una cosa es absolutamente cierta, nunca me verías en tu aeropuerto O'Hare o en Chicago, para el caso. No, nunca, amigo mío".

"Bien", sonrió Ernie mientras recogía la radio, los teléfonos, las llaves, las tarjetas llave, las carteras, la pistola, y los metía en los bolsillos de su chaqueta. "¿Quieres un café?", preguntó.

Dimitri miró el edificio del 7-Eleven y puso cara de desconcierto. "¿Qué se compra en un lugar como éste? ¿Gasolina o café? ¿Y por qué querría arruinar el maravilloso sabor de esa buena comida con algo así?".

Ernie se rió. "Entendido", dijo mientras salía del coche, se detenía y volvía a mirar dentro al hombre más pequeño. "Por cierto, puede que esté ahí dentro un buen rato", añadió mientras cerraba la puerta del coche y se alejaba.

Dimitri bajó la mirada. Cuando vio que el policía grande había dejado todo el dinero de las dos carteras sobre el asiento del coche y las llaves del coche en el contacto, sonrió.

Veinte minutos más tarde, Bob estaba sentado en la silla del capitán en el puente de mando viendo las imágenes de las cámaras exteriores de la bahía de Bimini, cuando sonó su teléfono móvil.

"Aquí Burke", respondió.

"Hola Bob, ¿alguno de tus chicos está libre en este momento?" preguntó Ernie Travers.

"Sí, creo que los conserjes acaban de volver".

"Estoy en el estacionamiento del 7-11 de 24 horas en Baltic, al oeste de Pennsylvania. ¿Puedes enviar a uno de ellos a recogerme?"

"¿Pasa algo?"

"No, no", oyó reír a Ernie. "Sólo necesito que me lleven".

"¿Problemas con el coche de alquiler?"

"No, creo que está bien, la última vez que lo vi".

Bob frunció el ceño, tratando de dar sentido a lo que acababa de decir el gran policía. "¿Y tu amigo griego Dimitri? ¿También está bien?"

"Oh, él también está bien, la última vez que lo vi".

Esta vez, fue el turno de Bob de reírse. "Supongo que hay una historia en alguna parte".

"Puedes suponerlo. Pero la buena noticia es que esta noche se han robado muchos bolsillos, y tengo una interesante colección de juguetes que enseñarte cuando vuelva al barco."

El ex capitán del ejército estadounidense Randy Benson estaba sentado en la oficina de Gestión de Riesgos de la bahía de Bimini con Theo Van Gries y dos de sus hombres: Reggie MacGregor, un hosco británico al que el SAS británico había dado la patada unos años antes, y Eric Smit, uno de los antiguos suboficiales de la marina holandesa de Theo, que estaban de descanso. Sus otros tres hombres patrullaban la bahía de Bimini y las torres de Toscana, mientras Benson y Theo se sentaban ante los dos monitores de ordenador de la habitación para ver en directo, en rotación y en un cuarto de pantalla, las imágenes de las cámaras de seguridad del complejo. Smit dormía la siesta en el sofá que había detrás de ellos, mientras que MacGregor había elegido la gran silla de escritorio acolchada de Shaka Corliss. Tenía los pies apoyados en el borde del escritorio mientras hojeaba una pila de revistas porno que había encontrado en el cajón inferior del escritorio de Corliss.

Theo prefería el contacto humano, por lo que tenía a sus hombres realizando patrullas aleatorias por los edificios y terrenos del casino. Benson, en cambio, prefería trabajar sistemáticamente con las cámaras. Observar las rápidas transmisiones de vídeo en blanco y negro era un trabajo que le dejaba aturdido, pero las cámaras le llevaban a lugares que un puñado de mercenarios tardaría una o dos horas en recorrer a pie, pensó Benson. Con más de cien cámaras en el interior del edificio y otras treinta en el exterior, al principio puso las señales de las cámaras en una rotación de dos segundos, lo que significaba que tardaba casi dos minutos.

Después de los primeros treinta minutos, empezó a eliminar las cámaras que, en su opinión, cubrían zonas que no serían de gran utilidad. Rápidamente eliminó más de la mitad de ellas, lo que le permitió concentrarse en las entradas y las zonas públicas más transitadas, y reducir la rotación a cuatro segundos. La rotación completa seguía llevando dos minutos. Sabía que le daría migraña si seguía así uno o dos días más. Theo, en cambio, ni siquiera lo intentó. Tomó el control manual de sus fuentes de vídeo y rebotó de cámara en cámara, basándose en lo que le parecía interesante.

Antes, Benson le había preguntado a Martijn cómo podía acceder a las grabaciones de vídeo de principios de semana. Martijn le indicó dónde podía encontrarlas en los directorios de datos del ordenador, pero le advirtió que, con tantas cámaras, los archivos eran enormes. Las grabaciones de las últimas cuarenta y ocho horas se guardaban en el propio sistema de vídeo. Después pasaban al servidor principal de seguridad del casino, donde permanecían ocho días más antes de volver a ser grabadas, un día tras otro.

Diez días, pensó Benson. Era poco tiempo antes de que se grabara el vídeo, pero aún tenía tiempo. Para entonces, se había familiarizado con la disposición de las cámaras de seguridad, las zonas y la forma de navegar por el sistema. Así que, cuando Theo se fue a dar un paseo por la planta, Benson buscó rápidamente en el directorio de copias de seguridad del servidor. Encontró el listado de las grabaciones del Bimini Bay de las nueve noches anteriores y puso en cola el vídeo que quería para las mesas de juego de la planta principal del casino. Al pasar de una cámara a otra, no tardó en encontrar a su antiguo compañero de armas, Vinnie Pastorini, sentado en una mesa de blackjack de altas apuestas esa noche. Tenía una pequeña pila de fichas delante de él y una joven y guapa morena colgada de él, riendo, bebiendo y pasándoselo en grande.

Benson detuvo la reproducción del vídeo durante unos instantes y se acercó a la cara de la chica. Nunca se le habían dado muy bien los nombres, pero nunca olvidaba una cara, especialmente una tan bonita como la de ella. A lo largo de los años, había conocido a muchas novias de Vinnie, pero nunca había visto a ésta en persona. Sin embargo, cuatro noches antes había visto varias fotografías enmarcadas de ella y Vinnie. Estaban colocadas en una estantería del salón de la casa que compartían en Fayetteville, Carolina del Norte. Ambas fotografías habían sido tomadas en una fiesta o recepción de algún tipo. Vinnie estaba sorprendentemente bien con su traje azul de etiqueta y la chica estaba bien con cualquier cosa. En la primera fotografía, estaban sentados mejilla con mejilla en una gran mesa redonda cubierta de copas de champán y cubiertos.

En la otra fotografía, dos parejas estaban de pie, una al lado de la otra, frente a un altar, riendo y sonriendo. Vinnie y la chica estaban a la izquierda. A la derecha estaban nada menos que el comandante Robert T. Burke y una mujer vestida de novia. Benson no dudaba de que había sido tomada en la reciente boda de Burke. Esa fotografía era interesante, pero los ojos de Benson volvieron a la toma de la mesa de póquer. La chica tenía un aspecto espectacular, pero la pequeña cabeza de león dorada que colgaba de su cuello en la mesa de póquer parecía aún más espectacular. Benson nunca olvidó una cara: la misma cara, la misma chica, con su medallón de oro.

Los registros de la propiedad en línea del condado de Cumberland (Carolina del Norte) revelaron que la casa se había comprado dos meses antes, al contado, y que era propiedad en común del sargento de primera clase del ejército estadounidense Vincent Anthony Pastorini y de una tal Patsy Steinhauer Evans, citando una dirección en los suburbios de Chicago. ¿Vinnie pagó en efectivo por la casa? ¡En efectivo! Benson había estado en ella dos veces. No era un experto en bienes raíces de Carolina del Norte, pero supuso que debía valer 250.000 dólares, incluso allí. Eso planteaba la pregunta candente de dónde había conseguido Vinnie tanto maldito dinero en efectivo. Como todos en Fort Bragg sabían, Vinnie y el dinero nunca fueron amigos a largo plazo. Lo gastaba más rápido de lo que lo ganaba. Así que, si el dinero para la casa no había venido de la chica, la explicación infinitamente más preocupante era que Vinnie ya había empezado a vender el oro, a vender su oro, a vender su oro.

Dieciocho meses antes, cuando empezaron a emanar los primeros malos olores de la operación conjunta de la CIA en Mosul, el CID del Ejército le interrogó a él y al resto del personal del Ejército asignado a esa unidad al menos media docena de veces. Eso no sorprendió ni preocupó demasiado a Benson ni a Theo Van Gries. Theo dirigía la unidad para la CIA, que era notoriamente más comprensiva con asuntos insignificantes como éste que el Ejército. Así que Theo podía interferir con las ramas uniformadas por el momento; siempre y cuando nadie encontrara el oro, y nadie hablara.

Traer a Vinnie fue idea de Benson. El sargento no había participado en el atraco al museo en sí, pero había estado enviando material dentro y fuera del país para Delta durante meses. Theo necesitaba sacar el oro del país antes de que el CID lo encontrara, así que llegaron a un acuerdo con Vinnie. Él proporcionó la tapadera perfecta y fue capaz de llevarlo de contrabando a Fort Bragg. A cambio de una parte, se quedaría con él hasta que los demás pudieran salir de la zona de guerra. Desgraciadamente, su codicia y su adicción al juego debieron de ser lo mejor de él. Después de seis meses, Vinnie se volvió muy poco cooperativo y poco comunicativo con sus antiguos socios y dejó de responder a las llamadas de Theo.

Benson y Kowalski eran americanos. Ya tenían identificaciones y pasaportes falsos, así que Theo los envió a Estados Unidos para que localizaran a Vinnie y el oro, y se lo sacaran a golpes, si era necesario.

Cuando él y Kowalski se enfrentaron a Vinnie en Fort Bragg, la conversación resultó breve y bastante unilateral. Vinnie afirmó que el oro había sido confiscado por la aduana estadounidense, y que ahora estaba en tantos problemas como los demás. Cuando se marchó a Atlantic City, Benson y Kowalski le siguieron hasta el casino y finalmente le localizaron en el Caesars. Después de que los tres matones del Bimini Bay arrastraran a Vinnie hasta su propio hotel y, finalmente, hasta su habitación del quinto piso, Vinnie consiguió escapar por la ventana. Benson y Kowalski lograron acorralarlo en el vestíbulo del ascensor y, como suele decirse, "llegó el momento de empujar". Vinnie se hizo el tonto y volvió a negarse a cooperar, lo que enfureció tanto a Benson que le dio una lección de vuelo por la ventana del pasillo del quinto piso.

Mientras veía al sargento caer por los aires hacia el asfalto de abajo, Kowalski no estaba contento con él, pero Benson no estaba demasiado preocupado. Si el oro estaba en algún sitio, era en Fayetteville, y su siguiente mejor opción era "discutir" con la chica. A Kowalski le gustaba mucho más eso. Cuando la chica le metió tres balas en el pecho a Kowalski y le dio un aletazo a Benson, lo más que éste pudo decir sobre el viaje fue que había eliminado dos partes del botín. Aparte de eso, fue un completo fiasco. La segunda visita a la casa estaba resultando otra pérdida de tiempo, hasta que vio la fotografía de la chica que llevaba el medallón de oro con forma de cabeza de león al cuello, y supo que no todo estaba perdido.

Después de eso, no fue difícil encajar las piezas: una chica de los suburbios de Chicago, las fotografías de la boda de Burke, la bronca entre Burke y Donatello Carbonari, las amenazas, los asaltos y, ahora, la creciente probabilidad de que Burke viniera realmente a Atlantic City para enfrentarse a la mafia de Nueva Jersey. Eso parecía demasiado bueno para ser verdad, porque Burke no tenía ni idea de que Theo y sus Diablos Negros ya estaban aquí para detenerlo. En el tumulto que seguramente se produciría, todo lo que Benson necesitaba era poner sus manos sobre la chica y asegurarse de que ni Burke ni Theo se alejaran. Dada su reputación, estaba bastante seguro de que ellos mismos se encargarían de eso. Quería el oro, todo, y deshacerse de ambos era esencial si quería conservarlo. Al mismo tiempo, vengarse por fin del hombre que había socavado su carrera en el Ejército desde el momento en que apareció en la Unidad añadiría nata montada y dos grandes cerezas a la parte superior. ¡Abuelo! murmuró para sí mismo. ¡Abuelo! Bob Burke lo pagaría.

En varias ocasiones a lo largo de los dos últimos días de ver vídeos, Benson creyó reconocer algunas caras. Se preguntó si serían los hombres de Burke. Por desgracia, con el pelo largo, los sombreros y los cambios constantes de barba y bigote, dudaba que sus esposas o novias pudieran reconocerlos la mitad de las veces. Mientras Benson observaba cómo la seguridad del casino se reunía en torno a una de las mesas de blackjack para ocuparse de dos contadores de cartas, los ojos de Benson se centraron en la multitud. Reconoció inmediatamente a Ace Randall y a Joe "The Batman" Hendrix. Después de todas las noches que pasó en uno u otro pedazo de suelo rocoso con esos hombres, podían cambiar de ropa, de pelo e incluso ponerse sombreros; pero nunca podían ocultar "esa mirada". Era la forma en que sus cabezas y ojos no dejaban de moverse, cómo mantenían las manos y los dedos a punto, y en la forma en que sus cuerpos se movían, como gatos de la selva al acecho. ¡Deltas! Eso significaba que la última pieza del plan de Benson estaba encajando. Burke no podía estar lejos. Estaba aquí.

Benson miró más de cerca a los dos ruidosos y nocivos imbéciles de la mesa de blackjack. Le resultaban familiares. ¿Y por qué Ace Randall y Batman estaban cerca, observándolos? ¿Eran su seguridad? ¿O era toda una coincidencia? Por desgracia, diez años en Operaciones Especiales le enseñaron a Benson a no creer nunca en las coincidencias.

Fue entonces cuando el jefe del pozo y la seguridad uniformada del casino se acercaron a los dos jugadores de blackjack. Benson se volvió hacia Theo Van Gries y le dijo: "Ven aquí y echa un vistazo a esto, Theo", señaló hacia su pantalla. "Los he encontrado".

CAPÍTULO VEINTITRÉS

Martijn Van Gries abrió la puerta de su despacho. Con una gran sonrisa y un dramático movimiento del brazo, indicó a los dos Geeks que entraran.

"¿Le dijo la araña a la mosca?" preguntó Ronald mientras se detenía en la puerta y se quejaba en voz alta. El gran guardia de seguridad que estaba detrás de él le dio un empujón con las dos manos en la espalda y Ronald se encontró tumbado de bruces en la alfombra frente al escritorio de Van Gries. Jimmy decidió que no necesitaba esa ayuda y entró rápidamente por su cuenta.

El jefe del pozo fue el último en entrar, llevando dos bandejas de patatas fritas casi llenas, que sentó en la esquina del escritorio de Van Gries. "Son todas tuyas", dijo. "Tengo que volver". Van Gries asintió con la cabeza mientras el jefe del pozo se daba la vuelta y se marchaba, cerrando la puerta del despacho tras de sí.

"¡Vas a tener noticias de mi abogado!" Ronald se levantó del suelo y señaló con un dedo a Van Gries. "No puedes tratarnos así", espetó.

"Claro que puedo", le dijo Van Gries, sonando sorprendido por la afirmación.

"Tenemos derechos, y..."

"Siéntese", Van Gries señaló las dos sillas frente a su escritorio. "Estabas contando cartas. Te tenemos en vídeo, esta noche y la anterior. Eso es robar, simple y llanamente".

"Contar cartas es legal en Nueva Jersey", replicó Ronald.

Martijn le miró fijamente durante un momento. "No es más legal que si les digo a Robert y Anthony que te arrastren hasta uno de nuestros barcos, te rompan las piernas y te tiren por la borda en la corriente del Golfo. Elige, porque nadie lo sabrá ni le importará, excepto los tiburones, por supuesto. ¿Es eso lo que prefieres?"

"Sólo tratas de asustarnos", le dijo Jimmy, casi convenciéndose.

"¿Asustaros?" contestó Van Gries. "Sí, eso es exactamente lo que trato de hacer, señor Talmadge, y espero que la lección se lleve mejor que en Las Vegas o en Connecticut".

Jimmy escuchó lo que decía Van Gries, hasta que vio el ordenador portátil que estaba sobre el escritorio. Su parte superior estaba abierta, y una mirada le dijo todo lo que necesitaba saber. El portátil negro llevaba el distintivo logotipo verde iridiscente de un Razer Blade, la máquina de juegos más grande, más nueva y más mala del mercado. Con gráficos de última generación, era el único modelo más rápido que los que él y Ronald habían disuadido a Charlie unos meses antes.

"¿Tienes un Razer? Eso es muy enfermizo", dijo Jimmy.

"¿Sois jugadores?" Van Gries lo miró fijamente y luego sonrió: "Supongo que era una pregunta estúpida, ¿no? ¿A qué jugáis?"

"Sobre todo a World of Warcraft, pero a Leagues of Legends de vez en cuando. ¿Y tú?"

"A Leagues, pero ahora estoy metido en Forge of Empires".

"Tenemos los EON17-SLX, pero los Razer están en nuestra lista de compras".

"Oh, no os arrepentiréis", dijo Van Gries, mientras los miraba de nuevo. "¿Cuándo jugáis?"

"Todos los fines de semana. ¿Y tú?"

"Cuando puedo", respondió Van Gries con una fina sonrisa. "Pero gran parte de mi tiempo lo dedico a lidiar con klootzakken como vosotros dos... que significa 'gilipollas' para los que están en la sala y no dominan el holandés".

Jimmy oyó de repente la risa de un hombre. Se giró y vio a un hombre grande con una barba bien recortada sentado en un sofá junto a la pared lateral de la oficina, leyendo el Daily Racing Form de la mañana. Parecía estar estudiando a los dos Geeks con la misma mirada fría y analítica que Jimmy recordaba haber recibido de los Deltas en Carolina del Norte. Sin embargo, esta vez no había humor detrás de esos ojos, y eso le produjo un escalofrío. También había otros dos hombres en la sala, pero Jimmy no podía ver sus caras. Estaban sentados frente a los monitores de los ordenadores, de espaldas a él.

"Si eres tan inteligente y conocedor de la tecnología como pretendes -continuó Van Gries-, deberías saber que la industria del juego mantiene un registro nacional de tramposos; y tus caras petulantes y ceñudas han estado en él desde el momento en que te echaron de esos otros casinos. Somos un poco más sofisticados que la mayoría. Descargamos esos datos nacionales en nuestro propio programa de reconocimiento facial, y te identificó en el momento en que entraste por la puerta ayer. Así que bienvenido al Bimini Bay, Sr. Barker... y Sr. Talmadge".

"¿Entonces por qué no nos detuvieron?" Preguntó Jimmy.

"Oh, la noche anterior usted se limitó a hacer ruido en las mesas, así que lo ignoramos. Esta noche, sin embargo, cruzasteis el umbral; y luego os pusisteis bastante odiosos al respecto".

"No sabemos de qué estáis hablando", posó Ronald.

"Por supuesto que sí, Sr. Barker. Usted está robando, y nos volvemos un poco medievales cuando pillamos a la gente haciendo cosas así".

"¿Medieval?" Ronald resopló y le dio un codazo a Jimmy. "¿De verdad? ¿Qué es lo siguiente? ¿El potro de tortura? ¿Desmontar y descuartizar?"

Mientras Ronald seguía con sus quejas, Jimmy escudriñó la habitación. En la pared, a la izquierda del escritorio de Van Gries, vio varias fotografías enmarcadas y un diploma del MIT en color cardenal y gris, con su distintivo dorado. Debajo había una estantería, cuyo estante superior contenía una hilera de carpetas de color azul pálido con los logotipos del cubo de Rubik multicolor en la parte superior de sus lomos, y las audaces iniciales DACI. ¿DACI? De repente se le ocurrió: ¡DACI! Digital Analytics Consultants, en Princeton. Debían de ser los que habían diseñado el software de Van Gries, y Jimmy sabía exactamente lo que eso significaba.

"Sabéis", se encogió de hombros el holandés, "para ser dos jugadores de gama alta, no sois muy listos en la calle, ¿verdad?". Entonces se volvió hacia el hombre grande del sofá y dijo: "Herr Bakker, scheit hem, als je wilt".

"Diga, ¿qué?" Ronald frunció el ceño.

"Herr Bakker es holandés, como yo, y le he dicho que te dispare cuando esté preparado".

Ronald se incorporó y vio cómo el hombre barbudo dejaba a un lado el Daily Racing Form, se ponía de pie y sacaba una pequeña pistola automática de su cintura. Luego sacó un silenciador del bolsillo y lo enroscó en el cañón, sonriendo todo el tiempo.

"¿Más amenazas?" Ronald se burló mientras se sentaba en la silla y cruzaba los brazos sobre el pecho. El hombre de la barba cruzó la habitación con el paso ágil de un gran gato. Cuando llegó a Ronald, bajó la automática y le disparó en el pie sin pensarlo dos veces. Con el supresor de ruido colocado, el sonido de la pequeña pistola fue poco más que un suave "¡Phutt!".

"¡Ah!" gritó Ronald mientras saltaba de su silla, miraba hacia abajo y veía un pequeño agujero redondo en la parte superior de su empeine. "¡Ah, Ah!" repitió Ronald mientras saltaba frente al escritorio de Van Gries sobre una pierna, gritando de dolor y sangrando.

"Apuesto a que eso duele", comentó Van Gries con voz agradable. "Afortunadamente para usted, Herr Bakker lleva hoy su pistola de pequeño calibre. Si llevara su pistola de 9 milímetros, ahora mismo le faltaría parte del pie. ¿Puedo suponer que ha entendido el mensaje? ¿O es necesario repetir la lección?"

"¡Hijo de puta! ¡Hijo de puta!" gritó Ronald mientras daba saltos frente a su silla en un pequeño círculo.

Van Gries se encogió de hombros y volvió a hacer un gesto al barbudo. "Herr Bakker, una vez más si es tan amable".

Los ojos de Ronald se abrieron de par en par cuando Bakker le apuntó con su pistola al pie bueno. De alguna manera, Ronald consiguió levitar sobre la silla mientras el hombre disparaba dos veces más: "¡Phutt, Phutt!". No le dieron en el pie y se incrustaron inofensivamente en la alfombra.

Van Gries se volvió hacia Jimmy y le preguntó: "¿Tú también necesitas una lección?".

"¡No! No, ya lo he entendido", contestó Jimmy rápidamente mientras metía los pies debajo de la silla.

"¡Excelente!" Van Gries sonrió mientras se agachaba, abría el cajón inferior de su escritorio y sacaba un rollo de dos pulgadas de ancho de cinta adhesiva plateada. "Toma, esto debería servir", dijo mientras le lanzaba el rollo a Jimmy. "Enrolle un poco de esto alrededor del pie de su compañero una docena de veces más o menos, señor Talmadge".

"¿Cinta adhesiva...? ¿Alrededor de su pie?" preguntó Jimmy.

"Es uno de los inventos más sorprendentes del siglo XX, y no quiero que su amigo sangre por todo nuestro casino. Pero si tienes una sugerencia mejor..."

"¿Estás loco?" se quejó Ronald en voz alta. "Necesito un médico... yo..."

"Si no te callas, el señor Bakker te cerrará la bocaza con cinta adhesiva y te arrastrará hasta el muelle de carga, donde le diré que te dispare unas cuantas veces más, en lugares mucho más dolorosos que tu pie. De ahí a nuestro barco en el puerto deportivo hay poca distancia".

Jimmy se quedó con la boca abierta mientras miraba a Van Gries a través del escritorio.

"La cinta, señor Talmadge", dijo el holandés mientras señalaba el pie de Ronald. "Haced lo que os he dicho y luego salid de Atlantic City, los dos".

"¿Y nuestro dinero?" se atrevió a preguntar Jimmy mientras señalaba la pila de fichas que había sobre el escritorio de Van Gries. "Eso es nuestro".

"Era vuestro; ahora es mío", respondió Van Gries con una agradable sonrisa. "Y si vuelvo a veros en mi casino, esta pequeña lección no será nada".

Los dos gigantescos guardias de seguridad empujaron a Jimmy y Ronald a través de la puerta y hacia el pasillo. Jimmy tenía el brazo de Ronald colgado del hombro mientras se alejaban cojeando hacia el casino como si estuvieran corriendo en una carrera de sacos a tres patas. Cuando llegaron a la planta principal del casino, uno de los guardias señaló la puerta que daba a la rampa de Self Park, más arriba a la derecha, y dijo: "Salgan por ahí y sigan. El señor Van Gries no quiere sangre en su alfombra, a menos que nos diga que la pongamos ahí".

Randy Benson se sentó en su silla y miró con más atención la pantalla de su ordenador cuando la cámara mostró la puerta del despacho de Martijn Van Gries abriéndose y los dos Geeks saliendo a trompicones. Uno de ellos cojeaba mucho, mientras que el otro le servía de apoyo, siendo empujado por dos guardias de seguridad del casino. Cuando llegaron a la planta principal del casino, los guardias dieron la vuelta y se dirigieron de nuevo al despacho de Martijn Van Gries. En cuanto se perdieron de vista, "Ace" Randall, Joe "The Batman" Hendrix y una mujer alta y rubia salieron de entre la multitud y ayudaron a los dos jugadores de blackjack a dirigirse a la puerta del aparcamiento.

"Theo, haz que tus hombres bajen y detengan a esos dos", ordenó Benson.

El holandés se giró y le miró con odio, irritado por la orden del americano. "¿Tú también vienes?" preguntó Theo. "¿O te vas a quedar aquí, por encima de la refriega otra vez?".

"No quiero que sepan que estoy aquí, todavía no; hay demasiado riesgo. Ahora sal ahí fuera, antes de que se escapen. Tenemos que averiguar dónde está Burke".

Theo se levantó lentamente con una expresión de disgusto apenas disimulada, y le hizo un gesto a MacGregor para que le acompañara. Los dos mercenarios desenfundaron sus pistolas automáticas y cargaron una ronda en la recámara. Durante un segundo, Theo consideró la posibilidad de usarla contra el arrogante americano, pero finalmente se dio la vuelta y se dirigió a la puerta.

Dorothy pasó su hombro por debajo del brazo de Ronald. Con Jimmy al otro lado, sacaron rápidamente a Ronald por la puerta y lo llevaron al aparcamiento.

"Mételos en el coche y espera '30'". Ace le dijo a The Batman y le dio las llaves del coche. "Si para entonces no he salido, despega y nos vemos en el barco".

"Entendido", respondió inmediatamente The Batman mientras salía por la puerta detrás de Dorothy. No hubo preguntas entre ellos, y no se requirieron respuestas.

Ace los siguió hasta la puerta del aparcamiento, se dio la vuelta y escudriñó los pasillos y corredores a su alrededor. Estaba a punto de seguirlos, cuando dos hombres salieron corriendo por la puerta del pasillo de servicio y se dirigieron hacia él. Ace se giró y se enfrentó a ellos, apoyándose en el marco de la puerta con los brazos cruzados sobre el pecho. Para los no entendidos, podría parecer una postura relajada y no amenazante, pero Ace tenía su peso cuidadosamente equilibrado sobre las puntas de ambos pies, con las manos, los dedos, los codos, las rodillas y los pies listos para explotar en una media docena de movimientos de artes marciales diferentes si se presentaba la situación. También llevaba una Glock de 9 milímetros metida en la cintura trasera de sus pantalones y un cuchillo de supervivencia de 15 centímetros en la manga. ¿Y los dos hombres que corrían hacia él? Como un misil buscador de calor, los seguía a cada paso mientras se acercaban.

Afortunadamente para todos, los dos hombres se detuvieron cuando aún estaban a dos metros de distancia y se separaron cuidadosamente a cada lado de él. Ya lo había hecho antes, y parecía que ellos también, mostrando las mismas zancadas atléticas, el mismo lenguaje corporal de confianza y las mismas expresiones de recelo que él y sus hombres. Eran profesionales, y se dio cuenta de que podía estar mirándose en un espejo.

"¿Hay alguna razón por la que estáis bloqueando la puerta?", preguntó el mayor de los dos hombres en un inglés acentuado.

"¿Hay alguna razón por la que tiene prisa por pasar?" respondió Ace.

Se quedaron observando al otro durante un momento más. Los tres hombres llevaban barbas tácticas muy recortadas, que ocultaban un poco su aspecto, pero el acento... Al principio, parecía alemán, pero era un poco más duro en los bordes, más bien holandés, pensó. Fue entonces cuando se dio cuenta de que estaba hablando con el hombre que había bajado de la limusina esta mañana y estrechado la mano de Martijn Van Gries. Era su hermano Theo. Al igual que Bob Burke, Ace sabía que había conocido al hombre antes. No recordaba dónde ni cuándo, pero tenía una imagen de él con ropa tribal polvorienta, botas desgastadas y portando un rifle de asalto Diemaco C8 de fabricación holandesa, que había sido "trucado" con una mira de francotirador de largo alcance.

"Creo que te conozco, ¿no?" preguntó finalmente Ace, sin dejar de mirarle con atención.

"Sí, en algún lugar, hace unos años. Eres Delta, ¿verdad?".

"Era", mintió Ace. "Ahora, sólo soy otro veterano del ejército errante y sin trabajo. Y tú eres holandés, de la Marina Real Holandesa, ¿no? ¿Dónde estaba? ¿Jalalabad? ¿O Khost?"

"Sólo Dios sabe", respondió el otro hombre. "Usted es Randall, ¿verdad?"

"Sí, y tú eres..."

"Van Gries, Theo, y estás en lo cierto; soy el último del Korps of Mariniers".

"¿Un par de pistolas de alquiler sin trabajo? ¿Es eso en lo que nos estamos convirtiendo?"

"Creo que ahora lo recuerdo. Pero no fue en Jalalabad ni en Khost, sino en un campamento base en la provincia de Nuristán, en las montañas cercanas a la frontera pakistaní. Algunos de mis hombres y yo estábamos adscritos a una fuerza de campo ad hoc de la OTAN. Tenías un pequeño escuadrón de hombres, tal vez seis u ocho, y había un mayor a cargo. ¿Lo llamaban De Geest, el Espíritu?". preguntó Theo, que por fin comprendió. "Se llamaba Burke, ¿verdad?".

Ace sonrió, sorprendido de que Van Gries conociera el nombre, pero no respondió.

"Sí, un tipo muy interesante. ¿Está aquí con usted?"

"¿El mayor? No, no, salió hace dos o tres años y no estoy seguro de dónde está ahora", le dijo Ace. "¿Dijiste que tu nombre es 'Van Gries'? ¿No he visto eso en algún material de venta del casino? ¿Es el negocio familiar, quizás?"

"No, no", se rió Van Gries mientras miraba el llamativo casino. "Ese es mi hermano mayor, Martijn. Creo que es el contable de aquí. Necesitaba ayuda con un pequeño problema de seguridad, así que traje a MacGregor aquí y a algunos de mis otros socios para que le ayudaran. Háblame de esos dos contadores de tarjetas que tu gente acaba de sacar por la puerta; ¿de qué se trata?"

"Oh, son un par de chicos que conocimos en Harrah's en Carolina del Norte. Tienen un sistema para el blackjack, y son bastante buenos. Mis amigos y yo les financiamos unos cuantos viajes de fin de semana a los casinos de los estados cercanos. Ellos hacen lo suyo y nosotros les proporcionamos algo de seguridad. Eso es todo".

"¿No los estáis dirigiendo?"

"No, pero ¿por qué es eso de tu incumbencia?".

Theo se encogió de hombros. "Porque te pondría en una posición en la que no querrías estar".

"¿No querría? preguntó Ace, sonando sorprendido.

"No, y a juzgar por la forma en que uno de tus jugadores de blackjack cojeaba, no parece que tu seguridad haya logrado mucho esta noche, ¿verdad?".

"Todo trabajo tiene sus riesgos laborales. No tuve la oportunidad de hablar con ellos, así que no estoy seguro de lo que pasó. Aunque espero que no hayas sido tú o tu gente".

"¿Por qué dices eso?"

"Porque, eso te pondría en una posición en la que no creo que quieras estar".

"Quizá tengamos la oportunidad de ver quién tiene razón", dijo Theo mientras se daba la vuelta. Volvió a mirar por encima del hombro y añadió: "Pero sugiero que no vuelvas aquí a menos que ambos queramos averiguarlo".

Ace salió por las puertas y atravesó las zonas más oscuras del aparcamiento. El coche no estaba, como esperaba, así que se puso a trotar cuesta abajo. Corrió lo suficientemente rápido como para llegar a su destino, pero lo suficientemente lento como para que pareciera que sólo hacía ejercicio, no que huía de algo. El Enchantress estaba amarrado a menos de dos tercios de milla al sur de la bahía de Bimini, directamente al otro lado del puerto, pero la combinación más corta de caminos que le llevaría hasta allí era cuatro veces esa distancia, llevándole en un largo bucle hasta el extremo más alejado del puerto deportivo. Sin embargo, como esperaba, cuando llegó al final de la carretera de acceso al casino, vio a Dorothy sentada en el coche de alquiler esperándole. Ella encendió los faros y él recorrió rápidamente el resto del camino y se subió.

"¿Por qué has tardado tanto?", le preguntó ella, evidentemente preocupada. "¿Problemas?"

"Nada que no pudiera solucionar. ¿Está bien Ronald?"

"Sí, pero no muy contento", le dijo ella. "Un holandés grandote le disparó en el pie con una pistola de pequeño calibre, quizá fuera una 22, o incluso una 32. La bala lo atravesó, pero seguro que tiene algunos huesos rotos. Batman lo está llevando al hospital para que le hagan radiografías".

"Sí, para cuando esto termine, vamos a tener algunas conversaciones serias con esa gente".

Theo Van Gries entró en el despacho de su hermano con Reggie MacGregor detrás. El escocés se tumbó en el sofá, mientras Theo tomaba asiento en el escritorio de su hermano. Benson seguía allí, observando las transmisiones de seguridad en el ordenador, como antes.

"Se llama Randall", dijo Theo. "Le recuerdo de las montañas de Afganistán. También recuerdo a Burke. Son buenos, muy buenos".

"¿Tan buenos como tú y tus hombres?" le preguntó Martijn.

Theo giró la cabeza y dirigió su mirada furiosa a Martijn. "Esa es una pregunta que sólo pueden responder los hombres muertos. Cuando me dijiste que tu amigo Carbonari tenía un problema con un soldado americano, un mayor llamado Burke, no establecí la conexión ni relacioné el nombre con la cara. Tampoco sabía que traía a sus otros hombres". Miró a Benson y le preguntó: "¿Cuántos Deltas trajo consigo, capitán?".

"No tengo ni idea", respondió Benson. "Hasta ahora, sólo he visto a tres de ellos en los vídeos. Dudo que haya mucho más que eso".

"Lo dudas, pero en realidad no lo sabes, ¿verdad?". Theo asintió, pensando en el empeoramiento de la situación y cada vez más descontento. Finalmente, se volvió hacia Bakker y le dijo: "Debemos replantear nuestro plan táctico, Lucas, los puntos de observación, los turnos, las armas, todo eso". Finalmente, miró a su hermano y le dijo. "Tengo que traer más hombres, Martijn, y para ello necesito más dinero. Los riesgos acaban de aumentar exponencialmente".

"Donatello nunca estará de acuerdo", respondió su hermano menor.

Theo se inclinó aún más y dijo: "Tal vez puedas susurrarle dulces palabras al oído esta noche y convencerlo".

"No lo entiendes. Me dirá que utilice a los hombres que enviaron aquí desde Brooklyn. Hay media docena de ellos. ¿No puedes usarlos?"

"No, tendrás que esforzarte un poco más, si entiendes lo que quiero decir, hermano".

CAPÍTULO VEINTICUATRO

"**Bueno, eso no funcionó** demasiado bien", dijo Bob mientras el grupo se reunía alrededor del salón central del gran barco. Era la 1:30 de la mañana. Chester y Lonzo acababan de regresar de hacer de conserjes toda la noche. Ace y Dorothy habían vuelto de la bahía de Bimini. Batman y Bulldog seguían en el hospital con Ronald, mientras Koz vigilaba en el puente de mando con prismáticos y un rifle automático. Patsy estaba pendiente de Jimmy, como siempre, contenta de no haber sido él quien se había herido, mientras Ernie Travers iba de un lado a otro repartiendo cervezas frescas.

"¿Qué fue lo que te enseñaron en West Point?" Preguntó Ace. "El mejor plan sólo dura hasta que se hace el primer disparo".

"Helmuth von Moltke", respondió Bob, reconociendo inmediatamente la cita. "Pero no creo que el viejo mariscal de campo se refiriera a la parte superior del pie de Ronald".

"Por cierto, creo que esta noche he conocido a uno de los bisnietos de von Moltke, y no te va a gustar. ¿Recuerdas aquella operación que llevamos a cabo en la provincia de Nuristán, cerca de la frontera pakistaní, hace tres o cinco años?"

"Recuerdo esas malditas montañas", dijo Chester.

"Y mucha nieve y hielo", coincidió Lonzo.

"¿Y te acuerdas de aquel contingente de la OTAN con el que trabajamos durante un par de días cuando barrimos ese valle?".

Bob frunció el ceño mientras trataba de recordar. "¿No era una unidad mixta del SAS británico y algún Kommando Specialkrafte alemán, el KSK, si no recuerdo mal?".

"Casi lo tienes, y había algunos holandeses..." Ace lo guió.

"¿Era el hermano de Martijn Van Gries?" exclamó Bob. "Me dijo que su hermano estaba en los Royal Dutch Marines, los Black Devils, pero nunca hice la conexión".

"Me acuerdo de esos tipos", coincidió Koz. "Eran unos malditos escuadrones".

"Theo Van Gries", confirmó Bob. "Alto, callado y con los ojos muertos, como un tiburón".

"¿No hay Gumbahs con sobrepeso de Brooklyn con calibre 38 de policía?" preguntó Ernie con desazón. "Creo que Carbonari acaba de aumentar la oposición de nuevo".

"El tipo que disparó a Ronald en el pie era holandés", añadió Jimmy. "Él y Martijn Van Gries incluso hablaban entre ellos en holandés. Se llamaba Bakker".

"Al igual que el resto de ustedes, nada me gustaría más que patearles el trasero por lo que le hicieron a Vinnie", habló finalmente Linda. "Después de todo, para eso hemos venido, para derribar a Donatello Carbonari; pero parece que ha traído a media docena de extras de El Padrino, además de la Legión Extranjera holandesa. Llega un momento en el que deberíamos reconsiderar lo que estamos haciendo aquí antes de que las cosas vayan de mal en peor".

"Entiendo", admitió Bob a regañadientes.

"¡Pero las cosas no van de mal en peor!" Jimmy se puso de pie y comenzó a pasearse nerviosamente por la habitación, insistiendo en ser escuchado por encima de toda la charla "adulta". "Ronald y yo aprendimos mucho ahí dentro, mucho más de lo que crees. Claro que le dispararon en el pie, pero no es que su pie sea la parte más importante de la anatomía de un jugador."

"Bien, ¿qué aprendiste?" Bob preguntó.

"Bueno, en primer lugar, nos llevaron a la oficina de Van Gries, no a la Oficina de Seguridad o a "Gestión de Riesgos", como pensábamos que harían. Había algunos tipos fornidos con chaquetas azules que nos arrastraron hasta allí, pero no había tipos negros como ese Shaka Corliss que describiste, ni grandes jugadores de fútbol rubios, sólo tres o cuatro tipos militares."

Bob miró a Ernie Travers y se encogió de hombros. "Tal vez se deshicieron de él".

"Y tuve la oportunidad de echar un vistazo a su despacho", dijo Jimmy con entusiasmo. "Van Gries tiene un portátil para jugadores enormemente caro sobre su escritorio. Es grande y rápido, y se puede ejecutar casi cualquier sistema financiero o de seguridad a través de esa cosa, sobre todo si está conectado al ordenador central que creemos que tienen en el sótano. Colgó su título del MIT en un gran marco en la pared, y..."

"¿MIT contra Berkeley otra vez? ¿Cuál es la diferencia de puntos ahora?" Preguntó Ace.

"¡Chicos! Nunca me tomáis en serio".

"Claro que sí, Jimmy. Se burlan de todo el mundo cuando nos retiramos", le dijo Bob. "Si no les gustaras, te ignorarían totalmente".

Jimmy le miró y frunció el ceño, todavía no estaba seguro. "Vale, pero lo que quiero decir es que debajo de ese estúpido título del MIT hay una estantería, y en esa estantería hay una fila de manuales técnicos de una empresa llamada DACI. Eso es Digital Analytics Consultants, Inc.; son una gran empresa de desarrollo de software en Princeton. Obviamente, son los que Van Gries utilizó para diseñar e integrar su software de seguridad y financiero. Reconocí su logotipo desde la mitad de la sala. Intentaron contratarnos a Ronald y a mí".

"¿Y nos tocó la lotería?" preguntó Patsy con una gran sonrisa.

Jimmy la miró y frunció el ceño, no muy seguro de si era un cumplido o más bien una burla. "Supongo", respondió.

"¿Por qué los rechazaste?" preguntó Bob. "¿Charlie pagó de más, o tenían demasiados tipos de MIT?".

"Definitivamente no nos pagó de más, señor B., y curiosamente su oficina de Princeton tiene bastantes chicos de Berkeley. A eso me refiero. Uno de nuestros compañeros de clase aceptó un trabajo con ellos allí. Es un ex-patriota ruso llamado Sasha Kandarski, un arrastrador de nudillos realmente odioso. Siempre necesitó desodorante, pero es un experto en sistemas de seguridad, códigos y puertas traseras. Hoy en día, casi nadie quiere dedicarse a ese tipo de trabajo, pero puedes ganar mucho dinero si eres bueno en ello, y Sasha era muy bueno. Siempre nos burlamos de él por haber omitido en su currículum sus antecedentes en el KGB. Se reía con la broma, pero era una risa forzada, y luego cambiaba rápidamente de tema. Pero esos cortafuegos con los que nos topamos eran obra de Sasha, lo supe la primera vez que lo vi. En cuanto Ronald vuelve, si dices DACI, dirá Sasha Kandarski, sólo tienes que mirar".

"¿Realmente puedes saber quién hizo la programación?" preguntó Koz.

"Más a menudo que no. Tiene que ver con el lugar donde recibieron su formación inicial, la estructura básica que utilizan, cómo secuencian las cosas y cómo manejan los problemas. Es como las huellas dactilares; y sí, normalmente se nota".

"Mi abuelo trabajó en la inteligencia militar en Londres con la OSS, el MI-6, el MI-8 y el MI-9 en los puestos de escucha de St. James, Claxton Street y el viejo Hotel Saint Ermin", intervino Bulldog. "Dijo lo mismo de los operadores de Código Morse en la Segunda Guerra Mundial. Conocían las "firmas de las teclas" de todos sus agentes en Francia. Cuando cambiaban de repente, sabían que los alemanes les habían pillado. Supongo que es como una huella digital".

"Exactamente", continuó Jimmy. "Cuando me metí en sus sistemas en los últimos días, sentí que se disparaban pequeñas campanas de alarma en la parte posterior de mi cabeza. Ronald también lo hizo. Algo me resultaba familiar. Al principio, los dos lo atribuimos a un montón de cortes, pegados y chapuzas. Al no conocer el nombre de la empresa, nunca lo relacionamos, pero es Sasha Kandarski. Lo conozco".

"Tiene sentido", estuvo de acuerdo Koz. "A los rusos no les importa para quién trabajan".

"De acuerdo", dijo Bob. "Pero ¿a dónde nos lleva esto?"

"¿Adónde?" Jimmy preguntó. "A Princeton. Subamos allí y apoyémonos en el sapo".

"¿Apoyarnos en el sapo?" Ace se atragantó con su cerveza y se rió. "Cielos, Fantasma, hemos creado un monstruo".

"Sí, y creo que sé cómo hacerle hablar", sonrió Jimmy.

Cinco minutos después, Bob subió las escaleras hasta el puente de mando, donde Ernie estaba de guardia. Bob empezó a abrir los cajones de los armarios, a recoger los cojines de los asientos y a buscar en los armarios laterales. Ernie estaba sentado en la silla del capitán observándole.

Bob finalmente se puso de pie, frustrado, y miró a su alrededor. Con las manos en las caderas, murmuró: "¡Qué demonios! Sé que lo dejé aquí en alguna parte".

La curiosidad de Ernie se despertó lo suficiente como para que finalmente preguntara: "Muy bien, lo doy. ¿Qué buscas?"

"A ese carterista que trajo en avión desde Chicago. Sé que tiene que estar por aquí".

Ernie inclinó la cabeza hacia atrás y comenzó a reírse. "Muy buena. Me has pillado".

"Pero no tengo a Dimi. ¿Lo tienes?"

"No exactamente... La respuesta oficial es que parece haber abandonado el barco esta misma noche, y no me di cuenta de que se había ido hasta mañana por la mañana".

"¿Y la respuesta no oficial?"

"Es un buen tipo. Fue de gran ayuda y se puso en riesgo por nosotros, así que no podía ver la posibilidad de enviarlo de nuevo a la cárcel del condado de Cook. ¿Podría usted?"

"¿Vas a recibir algún golpe por esto?"

"No realmente. ¿Qué van a hacer? ¿Degradarme a teniente y dejarme en O'Hare? Además, Dimi era oficialmente no violento, y probablemente sería elegible para una liberación temprana en unas semanas de todos modos. Así que decidí acelerar un poco el proceso. Supongo que cualquier golpe depende de dónde deje su coche de alquiler".

"¿También tiene tu coche?"

"Bueno, técnicamente es tu coche, pero cómo si no iba a escaparse. ¿Caminar?"

Princeton, Nueva Jersey, está a una hora y media al noroeste de Atlantic City, a medio camino entre Filadelfia y Nueva York. El enorme complejo militar de Fort Dix y la Base de la Fuerza Aérea McGuire está a unos dos tercios del camino. Muy conveniente, pensó Bob.

Sasha Kandarski era un ex-patriota ruso gordo y con sobrepeso que no parecía entender los conceptos occidentales de higiene personal, cambio de ropa de cama, limpieza de la casa, sacar la basura o levantarse antes del mediodía. Cuando se despertó de repente a las 6:00 de la mañana, se encontró con cuatro hombres grandes vestidos de negro, desde sus zapatos negros con suela de goma hasta sus pasamontañas negros, de pie alrededor de su cama, apuntándole con sus armas.

"¿Por qué llevárselo?", preguntó uno de ellos. "¿Por qué no hacerlo aquí?"

"¿Shto?" ¿Qué? preguntó Kandarski, sólo medio despierto mientras se subía la manta hasta la barbilla e intentaba esconderse. "¿Hacer? ¿Hacer qué aquí?"

"Es otro maldito terrorista", gruñó otro. "Podemos decir que sacó una pistola. ¿A quién le va a importar, de todos modos?"

"¿Terrorista? ¡Nyet! ¡Nyet! Yo no soy..." Kandarski gritó mientras uno de ellos le ponía una tira de cinta adhesiva en la boca.

"No me importa lo que hagas, pero dijeron que querían hablar con él primero", dijo otro hombre mientras ponía más cinta adhesiva en las muñecas y los tobillos de Sasha y le ponía una capucha en la cabeza. Luego lo levantaron y lo dejaron caer dentro de una gruesa bolsa de goma negra para cadáveres.

Probablemente, Kandarski pensó que ser maltratado, bajado por un tramo de escaleras y arrojado a la zona de carga trasera del camión no era una forma de empezar el día. La bolsa apestaba como el interior de un neumático de coche viejo, pero eso no era nada comparado con el terror de un viaje de treinta minutos en la oscuridad, mientras se rebotaba en la parte trasera del gran camión. Finalmente, se detuvo. Oyó que las puertas del camión se abrían y cerraban de golpe y que unos hombres se reían. Alguien agarró la bolsa para cadáveres por las casas, la sacó del camión y la dejó caer sobre el duro cemento. Otras manos bajaron la gran cremallera de la bolsa para cadáveres, metieron la mano dentro y lo pusieron en pie.

"¡Ah, tío, se ha meado encima!", oyó.

Cuando le arrancaron la cinta adhesiva de los tobillos, miró a su alrededor y vio que estaba de pie bajo un sol radiante en el exterior de un hangar de aviones, entre dos grandes Chevy Suburbans negras sin matrícula del Gobierno de Estados Unidos. Detrás de él, a menos de 30 metros de distancia, se encontraba un avión ejecutivo gris con distintivos de las Fuerzas Aéreas estadounidenses. La puerta trasera del pasajero estaba abierta y la escalera estaba bajada. A poca distancia del jet se encontraba un helicóptero Blackhawk negro mate del ejército estadounidense. Cuando Kandarski los miró, sus ojos se abrieron de par en par.

Los hombres seguían llevando sus pasamontañas negros y no fueron demasiado amables cuando le agarraron por los brazos y le arrastraron por la puerta abierta hasta el hangar de la aeronave. Si el gordo ruso no se hubiera meado ya dentro de la bolsa de goma negra, lo habría hecho entonces. Lo empujaron sobre una desvencijada silla de mesa de cartas y de repente le arrancaron la cinta adhesiva de la boca.

"¡Ah, Ah!", gritó mientras la mitad de su desaliñado pelo de la cara se desprendía con ella. Mientras se frotaba las mejillas y maldecía en ruso en voz baja, levantó la vista y vio que estaba sentado a dos metros frente a una larga mesa plegable. Aparte de la mesa, una silla vacía al otro lado y los cuatro hombres con pasamontañas, el gran hangar estaba vacío.

Pasaron largos y silenciosos minutos, hasta que finalmente preguntó, con la voz entrecortada, "¿Qué? ¿Qué queréis de mí?".

"¡Cállate!", respondió uno de los hombres.

Al cabo de varios minutos más, se abrió otra puerta lateral y un hombre mayor, más pequeño y con el pelo corto y gris, entró enérgicamente con un uniforme verde de gala del ejército estadounidense. Detrás de él llegó un segundo hombre, que cerró la puerta y se quedó de pie frente a ella con los brazos cruzados sobre el pecho. El primer hombre se acercó a la mesa, retiró la otra silla, se sentó frente a Kandarski y lo miró durante un momento, como si el ruso fuera un bicho bajo el microscopio. Kandarski no sabía mucho sobre uniformes militares, ni rusos ni americanos. Sin embargo, sabía que, si el hombre tenía el pecho lleno de cintas y medallas, como el hombre que tenía delante, eso significaba que había estado en combate y había matado a mucha gente. En segundo lugar, las tres estrellas en su hombro significaban que era un general. En Rusia, un general, especialmente un general del FSB, donde trabajaba Sasha, tenía literalmente la vida de un hombre en sus manos, y era alguien a quien había que temer de verdad. En tercer lugar, no llevaba ninguna etiqueta con su nombre sobre el bolsillo, como suelen llevar los soldados estadounidenses, lo que significaba que algo realmente malo estaba a punto de sucederle.

El general sacó una hoja de papel doblada del bolsillo de su chaqueta y la puso sobre la mesa. "Sr. Kandarski, esta es una orden de entrega. ¿Ve ese avión que está ahí fuera?".

El ruso giró la cabeza y miró por la ventana el avión de pasajeros gris que estaba en la pista. Ya sabía que estaba allí, pero necesitaba tiempo para pensar. "Sí, sí, lo veo, lo veo. ¿Pero qué quiere de mí? Por favor, no hago nada..."

Stansky negó con la cabeza. "Los dos sabemos que eso es mentira, y por eso ese avión te está esperando para llevarte a Guantánamo. Has oído hablar de la Bahía de Guantánamo, ¿verdad?". Kandarski asintió con el cabeza más rápido que un muñeco de peluche en un terremoto de San Francisco. Comenzó a decir algo en señal de protesta, pero el general le cortó. "Una vez que firme esta orden, la CIA te sacará de aquí en avión y te mantendrá allí todo el tiempo que quiera, por ayudar a una organización terrorista".

"¡Terroristas! Pero te juro que no hago nada..."

Stansky se limitó a ignorarle. "Y después de que hayan exprimido todos los oscuros secretos que hay dentro de esa fea cabecita tuya, te entregarán a sus amigos del FSB ruso para que hagan lo que quieran contigo. Sabes lo que es el

FSB, ¿no?", preguntó el general, "el antiguo KGB".

Kandarski se puso blanco y asintió aún más rápido. "Sí, sí, conozco el FSB, pero no...".

"Sí lo hiciste", le cortó Stansky y levantó la hoja de papel. "¿Recuerdas el trabajo que hiciste para un equipo de Atlantic City llamado...?" Volvió a mirar el papel. "¿Inversiones Boardwalk?"

"¡Sí, sí, por supuesto!" admitió rápidamente Kandarski. "Son los dueños del casino. Yo desarrollo sistemas de software, pero..."

"¿Entonces lo admites?

"¡Sí!... ¡Uh, no, no! No, yo..." Hizo una pausa, tratando de pensar en su salida de esto. "La gente del paseo marítimo no son terroristas. Son..."

"¿Son qué?" Stansky se inclinó hacia delante, con los ojos clavados en Kandarski.

"Son... mafiosos, señor".

El general miró a Kandarski, como uno podría mirar a un niño de tercer grado muy lento. "Sasha, ¿cómo puede alguien tan inteligente como tú ser tan estúpido? ¿La Mafia? ¿De verdad? Hace dos años, los Gambinos y los Luccheses llegaron a un acuerdo con Al Qaeda para blanquear dinero a través de sus casinos a cambio de armas, petróleo de contrabando, cocaína, arte robado de Oriente Medio, mujeres, lo que sea. Todo pasa por Crimea, Turquía y Sicilia. Ese software de seguridad y financiero que escribiste para ellos es el corazón de su célula terrorista".

Kandarski se quedó con la boca abierta. Se quedó mirando al general, sin palabras.

"Pero hoy es tu día de suerte, Sasha", le dijo Stansky. "Estaba a punto de firmar esta Orden de Entrega, cuando un joven analista que trabaja para nosotros se me acercó y me dijo que te conoce y que podrías no ser un espía ni un terrorista".

"¡No, señor, no lo soy!" suplicó Kandarski. "Lo juro. Pero quién es este tipo, yo..." Fue entonces cuando la puerta lateral se abrió de nuevo y entró Jimmy Barker. "¿Jimmy? ¡Jimmy! Oh, gracias a Dios, Jimmy..." Sasha saltó de su silla con alegría, hasta que dos de los encapuchados negros lo volvieron a empujar sobre ella, con fuerza.

"¿Es ese el hombre del que me hablaste, Jimmy?" preguntó Stansky.

"Sí, señor. Han pasado algunos años. Ha engordado y se ha vuelto más feo, pero..."

"Ya lo veo, pero ¿crees que podemos confiar en él, que trabajará con nosotros?"

Jimmy miró fijamente a Sasha durante uno o dos largos y dolorosos momentos. "Creo que sí, señor", le dijo finalmente, sin sonar completamente seguro de su respuesta.

"Muy bien, Sasha, este es el trato", le dijo el general. "Mis hombres te llevarán a tu apartamento y te darán un minuto para que cojas tus cosas. Luego te llevarán a tu oficina, donde copiarás todos tus programas y archivos, y sacarás todos los documentos que tengas relacionados con Boardwalk Investments. No debes decir nada a nadie sobre lo que estás haciendo. ¿Me entiendes?"

"Sí, oh sí, yo..."

"Bien. Si alguien pregunta, puedes decir que estás enfermo. Has cogido la gripe y puede que no vuelvas hasta dentro de unos días, quizá una semana. Entonces, llevarás todo el material del paseo marítimo fuera, donde mis hombres te estarán esperando, ¿entendido?"

"Oh, sí. Sí, señor, ¡cualquier cosa!" Sasha balbuceó.

"Mis hombres te llevarán entonces a un lugar donde te reunirás con Jimmy y otro de nuestros analistas, Ronald Talmadge. ¿Tengo entendido que también conoces a Ronald?"

"¡Oh, sí, sí, Ronald! Él también es un buen amigo, ellos..."

"Debes trabajar con ellos y darles tu total cooperación para descifrar esos sistemas de datos. Si no lo haces, el avión estará aquí esperándote. Todo lo que Jimmy o Ronald tienen que hacer es darme la orden, y se van a Guantánamo. ¿Está claro?"

"Sí, señor. Claro, muy, muy claro", le dijo Sasha mientras la enormidad de su situación finalmente lo asimilaba.

"Y para que lo sepas", Stansky se inclinó hacia delante y le dirigió su expresión más severa. "Hemos insertado un diminuto rastreador GPS y un dispositivo de audio bajo la piel en el centro de tu espalda, donde no puedes alcanzarlo". Kandarski se inclinó inmediatamente hacia delante e intentó meter la mano por la espalda, pero uno de los enmascarados la apartó de un manotazo. "¡Ni siquiera lo intentes, Sasha! Nuestra gente en Langley estará escuchando cada palabra que digas, y sabrá exactamente dónde estás cada minuto del día. Ese dispositivo en tu espalda contiene dos gramos de explosivo plástico. Si corres o intentas sacarlo, explotará y te cortará la columna vertebral por la mitad. ¿Está claro?"

Sasha volvió a quedarse con la boca abierta, pero rápidamente asintió.

"Bien, porque el reloj está en marcha, Sasha. ¿Entendido?", dijo el general mientras señalaba a los hombres enmascarados. "Saquen a este hombre de aquí".

El general Stansky vio cómo dos de sus hombres enmascarados escoltaban a Sasha Kandarski de vuelta al Suburban negro, con Jimmy cerca. Entraron rápidamente, cerraron las puertas de golpe y se marcharon a toda velocidad. Fue entonces cuando Bob Burke y Ace Randall se quitaron por fin los pasamontañas, y ellos, el general Stansky y el sargento mayor O'Connor rugieron de risa.

"Maldita sea, Bobby", les dijo Stansky, casi llorando. "Te juro que ha sido lo más divertido que he hecho en años. Cuando le dije que lo entregaría al FSB, pensé que ese gordo imbécil se iba a cagar en los pantalones".

"Por su olor, no estoy seguro de que no lo hiciera", dijo Ace.

"¡Señor, has acertado!" Stansky se rió aún más. "Más vale que tus chicos pasen ese Suburban por un túnel de lavado antes de llevarlo al Centro Penitenciario".

"¿Con las ventanas bajadas?" preguntó Bob.

"Sin duda alguna", convino Stansky.

"¿Un chip explosivo en la espalda?" Ace se rió. "¿Me he perdido alguna nueva tecnología?"

"Creo que lo vi en una película de James Bond", admitió Stansky. "Llamaré al general Browning, de McGuire, para agradecerle el uso del hangar y del avión, y los llevaré de vuelta a Atlantic City, caballeros. Pero ¿crees que ese ruso nos servirá de algo?".

"Jimmy cree que sí", le dijo Bob.

"Ese chico es muy inteligente, ¿no?"

"No lo creerías".

"Cuando dijo que los rusos habían engordado y se habían vuelto más feos, casi me vuelvo loco. ¿Cómo es que no podemos conseguirlos así?"

"Son de alto mantenimiento, señor. No estoy seguro de que puedan permitirse todos los portátiles".

"O las chicas guapas", añadió Ace.

CAPÍTULO VEINTICINCO

A las ocho de la mañana, Bob, Ace, Koz y Ernie habían regresado de su viaje matutino a Princeton y estaban acurrucados alrededor de la mesa del comedor tomando café. Linda estaba guardando los platos y nunca pudo saber si estaban trazando estrategias o contando chistes. Batman y Bulldog habían traído a Ronald de vuelta del hospital sobre las cuatro de la mañana, justo después de que Bob y los demás se marcharan, y ahora estaban sentados en el puente de mando, vigilando el casino. Era difícil mantener el silencio en un barco, incluso en uno grande, y Linda había oído el alboroto cuando llegaron. Cuando vio a Ronald cojeando, insistió en escuchar toda la historia.

"Se ha roto un par de huesos pequeños del pie. Nada crítico", le dijo Bulldog.

"Porque no es su pie", le corrigió Linda.

"No puedo discutir eso, pero le dieron Percocet, y algunas otras cosas".

"¿Percocet?" Dijo Linda. "Ustedes comen esa cosa como si fuera un caramelo".

"Sí, lo hacemos, pero tendrá que ver a un cirujano de cascos después de que la hinchazón baje, y el doctor dijo que Bailando con las Estrellas está fuera".

Linda se volvió y miró la cubierta de popa. El sol de la mañana era cálido y los dos Geeks ya estaban tumbados al sol. Estaban inclinados sobre sus ordenadores portátiles, cara a cara con una nueva criatura muy extraña que Koz y Ernie habían arrastrado a bordo. Era bajito y con mucho sobrepeso, con el pelo rizado y desordenado, una barba desaliñada y unos ojos negros y redondos que parecían no dejar de moverse. Antes de permitirle poner un pie a bordo, lo escoltaron hasta el Port-a-John, al final del muelle, le hicieron cambiarse con un viejo bañador de Ernie y tiraron su ropa en un contenedor cercano.

"Pero me he duchado", se quejó el ruso.

"Tómate otra", le dijo Ace mientras le lanzaba una pastilla de jabón y le hacía restregarse de la cabeza a los pies, antes de lavarle con una manguera en el muelle.

Viendo el espectáculo, Linda pensó que era el hombre más peludo que había visto nunca. Ace debió de pensar lo mismo, porque le hizo fregar por segunda vez, con la amenaza de que utilizaría uno de los cepillos duros que utilizaban para limpiar las cubiertas si no lo hacía bien esta vez. Ahora, estaba tumbado al sol en la cubierta de popa con los otros dos, con el aspecto de un gran perro pastor después de un baño no deseado. Chester estaba sentado en una silla de cubierta en lo alto de la pasarela, obviamente vigilándolos. Y lo que es más extraño, Jimmy permitía que el nuevo chico utilizara su preciado ordenador portátil nuevo, que

Linda nunca pensó que Jimmy permitiera tocar a nadie más.

Finalmente, Bob se levantó de la mesa del comedor y se dirigió a la cocina para tomar otra taza de café, dando una palmadita en el trasero a Linda al pasar.

"No ha habido mucho de eso últimamente, ya sabes", dijo ella.

"Lo sé. Va a haber mucho descanso cuando esto termine".

Patsy dio un codazo a Dorothy y se rió. "¿Más descanso? ¿Esas dos? Eso sí que es un shock".

"Se supone que las dulces jovencitas como tú no deben saber de esas cosas", respondió Bob.

"Sí, claro", rió Patsy. "Bueno, tal vez sabría más sobre ellas si no tuvieras a Jimmy despierto toda la noche jugando con ese estúpido ordenador".

"No está jugando, está trabajando, y es importante", la corrigió Bob. "Y tal vez no estaría despierto toda la noche tratando de hacer el trabajo si no lo siguieras cansando en tus "descansos" de la tarde. "

"Se llama amor". Patsy se volvió y miró a la cubierta de popa. "¿Qué tenemos ahora? ¿Los Tres Frikis? ¿Athos, Porthos y Fatso?"

"Buena", se rió Linda. "Pero es agradable oír que vuelves a leer".

"No, sólo el vídeo", respondió Patsy, "pero ninguno de esos tres es Logan Lerman u Orlando Bloom. ¿Y quién es el nuevo?"

"Se llama Sasha", dijo Bob. "Es ruso y fue a Berkeley con Jimmy y Ronald. Está trabajando con ellos en algo; así que no seas pesado".

"¿Trabajando con ellos?" Preguntó Linda. "¿En serio? ¿Por eso tienes a Chester apostado en la pasarela con el ceño fruncido y un bulto bajo la camisa?"

Bob salió a la cubierta de popa y se arrodilló entre Sasha y Ronald. "¿Cómo está el pie?", le preguntó a Ronald.

"Estupendo", Ronald levantó la vista, con los ojos vidriosos, y sonrió. "¿Qué pie?" "Está bien, lo recordarás en cuanto se te pase el efecto del Percocet. Al igual que los otros chicos, me han disparado más veces de las que me gustaría pensar, y me va a doler". Bob miró las pantallas del ordenador y preguntó a Sasha: "Bueno, ¿ya estás dentro?".

"Oh, sí, señor Bob". Sasha lo miró y babeó. "Estas máquinas que les compras a Jimmy y Ronald son totalmente dopadas. Si me compras una, mato por ti".

"Bueno, no creo que necesitemos que mates a nadie en este momento, así que sigue reventando sus bases de datos y sus cuentas, Sasha. Eso es todo lo que necesitas hacer, ¿trato hecho? Pero recuerda, si no lo conseguimos todo, ¡puf!" Bob señaló a Chester. "Él envía la señal, el pequeño chip explota, y no más Sasha".

"No, no, nada de puf, señor B. Ya le he dado los códigos a Jimmy".

Bob se volvió hacia Jimmy y le preguntó: "¿Así que estás dentro?"

"Sí. Hace unos veinte minutos. Usando sus puertas traseras de programador, nos metimos detrás de todos los cortafuegos sin problemas, y he estado merodeando por sus sistemas de seguridad y financieros desde entonces. ¿Qué quiere saber, jefe?"

"Bueno, primero, ¿puedes descargar el material que queremos sin avisar a Van Gries?"

"¡Ese arrogante del MIT!" Sasha sacudió la cabeza con disgusto.

"Jimmy y Ronald ya nos contaron esa historia".

"Intentó decirle a Sasha cómo hacer cortafuegos". Sasha señaló el portátil. "¡Intentó decírmelo! Es un imbécil holandés".

"Así que tomaré eso como un 'sí'. Cuando estemos listos esta noche, alrededor de las 7:00, quiero que descargues todo su material de contabilidad y estructura financiera a un par de direcciones de correo electrónico que te voy a dar. Cuando eso esté hecho, quédate 'bajo el capó'. A las 8:00, quiero que empieces a vaciar sus cuentas y transfieras todo a una serie de cuentas en el extranjero que estoy creando. Luego, bloquearemos sus sistemas y nos iremos de aquí. ¿Entendiste todo eso?"

"Suena divertido". Jimmy se frotó las manos y sonrió. "¡El WOPR va a hacer una guerra termonuclear global en sus culos!"

"Eso es exactamente lo que quiero, profesor Falken". Bob sonrió.

"¡Totalmente dench!" Ronald sonrió.

"¿Quién es Falken?" Sasha frunció el ceño, sin entender. "¿Quién es Dench?"

"No importa", le dijo Jimmy. "Una vez que las unidades flash estén insertadas en los ordenadores del pedestal, los Caballos de Troya tardarán un poco, pero se cargarán automáticamente en el ordenador central. Entonces, adiós Martijn".

"¡Adiós, Martijn! ¡Puf!" Sasha sonrió.

"¿No dijiste que estaba ejecutando sus sistemas desde ese súper portátil suyo?" preguntó Bob.

"Culpa mía", confesó Jimmy. "Sasha me enseñó dónde me equivoqué".

"Tienen un gran ordenador central, sí, señor B. Está en el sótano. Es un gran ordenador central, ¡un ordenador central realmente grande! Ahí es donde trabajamos".

"Pero una vez que tengamos los troyanos cargados, lo controlaremos", dijo Jimmy. "Podemos decirle que haga lo que queramos con esas cuentas, incluso bloquear a Van Gries".

"Sí, jefe". Sasha sonrió. "Cualquier cosa".

"Lo haremos entonces", les dijo Bob. "Tened las unidades flash listas para instalar antes de las cuatro de la tarde, cuando los conserjes se presenten".

"Entonces compra a Sasha uno de estos", dijo el ruso, señalando el portátil de

Jimmy y sonriendo. "El precioso EON17-SLX, ¿sí?".

"En realidad, si todo va bien, puedes quedarte con ese", dijo Bob, señalando el de Jimmy. "Según tengo entendido, les debo a Jimmy y Ronald algo aún más nuevo y más grande".

"¡El nuevo Razer Blade con logotipo verde!" Los dos Geeks se chocaron los cinco y sonrieron, así que Bob le dijo a Sasha: "Y tendrás algo aún mejor para trabajar la próxima vez".

"¡Ochin Khorosho! Muy bien", dijo Sasha mientras chocaba los cinco con los otros dos. "A las 4:00 p.m., eef eet iz Global Thermonuclear War you want, Meester B., then eet iz Global Thermonuclear War you get".

Mientras Bob hablaba con los Tres Frikis en la cubierta de popa, Linda, Patsy y Dorothy terminaban de secar los platos del almuerzo. "¿Cómo es que nos toca esto, mientras ellos toman café alrededor de la mesa, o se sientan ahí fuera al sol?" se quejó Patsy mientras guardaba el último plato.

"Novato". Dorothy la miró y se rió.

"Definitivamente, una novata", cacareó Linda hasta que notó el cálido brillo dorado del medallón que colgaba del cuello de Patsy. "Qué bonito. No había visto ese antes", dijo Linda. "¿Es nuevo?"

"Oh, en realidad no", respondió Patsy mientras intentaba volver a meterlo dentro de la blusa.

Sin embargo, Linda fue más rápida. Se lo quitó a Patsy de los dedos y lo puso a la luz.

"Lo era, pero empezó a recibir llamadas telefónicas y decidió cambiarlo. Me dejó guardar un par de piezas para que pudiera, ya sabes... vestirme con ellas por la noche. Pero movió el resto".

"¿Sabes a dónde las trasladó?"

"Bueno, nunca me lo dijo, pero después de que nos mudamos a la nueva casa, no había más que muchos lugares donde podría haberlos puesto. El gran tonto, ¡hasta yo lo sabía!"

"Entonces, ¿sabes dónde están?" Preguntó Linda.

"Cuando él estaba fuera en un ejercicio de campo por un par de días y yo no tenía nada que hacer, yo... como que hurgaba un poco. Quiero decir, si alguna vez le pasara algo, bueno..."

"Entonces, ¿dónde están?" Linda preguntó de nuevo. "Sabes que alguien destrozó tu casa hace un par de días. Eso tuvo que ser lo que buscaban".

"¿Esas cosas? Vamos", se burló Patsy hasta que miró las caras de Bob, Linda y Dorothy y se quedó con la boca abierta. "Me dijo que era bisutería barata. Pensé que tal vez mi cuello se pondría verde. Nunca pensé..."

"No creo que tu cuello se ponga verde", le dijo Bob. "¿Dónde está el resto?"

"Fuera, en el garaje, en la esquina. El techo es de madera contrachapada. Hay una escalera desplegable para poder subir al sótano, donde guardamos las maletas y otras cosas. Pero ahí no es donde puso la caja. Está en la esquina trasera izquierda, donde el techo baja mucho. Uno de esos pedazos de madera no está clavado. Se parece a todos los demás, pero se puede empujar hacia arriba. La caja está ahí arriba, detrás de uno de los conductos. Vinnie no era tan tonto como mucha gente pensaba. Podrías derribar toda la casa y no ver esa caja ahí arriba".

"Me imagino", dijo Bob mientras miraba a Ernie y le hacía un gesto para que se acercara. Cuando lo hizo era un animal de algún tipo, quizás un león, agazapado de perfil, sobre una cadena de oro ornamentada. "Cielos, este pequeño mamón pesa mucho", dijo Linda.

Dorothy se lo quitó a Linda y también miró. "Pesa porque es de oro".

"Oh, no", dijo Patsy. "Es sólo una bisutería barata que Vinnie trajo del desierto después de su último despliegue. Tal vez sea una placa de oro, pero eso es todo".

Dorothy la miró con escepticismo mientras la hacía rebotar en su mano. "Joyería de fantasía, mi dulce patootie. Esto es de verdad, chica. Mira el brillo que tiene, y parece antiguo".

"No, no." Patsy volvió a sacudir la cabeza. "Me dijo que había comprado un montón de estas cosas en el bazar de Doha. Le gustaba vestirme con ellas por la noche, ya sabes".

"¿Su pequeña chica del harén persa?" Dijo Linda mientras le hacía cosquillas a Patsy. "Suena pervertido".

"Oiga, señora, Bob es su segunda vez. ¿Me estás diciendo que nunca has hecho un pequeño "juego de roles" para condimentar las cosas?"

"No estoy diciendo nada, amiga". Dorothy se rió y luego se volvió hacia ella y le susurró: "Pero si necesitas sacar los juguetes para excitar a Jimmy..."

"¿Jimmy?" Patsy soltó una risita. "Apenas. Pero cuando me los pongo todos, me hace sentir realmente... sexy, ya sabes", dijo Patsy mientras lanzaba a las otras dos una mirada muy cómplice.

"¿A qué te refieres con todos ellos?" preguntó Linda mientras señalaba el medallón. "¿Quieres decir que hay más de estos?".

"Mira, no debería habérmelo puesto". Patsy se quitó el medallón y lo volvió a meter dentro de la blusa. "Vinnie no quería que lo llevara cerca de Bragg porque decía que los chicos ya estaban bastante celosos de él. Era sólo para nosotros, para nuestros pequeños juegos. Pero con él fuera, pensé que podría animar las cosas con Jimmy, también".

Fue entonces cuando Bob volvió de la cubierta de popa y pasó por allí. Linda lo agarró del brazo y lo atrajo hacia el grupo. "Enséñale", le dijo a Patsy.

"¿Mostrarme qué?" preguntó Bob mientras sonreía a Patsy.

"No es nada", respondió Patsy mientras se encogía hacia atrás y no le miraba.

"¡Enséñale!" le dijo Linda, amable pero insistente.

"Sabía que no debía ponérmelo hoy", refunfuñó Patsy mientras alzaba la mano, sacaba el medallón de la blusa y lo sostenía para que Bob lo mirara. "No es nada, en realidad".

"¿Puedo?" le preguntó Bob mientras levantaba la cadena por encima de su cabeza, quitándosela para poder ver de cerca el medallón. Miró el león, le dio la vuelta y examinó el reverso, y silbó. "¿De dónde lo has sacado?", le preguntó a Patsy.

"De Vinnie", dijo ella mientras sus hombros se desplomaban. "Les estaba contando a las chicas que compró un montón de cosas en el mercado de Doha en su último despliegue y que... bueno, le gustaba vestirme con ellas por la noche. No tengo ningún problema, ¿verdad?"

"¿Tú? No, lo dudo, pero esto no es bisutería barata, Patsy".

"Te dije que no lo era", aceptó rápidamente Dorothy. "He viajado mucho con las Fuerzas Aéreas y he comprado mi parte de joyas. Esto es oro de verdad, chica".

"La pregunta es, ¿dónde lo consiguió Vinnie?" Bob dijo. "Mira, se ha ido. No puedes meterle en ningún problema, y él tampoco puede meterte a ti en ningún problema, así que dímelo".

"Dice que hay más", le dijo Linda.

Patsy se llevó las manos a la cara y empezó a llorar.

Bob le puso la mano en el hombro y le preguntó en voz baja: "¿Cuánto más?".

"Una caja. Hay tal vez dos o tres docenas de piezas allí, tal vez más. Nunca las he contado. Cosas viejas, grandes y pesadas, hechas de oro, algunas con piedras incrustadas, y un montón de monedas, también. Lo sacó una noche y empezó a vestirme con él". Parecía avergonzada. "Sólo estábamos... jugando. Lo tenía antes de que lo conociera, estoy segura de ello, y guardaba la caja en el estante superior de nuestro armario, empujada hacia el fondo. No soy lo suficientemente alta para ver ahí atrás, pero una noche decidió enseñármela por si algo... bueno, por si algo le pasaba a él".

"¿Dijo de dónde lo sacó?" Preguntó Bob.

"Dijo que él y unos tipos compraron un montón de cosas en el mercado de Doha. Dijo que era bisutería de oro barata, pero que había encontrado la manera de introducirla en los Estados Unidos sin pasar por la aduana ni pagar impuestos ni aranceles, y todo eso. Los otros chicos todavía están allí, y él lo estaba guardando para ellos. Dijo que iban a repartirlo cuando el resto de ellos se girara de vuelta".

"¿Y la caja está en la casa, en el estante de tu armario?" preguntó Bob.

hizo, Bob le entregó el medallón; no necesitó decir nada.

Ernie lo sostuvo y miró ambos lados del medallón en la cadena. "¡Vaya!

Hice unos cuantos años en Robo, pero las bellas artes no son exactamente mi especialidad. Hice algunos viajes al Instituto de Arte del centro de la ciudad con los niños, y tienen algunas cosas como ésta en exhibición. Yo diría que esto es viejo, muy viejo, bíblicamente viejo, y sin morderlo y romper una corona, por la pátina probablemente sea oro puro."

"Jesús, ¿crees que no sólo es real, sino que es real-verdadero?" Preguntó Linda.

"¡Oh, sí! En aquella época se tomaban muy en serio las joyas de oro. Por el brillo y el tacto de la pieza, puede que sea de 20 o incluso de 24 quilates, o bastante cerca, aunque no importa. Es una antigüedad de calidad de museo", dijo mientras miraba a los demás.

"Eso es lo que pensaba", dijo Bob mientras una expresión de desconcierto aparecía en su rostro. "Pero si hay más de este material, cuando Vinnie se metió en problemas y debía todo ese dinero a la mafia, ¿por qué no intentó venderlo, o intercambiarlo con ellos, o incluso fundirlo? La calle 47 de Manhattan está a sólo un par de horas de camino".

"Yo le pregunté lo mismo", dijo Patsy. "No creía que valiera mucho, pero estábamos en verdaderos problemas con esos tipos. Le dije: 'Llévalo a una casa de empeño y véndelo'. "

"¿Qué dijo?" Preguntó Bob.

"Nada. Todo lo que dijo fue que pertenecía a los otros tipos, y que no podía. Por alguna razón, les tenía más miedo que a Van Gries y a Shaka Corliss; y eso nunca tuvo ningún sentido para mí."

Bob la miró y pudo comprobar que le estaba diciendo la verdad. "Muy bien, voy a llamar al general Stansky. Alguien tiene que sacar ese material del peligro, y te sacará del apuro".

"¿Así que crees que está caliente?" Preguntó Linda.

"La verdad es que no tengo ni idea". Bob miró a su alrededor y mintió entre dientes. "Hay algunas historias que flotan por ahí de que Vinnie estaba trabajando con algunos tipos de la CIA en Mosul al mismo tiempo que había un robo en el Museo Nacional de Bagdad, pero ¿quién sabe? Lo más seguro es dejar que las autoridades resuelvan esto. ¿De acuerdo?"

Patsy asintió y extendió la mano. "¿Crees que puedo seguir llevándolo, al menos hasta que volvamos a casa?", preguntó. "Era de Vinnie, y..."

Bob la miró un momento y luego se colgó el medallón en el cuello. "No veo qué daño puede hacer que lo lleves aquí en el barco. Podemos decirles que lo encontraste, y que después del robo te diste cuenta de que podría ser valioso y quieres entregarlo todo. Sólo prométeme una cosa". Miró a Patsy a los ojos y se rió. "No lo pierdas".

Más tarde, en el puente de mando, Bob dedicó un rato a revisar los últimos vídeos del casino Bimini Bay, y luego escaneó el hotel, los aparcamientos y el puerto deportivo con los prismáticos una vez más. Satisfecho de que todo parecía tranquilo, se sentó en el puente de mando con Ace, Koz y Ernie para ultimar su plan táctico.

"Vosotros dos sois los mejores tiradores del equipo, junto a mí, por supuesto", les dijo a Ace y Koz.

"Érase una vez, viejo", se rió Ace.

"Y en una galaxia muy, muy lejana", añadió Koz.

"Entonces, ¿qué vamos a hacer?" preguntó Ernie.

"Lo llamo 'el Plan Casper'. Los Geeks han descubierto cómo entrar en los ordenadores de Carbonari. Esta noche, mientras Chester y Lonzo hacen sus rondas, van a insertar media docena de unidades flash en algunos de los ordenadores de sobremesa en diferentes departamentos y cargar los caballos de Troya. Eso nos hará entrar en su ordenador central. Alrededor de las 8:00 p.m., vamos a limpiarlos, todo su dinero y registros. Todo eso va a desaparecer, y nosotros también, como un montón de pequeños fantasmas. Nos habremos ido mucho antes de que sepan lo que les ha pasado".

"¿Quieres decir que no podemos disparar a nadie?" Ace se quejó.

"A veces, esa es la venganza más dulce de todas, pero no tienes que preocuparte. Si cogemos su dinero, sus socios de Brooklyn lo harán por nosotros".

"¿Y los Barretts?" Preguntó Koz. "¿Para qué hemos estado cargando con esos imbéciles?"

"Para respaldar, si tenemos que ir al Plan B... o al Plan C".

"¿Quieres que usemos los nidos que comprobamos en Tuscany Towers y Siesta Cove?"

"Correcto. Ace, tú coges el de Tuscany Towers, porque tiene la mejor vista del helipuerto de Bimini Bay y del ático de Carbonari. Koz, tú toma el Siesta. Tiene una mejor vista del puerto, de la parte lateral y trasera de los edificios, y de las vías de acceso. Juntos, lo tendréis en un fuego cruzado si se llega a eso, lo cual dudo. Pero ustedes son los últimos en salir. Nos cubrirán y se reunirán con nosotros en la costa. Ernie, estás a cargo del barco hasta que yo regrese. Los demás nos quedamos aquí, y la pasarela sube a las 9:00 p.m."

"¿Llevamos observadores a los techos?" Preguntó Ace.

"Chester y Lonzo. Van a las 4:00 p.m. Tienen rondas que cubrir, así que tan pronto como terminen de plantar las memorias, les dije que salieran. Eso debería ser a las 7:00, cuando puedan reunirse contigo en los aparcamientos y subir. Lleva los visores ópticos y los de visión nocturna, pero mantén los Barretts en sus estuches hasta que subas. Con sus uniformes de conserje y las tarjetas llave, deberías poder subir sin problemas. Y llévate los auriculares de la radio táctica;

tenemos que estar en contacto".

"Entonces, ¿vamos a ir a lo táctico a las 7:00 p.m., y a golpear los pies a las 9:15?" preguntó Koz.

"Así es. Atacaremos sus ordenadores y cuentas bancarias en cuanto los Geeks me digan que los troyanos están cargados, que hemos tomado el control de sus sistemas. Deberíamos empezar a descargar los archivos que queremos a las 8:00. Hay una oficina del FBI en Northfield, en el continente. El SAC es un tipo llamado Philip Henderson que está recibiendo un regalo de Navidad anticipado. Ernie, haz lo mismo con tu amigo Carmine Bonafacio de la Policía Estatal de Nueva Jersey. Les estamos enviando todos los registros financieros de Carbonari. En cuanto eso esté hecho, atacaremos las cuentas bancarias de Boardwalk Investments. Las limpiaremos, además de todo el dinero que se supone que va a los Gambinos y Luccheses en Nueva York y a las otras familias de la mafia en todo el país. Eso simplemente va a desaparecer".

"Bueno, eso debería hacer hervir la olla", rió Koz.

"Ah, la belleza de la banca electrónica sin papeles", añadió Ace.

"Deberíamos tener las cuentas limpias a las 9:00, y el barco en marcha, fuera del puerto y cruzando por la ensenada de Absecon a las 9:15. A esa hora, ustedes se retiran, suben a sus coches y se dirigen al sur, al muelle de Ventnor, donde los recogeremos. Está muy por encima del agua, pero se puede bajar en rappel, lo que dijiste que siempre quisiste hacer de todos modos".

"Van Gries o Carbonari no tardarán en darse cuenta de que tienen un gran problema", advirtió Ernie. "No pueden perder tanto dinero de la mafia y esperar que alguien crea que no es culpa suya".

"Estoy seguro de que arremeterán contra cualquiera que pueda tener en sus manos", coincidió Bob. "Por eso tenemos que estar muy lejos para entonces. Cuando vengan con las manos vacías, van a correr tan lejos y tan rápido como puedan lejos de aquí".

"Podemos poner un par de rondas en el motor de ese helicóptero", sugirió Ace. "Eso los retrasará y cambiará sus planes de viaje, pero ¿y si conseguimos disparar a Carbonari o a Van Gries? ¿Deberíamos aprovecharlo?"

"No, a menos que las cosas estallen. Mi preferencia es navegar tranquilamente sin que nadie sepa que estamos allí. Podemos dejar que la mafia de Nueva York haga el trabajo pesado por nosotros más tarde, y habrá menos posibilidades de contragolpe."

"¿Y dónde vas a estar hasta entonces?" preguntó Ernie.

"Aquí mismo, contigo, las chicas y los Geeks... a no ser que no esté". Bob sonrió.

"¿Hasta que se desate el conflicto, quieres decir?" Preguntó Koz.

"No sería una operación de Bob Burke si no fuera así", rió Ace.

CAPÍTULO VEINTISÉIS

A las siete de la tarde, Cheech Mazoulli hizo su llamada diaria obligatoria a Brooklyn a su jefe, Angelo Roselli. Mazoulli sabía que no sería agradable. No estaba contento con lo que ocurría en Atlantic City y sabía muy bien que Angelo estaría aún menos contento. Cheech salió temprano del Bimini Bay y condujo por las calles laterales hasta el Caesars en el Boardwalk, donde había un teléfono público anticuado cerca de los baños que podía utilizar. "¿Antiguo?", escupió por la ventana. Cuando crecía en Queens, el teléfono del vecindario estaba en la lavandería del primer piso del edificio de apartamentos de mala muerte donde él y su familia vivían. Diablos, era el único teléfono que tenía todo el mundo, excepto los corredores de apuestas en la trastienda de la barbería de la esquina, y todo el mundo se alegraba de tenerlo. Hoy, trata de encontrar un teléfono público que no esté hecho polvo, que tenga una guía telefónica y que todavía funcione, pensó. No había ninguno. Por eso Cheech pensaba que todo ese rollo que le había hecho pasar Angelo con los teléfonos públicos y el lenguaje cuidadosamente circunscrito era un montón de tonterías. Si el FBI te va a pillar, te va a pillar. ¡Punto! Fin de la historia. Por otra parte, él no era el jefe y nadie le preguntó lo que pensaba. Así que, si Angelo quería que hablara con Pig-Latin a través de una lata en una cuerda, supuso que eso era lo que haría.

A las 6:59 exactamente, Cheech se paró frente al teléfono público, marcó el número y comenzó a dejar caer monedas en la ranura. Cuando Barbara contestó, murmuró: "Soy yo. ¿Está Da Baker?"

Barbara había hecho esto un millón de veces antes y no necesitaba presentación. "Espera. Está en la cocina, hasta los codos de Cannoli, pero dice que quiere hablar contigo".

Bárbara lo puso en espera, dejando que Cheech se preguntara. ¿Angelo quiere hablar con él? Eso nunca fue bueno. El mejor momento para hablar con un jefe era cuando ni siquiera estabas en su radar, y la única razón por la que cogía el teléfono era porque no tenía nada mejor que hacer.

Cheech seguía alimentando el teléfono público, preguntándose cuánto le durarían las monedas, cuando Angelo contestó de repente al otro lado. "¿Qué demonios está pasando ahí abajo?"

"Uh, nada que sea bueno", respondió Cheech. "Ya sabes, es ese tipo. No escucha nada de lo que digo. ¡Y ese loco holandés! Dime que puedo tapar su lamentable trasero. Te juro que lo haré gratis", empezó a despotricar.

"Nunca recibimos el dinero que el imbécil debía enviar aquí hoy a las 5:00. Los ocho y cuarto, nunca aparecieron. Quiero que vayas a sacudir la jaula de ese bastardo, y a sacudirla bien, ¿me oyes? Lleva a Eddie y a Petey contigo. Y si el maldito holandés te da algún problema, envíalo al maldito dentista. Hazlo pedazos, ¿me oyes?" Angelo gritó al teléfono.

Cheech quería hablarle de los otros extranjeros que Carbonari había traído, esos mercenarios holandeses y alemanes que trabajaban con el hermano del holandés. También quería contarle a Angelo cómo Marco Bianchi y Selmo Lombardi se robaron los bolsillos justo en el suelo del maldito casino de Bimini Bay, ¡por el amor de Chris! Desgraciadamente, nunca tuvo la oportunidad de contarle nada de eso. Angelo había colgado y Cheech se encontró mirando el teléfono público. Frustrado, golpeó la pared con el puño. Enviaría a ese payaso holandés al maldito dentista. Angelo podía llevar eso al banco.

El atardecer siempre había sido el momento favorito de Martijn Van Gries. Cuando por fin conseguía salir de la oficina esa tarde, y antes de ir a cenar a uno de los mejores restaurantes de la ciudad, le gustaba retirarse a la cubierta de popa de "su" velero en el puerto deportivo para tomar una o dos botellas de los mejores vinos de la colección de Bimini Bay. Para él, la fresca brisa del mar, el sonido de las gaviotas y una hora bajo cubierta con la siempre inquieta e ingeniosa Eva Pender eran la manera perfecta de terminar cualquier día.

El velero no era "suyo", por supuesto. Era un lujoso velero oceánico que pertenecía a Boardwalk Investments, pero Donatello nunca lo utilizaba. Se ponía enfermo en una bañera y casi nunca abandonaba tierra firme. Lo mismo ocurría con la mayoría de sus socios de Nueva York. Esos payasos ni siquiera sabían nadar, lo que resultaba sorprendente para alguien procedente de un país en el que todos los niños aprendían a nadar antes de los dos años. Cuando los neoyorquinos venían a la ciudad, lo hacían por el juego y las mujeres, no por un crucero en aguas azules. El barco era prácticamente suyo ahora, y eso le parecía bien a Martijn. Se trataba del más reciente y moderno velero Bénéteau Oceanis de sesenta pies de eslora y un solo mástil, al que Donatello llamó Prancin' and Dancin'. Diseñado para el océano abierto, este precioso yate de aguas azules tenía una cubierta de popa corta y ancha y una proa larga y triangular. Con un motor Volvo Penta de 150 caballos, tenía potencia cuando la necesitaba, y electrónica B&G en todo el barco. Estaba totalmente automatizado; una sola persona podía controlar sus 2.000 pies cuadrados de vela desde el puesto de mando.

Martijn lo mantenía en la última grada del muelle más alejado del puerto deportivo de la bahía de Bimini, lo más lejos posible del hotel, el casino y otros barcos, con la proa apuntando hacia el casino y la popa abierta hacia el puerto. Eva era una amante excitada y muy ruidosa, que se excitaba haciéndolo en lugares insólitos por todo el barco, a cualquier hora, de día o de noche, y paseando desnuda después. En consecuencia, Martijn optó por la privacidad. No le preocupaba que Donatello se enterara de lo suyo con la mujer. Donatello ya lo sabía. Mientras Martijn no entretuviera a otros hombres allí, y mientras permitiera que Donatello mirara de vez en cuando y se uniera a un trío, al gran italiano no podía importarle menos.

Esa noche, Eva estaba bajo la cubierta cantando en la ducha mientras Martijn se servía otra copa de vino y se recostaba en una de las mullidas sillas acolchadas de la cubierta de popa. Estaba orientado hacia el sur, hacia las marinas de barcos más pequeños del otro lado del puerto abierto. Se inclinó hacia delante y apretó los ojos en las dos aberturas de sus prismáticos de largo alcance Oberwerk BT-100-45, montados en un trípode, para ver lo que ocurría. El instrumento óptico de precisión se parecía más a un telescopio de doble lente que a un par de prismáticos, y era el más fino y potente de su clase. De hecho, las lentes de precisión y la montura de aluminio eran tan pesadas que venían montadas en una pesada base de trípode para su estabilidad.

Desde que tenía diez años, Martijn había sido un mirón descarado. Le encantaba observar a las personas que no sabían que eran observadas, especialmente cuando hacían cosas que no querían que los demás supieran que estaban haciendo. Descubrió que cuanto más grande era la casa y el barco, mayores eran los egos y los secretos que se guardaban en su interior. Y el hecho de que la casa o el barco fueran grandes no significaba que permitieran a sus propietarios ninguna privacidad, aunque a ninguno de ellos parecía importarle. Con su aumento de 70x a 180x, el Oberwerk era lo suficientemente potente como para permitirle ver exactamente lo que ocurría en la mayoría de los barcos del puerto. Podía ver a través de los ojos de buey, por las pasarelas, y contar las pecas de los huéspedes desnudos que tomaban el sol en cubierta.

Con todo lo que estaba ocurriendo en el casino, Martijn no había podido escaparse al velero y a Eva desde hacía varios días, y seguía disfrutando del cálido resplandor del vino caro, de la puesta de sol roja y dorada, y de ella. Podía olerla por todas partes. Se llevó la mano a la cara y pudo olerla y saborearla en sus dedos. Sintiéndose muy satisfecho consigo mismo, Martijn escaneó lentamente el puerto deportivo de la bahía de Bimini, haciendo girar los prismáticos de barco en barco. A continuación, los dirigió al resto del puerto, y finalmente se centró en el puerto deportivo público situado al otro lado del amplio canal para embarcaciones de la bahía de Bimini. Para su sorpresa, vio que alguien había atracado un espectacular yate a motor Ferrenti en uno de los muelles de paso. Sonrió. "Su Bénéteau Oceanis era un hermoso velero de alta mar, pero el Ferrenti era de otra clase. Incluso usados, debían de costar al menos dos millones de dólares en el mercado libre, especialmente uno que parecía estar en tan buen estado como aquél.

Se preguntó quién sería su propietario. ¿Quizás algún multimillonario que se dirigía al sur, a Fort Lauderdale o Fort Myers, para pasar el invierno? ¿Quizás se dirigía a la regata de Antigua o pasaba por San Bartolomé de camino a

Montecarlo? O tal vez fuera otro de esos malditos príncipes árabes con su séquito de hombres arrogantes y mujeres mohínas. Suelen soltar un dineral en el casino y pagar generosamente por los trastornos y daños que invariablemente crean en los restaurantes, hoteles y mesas de juego, pero a veces no valen la pena. Haría unas cuantas llamadas telefónicas, averiguaría quiénes eran y les diría a Theo y a sus hombres que los vigilaran de cerca. No, mejor aún, encargaría esa tarea a ese imbécil de Cheech Mazoulli y sus chicos de Brooklyn. Sí, ¡eso sería perfecto! Cuando Mazoulli metiera la pata, como seguramente haría, los árabes saldrían en tromba y Martijn podría hacer que Donatello se quejara a Angelo y echara la culpa de todo a Mazoulli.

Martijn enfocó los prismáticos hacia el Ferrenti. Al principio, no había mucho que ver. La gran lancha estaba aparcada justo enfrente de su Bénéteau Oceanis. La proa del Ferrenti estaba iluminada por la luz del sol poniente, pero los ojos de buey y las ventanas parecían tener cristales oscuros, y Martijn no podía ver nada del interior. "Maldita sea", juró. Sí vio a dos hombres de pie en el puente abierto. Uno de ellos era grande y tenía una lata de cerveza en la mano. Martijn vio su cara, pero no lo reconoció. El otro hombre tenía un gran par de prismáticos propios y los utilizaba para escudriñar el puerto deportivo de Bimini Bay y la zona de aguas del hotel y el casino. Por desgracia, su par le cubría la mayor parte de la cara. Maldito descarado, pensó Martijn. Este puerto deportivo sólo es lo suficientemente grande para un mirón a la vez.

Si buscas algo interesante que mirar, ¿por qué no limitas tu atención a tu lado del agua?

Volvió a centrarse en el hombre de los prismáticos. El holandés parpadeó. Puede que fuera su imaginación hiperactiva, pero juró que el hombre estaba mirando al Prancin' and Dancin', ¡mirándole directamente a él! ¿Pero qué podía ver? Mientras que el gran Ferrenti estaba atracado bajo un sol radiante, éste se ponía directamente detrás del velero de Martijn, ensombreciéndolo a él y a su cubierta de popa. Martijn extendió las lentes del Oberwerk a su máximo aumento. El agua del puerto estaba muy tranquila, pero a esta distancia y con este aumento, hasta el más mínimo movimiento desdibujaría la imagen. A su izquierda, detrás de los dos hombres, juró que veía varias cabezas más en la cubierta de popa, pero eso era todo lo que podía ver. Al volver a enfocar el puente, tres mujeres en bikini se unieron a los dos hombres en el puente de mando. Volvió a enfocar a los dos hombres, pero seguía sin poder ver con claridad al que tenía los prismáticos. Sin embargo, una cosa es segura: ninguna de esas personas parecía árabe.

Mientras enfocaba a la más pequeña de las tres mujeres, se levantó una ligera brisa. El velero comenzó a mecerse suavemente, y se negó a dejar de moverse en su objetivo. Sin embargo, había algo ligeramente familiar en ella. Finalmente, giró la cara hacia él y se detuvo lo suficiente para que él viera que era Patsy Evans, la joven que vino al casino con Pastorini, el soldado que se lanzó en picado desde la cornisa del quinto piso de la torre del hotel. No hay duda, pensó. Era ella, y eso sólo podía significar una cosa. El holandés volvió a girar las grandes lentes del Oberwerk hacia el hombre de los prismáticos y esperó. Treinta segundos, y un minuto después, su paciencia dio finalmente sus frutos. El hombre los bajó lo suficiente para que Martijn pudiera ver bien su rostro. Un escalofrío recorrió la columna vertebral de Van Gries. Era Burke. No había duda, era el bastardo de Burke.

Van Gries estaba sentado en una sombra cada vez más profunda y su rostro estaba completamente tapado por el trípode y el cuerpo de sus propios prismáticos, pero de todos modos se agachó aún más. Metió la mano en el bolsillo del pantalón, buscó a tientas su teléfono móvil y marcó rápidamente a su hermano.

"Theo", dijo, "coge a Benson y ven aquí al velero tan rápido como puedas... ¡Sí, ahora! Tengo algo que debéis ver, los dos; pero poneos los sombreros, y tratad de manteneros fuera de la vista del puerto. Ahora, ¡date prisa!"

Cinco minutos más tarde, los otros dos hombres permanecían en las sombras mientras se acercaban al velero y se deslizaban a bordo por la escotilla de proa, oculta del puerto por el puente y el puente de mando, y se unían a Martijn en la cocina. "Benson", le indicó al americano que se acercara y le señaló el gran par de prismáticos que había en el trípode de la cubierta de popa. "Sube ahí y echa un vistazo. Están enfocando un gran yate al otro lado del puerto. Mira hacia el puente de mando y dime si reconoces a alguien".

Benson lo miró con extrañeza, pero hizo lo que le dijeron. Subió sigilosamente las escaleras, se deslizó en la silla de cubierta detrás del trípode y puso los ojos en las aberturas gemelas.

"Puedes usar los diales de cada lado para ajustarlos", le dijo Martijn.

Benson giró la cabeza y lo miró con un desprecio apenas disimulado. "Sé cómo usar uno. Es como un catalejo. ¿Tienes idea de cuántas veces he...?"

"¡Mira el maldito barco!" Martijn se quejó. "¡Mientras estén ahí, por favor!"

Benson sacudió la cabeza y volvió a pegar los ojos a las aberturas. Podía tolerar a Theo, pero algunos días, como hoy, cuando se reunían, los hermanos Van Gries le recordaban una vieja canción para beber de sus días universitarios en Indiana. "Están los holandeses de las tierras altas, y los holandeses de las tierras bajas", empezó a cantar en voz baja, "¡los holandeses de Rotterdam, y los malditos holandeses! Cantando, glorioso, glorioso, un barril de cerveza para los cuatro..." y así siguió. Eran ellos, pensó, ¡los malditos holandeses! Volvió a enfocar los grandes prismáticos. Pero Martijn tenía razón en una cosa, se puede ver el culo de un mosquito a mil metros con estas cosas. Primero, redujo el aumento para obtener una visión más amplia del yate. Luego, enfocó lentamente el puente de mando y las personas que estaban allí.

"¿Los ves?" preguntó Martijn con impaciencia. "¿Los dos hombres y las mujeres?"

Benson reconoció inmediatamente a su antiguo comandante, Robert T. Burke, en carne y hueso. El segundo hombre parecía más grande y pesado, pero Benson no lo reconoció. Con toda seguridad, no era uno de los Deltas de Burke. Para su sorpresa, ver a Burke por primera vez en varios años le recordó a Benson días mejores, cuando era un hombre mejor. Él y Burke habían trabajado y luchado juntos contra muchos tipos malos. Luego conoció a Theo Van Gries y su banda de contratistas de la CIA en Mosul. Ahora, esos buenos días habían desaparecido para siempre.

"Sí, es Burke", confirmó finalmente Benson. "No hay duda".

"¿Quién es el otro hombre que está con él? preguntó Martijn.

"No tengo ni idea, pero no es uno de los Deltas, al menos ninguno que yo conozca.

Theo Van Gries había subido las escaleras detrás de él y se abrió paso a codazos detrás de los prismáticos para echar un vistazo rápido. "Tiene razón. Es Burke, y tampoco conozco al otro hombre".

"¿Por qué te sorprende?" preguntó Benson a Martijn. "Sabíamos que iban a venir; por eso tú y Carbonari nos habéis traído aquí", le recordó Benson mientras se ponía de nuevo detrás de los prismáticos. "Ahora se acabó el misterio. Sabemos que están aquí y sabemos dónde están. Eso es una gran ventaja, y tenemos que usarla".

"Benson tiene razón", dijo Theo. "Debemos eliminarlos antes de que vengan por ti".

"De acuerdo", dijo Benson. "Tenemos que golpear su barco, y tenemos que hacerlo antes de que se organicen más de lo que probablemente ya están. ¿Cómo de rápido puedes reunir a tus hombres?" preguntó mientras seguía escudriñando al gran Ferrenti a través de las largas lentes.

Theo miró su reloj y cogió su teléfono. "Dame cinco minutos. Nos reuniremos en el vestíbulo del hotel. Nuestros coches están en el garaje".

"Por cierto, ¿sabes quiénes son las mujeres?" Martijn preguntó a Benson.

"Estoy bastante seguro de que la del medio es la nueva esposa de Burke. Vi su fotografía de boda en Internet hace unos meses, pero no tengo ni idea de quiénes son las otras dos", mintió Benson, mientras enfocaba los prismáticos hacia Patsy Evans. Sabía exactamente quién era. Mientras seguía mirándola a través de los potentes prismáticos de Martijn, los rayos del sol poniente captaron el inconfundible y cálido brillo amarillo intenso del oro de 24 quilates que colgaba del cuello de la joven. Benson ya sabía lo que iba a hacer. Había vendido su alma al Diablo en Mosul un año antes, y ahora quería lo que el Diablo le había prometido. Todo lo que tenía que hacer era dejar a la chica a solas durante unos momentos. La haría hablar.

Bob Burke y Ernie Travers permanecieron en la parte superior del puente de mando del Enchantress observando las transmisiones de vídeo de las puertas delanteras y laterales del casino, escaneando el puerto y el perímetro de la bahía de Bimini con los prismáticos Zeiss. Bob miró la pantalla de su iPhone para asegurarse de que no había llegado ningún mensaje de texto. La pantalla mostraba las 6:40 p.m., y pronto debería ver uno de Chester y Lonzo diciendo que las últimas unidades flash estaban instaladas y se estaban cargando, y que ahora estaban volviendo sobre sus pasos para recuperarlas. Hasta ahora, sin embargo, no había nada.

"No estoy seguro de haberte visto nunca tan nervioso", comentó Ernie.

"Es la espera. Siempre es así. La última vez que tú y yo trabajamos juntos, en Chicago, fue diferente. Probablemente tengo el doble de gente involucrada aquí, incluyendo las mujeres, los Geeks, y mis hombres, y todavía no tengo una buena sensación del terreno. Conocía Chicago, Indian Lakes, y ese gran parque. Había estado viviendo allí, y ellos eran los extraños, no yo. ¿Pero aquí? Nueva Jersey bien podría ser el otro lado de la luna. Y mira esa monstruosidad", dijo Bob mientras señalaba con la mano el enorme complejo de hoteles y casinos Bimini Bay y los otros dos hoteles a la izquierda. "Necesitaríamos una compañía de infantería para tomar ese lugar".

"Sé lo que quieres decir", asintió Ernie mientras sacaba su Glock automática y volvía a comprobar la carga por lo menos por tercera vez desde que había subido al puente.

"Señor B.", oyó que Jimmy le llamaba desde la cubierta de popa. "Venga un momento. Tienes que ver esto".

"Hablando de nervios", Bob se rió. Los Geeks seguían trabajando en los portátiles, profundizando en los archivos de Martijn Van Gries. "Mantened el fuerte mientras veo lo que quiere Jimmy", le dijo a Ernie.

Bob se deslizó por la barandilla de la estrecha escalera y aterrizó en el piso inferior. Mientras lo hacía, los Geeks señalaban el portátil de Jimmy y se reían histéricamente. Bob se agachó y giraron la pantalla para que pudiera ver, y se encontró con una tórrida escena de amor en la que aparecían dos hombres haciéndolo en una gran cama redonda con sábanas de seda. Bob parpadeó. Cuando los dos hombres se dieron la vuelta y el más pequeño se puso encima, reconoció inmediatamente que eran nada menos que Donatello Carbonari y Martijn Van Gries. Bob parpadeó y se quedó con la boca abierta, lo que hizo que los Geeks se rieran aún más.

"¿Quieres saber la parte realmente buena?" preguntó Jimmy.

"¿Hay una parte 'buena'?" preguntó rápidamente Bob.

"Iz realmente buena, Meester B". Sasha asintió enérgicamente con la cabeza.

"Hay docenas de videos con esos dos 'haciendo lo sucio'", le dijo Jimmy.

"Si quieres, los vendo por mucho dinero en Moscú", ofreció Sasha.

"Hay cientos más de estos", continuó Jimmy, "y la mayoría de los otros también tienen audio. La mayoría muestra a otras personas: hombres de mediana edad con mujeres jóvenes, niños, otros hombres, lo que sea. No tengo ni idea de quiénes son, pero las demás parecen haber sido tomadas en habitaciones de hotel".

Bob lo pensó por un momento. "Creo que nuestros chicos tienen una pequeña estafa de chantaje y extorsión aquí. Eso es lo que creo".

"¿Qué es tan gracioso?" Escuchó la voz de Linda directamente detrás de él mientras ponía las manos en su espalda y trataba de mirar a su alrededor en la pantalla.

"No estoy muy seguro de que quieras hacer eso", advirtió Bob, ya que la cámara realmente se acercó y fue "personal".

"¡Oh!" exclamó Linda. "¿No es eso...?"

"En carne y hueso... por así decirlo", se rió Bob.

"¡Ya lo veo!" Linda también empezó a reírse y a sacudir la cabeza cuando Patsy y Dorothy se acercaron y se unieron al grupo.

Dorothy ladeó la cabeza y miró la pantalla. "¿Hora de la fiesta en el monasterio?"

"¡Qué asco! ¿Esas dos? Me lo imagino". dijo Patsy mientras miraba la pantalla por un momento.

"Algo me dice que sus amigos italianos de Brooklyn no verían con buenos ojos algunos de esos vídeos, ¿verdad?". dijo Jimmy.

Bob se enderezó y sonrió. "Sabes, es una gran idea, Jimmy. Tenemos algunas direcciones de correo electrónico asociadas a las notificaciones de esas cuentas". Miró su reloj y vio que ahora eran las 6:50. "Después de transferir los archivos y las cuentas, escoge un par de las mejores y hazlo".

CAPÍTULO VEINTISIETE

Cuando Bob regresó al puente de mando, seguía riendo, y Ernie también se desternilló de risa. Sin embargo, la pausa de humor no duró mucho. Ernie se incorporó de repente y señaló la pantalla del monitor. "Fíjate en esos tres tipos que se dirigen a la puerta trasera del casino. Vayan donde vayan, tienen prisa", dijo.

Bob se inclinó sobre el monitor e inmediatamente vio problemas. Martijn Van Gries iba en cabeza. Detrás de él venía su hermano menor, Theo. Habían pasado algunos años desde que Bob lo conoció en Afganistán, pero cuando los dos hermanos estaban así, uno al lado del otro, y se podían ver sus rostros, Bob no tenía duda de que era él. Sin embargo, la peor noticia llegó con el tercer hombre que seguía a los otros dos. Mientras se apresuraba hacia la puerta del casino, giró la cabeza durante el más breve de los instantes y miró hacia atrás, al otro lado del agua, a La Encantadora. Podía dejarse crecer la barba hasta las rodillas y llevar cualquier tipo de gorra de béisbol que quisiera, pero Bob reconoció inmediatamente a su antiguo oficial ejecutivo, Randy "Gramps" Benson, y sintió que se le hundía el corazón.

"¿Problemas?" preguntó Ernie.

"Eso parece", respondió Bob. Fue entonces cuando su teléfono móvil emitió por fin un pitido. Miró la pantalla y vio un mensaje de texto de Lonzo. Eran las 6:50 p.m. Ya era hora, pensó. Se suponía que Lonzo y Chester estaban terminando las cosas, saliendo de allí y reuniéndose con Ace y Koz en los otros dos hoteles. Ese era el plan, al menos, hasta que Bob vio el mensaje de Lonzo.

"Dos Gumbahs husmeando en los ordenadores", decía el mensaje de texto. "Ya han encontrado un pendrive. Buscando más".

Ernie también había visto la pantalla. "¿Por qué no les dices que salgan de ahí? Ya han cargado los troyanos. ¿Ya no importan las memorias USB?", preguntó.

"No lo sé. Todavía no son las 7:00 y acabamos de entrar en su sistema. Hay mucho trabajo que hacer para descargar y limpiar las cuentas". Bob miró de nuevo la pantalla del móvil y se debatió antes de cogerlo. "Estaré allí en cinco minutos. Stall", contestó y rápidamente envió un segundo mensaje a Ace y Koz. "Subid a los tejados. Lonzo y Chester se retrasan. Prepárense".

"¿Qué vas a hacer?" Le preguntó Ernie.

"Voy a ir al casino y sacar a Lonzo y a Chester de ahí", dijo mientras revisaba el cargador de su Beretta.

"¿Quieres que conduzca yo?"

"No, yo llevaré el CRRC, el bote de goma, para cruzar. Será mucho más rápido. El Batman y el Bulldog están abajo en el salón. Los llevaré conmigo también. Tú quédate aquí. Con las chicas y los Geeks abajo, necesito a alguien aquí para mantener el fuerte".

"¿Y perderme toda la diversión?"

"No te preocupes, tendrás tu parte antes de que esto termine. No hemos terminado".

"Me quejaría de que estás discriminando a los viejos pedorros, pero tienes razón. Tus chicos pueden moverse mucho más rápido que yo".

"Sí, pero pueden disparar igual de rápido".

Bob se deslizó por las barandillas hasta la cubierta inferior, agarró el CRRC y lanzó la balsa de goma al agua. Llamó a Batman y a Bulldog para que se unieran a él. Dirigiéndose a los Geeks, dijo: "Si estáis en el sistema, necesito que los tres empecéis a descargar los archivos y a golpear las cuentas bancarias ahora mismo. Podemos tener problemas, así que no hay tiempo que perder. Volveré tan rápido como pueda. Trabajad con lo que tenéis, pero ponedlo todo en marcha, ya".

Cuando Martijn y Theo Van Gries y Eddie Benson llegaron al vestíbulo del hotel, los dos marines reales holandeses de Theo, Eric Smit y Lucas Baker, más Reggie MacGregor, el único británico, ya estaban allí apoyados en la recepción, esperando y con cara de aburrimiento. Theo estaba explicando la situación cuando sonó su teléfono móvil. Miró la pantalla y vio que la llamada era de Joost DeVries, su tercer marine holandés. Debatió por un momento, y luego se apartó y contestó la llamada. Como de costumbre, la conversación fue breve, salvo por una serie de "Ja... Ja..." y "Ja", además de varios gruñidos y un último "Estamos en camino".

Cuando colgó, se volvió hacia Martijn. "Era Joost. Se encontró con varios de tus "amigos" de Nueva York junto a los ascensores hace unos momentos. ¿Recuerdas a ese patán ignorante de Cheech Mazoulli? ¿El que estaba tan impresionado consigo mismo? Joost dijo que eran él y dos de sus pistoleros".

"¿Qué querían? preguntó Martijn. "Estamos un poco ocupados en este momento".

"Acababan de llegar del ala de oficinas y estaban esperando el ascensor para subir al ático de Carbonari. Dijo que no parecían muy contentos, sobre todo el tal Cheech. Al entrar, le dijo a Joost que debíamos empezar a hacer las maletas antes de que nos echaran. Al cerrar la puerta, vio que Mazoulli sacaba su pistola".

Martijn se quedó parado un momento, debatiendo qué hacer. "¿Joost los siguió arriba?", preguntó.

"No. Nos está esperando en el vestíbulo del ascensor".

"Burke tendrá que esperar..." Martijn comenzó a decir.

"¡No!" Benson le cortó. "No puede esperar. Puede que no volvamos a tener esta oportunidad. Ustedes dos suban con Joost. Los tres deberían ser capaces de ocuparse de esos grasientos de Brooklyn. Mientras tanto, llevaré a Smit, Bakker y

MacGregor conmigo y visitaré el barco al otro lado del puerto. Si nos movemos rápido, Burke nunca sabrá qué le golpeó".

Theo asintió rápidamente. "Benson tiene razón. Eso es lo que debemos hacer".

"¿Harán tus chicos lo que yo les diga?" preguntó Benson.

Theo se volvió hacia ellos y dijo en holandés: "Doen wat hij zegt te doen", Haced lo que os diga, y luego volvió a mirar a Benson. "Ahora lo harán, capitán".

"Entonces hagamos esto", dijo Benson cuando el grupo se separó. Dirigió a sus tres hacia el aparcamiento mientras los hermanos Van Gries se dirigían a los ascensores.

Incluso con tres hombres corpulentos sentados en el CRRC, su potente fueraborda Yamaha de 200 CV no parecía saber que el trabajo era más duro. En menos de cinco minutos, se habían lanzado a través del oscuro puerto hasta el muelle del puerto deportivo de Bimini Bay. Mientras chocaban contra el muelle, Bob sacó su teléfono móvil y consiguió teclear una pregunta de una sola línea a Lonzo.

"¿Dónde estás?", escribió.

Diez segundos después, mientras Bulldog ataba el barco a la primera cornamusa marina que encontraba, Bob leyó la respuesta: "Oficina de negocios", y saltó. Él y los otros dos corrieron hacia la puerta lateral del casino, ignorando las quejas del encargado del puerto. Las oficinas administrativas de Boardwalk Investments estarían cerradas ahora. Bob había estado allí antes, en el último viaje, y sabía que estaban situadas en aquel anodino pasillo lateral, frente a la oficina de Van Gries, a medio camino del casino hacia el hotel. Sabía que no debía entrar corriendo. Eso atraería de inmediato la atención de la seguridad, así que redujo la velocidad hasta llegar a una caminata a paso largo. Así llegaría casi con la misma rapidez, pero no se veía muy diferente de un jugador que necesitaba seriamente ir al baño.

Cuando llegaron al pasillo que conducía a las oficinas administrativas, giró rápidamente a la izquierda y continuó por el pasillo hasta que vio el pequeño cartel de plástico negro sobre una de las puertas que decía "Oficina de negocios". Un carro de limpieza estaba aparcado fuera, y Lonzo había sido lo suficientemente inteligente como para bloquear la puerta abierta con una papelera. Oyó que unos hombres discutían dentro y se detuvo. Hizo una señal a Bulldog y a Batman para que se quedaran detrás de él, y sacó la Beretta que llevaba en la cintura del pantalón. Rápidamente, atornilló un silenciador en el extremo del cañón, y atravesó la puerta, sujetando la automática por la costura de la pernera del pantalón para que no se viera.

Encontró a cuatro hombres de pie en el pasillo central de la gran oficina abierta, discutiendo. Dos de ellos eran Chester y Lonzo, todavía vestidos con sus uniformes de conserje. Lonzo había estado empujando una aspiradora mientras que Chester había estado vaciando cubos de basura. Sostenía uno contra su pecho mientras discutían con los dos Gumbah que estaban frente a ellos. Bob los reconoció inmediatamente como Marco Bianchi y Selmo Lombardi por las fotografías de sus permisos de conducir de Nueva York. Eran los dos a los que el veloz carterista de Ernie, Dimitri, les había robado los bolsillos y otros juguetes. Lombardi tenía una vieja Colt 45 automática en la mano derecha, y la sostenía bajo la nariz de Lonzo, amenazándolo. En su mano izquierda, sostenía una unidad de memoria miniatura, que se parecía sospechosamente a las que los dos conserjes habían estado instalando en los ordenadores de sobremesa de la oficina.

Bob no esperó. Empujó la puerta y entró directamente. Cogió un papel de la primera mesa que pasó y actuó sin saber que había algo inusual dentro de la oficina. "Tal vez puedan ayudarme", les dijo mientras sostenía la hoja de papel. "Tenemos una entrega de papelería y sobres para una tal señora Johnson", dijo mientras señalaba hacia el vestíbulo y seguía caminando hacia ellos.

Bianchi se giró y lo miró, irritado por la interrupción, y le espetó: "¡Saca tu culo de aquí!".

"Mira, sé que la oficina está cerrada, pero ha sido una putada llegar hasta aquí desde Filadelfia con todo el tráfico. No crees que a nadie le importará que los dejemos en su cubículo, ¿verdad?"

"¿Has oído lo que he dicho? ¡Salgan de aquí, ahora!"

"Oye, vamos, es sólo papelería", dijo Bob, acercándose aún más.

"**¡Eres sordo o algo así!** No te lo voy a repetir", dijo Bianchi mientras giraba el gran Colt hacia Burke. Al hacerlo, Lombardi también se giró y le miró, y fue entonces cuando Lonzo agarró el brazo de la pistola de Bianchi y apartó el Colt de su camino, dio un paso adelante y pasó la palma de su mano por encima y por debajo de la nariz de Lombardi. Normalmente, eso era suficiente para que el cartílago de la nariz subiera hasta el cerebro y resultara instantáneamente mortal. Sin embargo, al parecer, eso no se aplicaba a los sicilianos de cráneo grueso.

¡Lombardi gritó y se tambaleó hacia atrás, llevándose las manos a la cara cuando el Colt se disparó con un fuerte Blam! Incluso dentro de una oficina con techo de baldosas acústicas, cuadros de moqueta y cubículos de oficina tapizados, el estruendoso disparo fue fuerte. La bala alcanzó a Lonzo en el muslo. Enfurecido, Lombardi sacudió la cabeza y trató de llevar la mano del arma hacia Lonzo de nuevo. Fue entonces cuando Bulldog atravesó la puerta del despacho y disparó a Lombardi tres veces en el centro del pecho. Los ojos se le pusieron en blanco y se desplomó en el suelo, con Lonzo cayendo encima de él. Para entonces, Marco Bianchi había sacado un revólver de calibre 38 de su funda de hombro y empezó a girar hacia Bob. Chester empujó su cubo de basura contra Bianchi mientras Bob levantaba su propia Beretta con silenciador y disparaba a Bianchi dos veces en la frente. El soldado de la calle Brooklyn se desplomó en el suelo junto a Lombardi.

Chester se agachó inmediatamente y puso a Lonzo boca arriba. Bob se arrodilló junto a él y comprobó la herida de bala en su pierna. Parecía haber impactado en la parte gruesa del muslo y la había atravesado por completo. Lonzo sangraba sin cesar, pero no parecía que la bala hubiera tocado hueso. Con todo, Bob se dio cuenta de que podría haber sido mucho peor. No había ningún hombre en su unidad que no tuviera una experiencia considerable en el tratamiento de heridas de bala, a menudo propias, incluido él mismo. Trabajando juntos, él y Chester cogieron algunas toallas y bolsas de basura del carro y rápidamente consiguieron vendar la pierna de Lonzo y detener la hemorragia.

"Me pondré bien, me pondré bien", les decía Lonzo. "Tenemos que salir de aquí". Eso era sin duda cierto, pensó Bob, pero primero él y Bulldog arrastraron a los dos Gumbah a uno de los cubículos donde estarían fuera de la vista de la puerta y de los pasillos principales. Mientras lo hacía, Batman llevó los carros de limpieza al interior de la oficina y los colocó, junto con la aspiradora y algunos cubos de basura, encima de las peores manchas de sangre de la moqueta.

"Muy bien", dijo volviéndose hacia Chester, mientras los dos hombres ponían a Lonzo en pie. "Tu coche está aparcado en el aparcamiento, ¿verdad?". Chester asintió. "Hay una salida de emergencia al final del pasillo. ¿Sabes dónde se abre?" Chester asintió de nuevo, así que Bob dijo: "Ve a buscar tu coche y llévalo hasta esa puerta. Acompañaremos a Lonzo por el pasillo y saldremos por allí. Tú llévale hasta el barco y yo llamaré a Ernie para que se reúna contigo en el aparcamiento del puerto deportivo y lo suba a bordo. Hay un gran botiquín de primeros auxilios en el barco. La herida no parece tan grave. Podemos llevarlo a un médico en cuanto lleguemos a Cape May, o podemos llamar a nuestros amigos de Carolina del Norte para que lo recojan. Podemos decidirlo más tarde, pero movámonos".

"Entendido", respondió Chester mientras se levantaba y se alejaba corriendo.

"Estoy totalmente de acuerdo", añadió Lonzo con los dientes apretados. "Sólo sácame de aquí. He visto todas las aspiradoras y cubos de basura que quería ver durante mucho tiempo".

"¿Te las arreglaste para recoger todas las unidades de memoria flash?" le preguntó Bob mientras él y Batman ponían a Lonzo en pie y se dirigían a la puerta.

"Espera un momento", dijo Lonzo mientras se apoyaba en una de las paredes del cubículo y rebuscaba en los bolsillos de sus pantalones. "Había ocho cuando empezamos. Aquí hay tres, y Chester tiene dos más". Dejó caer la suya en la mano de Bob. "Son los que recuperamos aquí y en el procesamiento de datos, antes de que esos dos imbéciles vieran a dos en el personal y vinieran a buscarnos. No sé qué les avisó. Tal vez vieron lo que estábamos haciendo, o tal vez son más inteligentes de lo que pensaba; no lo sé. Como sea, el que disparó tiene uno, y no sé dónde está el último. Tal vez podamos buscar por ahí..."

"No. Estamos fuera de tiempo, y no me preocupa ninguno. Jimmy puede averiguar alguna forma de desactivarlo a distancia".

"Ese chico es muy inteligente, ¿no?" Chester preguntó.

"Más inteligente que tú o yo", respondió Bob. "Pero supongo que por eso hace lo que hace, y por eso tú y yo acabamos en el ejército haciendo lo que hacemos".

"Y sangrando", logró reír Lonzo.

"Has acertado en eso. Ahora vamos a llevarte al coche".

El primer indicio que tuvo Donatello Carbonari de que tenía un problema fue cuando Cheech Mazoulli, Eddie Costa y Pete Moretti -tres de los matones de los Lucchese que habían llegado desde Brooklyn- derribaron las puertas delanteras de su ático. Aquellas puertas gemelas eran de teca tallada a mano, con bisagras de latón ornamentadas, cerraduras y una gran aldaba decorativa a cada lado. Eran algunas de las posesiones más preciadas de Donatello. Romperlas así, cuando todo lo que Mazoulli tenía que hacer era llamar, cabreaba mucho a Donatello. Sin embargo, lo que más le cabreaba era el hecho de que era un Don, aunque menor, y no le mostraban ningún respeto. Los soldados de la calle, incluso un subjefe menor como Mazoulli, no debían ser groseros con sus superiores, ni siquiera con los de Atlantic City.

La primera reacción indignada de Donatello fue que deberían haber llamado a la puerta. Sin embargo, si era completamente honesto consigo mismo, sabía que nunca los habría oído, aunque hubiesen llamado a la puerta. En ese momento, estaba en la cama grande y redonda del dormitorio principal, en el otro extremo de su apartamento en la ciudad, montando a un flaco prostituto de quince años que era la mitad de su tamaño. Era una noche clara. El dormitorio principal tenía un techo de tres metros de altura, un gran espejo circular sobre la cama y las paredes norte y este estaban ocupadas por ventanas que iban del suelo al techo. Las cortinas se habían abierto y todas las luces del dormitorio estaban encendidas, lo que ofrecía una vista espectacular de Atlantic City y de los pueblos y ciudades más pequeños de la costa y de la mitad de Staten Island y Nueva York.

Era una vista increíble, como cualquiera que hubiera estado en el ático de Donatello tenía que admitir. Eso fue más o menos lo que pensaron los tres Gumbah después de patear la puerta de su habitación, entrar en el luminoso dormitorio con las armas desenfundadas y situarse a los pies de la cama, mirando atónitos a Carbonari y al chico.

"¡Cómo os atrevéis!" gritó Carbonari mientras giraba la cabeza y los miraba por encima del hombro. "¡Salid de aquí! ¡Salid de aquí!"

Donatello podía gritar todo lo que quisiera, pero cuando el chico que estaba debajo de él miró hacia atrás y vio a los tres hombres enfadados con pistolas, también gritó, se desprendió rápidamente y salió corriendo hacia el baño tan rápido como sus pies se movían, cerrando la puerta tras él.

"¿Dónde está el maldito dinero, maldito pervertido?" gritó Cheech mientras apuntaba con su pistola a Donatello, demasiado nervioso para mantener la compostura.

"¿Qué dinero?" Donatello respondió con un grito y trató de cubrirse con la sábana. "¿De qué estás hablando?"

"Da money, you moke, da money. Sabes exactamente de lo que estoy hablando". Cheech se acercó, amartilló su pistola y apuntó a la cabeza de Donatello. "El dinero nunca llegó aquí, y Angelo no te va a joder más, tú... pedazo de mierda".

"¿Angelo? Le envié el dinero, los ocho millones y cuarto. Salió hace un par de horas, así que baja esa maldita arma".

"¡Mentira! Angelo dice que nunca llegó allí. La cuenta está vacía. No hay nada en ella, y no voy a poner nada".

"¡Llámalo! Dile que vuelva a mirar. Lo enviamos allí, lo juro".

Cheech lo miró durante un largo momento, debatiendo qué hacer, hasta que finalmente sacó su teléfono móvil con la mano libre y comenzó a hacer lo impensable. Empezó a marcar el número de teléfono de la oficina de Angelo en el restaurante, hasta que de repente se le ocurrió una idea mejor y guardó el móvil. Sin dejar de apuntar a Carbonari con la pistola, se dirigió a la mesa de éste, cogió el teléfono de la mesa y marcó. Esperaba que Bárbara contestara, como de costumbre, y se sorprendió cuando el propio Angelo cogió el teléfono.

"Sí, ¿qué demonios quieres?" Angelo tenía el identificador de llamadas y pensó que era de Carbonari. Cheech lo puso en el altavoz justo cuando Angelo empezó a despotricar. "Hijo de puta, ¿dónde está...?"

"Este no es el tipo, soy yo", intervino Cheech.

"¿Ah, ¿sí? Bueno, lo único que quiero saber de ti es cuándo es su maldito funeral".

"Dice que lo envió, todo. Le dije que dijiste que esa cosa estaba vacía, pero me dijo que te dijera que debías mirar de nuevo. Dijo que lo había enviado. Dijo que lo envió todo".

"¡Dile a ese loco que sí miré! Miré un par de veces porque no podía creer que fuera tan estúpido como para no enviarlo cuando se lo dije. ¿Y quieres saber lo que encontramos allí? Vídeos. Videos de él y del otro tipo, el holandés Von Greasy, o lo que sea. Eran los dos, juntos, haciéndolo. Eso es lo que hay en esa cuenta, un montón de malditos videos de los dos. ¿Sabes lo que quiero decir? Pensé que iba a vomitar".

"¿Sí? Bueno, si hubieras estado aquí hace un par de minutos, cuando los chicos y yo entramos en su ático, seguro que habrías vomitado. ¿Adivina lo que encontramos? A él y a un chico haciéndolo".

"No, espera un momento, Angelo, todo esto es un error", suplicó Carbonari mientras se arrastraba por la cama hacia Cheech y el teléfono. "¡Alguien me está tendiendo una trampa, lo juro!"

"Encárgate de él. No quiero volver a verlo", le gritó Angelo.

Cheech empezó a decir algo más, pero se dio cuenta de que la línea se había cortado. Angelo le había vuelto a colgar. Cheech se volvió, miró a Carbonari y apuntó con su pistola a la cabeza de Donatello. Cheech estaba chapado a la antigua. No le servían esas elegantes pistolas semiautomáticas europeas de 9 milímetros que parecían estar tan de moda entre los policías e incluso entre algunos de sus hombres en la actualidad. Prefería un revólver Colt .357 Magnum Python de seis pulgadas, de color azul metálico y pasado de moda. Como su padre le dijo una vez mientras agitaba la gran pistola delante de su cara: "Mira, cabeza hueca, si no puedes detener a un tipo con una de estas pistolas, justo en su parrilla, no puedes detenerlo con nada".

Cheech sonrió al ver cómo "el Don" se retorcía y se arrastraba lejos de él en la desordenada cama. Carbonari se subió la sábana superior hasta la barbilla, intentó cubrirse con ella y empezó a acobardarse.

"¡Maldito cobarde!" Cheech se inclinó más cerca y le gritó. Siempre había sido el mejor ejecutor dentro de la extensa familia del crimen de Angelo Roselli, y el "músculo" cuando el jefe lo necesitaba. No había mucho que Cheech no hiciera si el viejo se lo pedía, y no había mucho que no hubiera hecho ya en algún momento. La mayoría de las veces, le pagaban por hacerlo. De vez en cuando lo hacía por venganza, o por despecho, o por simple maldad, pero nunca había matado a un hombre por puro placer, no hasta ahora. Este era uno de los que disfrutaría.

Por desgracia para él, fue entonces cuando los hermanos Van Gries entraron en la habitación acompañados de Joost DeVries y Reggie MacGregor, dos de los mercenarios de Theo, y toda la diversión se escapó de repente de la habitación como el helio de un globo de cumpleaños de dos horas.

CAPÍTULO VEINTIOCHO

El puerto deportivo donde estaba amarrado el gran yate Ferrenti era funcional, pero no estaba diseñado para barcos de recreo. Bob había cogido el amarre porque era el único de la ciudad que podía albergar un barco del tamaño del Enchantress, aparte del puerto deportivo de Bimini Bay, al otro lado del puerto. El aparcamiento era pequeño, de grava, y estaba débilmente iluminado por dos lámparas de vapor de sodio en un par de postes altos. Además del Enchantress y un puñado de otras embarcaciones de recreo más pequeñas, había media docena de grandes y antiestéticas embarcaciones de trabajo que se utilizaban para el dragado y el remolque y que estaban atracadas a lo largo del muelle. En el lado opuesto del aparcamiento, tres altos cobertizos para embarcaciones protegían eficazmente el aparcamiento y el muelle de las calles y los comercios cercanos, todos los cuales estaban a oscuras a esa hora de todos modos.

El abuelo Benson y los tres mercenarios de Theo -Eric Smit, Lucas Bakker y el alemán Klaus Reimer- tardaron menos de cuatro minutos en dar la vuelta desde la bahía de Bimini hasta el aparcamiento del puerto deportivo. Llegaron en dos coches y aparcaron en las sombras cerca de los cobertizos para embarcaciones, y no perdieron tiempo en desplazarse por el borde del terreno hasta el muelle, y subir por el muelle hasta el barco grande. El estrecho muelle estaba iluminado por una serie de pequeñas luces de bajo voltaje colocadas sobre los pedestales de servicios públicos que llegaban hasta las rodillas. Estaban a quince metros de distancia y centrados en cada muelle. Las pequeñas luces podían ser útiles para evitar que algún borracho ocasional se cayera del muelle al volver de los bares locales por la noche, pero no hacían mucho más.

Benson optó por llevar dos coches, porque no sabía qué pasaría cuando llegaran al barco, ni cuánta gente llevarían con ellos a la bahía de Bimini, si es que había alguna. Por la reputación de los hombres de cada bando, lo último que quería era meterse en un prolongado tiroteo con sus antiguos compañeros de la Delta. Por otra parte, el siempre oportunista Benson pensó que eso podría eliminar a algunos de sus compañeros del atraco al Museo Iraquí y aumentar su cuota.

Él y los demás hombres se habían puesto camisas y jerséis oscuros en el coche, pero con la escasa luz no importaba. La oficina y los barcos y edificios cercanos estaban cerrados por la noche, y había poco tráfico en las calles circundantes. No le cabía duda de que Burke habría colocado un guardia, seguramente en el puente de mando, pero la proa del gran yate apuntaba al puerto y a las llamativas y parpadeantes luces del Hotel Bimini Bay, no al aparcamiento. Con suerte, todo ese neón brillante distraería la atención de quienquiera que estuviera de guardia allí arriba el tiempo suficiente para que pudieran subir a bordo. Esa era la principal preocupación de Benson, porque el guardia estaría armado y el puente volante sería la zona más difícil de alcanzar del barco.

Un gran toldo cubría el puente de mando. Incluso por la noche, proyectaba una profunda sombra, lo que lo convertía en un lugar completamente negro, excepto por el débil resplandor de un puñado de diales y medidores en el panel de instrumentos. Benson había traído un par de gafas de visión nocturna que se puso a mitad del muelle. Por desgracia, las luces interiores del salón principal estaban encendidas, al igual que las de la cubierta de popa e incluso las pequeñas luces LED que iluminaban el agua alrededor del barco. Toda esa luz directa y reflejada hacía que sus gafas de visión nocturna fueran casi inútiles. Benson entrecerró los ojos y trató de sombrear las lentes, sin saber si había un hombre o dos allí arriba. Lo único que pudo distinguir fue la tenue figura de un hombre grande sentado en la silla del capitán. La buena noticia era que parecía ser el único que estaba allí arriba. La mala noticia era que Benson no tenía ni idea de quién era.

El salón principal era otra historia. A 30 metros de distancia, vio a tres jóvenes muy animados, apiñados en torno a dos ordenadores portátiles que estaban abiertos sobre la mesa del comedor. Golpeaban los teclados, agitaban los brazos de un lado a otro, reían y discutían entre ellos, y eran totalmente ajenos a cualquier otra cosa que pudiera estar ocurriendo a su alrededor. Reconoció a dos de ellos como los jóvenes contadores de cartas de blackjack que había visto en las cámaras de seguridad la noche anterior, pero no reconoció al tercero que estaba sentado con ellos. Era bajo y gordo, con el pelo desordenado y una barba desaliñada. Fuera quien fuera, estaba claro que tanto él como los otros dos no eran soldados y no debían suponer un gran peligro. Finalmente, vio a tres mujeres sentadas en los sofás del fondo del salón. Una era sin duda la esposa de Burke y otra era sin duda Patsy Evans. La tercera era un misterio, pero ¿cuántos problemas podía causar una sola mujer? Sin embargo, si Burke era algo, era muy inteligente. Como Benson sabía, había un patrón en esto. De alguna manera, los contadores de cartas, las mujeres, los Deltas y el hombre del puente encajaban en el plan de Burke.

Cuando Benson y sus hombres se acercaron al yate, hizo una serie de rápidas señales con la mano a los demás. Primero, él y Smit se moverían en el puente de mando, con Benson subiendo rápidamente las escaleras y Smit cubriéndolo desde la cubierta de popa. Una vez hecho esto, Bakker y el alemán entrarían en el salón, neutralizarían a los seis que estaban allí sentados y registrarían los camarotes en busca de otros. Como si el asalto hubiera sido practicado durante días, sus movimientos fueron ajustados, rápidos, y terminaron en cuestión de segundos.

Lo primero que oyó el hombre de guardia en el puente volante fue el susurro de Benson desde la cabecera de la escalera, detrás de él. "Tú, el del puente volante, quítate los auriculares y no digas ni una palabra o estarás muerto", dijo con calma y en voz baja. "Tenemos dos pistolas apuntando hacia ti y no estamos acostumbrados a fallar, así que no me obligues a disparar".

Lentamente, el hombre se quitó el auricular táctico PRC 154A Rifleman y lo dejó caer en la cubierta a sus pies. "Bien", dijo Benson. Eso eliminó la amenaza de que llamara por radio a Burke. "Ahora, permanezca de frente, coloque su arma en la cubierta, si es tan amable, y póngase de pie". Claramente, el guardia había sido cogido por sorpresa y no estaba muy contento por ello.

"¡Hazlo!" ordenó Benson. "Esta es la única advertencia que vas a recibir", añadió, y el hombre finalmente cumplió. Se agachó y colocó lo que parecía ser una Glock 9 en la cubierta a sus pies. "Gracias", le dijo Benson. "Un derramamiento de sangre innecesario no conseguirá nada para ninguno de nosotros, así que baja aquí".

El hombre recorrió con cuidado las empinadas escaleras del puente y se unió a Benson y Smit en la cubierta de popa. Benson le miró y frunció el ceño.

"¿Quién es usted?" Preguntó Benson, con más que un poco de curiosidad.

"Ernie Travers, capitán detective del Departamento de Policía de Chicago".

"¿La Policía de Chicago?" Benson sacudió la cabeza con asombro. "Vaya, vaya, el Fantasma atrae una mezcla ecléctica de amigos, ¿no es así?".

"¿Y tú?"

"¿Yo? Oh, soy Randy Benson, como Bob y la mayoría de los demás le dirán".

"Por supuesto, su antiguo ejecutor". Ernie asintió con conocimiento de causa. "Bueno, parece que se ha portado mal, capitán. No se lo va a tomar a la ligera, ya lo sabe".

"Desgraciadamente, probablemente tengas razón. Por desgracia para todos nosotros". Benson suspiró. "Ahora, señor capitán de policía detective, ya que espero que usted sea el más cuerdo y experimentado de este grupo, tengo otros tres hombres conmigo, hombres duros y experimentados con armas. Quiero que baje conmigo y le diga a su gente que mantenga la calma y no nos cause problemas. No hemos venido aquí a hacer daño a nadie. Hemos venido con la esperanza de encontrar al Fantasma y a los otros Deltas, pero parece que están en otra parte, ¿no?".

Benson esperó, pero Ernie sólo sonrió, se encogió de hombros y no dijo nada. "Supongo que era demasiado esperar, ¿no?", admitió Benson. "Muy bien, abajo con los demás. Supongo que tendremos que hacer esto por las malas, ¿no?".

Para cuando él, Smit y Ernie entraron en el salón principal, los otros dos hombres de Benson estaban de pie en un lado del salón, con las armas desenfundadas, y sus seis prisioneros estaban sentados en el sofá y las sillas contra el mamparo del otro lado. Benson lanzó una mirada interrogativa a Bakker, pero el gran holandés sólo pudo negar con la cabeza. No había nadie más a bordo. De nuevo, una desgracia para todos.

Mientras los dos grupos se miraban fijamente, Jimmy dirigió una larga mirada a Lucas Bakker. "¡Tú! Eres el hijo de puta que disparó a Ronald en el pie, ¿no?"

"¿Tú también quieres uno, pequeño?" respondió Bakker en un inglés muy acentuado mientras bajaba su Glock 17 automática y apuntaba al pie de Jimmy. "Esa era mi 22. La utilizo con las plagas. Esta es la que uso cuando quiero hacer agujeros realmente grandes en alguien".

"Es suficiente", le dijo Benson. "Ahora dime, ¿dónde, oh dónde ha ido el escurridizo Mayor Burke? ¿Quién va a ser el primero en decírmelo y ahorrar a los demás algo de dolor y angustia innecesarios?" preguntó Benson mientras miraba a su alrededor de un lado a otro.

"Yo lo haré. Ya no importa", respondió Ernie Travers mientras miraba su reloj. "Él y una docena de Deltas fueron al casino hace unos quince minutos. Algunos fueron en barco, otros en coche y otros en helicóptero, para tomar el ático. A estas alturas, no cabe duda de que tienen el control del lugar, como pueden decirle Carbonari, Martijn Van Gries y el resto de su gente de allí, incluso la media docena de matones mafiosos que vinieron desde Nueva York." Ernie hizo una pausa y observó cómo se miraban entre sí y se movían de un lado a otro nerviosamente. "Tiene una vívida imaginación, detective. ¿Helicópteros? ¿Y una docena de Deltas?" preguntó Benson, tratando de sonar confiado, pero el lenguaje corporal de los otros dos era inconfundible.

Ernie no se detuvo. "Es una noche muy tranquila. No he oído ningún disparo, así que supongo que todo ha salido como estaba previsto". Finalmente, miró a Benson y se encogió de hombros. "Con esos nuevos helicópteros furtivos que tienen ahora en Fort Bragg, ¿qué crees que ha pasado?".

Benson miró a los demás y luego a Smit. "Llama a Theo", dijo.

Ernie continuó de todos modos. "Lo mejor que puedes hacer es salir de aquí ahora mismo, y de Atlantic City, porque van a volver".

Smit mantuvo los ojos y la pistola apuntando a los prisioneros, pero sacó su teléfono móvil y pulsó un par de botones de marcación rápida. Segundos después, alguien contestó. Unas cuantas frases rápidas pasaron de un lado a otro en holandés antes de que Smit colgara el teléfono y volviera a mirar a Benson.

"Está mintiendo", dijo Smit. "Todo está tranquilo por allí".

Benson sacudió la cabeza. "Buen intento, capitán-detective. No esperaba menos de uno de los amigos del Fantasma". Volvió los ojos hacia Patsy. "Señorita Evans, necesito una breve conversación con usted en privado, si es tan amable". Benson le hizo un gesto para que le acompañara.

Ella se levantó y dio varios pasos muy nerviosos hacia él, hasta que él alargó la mano, agarró el collar de oro y se lo arrancó del cuello, rompiendo la cadena. Asustada, gritó y se llevó las manos al cuello. Jimmy se puso inmediatamente en pie y fue a por Benson, empujándole en el pecho con ambas manos. El efecto sobre Benson fue mínimo. Apenas se movió, pero levantó su Beretta y la bajó con fuerza en el centro de la frente de Jimmy. El Geek, de complexión ligera, se derrumbó en la cubierta como un saco de harina a los pies de Benson.

A Dorothy no le gustó nada eso. Salió volando de su silla y casi estaba sobre Benson antes de que Klaus Reimer se adelantara con su pistola. Dorothy era alta, musculosa y mucho más poderosa de lo que parecía, y comparada con la monta de terneros o de toros, un macho kraut no le preocupaba mucho, aunque tuviera una automática de 9 milímetros en la mano. Le agarró el brazo, lo retorció y lo lanzó por la mitad de la habitación, rompiéndole la muñeca, dislocándole el hombro y lanzándolo contra Smit y Benson al mismo tiempo. Los tres acabaron en un montón contra el mamparo, con Reimer encima, gritando de dolor. Su pistola automática cayó en la cubierta a los pies de Dorothy. Ella se agachó para recogerla, justo cuando la Beretta de Benson se disparó. Puede que estuviera atrapado debajo de Reimer; pero su puntería era infalible y la bala la alcanzó en la sección media. Se agachó, cayó de rodillas y se desplomó sobre la cubierta.

Linda se apresuró a ayudarla, pero Benson se arrastró por debajo de los otros dos y la empujó con rabia hacia el sofá.

"¡No más!" gritó Benson mientras apuntaba con su pistola a los demás, incluidos sus propios hombres. "¡No quería ningún tiroteo! ¿Qué parte de eso no has entendido?", dijo mientras se agachaba, cogía la pistola de Reimer y se la metía en el cinturón.

Linda se levantó de todos modos y lo miró con desprecio. "¡La voy a ayudar, te guste o no!", dijo mientras se arrodillaba en el suelo junto a Dorothy. "¡Tráeme unas toallas de la cocina y el botiquín!", le ordenó a Benson.

Frustrada, Benson miró a Bakker, que estaba más cerca, y asintió. Bakker se dio la vuelta, cogió tres paños de cocina del estante y el gran botiquín que estaba sobre la encimera, y se los entregó a Linda.

"Te vas a arrepentir", advirtió Ernie, mirando a Benson.

"¿Quién demonios es ella?" Benson exigió airadamente saber.

"La novia de Ace Randall". Linda lo miró, con los ojos ardiendo de rabia.

"Como he dicho, te vas a arrepentir", repitió Ernie.

Benson no dijo nada, pero la expresión de su cara lo decía todo. El policía de Chicago tenía toda la razón. Había dos hombres en este mundo con los que el abuelo Benson no quería cruzarse nunca. Uno era Bob Burke, y el otro era Ace Randall. Sólo el diablo sabía cuál era el más letal cuando se le provocaba.

"Vigílalos", le dijo a Bakker, y luego se volvió hacia Patsy Evans. "Ven aquí". La fulminó con la mirada, la agarró con dureza del brazo y la arrastró por el estrecho pasillo hasta el dormitorio principal. Fuera del alcance de los demás en el salón, la golpeó contra el mamparo y le puso el medallón de oro delante de los ojos.

"¿Dónde está el resto?", exigió saber.

"No sé de qué estás hablando".

"Estoy hablando del oro de Bagdad, de donde procede esta pieza, así que no te hagas la graciosa conmigo, pequeña. Yo era el compañero de Vinnie cuando lo cogimos. También lo eran esos otros tipos". Señaló con la cabeza hacia el salón. "Todo lo que queremos es nuestra parte, pero Vinnie no nos la quiso dar".

"Yo... yo no..."

"¡Oh, sí, lo haces! He destrozado esa casita suya de Fayetteville y no he podido encontrarla. Pero tú sabes dónde está", siseó mientras colgaba el medallón frente a ella. Ella lo miró, aterrada, pero no dijo nada. Los ojos de él se encendieron con rabia mientras la agarraba por el brazo y la arrojaba sobre la cama. "Como quieras. Voy a disfrutar de esto mucho más que tú, y cuando termine, soltaré a los otros sobre ti. Soy un caballero, pero ellos no lo son, así que tarde o temprano, me vas a contar lo que nuestro viejo compañero Vinnie hizo con el resto".

Agarró la cintura de sus pantalones cortos. Ella forcejeó e intentó zafarse, pero su agarre era como un vicio. "Está bien, está bien, te lo diré". Finalmente se rindió. "Está en el garaje. Lo escondió en el garaje".

"No me vengas con esa mierda. He mirado allí", replicó Benson, pero detuvo su asalto. "He mirado en todas partes. Ahora, ¿dónde está?"

"Arriba, en el techo, en la esquina trasera, encima de un trozo suelto de madera contrachapada".

"Si me estás mintiendo..." La miró fijamente y volvió a tirar de la cintura.

"¡No lo hago! Ahí es donde lo conseguí", dijo ella mientras señalaba el medallón que tenía en la mano.

Él la miró profundamente a los ojos durante otro largo minuto. Vio miedo y rabia, mucho de eso, pero no vio ninguna duplicidad. "Está bien. Pero por tu bien será mejor que sea la verdad. Y otra cosita más. Si no quieres que vengan a visitarte, esto queda entre nosotros dos. ¿Entendido?"

Benson la sacó de la cama y la arrastró por el pasillo hasta el salón principal, donde la empujó de nuevo a su silla.

Linda señaló a Dorothy. "Tiene que ir al hospital", le dijo Linda. "Tiene que ir ahora. Deja que la lleve. No diré nada".

"Oh, no, tú vendrás conmigo. Sé quién eres y eres mi 'tarjeta Bob Burke para salir de la cárcel'. "

"No si Dorothy muere". Linda lo miró con ojos duros y enojados. "Entonces, no habrá nada que te salve. O a cualquiera de vosotros", añadió mientras miraba a los demás.

Benson miró a la mujer tendida en el suelo y supo que Linda tenía razón. "Mi respuesta sigue siendo no. Sin embargo, dejaré a los dos contadores de cartas aquí con ella. Pueden llamar a los paramédicos en cuanto nos vayamos, pero tú, el gran policía de Chicago y Patsy, el exprimido de Vinnie, vendrán con nosotros. Conozco a Ace y al Fantasma. Me dispararían con una Barrett sin dudarlo ni un segundo, pero no se atreverían contigo de por medio".

Benson se volvió y miró a los tres Geeks. "Muy bien, ¿quién de vosotros es el listo que ha hackeado los ordenadores del casino?".

Tanto Ronald como Sasha levantaron inmediatamente la mano. "¡Yo, yo lo hice!" dijeron, casi al unísono. "Yo fui el que los hackeó".

Por otro lado, Jimmy estaba sentado con la cabeza entre las manos y la sangre corriendo por su frente, mirando fijamente a Benson.

"Eso es lo que pensaba", respondió rápidamente Benson. "Tú", señaló a Jimmy. "Coge tu portátil. Te vienes con nosotros".

"¿Con Patsy?" preguntó Jimmy.

"Sí, ella también", le dijo Benson con una sonrisa divertida mientras miraba a Reimer y negaba con la cabeza. "¿Él y ella? Hombre, eso no lo vi venir. Salgamos de aquí".

En cuanto Bob pudo meter a Lonzo en el asiento trasero del coche de Chester, le dijo a The Batman que fuera con ellos y le dijo a Bulldog que se quedara con él en el casino.

"Odio no estar de acuerdo contigo, Fantasma, pero me necesitas aquí", le dijo The Batman.

"¿Desde cuándo te pones a debatir una orden?" preguntó Bob.

"Desde que te convertiste en civil".

"Los hombres son lo primero para mí, y siempre lo han sido. Ya lo sabes".

"No, la misión sí", le corrigió Batman.

"Mira, no voy a discutir contigo. Ve con ellos y ayuda a Chester a subir a Lonzo al barco. Llamaré antes para que te esperen, y luego podrás volver aquí. Mientras tanto, Bulldog y yo haremos un reconocimiento y nos encontraremos en la puerta trasera en diez minutos. ¿Suficiente?"

"Bastante bien", dijo Batman mientras saltaba al asiento trasero con Lonzo. Chester aceleró a fondo, recorriendo la mayor parte de la cuesta de salida sobre dos ruedas.

Bob pulsó el micrófono de sus auriculares. "Ernie, aquí Fantasma", dijo, y esperó a que Ernie respondiera. "Ernie, Fantasma, contesta", volvió a llamar, pero lo único que escuchó fue el silencio. ¿Problemas técnicos? O algo más, se preguntó. Pero no había tiempo para averiguarlo.

Bob volvió a pulsar el micrófono. "As, Fantasma. Hemos tenido algunos problemas aquí atrás", le dijo rápidamente. "Tú y Koz tendréis que trabajar sin observadores".

"Entendido, no hay problema. ¿Qué pasa con el barco?"

"No lo sé. Chester llegará pronto. Entonces lo sabré".

"Entendido. Entonces, ¿cuál es el plan B?"

"Tú y Koz id a la azotea de las Torres Toscana, los dos, a las esquinas opuestas. Intentaré que suban algunas personas con ustedes, pero estamos un poco cortos de ayuda en este momento, así que manténganse en guardia y manténganme informado".

"Entendido. ¿Copiaste, Koz?"

"Copiado. El muelle de carga en la Dos".

Ace encontró una plaza de aparcamiento cerca de las escaleras de emergencia y cogió su mochila y la funda de la guitarra del maletero. En el interior, la funda de la guitarra estaba forrada de espuma dura y tenía una serie de hendiduras esculpidas para albergar las piezas principales de su rifle de francotirador semiautomático M-107 Barrett del calibre 50. Era el favorito de Ace. Con un peso cuatro veces superior al de un M-16, era sólido, muy preciso y tenía la suficiente potencia como para detener a un elefante a la carga. Sus balas producían más de 11.500 libras-pie de presión, lo que podía abrir un agujero a través de una chapa de acero de media pulgada; o, calculó, a través de tres Gumbahs en fila. Lo tenía dividido en el conjunto del receptor superior e inferior, el cañón, un soporte para bípode, un visor Leupold Mark IV, su ordenador de alcance BORS y un visor nocturno AN/PVS, y podía tenerlo montado y listo para disparar en treinta segundos o menos.

También llevaba una mochila que contenía un botiquín médico de combate, tres cargadores de diez balas para la Barrett, seis cargadores más para su pistola, una palanca, un martillo, varios destornilladores, alicates y un visor. Treinta balas de una Barrett eran más que suficientes para que sus tíos y primos salieran corriendo de Little Italy como ratas abandonando un barco que se hunde. Por último, llevaba su Beretta automática favorita con silenciador en una funda de hombro bajo el brazo izquierdo y un cuchillo táctico de 15 centímetros en una funda en el cinturón. Que vengan los cabrones, pensó. Esta noche, la venganza iba a ser de órdago.

Koz llegó al muelle de carga segundos después que él, llevando casi el mismo equipo. Utilizando una de las tarjetas de llave maestra de Chester en la puerta de entrada trasera, estaban dentro, sin guardias, sin alarmas, sin problemas, sin alboroto... excepto por una cámara de seguridad situada a quince metros al final del pasillo y que les apuntaba directamente. La puerta de la escalera de emergencia estaba a su izquierda, y también tenía un lector de tarjetas. Los dos hombres mantuvieron la cara alejada de la cámara y atravesaron la puerta en cuestión de segundos. Con todo lo que estaba ocurriendo en el Bimini Bay esta noche, Ace dudaba de que alguien estuviera observando las imágenes de la cámara con demasiada atención. Incluso si lo hicieran, lo único que verían sería a los dos guitarristas de la banda llegando temprano.

Él y Koz subieron corriendo los siete tramos de escaleras hasta la azotea. Esta vez, la puerta contra incendios tenía un fuerte candado Master y una gruesa aldaba, no una cerradura de tarjeta magnética. Ace le echó un vistazo, buscó en su mochila y sacó su palanca. La introdujo detrás del cerrojo y se detuvo para mirar a Koz. "¿Un poco de ayuda?" Ace le sonrió.

"¿Un tipo grande como tú? Pensé que te daría vergüenza pedirla", respondió Koz sonriendo mientras los dos hombres agarraban con fuerza la palanca.

"Uno, dos, ahora", dijo Ace mientras dejaban caer todo su peso sobre ella. Con un astillado "¡Craaack!", el cerrojo metálico se desprendió de la puerta de metal y quedó suelto en el marco de la puerta. "Pan comido, sargento mayor".

Koz empujó la puerta para abrirla. "Después de ti. Ahora vamos a hacer algunos agujeros en esos bastardos."

"Para Vinnie".

"Para Vinnie. Tú te colocas en la esquina izquierda del tejado y yo en la derecha, luego me reúno con el jefe".

Un parapeto de un metro de altura recorría el perímetro del tejado de las Torres Toscanas. Con todas las luces brillantes y los carteles colocados en el exterior del edificio, el muro bajo proyectaba el tejado en una profunda sombra, que lo ocultaba del suelo y del tejado del Bimini Bay. Ace se sentó en una esquina y empezó a montar su rifle. Mirando a su alrededor, vio un orificio de drenaje de doce pulgadas en la base del muro del parapeto, que proporcionaría un orificio de disparo ya hecho. Con el M-107 montado y un cargador cargado en su receptor, Ace adoptó una posición prona y apuntó al ático. Echó un vistazo y vio que Koz estaba haciendo lo mismo en la esquina opuesta. Utilizando el ordenador digital BORS en el visor del rifle, calibró la distancia al ático en 922 metros, algo más de media milla. El helicóptero de Carbonari estaba un poco más cerca, a 912 metros. Un juego de niños pensó, y justo a la distancia óptima del rifle.

Sacó el catalejo y apuntó al ático. Las luces del interior estaban encendidas y vio actividad. Carbonari y otros tres hombres mantenían lo que parecía ser una acalorada discusión. Al mirar más de cerca, uno de ellos tenía una pistola apuntando al Don. Interesante, pensó Ace, preguntándose si podría obtener una visión más clara a través de la mira del rifle montado en el trípode. Cuando dejó la mira del francotirador en el suelo y cogió la Barrett, oyó una voz fuerte detrás de él desde la puerta de la escalera de emergencia.

"¡Eh! ¿Quién está aquí arriba? ¿Qué demonios está pasando?"

Ace se puso de lado y miró hacia la puerta. Vio a un hombre grande iluminado por la luz de la escalera de abajo. Por el llamativo abrigo deportivo y el gran revólver que llevaba en la mano, tenía que ser uno de los Gumba de Nueva York. El hombre salió al tejado y Ace a vio a un segundo pistolero que se acercaba por detrás.

"Mira, Nardo, alguien ha roto la maldita cerradura", oyó decir al segundo hombre. Mientras Ace observaba, el segundo hombre sacó un gran revólver de su funda de hombro.

"No veo una maldita cosa aquí arriba, Fabio", respondió el primer hombre mientras se agachaba, agitando su pistola de un lado a otro. "¿Ves algo?"

Ace estaba tumbado en la profunda sombra detrás del parapeto, donde sería imposible que ninguno de los dos hombres lo viera a él o a Koz antes de que sus ojos se adaptaran a la oscuridad. Por desgracia para ellos, Ace no iba a permitir que eso sucediera. Sacó su Beretta silenciada. Con un movimiento de barrido, apuntó a la masa corporal del segundo Gumbah y le disparó tres veces en el pecho. El hombre se tambaleó hacia atrás y luego se sentó en la puerta. El de enfrente ya tenía la pistola desenfundada, pero eso fue lo máximo que consiguió antes de que Koz lo eliminara con un solo disparo de su Barrett, más ruidoso, pero mucho más efectivo. Como esperaba Ace, la bala del calibre 50 hizo un gran agujero en el gran italiano. Dio una voltereta y aterrizó en un montón en el techo de grava, a varios metros de distancia.

"Dos menos", dijo Koz.

"Y falta media maldita Sicilia", respondió Ace.

CAPÍTULO VEINTINUEVE

Si a Cheech Mazoulli, Eddie Costa y Pete Moretti les resultó fácil entrar en el ático de Carbonari, situado en el último piso del Bimini Bay, a Martijn y Theo Van Gries, Joost DeVries y Reggie MacGregor les resultó mucho más fácil seguirles. Las preciadas puertas delanteras de Donatello estaban abiertas de par en par. Las bisagras decorativas estaban dobladas y los trozos de las cerraduras ornamentadas estaban por toda la alfombra de la entrada. Eso era suficiente advertencia, así que los cuatro hombres sacaron sus pistolas y entraron con cautela en el vestíbulo. Inmediatamente oyeron voces fuertes y enfadadas procedentes del dormitorio principal, a la derecha, y al continuar por el gran salón llegaron a las puertas de los dormitorios. También estaban abiertas de par en par. Cuando miraron alrededor del marco de la puerta, lo que vieron fue totalmente extraño, incluso para los estándares de Atlantic City.

Donatello Carbonari estaba tumbado cerca del cabecero de su enorme cama circular, obviamente desnudo, con la sábana superior subida hasta la barbilla y la mano izquierda levantada, gimiendo y suplicando. Alrededor de la cama había tres secuaces de Angelo Roselli de Brooklyn con sus armas apuntando hacia él. Su jefe, Cheech Mazoulli, tenía un gran revólver Colt Python Magnum 357 en la mano apuntando directamente a la cabeza de Carbonari mientras gritaba: "¡Maldito pedazo de mierda! Maldito cobarde". Y por la expresión de enfado de Mazoulli, era evidente para Martijn que tenía intención de disparar. Era igualmente obvio que los tres encapuchados neoyorquinos estaban tan ocupados aterrorizando a Carbonari que ignoraban por completo que los Van Grieses y sus tres mercenarios habían entrado en la habitación detrás de ellos.

Sin pensarlo más, Martijn levantó su nueva Walther PPK y disparó a Cheech Mazoulli dos veces en la cabeza. No se preocupó de colocar el silenciador, ni del ruido que pudiera producir el disparo. Al fin y al cabo, éste era su hotel. Estaba en la propia habitación de Carbonari y podía disparar a quien quisiera. Finalmente, Martijn miró con total desprecio la figura quejumbrosa de su jefe. Se pensó seriamente en vaciar el resto del cargador en el elegante "Don", pero prefirió no hacerlo, al menos por el momento. A pesar de la estupidez y las faltas de Donatello, hasta que no se hicieran con el resto de su dinero, Carbonari aún podría ser de alguna utilidad para los Van Gries.

Theo y Joost llevaban sus habituales pistolas de servicio del Real Cuerpo de Marines Holandés, las mucho más potentes Glock 17-Ms semiautomáticas de 9 milímetros, mientras que MacGregor tenía la igualmente mortífera Sig Sauer P226 del SAS. Después de que Martijn disparara, los tres mercenarios se deshicieron rápidamente de los dos acompañantes de Mazoulli, Eddie Costa y Pete Moretti, en una lluvia de disparos antes de que el cuerpo de Cheech Mazoulli llegara a la alfombra. Los tres pistoleros neoyorquinos yacían ahora a los pies de la gran cama de Carbonari, sangrando por toda su alfombra blanca de felpa, y muy muertos.

"Limpieza en el pasillo 6", bromeó MacGregor mientras escudriñaba la habitación a la izquierda.

"En su línea de trabajo, el hombre debería replantearse la alfombra blanca", añadió Joost DeVries, mientras barría la habitación hacia la izquierda. "Esas manchas nunca saldrán".

La fuerte ráfaga de disparos tuvo otra consecuencia. Asustó al chico que se escondía en el baño. De repente, un chico de quince años, flaco y desnudo irrumpió por la puerta del baño y corrió por el dormitorio. Casi derriba a Martijn cuando se dirigía al gran salón. Martijn se giró y miró a Carbonari. "¡Vieja reina!", dijo mientras levantaba su Walther, se dirigía al joven y le disparaba tres veces por la espalda antes de que llegara a la puerta.

En ese momento, Donatello se asustó por completo. Sus piernas empezaron a moverse, cada vez más rápido, como si estuviera pedaleando hacia atrás en una bicicleta, con los talones clavados en el colchón, mientras intentaba escapar. Martijn se acercó al borde de la cama mientras Carbonari le miraba, con los ojos muy abiertos, aterrorizado. El holandés bajó la mirada y negó lentamente con la cabeza. "Donnie, Donnie, ¿qué has estado haciendo?", le preguntó mientras agitaba la Walther hacia el cuerpo. "¿Chicos adolescentes, ahora? Mira lo que me has hecho hacer". Carbonari seguía en pánico, y cuando eso no funcionó, Martijn se acercó un paso más y le dio al gran italiano una fuerte bofetada en la cara. "¡Contrólate!"

Carbonari se incorporó y miró hacia el borde de la cama, apenas pudo ver los cadáveres de los pistoleros de Nueva York. "Pero... pero esos eran los hombres de Angelo Roselli. Mazoulli es un 'hombre hecho', no se puede matar a tipos, así como así".

Martijn se rió y se volvió hacia Theo y Joost. "En realidad, fue bastante fácil. Además, no tenía elección, y vosotros tampoco. Por si no os habéis dado cuenta, Mazoulli tenía ese enorme cañón apuntando a vuestra cabeza y estaba a punto de salpicar los pocos sesos que tenéis por toda la cabecera. Ya no estoy seguro de cuánto me habría molestado eso, pero ciertamente te habría molestado a ti".

"Pero todo es un error", trató de explicar Carbonari mientras empezaba a calmarse. "Usted envió a Roselli el dinero, los ocho millones y cuarto esta tarde, ¿no es así?".

"¿Por qué? ¿Dijo que no lo hice?" Martijn se burló.

"¡Sí! Dijo que el dinero nunca llegó. Peor aún, dice que todas sus cuentas en Atlantic City están vacías".

"¿Qué?" preguntó Martijn mientras lo miraba con disgusto. "Vístete", le dijo a Carbonari, sin demasiada educación. Mientras lo hacía, intercambió una rápida mirada interrogativa con Theo, y luego pasó junto a su hermano al gran salón. Se dirigió directamente al escritorio de Carbonari y encendió su ordenador. Para Martijn era obvio que estaba a punto de producirse un cambio de roles. Era algo que venía de lejos, y probablemente sería terminal, pero hasta que Martijn entendiera lo que estaba pasando, Donatello seguía teniendo sus usos.

"¿Te dijo que nunca recibió el dinero? Eso no es posible", murmuró Martijn, sobre todo para sí mismo, mientras el programa de contabilidad se abría y él se inclinaba más hacia la pantalla, manejando el ratón y el teclado simultáneamente con golpes rapidísimos. Mientras lo hacía, Carbonari apareció detrás de él, con un grueso albornoz blanco. Puso la mano en el hombro de Martijn, pero éste la apartó. Rechazado, el gran italiano dio medio paso atrás. Finalmente, Martijn atravesó las numerosas capas de seguridad del software que en parte había diseñado y llegó a las pantallas de las hojas de cálculo que quería. Entonces, se congeló. Sus ojos se abrieron de par en par mientras miraba las columnas y las filas con incredulidad.

"Muestra que le enviaste el dinero, ¿verdad?". le presionó Carbonari.

"No, mi 'Adonis siciliano', muestra que hemos sido penetrados, pero no de la manera que te gusta. El dinero ha desaparecido".

"¿Te refieres al dinero que debía enviarse a Roselli? El dinero de Nueva York, ¿verdad? A eso te refieres, ¿no?"

"No." Martijn se desplomó en la silla. "Todo. El dinero de Nueva York, el dinero del banco, nuestro dinero, tu dinero, todo. Ya no existe.

"¿Todo el dinero?" preguntó Carbonari con incredulidad.

"Sí, alguien nos limpió, y creo que sé quién. Fue ese bastardo de Burke. Sabía que iba a por nosotros, a por ti, pero él es... un viejo recauchutado de la infantería. Yo... nunca pensé que el tipo fuera la mitad de inteligente".

"Pero... ¿cómo pudo?" Preguntó Carbonari mientras su cerebro se adelantaba. "Tenemos... tenemos que decirle a Roselli lo que ha pasado, que no hemos sido nosotros, que ha sido ese tal Burke, y que nos han hackeado".

Martijn levantó la vista y se rió. "¿De verdad crees que eso ayudará, Donatello? ¿Crees que te creerán? Si lo haces, eres más tonto de lo que pensaba".

"¿Pero ¿qué vamos a hacer?"

"Burke llegó aquí en un gran barco hoy, quizás ayer. Está atracado en un puerto deportivo al otro lado del puerto. Yo lo vi y también Theo y Benson. Ahí es donde está Benson. Lo envié a él y a tres hombres de Theo a buscarlo. Él es el que tomó nuestro dinero, sé que lo hizo. Sólo que no sé cómo lo hizo. Pero lo haré. Y si valora a alguno de sus amigos, lo devolverá todo".

"¿Pero ¿qué pasa si no lo hace? ¿Y si no puede?" Preguntó Donatello con pánico.

"Entonces somos hombres muertos, todos nosotros".

Chester corrió por la avenida Maryland en el coche de alquiler. Al atravesar la intersección con Absecon Boulevard, se cruzó con otros dos coches que iban en dirección contraria. Tenían los cristales tintados y no podía ver el interior, aunque quisiera. Giró bruscamente a la derecha en Melrose y pronto llegó al pequeño puerto deportivo donde estaba aparcado el gran yate Ferrenti. El coche de alquiler derrapó sobre dos ruedas al entrar en el aparcamiento de grava, y finalmente lo detuvo al pie del largo muelle de madera. El hombre murciélago estaba en el asiento trasero y seguía sujetando un vendaje de compresión en la pierna de Lonzo.

"¿Cómo está?" Chester giró la cabeza y preguntó.

"Mejor", respondió rápidamente The Batman. "La hemorragia se ha detenido en gran medida".

"Bien, vamos a subirlo a bordo". Chester abrió la puerta del coche y se detuvo un segundo mientras miraba al Enchantress desde el muelle. Estaba mirando el extremo de popa del gran yate. Todas las luces interiores y exteriores estaban encendidas. Podía ver la cubierta de popa y el salón de la cubierta principal, y no le gustó lo que vio. No había nadie en la cubierta de popa. Tampoco vio a nadie dentro del gran barco, y eso no estaba bien.

Chester volvió a entrar y apagó la luz interior del coche mientras The Batman salía de su lado. Chester abrió la puerta trasera y estaba ayudando a The Batman a sacar a Lonzo del asiento trasero cuando volvió a mirar al gran barco. "Esperad uno", les dijo Chester mientras sacaba su Beretta automática y cargaba una bala. "Quedaos aquí con Lonzo hasta que compruebe el barco".

"Entendido, pero tened cuidado. Parece desierto, ¿no?" El hombre murciélago respondió mientras cargaba su Beretta también.

Chester subió por el lateral del aparcamiento hasta el muelle, manteniéndose en las sombras lo mejor que pudo, y luego subió por el muelle hasta la popa del Enchantress. Miró hacia el puente volante, no vio a nadie haciendo guardia, sacó su pistola y se puso en alerta total. Finalmente subió al gran barco con paso ligero y suave, caminando hacia adelante hasta que pudo mirar hacia abajo en el salón principal. Fue entonces cuando vio a Dorothy tumbada en la cubierta con Ronald y Sasha arrodillados a cada lado de ella sosteniendo una compresa ensangrentada en su abdomen.

Cuando Chester entró en el salón, nadie parecía más feliz de verle que Ronald. "Le han disparado", dijo mientras se hacía a un lado para dejar espacio a Chester.

"¿Dónde están todos los demás?" preguntó Chester mientras se arrodillaba a su lado.

"Se los llevaron. Cuatro hombres armados. Se fueron en coche..." Chester miró bajo la toalla. Eso fue todo lo que necesitó. Él tecleó su micrófono de radio táctico y dijo: "Fantasma, Chester. Estoy en el barco. Los únicos que están aquí son Dorothy, Ronald y el ruso. Todos los demás se han ido. Ronald dice que cuatro hombres armados se los llevaron. Y a Dorothy le han disparado".

"Recibido. ¿Qué tan grave es?"

"Bastante malo. En las tripas, y está sangrando. Necesita un médico".

"Chester, este es Ace. Voy a bajar. Estaré allí en cinco minutos".

"Ace, Ghost. Negativo en eso. Entiendo cómo te sientes, pero ya tenemos a dos de nuestros hombres allí y uno es médico calificado. Déjame llamar a nuestros amigos del sur para que nos despidan, lo antes posible. Mientras tanto, os necesito a ti y a la Barrett en ese tejado. ¿Me recibes?"

"As, Chester. Fantasma tiene razón. Nos ocuparemos de ella hasta que llegue el pájaro. Voy a buscar la bolsa y empezar con el suero y las medicinas".

Hubo una larga pausa al otro lado hasta que Ace finalmente respondió: "10-4... por ahora".

"Entendido", respondió Fantasma. "Tú y Koz mantened los visores en ese tejado. En un par de minutos os voy a necesitar a lo grande".

"Oh, no hay duda de eso", contestó Ace mientras le oían cargar una bala en la gran Barrett. "Por cierto, tenemos dos Gumbahs KIA aquí arriba. Se han metido en el bolsillo".

"Chester, Ghost. ¿Funcionará el aparcamiento como zona de aterrizaje?"

"Parece que sí. Cuando estén a dos minutos, iluminaré con faros y una bengala verde. Diles que pueden recoger los dos paquetes. ¿Copiado?

"Entendido".

"Fantasma", Chester. Esperen donde están. Batman y yo nos reuniremos con ustedes en su ubicación después de la recogida. No tiene sentido que tú y Bulldog los enfrenten solos".

"Chester, Fantasma. Si quieres entrar, será mejor que te des prisa. No vamos a esperar".

"Chester, Ace. No se preocupen. Tenemos dos Barretts aquí arriba y campos de fuego despejados. No estarán solos".

"Fantasma, Chester. Mientras conducía hacia aquí, pasamos dos sedanes de color oscuro yendo rápido por Maryland. Podrían ser ellos".

"Copiado. ¿También me copias, Ace?"

"Recibido. Dos coches acaban de entrar en el garaje. No podría decirlo".

"Mantén los ojos en el techo mientras hago la llamada".

"Wilco", contestó Ace mientras ponía el ojo en el visor, enfocando las ventanas brillantemente iluminadas del ático.

Bob ya tenía el número de teléfono móvil del sargento mayor Patrick O'Connor en su marcación rápida antes de salir de Fort Bragg. A las 10:00 p.m., la mayoría de los suboficiales superiores ya estaban en la cama, a menos que estuvieran borrachos, de fiesta o armando un escándalo. En el caso de O'Connor, era imposible saber cuál por teléfono. Siempre respondía con el mismo gruñido plano, inexpresivo y despierto. Esta vez, sin embargo, Bob escuchó el fuerte y rítmico latido de un helicóptero en el fondo.

"O'Connor, señor", respondió el gran sargento mayor.

"Aquí fantasma, sargento mayor", dijo, tratando de escucharlo. "¿Está usted en un helicóptero?"

"Algo así".

"Tenemos un problema. Necesito un polvo para dos en Atlantic City. Heridas de bala - una herida de pierna ambulatoria, la otra una herida abdominal grave a una oficial de la Fuerza Aérea. ¿Crees que puedes arreglarlo?"

Tras una pausa momentánea, O'Connor respondió rápidamente: "10-4, Ghost. Me pondré en contacto con Fort Dix y te llamaré con un tiempo estimado de llegada. Les diré que un par de nuestros operadores clave fueron asaltados y echaremos un manto de seguridad nacional".

"10-4."

"Por cierto, puedes esperar un par de visitas en breve".

"He oído que no hay nada más peligroso que un subteniente con un mapa o un general con un helicóptero".

"No podría estar más de acuerdo, Fantasma. Estamos dando un nuevo pájaro táctico de sigilo un vuelo de prueba nocturno".

"No llevas los cohetes y la miniguneta, ¿verdad?"

"Ya conoces a los viejos con juguetes nuevos. ¿En qué canal podemos localizarte más tarde?"

"Estamos usando el veintisiete. ¿Nosotros? ¿También te apuntas al viaje?"

"No me lo perdería. Además, alguien tiene que mantenerlo alejado de los problemas".

"Entendido. ¿Cuál es su indicativo?"

Oyó a O'Connor reírse. "Lo sabrás cuando lo oigas.

"10-4", suspiró Bob.

Mientras O'Connor colgaba, el abuelo Benson y su extraña comitiva llegaron al ático del Bimini Bay por el ascensor exprés. Eric Smit iba en cabeza, con Ernie Travers y Linda Burke caminando cerca. Patsy Evans iba detrás de ellos, todavía ayudando a un aturdido y sangrante Jimmy Barker. Lucas Bakker le seguía, ayudando a Klaus Reimer, mientras que el abuelo Benson ocupaba la retaguardia, con su Walther PPK colgando despreocupadamente de la pierna derecha del pantalón. Reimer apretaba contra su pecho el brazo derecho dislocado y la muñeca rota. Estaba sudando y pálido, obviamente con un dolor considerable y no lo llevaba muy bien. A juzgar por las expresiones de los rostros de Benson y Bakker, ninguno de los otros hombres se compadecía de él. Las heridas de bala y los huesos rotos eran riesgos laborales demasiado frecuentes para las tropas de Operaciones Especiales de cualquier ejército. Se esperaba que uno se limitara a roer el apéndice ofensivo y a ignorar el dolor, pero que nunca le vieran sudar. Por otra parte, Reimer era alemán, lo que significaba que recibía aún menos simpatía de los tres holandeses.

Cuando atravesaron la puerta abierta del ático de Carbonari, incluso Benson tuvo que pararse a mirar. Martijn Van Gries estaba sentado frente al ordenador que descansaba sobre el antiguo escritorio de provincia francesa de Donatello. Joost DeVries y Reggie MacGregor se habían apostado en esquinas opuestas de la habitación, con las pistolas desenfundadas, esperando pacientemente las órdenes de Theo. El resto de la escena era extraña. Tirado en el suelo, en la puerta de la habitación, había un joven desnudo con tres agujeros de bala en la espalda. Más allá de él, Benson vio otros tres cuerpos tendidos a los pies de la enorme cama de Carbonari. Por sus ropas, los reconoció inmediatamente como tres de los pistoleros que habían sido enviados desde Brooklyn para ayudar en la seguridad.

Fue entonces cuando un Donatello Carbonari muy agitado salió a trompicones del dormitorio, con la chaqueta del traje en la mano, abotonando su camisa blanca. Dejó de lado el cuerpo del chico y siguió hasta el salón. Cuando levantó la vista y vio a Benson, sus hombres y los demás de pie en medio del salón, Carbonari se detuvo en seco. Abrió la boca, como si quisiera decir algo, pero todo parecía ser demasiado para él en ese momento y se dio la vuelta y continuó hacia Martijn Van Gries.

Interesante, pensó Benson. La olla empezaba a hervir.

El lado noroeste del ático tenía cristales del suelo al techo y las cortinas colgaban de par en par. Ace siguió mirando a través del potente visor óptico de la Barrett. Era como si estuviera de pie en la habitación junto a ellos, proporcionando un asiento de primera fila para el gran drama que estaba teniendo lugar en el interior.

"Fantasma, Ace, nuestros desaparecidos acaban de entrar en el ático -Linda, Patsy, Ernie y Jimmy- y veo a Carbonari, a los dos Van Grieses, a sus cinco mercenarios y a nuestro largamente perdido Exec, Gramps Benson. ¿Copias? Es lo que se podría llamar un "entorno rico en objetivos". No estoy seguro de a quién quiero atacar primero. ¿Alguna sugerencia?"

"Espera a que Batman y yo lleguemos allí. Cuatro de los nuestros están ahí, así que no disparen a menos que las cosas se pongan feas".

"Entendido, eso. Esperaré... por ahora".

Durante los tres minutos siguientes, Ace permaneció inmóvil en la almohadilla de goma con el ojo pegado a la abertura del visor de la Barrett, mirando el techo de la bahía de Bimini a través del pequeño orificio de drenaje en el parapeto. Su campo de visión era estrecho, pero eso no importaba. El visor cubría toda la azotea y veía todo lo que necesitaba ver. A media milla de distancia, el cañón del rifle apenas se movió mientras hacía zoom y seguía la mira de un lado a otro de las ventanas del ático, observando el espectáculo que había dentro, relamiéndose y esperando la orden de disparar.

Fue entonces cuando oyó el helicóptero. Cualquiera que haya servido en el ejército en combate en los últimos cincuenta años conoce cuatro sonidos distintos: el chasquido de un AK-47, el crujido de las balas de artillería y mortero, el profundo estruendo de un vuelo de B-52 que pasa por encima, y el rítmico ¡Thump! ¡Thump! de un helicóptero. Cuando pasas suficiente tiempo en zonas de guerra, como hizo Ace, esos sonidos pasan a formar parte de ti como los huesos y los músculos. Sin embargo, no todos los "Thumps" son iguales. Como muchos otros, Ace podía distinguir cada modelo de helicóptero por el sonido único de las palas del rotor. Por lo que Ace escuchó en el oscuro cielo sobre él, no era un Blackhawk, un SuperCobra o un Iroquois, como se llamaba oficialmente el viejo caballo de batalla Huey. Lo que oyó fue un pájaro más pequeño, probablemente el nuevo helicóptero ligero Lakota que el Ejército había empezado a comprar para misiones de evacuación médica.

Levantó la vista y lo vio venir hacia él, barriendo desde el noroeste a través de la marisma y girando por el canal de Absecon que discurre entre Atlantic City y Brigantine.

"Fantasma, As. Tengo el Lakota dust-off entrando desde el noroeste". A 140 millas por hora, el pequeño chupón podía moverse de verdad, pensó, y Dios, era ágil y silencioso.

"Entendido. Chester, enciéndelo", oyó decir a Ghost.

El helicóptero cruzó directamente sobre la bahía de Bimini antes de girar hacia el sur, hacia el puerto deportivo de Gardner's Basin. Ace se puso de rodillas y miró hacia el sur por encima del parapeto con su visor. El Enchantress estaba a una milla de distancia, y desde esta altura podía ver claramente los faros de los coches y el resplandor verde de las bengalas que lanzó Chester. También pudo ver el Lakota cuando se dejó caer y aterrizó en el aparcamiento en medio de una nube de polvo. El rugido del motor se calmó. Mientras esperaba, un temporizador empezó a sonar en su cabeza: uno, mil; dos, mil; tres, mil... Cuando llegó a las doce, los motores se aceleraron de repente, hubo una segunda nube de polvo y el Lakota saltó en el aire. Su cola se elevó como un escorpión furioso mientras despegaba. Se dirigió directamente al norte sobre la ensenada de Absecon y aceleró hacia Fort Dix, a unos veinte minutos de distancia.

"Fantasma, Chester. El polvo está en el aire. Bulldog y yo estaremos en la puerta trasera en cinco".

"Entendido", oyó Ace que respondía Fantasma. "Que sea rápido. Vamos a subir".

Con una expresión sombría y enfadada, Ace retomó su posición en la alfombra de goma, fijó la Barrett contra su hombro y apretó el ojo contra la mira. "Listos a la izquierda, listos a la derecha, listos en la línea de tiro", murmuró en voz baja para sí mismo. Era el mantra que innumerables instructores del campo de tiro del ejército inculcaban a los reclutas antes de comenzar a disparar.

"¿Qué acabo de oír?", oyó preguntar a Koz desde la otra esquina del tejado.

"Nada, sólo una pequeña ilusión".

CAPÍTULO TREINTA

A medio camino de la habitación, Donatello Carbonari se detuvo de repente al encajar las piezas. Su expresión pasó de ser aturdida y confusa a ser fría y vengativa, mientras su cabeza se giraba y miraba fijamente a Ernie Travers y Jimmy Barker. "¿Quiénes son estas personas?", exigió saber, mirando a Martijn.

El holandés, a su vez, miró a Benson y se encogió de hombros.

"El grande es un policía de Chicago", respondió Benson. "Un detective".

"¿Un policía de Chicago?" Carbonari miró a Benson con incredulidad.

"Es amigo de Burke. Y ésta es su mujer". Benson dio un codazo a Linda.

"¿Dónde está?" Carbonari se volvió hacia ella. "Él me hizo esto y lo quiero".

"Ten cuidado con lo que pides... Donnie", dijo ella con una fina sonrisa.

Eso hizo que Carbonari entrara en cólera. Echó el brazo derecho hacia atrás, con la intención de darle un revés en la cara, pero Ernie Travers intervino y atrapó el brazo de Carbonari a mitad del movimiento.

"Pruebe con alguien de su tamaño", le dijo el gran policía, y le soltó la muñeca.

Carbonari lo miró con rabia, pero no aceptó la oferta. En su lugar, volvió a mirar hacia abajo. "¿Dónde está? Dígame, o está muerto, todos están muertos".

"Si tuviera que adivinar, probablemente se dirija hacia aquí". Linda lo miró y sonrió. "De hecho, probablemente estés en su punto de mira ahora mismo".

De repente, Carbonari miró a su alrededor y observó la pared circundante de cristales de las ventanas, se puso detrás del gran policía de Chicago y preguntó a Martijn. "¿Y el dinero? ¿Lo has encontrado?"

Martijn negó con la cabeza. "Ha desaparecido, todo, y no tengo ni idea de adónde ha ido a parar. Tal vez, si tuviera un día o dos...", dijo distraídamente, mirando el ordenador. "Pero quien lo hizo, lo hizo muy bien".

Carbonari se giró de repente y los miró fijamente. "Vosotros sois los que me habéis hecho esto, vosotros y el cabrón de Burke. ¿No es así?" Nadie respondió, pero lentamente, la atención de Carbonari se dirigió a Jimmy Barker. "¡Y tú! Tú eres ese contador de cartas. Tus amigos parecen demasiado estúpidos para saber cómo funciona la máquina, pero tú..."

Jimmy siguió de pie, con la barbilla levantada, ensangrentado y desafiante, y no dijo nada. Carbonari se volvió hacia Martijn y echó mano de la pistola automática del holandés. "¡Voy a matarlos! ¡Voy a matarlos a todos!", gritó, pero Martijn le agarró la muñeca y no le dejó coger la Walther.

"Eso no sería muy prudente, Donatello", le dijo Martijn. "Si él es el genio loco que lo hizo, y empiezo a pensar que puede ser así, lo necesitaremos. En cuanto a los demás, no es prudente matar a los policías ni "ponerse la capa de

Superman", como se dice."

"¡Pero se llevaron mi dinero!" Carbonari seguía intentando apartar la automática de Van Gries, claramente desquiciado por todo lo que le había ocurrido en la última hora. "¡Haz que la devuelvan!"

"Aunque pudiera, estaríamos aquí toda la noche, Donatello. Además, ¿qué conseguiría? Angelo Roselli ya piensa que todo es culpa tuya, y eso no es nada comparado con lo que pensará cuando se entere de que Mazoulli y sus otros dos pistoleros acaban de recibir una paliza", dijo Martijn mientras señalaba hacia el dormitorio.

Carbonari empezó a mirar a su alrededor con pánico, dándose cuenta por primera vez de que estaba realmente condenado. "Mi helicóptero. Me voy de aquí", dijo mientras se daba la vuelta y corría hacia el dormitorio.

Desde la azotea de las Torres Toscana, Ace siguió observando lo que ocurría en el interior del ático, y finalmente tecleó su micrófono.

"Fantasma, Ace. Tengo más movimiento en el interior. Nuestros cuatro siguen en posición vertical y móvil".

"Recibido".

"Y cuento siete... no, que sean ocho los objetivos", añadió mientras tomaba el relevo del gatillo.

"Copiado también".

"¿Ordenes?", preguntó esperanzado.

"Seguir observando e informando", respondió Fantasma. "Cuando lleguen Chester y Bulldog, les atacaremos por ambos lados y tomaremos el ático".

Theo se acercó a Martijn y le susurró. "Creo que es hora de que nosotros también nos vayamos".

"De acuerdo", respondió su hermano mientras volvía a la pantalla del ordenador y suspiraba. Todo ese dinero, pensó, se ha ido. Pero Theo tenía razón. Había sido un buen viaje mientras duró, pero un jugador inteligente sabe cuándo se acaba una buena racha.

Theo señaló el helicóptero que estaba en la pista de aterrizaje. "¿Tu 'amigo' sabe realmente cómo pilotar esa cosa?"

"Sí. Sorprendentemente bien, de hecho".

"Bien. No tengo ganas de hablar con la policía de Nueva Jersey ni con el FBI estadounidense, y eso es un Sikorsky S-70, el Blackhawk civil. Es bastante capaz de llevarnos a la ciudad de Nueva York, y desde allí podemos dirigirnos a Canadá y volver a los Emiratos. ¿Vienes?"

"No, creo que me llevaré el velero. Sabía que esto acabaría tarde o temprano, y he estado planeando un largo y lento crucero por el Caribe oriental. El momento no es el ideal, pero es lo que hay, como se dice. Antes de irme, sin embargo, hay algunas cosas en mi oficina que no quisiera dejar atrás".

"¿Como ese encantador flequillo rubio de beneficio tuyo?" Theo se rió mientras se giraba y miraba a Ernie, Linda, Jimmy y Patsy. "¿Pero ¿qué deberíamos hacer con esos cuatro?"

Martijn siguió su mirada y los estudió un momento, mientras Benson se unía a ellos. "¿Qué crees que deberíamos hacer?" le preguntó Martijn. "¿Matarlos?"

"¡Vaya! No tan rápido". Benson negó con la cabeza. "En primer lugar, la chica es mía".

"¿Por qué?" Theo frunció el ceño. "¿Qué es ella para ti?"

"Es una vieja historia. Digamos que tenemos algunos asuntos pendientes, así que ella viene conmigo. En cuanto a los demás -su esposa, su amigo y el contador de cartas-, no lo recomendaría. Burke no se detendrá hasta que los cace y los corte en pedacitos".

Theo miró a Benson por un momento con una fina sonrisa. "Algún día me encantaría probar esa hipótesis, pero tienes razón. Este no es el momento. ¿Alguna otra sugerencia?"

"Déjelos aquí y enciérrelos en el armario de los abrigos. En cuanto despegue, Donatello puede llamar a su amigo, el jefe de policía, y decirle que fueron ellos los que mataron a los hombres de Roselli aquí arriba. También puede decirle que vinieron de ese gran yate al otro lado del puerto. Eso debería mantener a todos ocupados durante un tiempo".

Fue entonces cuando Carbonari regresó del dormitorio llevando un pesado maletín. "Parece que tendrás algunos pasajeros", le dijo Martijn. "Theo y sus hombres necesitan que los lleven, al menos hasta Nueva York".

Carbonari los miró fijamente, sin estar del todo seguro de querer compartir algo con ellos, y empezó a contar cabezas. "Conmigo, son... trece. Son demasiadas. La maldita cosa no va a despegar nunca".

"No, no lo entiendes", respondió Martijn con una fina sonrisa. "Benson y yo no vamos a ir, y tampoco esos cuatro. Eso hace que seamos seis, más tú".

"Sigue siendo mucho peso", dijo Carbonari mientras dirigía a Theo y a sus mercenarios una mirada fría y apreciativa. Los mercenarios eran hombres grandes y musculosos, como él. Si el peso era el problema, o si Carbonari simplemente no se fiaba de ninguno de ellos, era difícil de decir, pero Theo Van Gries sabía cómo resolver el problema. Su Glock 17 había estado colgando casualmente de su pierna derecha con el silenciador aún conectado. La levantó con un rápido movimiento y disparó, poniendo tres balas en el pecho de Klaus Reimer. El alemán estaba de pie a un lado, apoyado en uno de los caros sillones acolchados del ático. Tenía los ojos cerrados y el brazo herido pegado al pecho. No lo vio venir cuando las tres pesadas balas lo hicieron volar hacia atrás sobre la silla y el suelo.

"Ya está". Theo se volvió hacia Carbonari con una sonrisa de satisfacción.

"Ahora parece que somos seis, Donatello. ¿Es más aceptable?"

"¡Animal!" le gritó Linda. "¿Así es como tratas a tus hombres?"

"¿Mis hombres? Somos holandeses y él era un alemán, que se convirtió en un lastre". Theo se rió mientras miraba a los otros cuatro mercenarios. También sonreían, todos menos el escocés, Reggie MacGregor, que estaba de pie contra la pared cercana.

Theo se giró y miró a Linda. "No esperaba que lo entendiera, señora Burke", respondió. Al hacerlo, el cañón de su Glock volvió a salir y disparó por cuarta vez, dando a MacGregor en el centro de la frente. Los ojos del escocés se abrieron de par en par mientras se deslizaba lentamente por la pared y caía al suelo. "Uy, mi error, Donatello", añadió Theo, sonando avergonzado. "Ahora parece que somos cinco".

Ace sólo pudo sacudir la cabeza mientras observaba. Había recibido una orden clara de un hombre al que respetaba más que a nadie en el mundo para que se quedara allí tumbado sin hacer nada, pero realmente le cabreaba. Dispararon a Dorothy. Tenía en sus manos el rifle de francotirador más potente del mundo y no podía hacer nada. Fue entonces cuando vio una serie de destellos blancos y brillantes dentro del ático.

¡Disparos! Estaba demasiado lejos para oírlos desde el interior del conjunto cerrado de habitaciones, pero fueron cuatro disparos. Había visto tres destellos brillantes, seguidos momentos después por un cuarto. Ajustó ligeramente el enfoque de su visor, justo a tiempo para ver cómo un cuerpo caía al suelo y se unía a otro que ya estaba allí.

"Fantasma, Ace. He visto el destello de cuatro disparos dentro".

"¿Nuestra gente?" preguntó Burke con ansiedad.

"No, parece que es Tango contra Tango... y no te preocupes, sigo aguantando".

Donatello Carbonari se apartó medio paso de Theo, pareciendo ahora muy preocupado.

"¿Qué hay ahí, Donatello? ¿Tu almuerzo?" preguntó Theo mientras señalaba el pesado maletín que llevaba el joven mafioso. "Nuestra madre nos dijo que un caballero siempre debe llevar lo suficiente para compartir".

"El almuerzo es 'holandés', hoy, Theo. Así que, si quieres ir a Nueva York, vamos", dijo Carbonari escuetamente, ignorando la amenaza implícita.

Martijn sonrió. Levantó su Walther PPK y apuntó a Linda Burke mientras caminaba hacia el gran policía de Chicago. "Es el capitán Travers, ¿verdad?" preguntó Martijn con bastante simpatía. Ernie no dijo nada, y a Martijn no le importaba realmente que lo hiciera. "Me gustaría que usted y los demás entraran en ese armario, si es posible". De nuevo, Travers no dijo nada, ni se movió. "Tenga la seguridad de que no tengo ningún deseo de disparar a un policía. Pero observará que mientras le hablo, mi pistola apunta a la señora Burke. Haga lo que le digo o le disparé a ella y al joven sin pensarlo dos veces".

Ernie se dio cuenta de que Martijn tenía el as de triunfo, así que hizo un gesto a los otros tres para que se dirigieran al armario. Cuando llegaron allí, el abuelo Benson se había unido a Van Gries y mantenía la puerta abierta.

Al igual que el resto del ático, incluso las puertas y los marcos del armario eran de grueso roble de Nueva Jersey, y las bisagras y los herrajes eran sólidos. "Bonita artesanía", dijo Benson mientras golpeaba la puerta. "En ella debería caber incluso una guarnición de carne como la suya, capitán".

Bob entró en la escalera de emergencia sur de la torre de seis pisos del hotel con Batman pisándole los talones. Cuando subió el primer tramo de escaleras, se detuvo para mirar y escuchar. No oyó nada. El edificio estaba extrañamente tranquilo, a pesar de que era la hora punta del casino. Mientras sacaba su Beretta y volvía a comprobar la carga, una vocecita dentro de su cabeza le dijo que eran seis pisos en línea recta, más el ático. Haciendo una rápida gimnasia aritmética, se dio cuenta de que eso significaba unos ciento treinta escalones.

"¿Cómo están tus piernas, viejo?" Preguntó Batman.

"Supongo que lo averiguaremos", contestó Bob mientras subía corriendo las escaleras, de dos en dos. "¿Recuerdas aquella operación que hicimos en las montañas al norte de Jalalabad, en la que llevábamos dos ametralladoras, un mortero, mochilas llenas y toda esa munición?"

"No quiero hacerlo. Casi nos mata".

"¿Ves? Esto no es nada", mintió Bob, sabiendo que tres años de andar por los gimnasios de los suburbios no era lo mismo que estar preparado para el combate. Él tampoco lo estaba, pero Linda y los demás estaban ahí arriba, así que aceleró el paso aún más. Al doblar la esquina del cuarto piso, sintió el dolor y el ardor en el pecho y las piernas.

Fue entonces cuando escuchó una nueva voz en su auricular de la radio táctica.

"Fantasma, aquí Dinosaurio Actual, ¿me recibes?" ¿Dinosaurio Actual? Bob se encogió al comprender de inmediato la pequeña broma de O'Connor y dejó de escalar a mitad de camino. "Dinosaurio" era lo que un puñado de los oficiales subalternos más irreverentes llamaban al general Stansky, pero sólo a sus espaldas y cuando estaban absoluta y positivamente seguros de que ni Stansky ni Pat O'Connor podían oírlos. Añadir la palabra "Actual" significaba que era el propio general el que llamaba, lo que demostraba que el Viejo tenía realmente sentido del humor. El único problema, pensó Bob, era que deseaba no tenerlo en ese momento.

"Dinosaurio Actual, aquí Fantasma", reconoció Bob. La radio táctica Rifleman del ejército era un gran equipo, pero no estaba diseñada para operar dentro de edificios comerciales de gran altura. "Estás rompiendo un poco. Estoy dentro de un montón de hormigón aquí abajo".

"Tú y Jimmy Hoffa. Esto es Nueva Jersey, Bobby. ¿Qué está pasando ahí abajo?" Preguntó Stansky.

"Los objetivos están en el ático y en el techo de la Bahía de Bimini, tenemos los ojos puestos, las armas largas puestas, se están acercando desde abajo y están a punto de atacar".

"¿Alguna baja adicional?"

"Negativo".

"Bien. Suenas como si estuvieras resoplando. ¿Supongo que no tomaste el ascensor?"

"Entendido."

"Tu objetivo está iluminado como Times Square en Nochevieja, y hay un gran pájaro aparcado en la plataforma. Parece un Blackhawk civil. El irlandés y yo estaremos merodeando por aquí un rato. Somos sigilosos como el infierno y cerramos y cargamos un montón de artillería, así que puedes alegrarme el día si quieres que lo saque, o si necesitas algo más abollado".

"Entendido", dijo Bob, sacudiendo la cabeza.

¿Cerrado y cargado? ¿Abollado? Bob se rió para sus adentros. Esperaba como el demonio que el "irlandés" le recordara a Stansky que se trataba de un gran hotel civil en el centro de Nueva Jersey, y no de una zona de aterrizaje caliente cerca de Pleiku, en Vietnam, o del cuartel general de la Guardia Republicana en la carretera de Bagdad. No es necesario informar a los demás, se dio cuenta Bob. Stansky había hablado en su red local, táctica, y todos se habían enterado.

Theo estaba al otro lado de la habitación hablando con Smit, Bakker y DeVries mientras Benson se unía a Martijn en la puerta del armario. Dejó pasar a Ernie y Linda, pero detuvo a Patsy y la apartó. Jimmy se dio la vuelta y estaba a punto de ir tras él hasta que el Abuelo levantó su Beretta y apuntó a la frente del Geek. "No seas estúpido, muchacho, y no causes una escena. Tú y yo ya pasamos por esto una vez en el barco", le recordó, hablando en voz baja. "Terminaste con una abolladura muy fea en la cabeza, pero sigues caminando".

"¡No la vas a llevar a ninguna parte!" Jimmy se puso en pie y le retó a disparar.

Benson se adelantó y apretó su Beretta contra la frente de Jimmy. "Entra, o ese talentoso cerebro tuyo quedará salpicado por todo el armario. ¿Entendido?"

"Estaré bien, Jimmy", le dijo Patsy. "No me quiere a mí, quiere el oro que

Vinnie robó, eso es todo".

La expresión de Benson se tornó furiosa mientras empujaba a Jimmy hacia atrás dentro del armario. Después de cerrar la puerta, arrastró una pesada silla del comedor y la metió debajo del pomo, encajando la puerta. Fue entonces cuando sintió el cañón de una Glock 17 presionando contra su nuca, y oyó la voz de Theo Van Gries detrás de él.

"¿El oro? ¿He oído bien? ¿La chica sabe dónde escondió Pastorini el oro?" preguntó Theo en voz baja mientras se acercaba al hombro de Benson y le quitaba la Beretta de la mano. "¿Lo sabía y no nos lo dijo, Benson?".

"No, no, no es nada de eso. Lo habéis entendido todo mal. Verán..." Benson trató de dar largas hasta que se le ocurriera una explicación mejor, pero sabía que tenía que ser buena. Theo Van Gries era el diablo encarnado. Podía ver a través de la gente, y era casi imposible mentirle.

Fue entonces cuando Benson escuchó también la voz de Martijn Van Gries detrás de él. Esta era la tormenta perfecta que había estado tratando de evitar. "Espera un momento", le preguntó Martijn cuando empezó a recordar. "¿Has dicho Pastorini? ¿Vinnie Pastorini? Dime que no te refieres a ese exasperante sargento del ejército americano que empezó todo esto".

Theo hizo girar a Benson, le miró a los ojos y le dijo a Martijn: "Conocimos a Pastorini en Irak. A mis hombres y a mí nos pidieron que ayudáramos a la Inteligencia iraquí en un pequeño trabajo -en realidad era un trabajo bastante grande- que se nos echó encima. Acabamos teniendo "la bolsa", por así decirlo, y los investigadores empezaron a vigilarnos como halcones. Nosotros no podíamos moverlos, pero Pastorini sí, metiéndolos en una maquinaria americana que iba a enviar a Estados Unidos. Le dijimos que, si lo hacía, cancelaríamos sus deudas de juego y le daríamos una parte de los beneficios. Por desgracia, cuando volvió aquí, se olvidó de sus socios. Por eso envié a Benson y a otro hombre aquí. Pero parece que el capitán se contagió de la misma enfermedad que Pastorini. Dime, Martijn, ¿a qué te referías cuando decías "él empezó todo esto"?

Martijn se acercó y también miró a Benson. "Hace varias semanas, Pastorini perdió mucho dinero en el casino, trescientos, quizá cuatrocientos mil".

"El muy tonto nunca supo apostar". Theo sacudió la cabeza. "También nos debía mucho".

"Estábamos reteniendo a Pastorini en una habitación del quinto piso mientras Burke iba a buscar el dinero en efectivo para pagar a sus marcadores, pero parece que hubo algún tipo de accidente. Pastorini trató de escapar y se cayó de la cornisa de una ventana. Pensamos que lo hizo uno de mis hombres de seguridad, el idiota de Shaka Corliss, pero éste lo negó. En cualquier caso, eso es lo que ha metido a Burke y a sus Deltas en esto".

Los ojos de Theo se volvieron duros y fríos, y de repente clavó con fuerza su

Glock en el cuello de Benson. "Me dijiste que murió en un accidente de coche antes de que pudieras conseguir que te dijera dónde estaba el oro, ¿verdad? Entonces, ¿quién es esta chica?"

"Oh, eso sí puedo decírtelo", intervino Martijn. "Es la novia de Pastorini. Vivían juntos en Fort Bragg y vinieron juntos a Atlantic City".

"¡Claro!" dijo Theo. "Conocías a Burke y a todos los demás. Eras uno de ellos. Sabías que vendrían aquí y destrozarían este lugar para vengar a Pastorini, y sabías que mi hermano contraatacaría llamándome a mí y a mis amigos holandeses de Operaciones Especiales para detenerlos, ¿no es así?" De repente, Theo se echó a reír. "¡Oh, esto es tan delicioso! Es una pena que tú y yo no hayamos comparado notas antes, Martijn. ¿No lo ves? Benson orquestó esta pequeña farsa suya con la esperanza de que Burke y yo nos matáramos mutuamente. Eso lo dejaría con todo el oro, sin que nadie lo persiguiera y sin necesidad de repartirlo con nadie".

"Y casi lo consigues, ¿verdad, Benson?". Theo volvió a clavarle la pistola. "Algo me dice que el hombre de seguridad de Martijn no tuvo nada que ver con la caída de Pastorini por esa ventana, ¿verdad? Quizá Pastorini le hizo enfadar, quizá aún se negó a compartir, quizá hubo una pelea o salió corriendo. En cualquier caso, fuiste tú quien lo mató".

"Estás loco, Theo", intentó argumentar Benson. "¿Por qué iba a hacer algo así? No tengo el oro. Vinnie nunca me dijo dónde estaba".

"Quizá no, pero tú sabes algo, o crees que la chica lo sabe".

Fue entonces cuando Eric Smit se unió a la conversación. "¿Oro?", preguntó mientras metía las manos en los bolsillos del pantalón de Benson, dándoles la vuelta hasta encontrar el reluciente medallón de león y su cadena de oro rota. "Se lo arrancó del cuello a la chica mientras estábamos en el barco esta noche. Es parte de lo que tomamos de ese museo en Bagdad, ¿no es así?" Smit miró fijamente a Benson. "Entrégalo a mí y a Lucas. Le sacaremos la verdad a golpes".

"No es necesario", dijo Theo mientras tomaba el medallón del león de la mano de Smit y lo levantaba, admirando su intenso brillo amarillo. Se volvió hacia Patsy. "¿Dónde está el oro?"

"Como le dije -señaló Patsy a Benson-, está en una caja en el garaje, en una esquina del techo. Tómelo. Es todo suyo. No lo quiero, y nunca lo quise".

Theo sonrió. "De la boca de los niños".

"Señores, señores, todo esto es un malentendido". Benson intentó sonreír, pero para entonces Joost DeVries, Lucas Bakker y Smit se habían acercado, y todos tenían sus Glock automáticas apuntando hacia él.

"Sabes, en el ejército holandés tenemos un término para un soldado que engaña a sus compañeros", dijo Bakker a Benson. "Rara vez termina bien para el compañero".

"El oro, ¿de cuánto estás hablando, hermano?" preguntó Martijn, más que curioso.

"Diez millones de euros, más o menos, y ahora tenemos la mitad de los socios para repartirlo que cuando empezamos". Theo sonrió. "¿Seguro que no quieres reconsiderarlo y venir con nosotros?".

"No, tengo algunos asuntos propios que atender", respondió Martijn, "pero tenemos que salir de aquí".

"Sí", aceptó rápidamente Theo. "Y habrá un ligero cambio de planes. Ahora que he aligerado la carga, Benson y la niña también vendrán con nosotros. Donatello dará un pequeño rodeo para dejarnos en Carolina del Norte de camino a Nueva York".

"¿Que voy a hacer qué?" Carbonari se dio la vuelta y miró fijamente al holandés.

Para entonces, sin embargo, Theo tenía su Glock 17 apuntando a Carbonari. "Donatello, en realidad no necesito llevarme a Benson y ya no necesito a la chica. Además, el sargento Smit es capaz de pilotar un Blackhawk, así que tampoco te necesito. Así que, la elección es tuya. Puedes llevarnos en avión hasta allí y seguir tu camino, o puedes unirte al resto de los cadáveres esparcidos por tu ático".

Carbonari apretó el pesado maletín y asintió rápidamente. "¡Muy bien, muy bien, entonces salgamos de aquí!", siseó y se volvió hacia la puerta de la azotea.

"Exactamente lo mismo que yo, excepto por un ligero cambio de planes", dijo Theo mientras apartaba la silla de la puerta del armario y la abría. Metió la mano dentro, agarró a una sorprendida Linda Burke por la parte superior del brazo y la sacó del armario. Rápidamente volvió a cerrarlo y empujó la silla hacia atrás bajo la cerradura de la puerta, dejando a Jimmy y Ernie dentro con expresiones de sorpresa en sus rostros.

"Mis sinceras disculpas, señora Burke", dijo Theo. "Pero los viajes son mucho más interesantes cuando se tiene a alguien con quien compartirlos, ¿no le parece? Además, me sentiré un poco más seguro contigo a mi lado".

"Fantasma, As. "Se están moviendo de nuevo, viniendo hacia aquí y saliendo al tejado. Creo que se dirigen al helicóptero de Carbonari".

"Fantasma, Chester. Estamos abajo dirigiéndonos al corredor de servicio. ¿Cuál es tu posición?"

"A mitad de camino de las escaleras de emergencia del sur. Tú y Bulldog usad la tarjeta llave y tomad el ascensor ejecutivo hasta el ático. Despejaremos el vestíbulo del ascensor y nos encontraremos arriba".

"Entendido".

"As, Fantasma. No hay necesidad de apresurarse. Puede que se muevan, pero no van a ninguna parte".

Si nada más, Martijn Van Gries entendía el tiempo. Después de ver suficientes apuestas en las mesas de póquer del casino, sabía cuándo un hombre debía apostar, cuándo debía doblar y cuándo debía retirarse y esperar una mano mejor. Ese momento había llegado. Salió de la suite del ático de Donatello con lo mismo que había entrado dos años antes: la cabeza sobre los hombros, una Walther PPK metida detrás del cinturón y los bolsillos vacíos; pero eso no duraría mucho más. Cuando entró en el vestíbulo del ascensor del ático, sacó su iPhone, tocó el número de marcación rápida de Eva y pulsó el botón de bajada del ascensor. Antes de abandonar el barco, le había dicho a Eva que se quedara allí, lo que facilitaría infinitamente las cosas.

"Soy yo", dijo en cuanto ella respondió. "Vístete y pon en marcha los motores. Suelta todo excepto el cabo de proa y prepárate para salir en cuanto yo suba a bordo".

La recepción del teléfono móvil dentro de un ascensor de acero nunca fue la mejor, pero la oyó decir: "¿Irnos? ¿Adónde vamos, Martijn? No tengo ninguna de mis cosas y..."

Cuando las puertas del ascensor se cerraron, juró que oyó algún tipo de alboroto y portazos en la escalera de emergencia. ¿Problemas? ¿O Burke? Esta noche, eran más o menos lo mismo. "¡Escúchame!" la cortó. "Tienes tu bolsa de huida a bordo..."

"Sí, pero el gato, el resto de mis cosas, nunca pensé..."

"Es demasiado tarde para todo eso. Tu pasaporte está en la caja fuerte del barco y es hora de que el gato aprenda a valerse por sí mismo. Podemos comprar lo que necesites más tarde. ¡Muévete, ahora! Saltaré a bordo en un par de minutos".

A novecientos veintidós metros de distancia, Ace Randall vio cómo se abrían las puertas del ático y un grupo de personas salía a la cubierta de la piscina. Uno de los sargentos holandeses, Eric Smit, salió primero, caminando en punta, con Donatello Carbonari siguiéndole de cerca. Le siguieron Patsy Evans y el abuelo Benson, uno al lado del otro y del brazo, le gustara o no. Theo Van Gries fue el siguiente, con su brazo izquierdo rodeando el cuello de Linda Burke y su Glock 17 en el derecho. Se movía de un lado a otro mientras el grupo salía al tejado. A la derecha de Theo caminaba Lucas Bakker, y Joost DeVries cubría la retaguardia, caminando hacia atrás con los ojos puestos en el interior del ático y las puertas del vestíbulo más allá. El grupo pasó rápidamente entre la piscina y la sauna, y se dirigió hacia el helicóptero de Donatello Carbonari.

¿A punto de entrar en combate? se rió Ace para sus adentros. Puede apostar su dulce trasero a que sí, general. El espectáculo está a punto de comenzar. Estaba casi a la misma altura que sus objetivos, y había calculado que el viento era de unos insignificantes dos o tres nudos, en dirección a su derecha. Hizo un ligero ajuste de un clic en su visor, y supo que estaba listo.

"Koz, ¿ves a los dos pilotos que van en cabeza? Yo me encargaré del que está en la retaguardia, tú te encargas de la punta. A mi señal..."

CAPÍTULO TREINTA Y UNO

Martijn Van Gries terminó su llamada telefónica a Eva Pender cuando se abrieron las puertas del ascensor del primer piso. Se asomó y echó un rápido vistazo al pasillo de servicio. Estaba vacío, así que caminó lo suficiente para poder ver la zona de recepción del hotel. Salvo por dos recepcionistas y varios huéspedes que se registraban, estaba vacía. Nada parecía estar fuera de servicio. Era muy tarde en una noche de semana. Salvo algunos jugadores de máquinas tragaperras y jugadores en la sala de póquer del fondo, el casino parecía poco poblado. Satisfecho, Martijn se dio la vuelta y empezó a recorrer el pasillo de servicio hacia su despacho cuando algo a su derecha llamó su atención. Era movimiento. Eso era lo que siempre llamaba la atención, no la forma ni el ruido. Vio a dos hombres vestidos con uniformes azules de conserje que corrían hacia él desde la puerta de salida cercana. Era imposible saber si venían a por él o sólo a por el ascensor, pero ambos llevaban pistolas en las manos. Glocks, reconoció a primera vista.

"Maldita sea", juró mientras sacaba su Walther y disparaba dos veces en su dirección. Su silenciador estaba en el bolsillo, sin acoplar, pero la Walther era sólo del calibre 38. Sus disparos fueron suficientes para dispersar a la gente en el vestíbulo, pero no tan fuertes como los cañones de 9 milímetros que llevaban los otros hombres. Era poco probable que le diera a alguno de ellos, pero lo único que quería era retrasarles y ganar tiempo mientras se alejaba por el pasillo de servicio hacia su despacho.

Siempre había sido más un velocista que un corredor. Con los codos y las rodillas bombeando, incluso se sorprendió a sí mismo de lo rápido que se movía, más rápido que en ningún otro momento desde que corría en pista en el exclusivo colegio de chicos de Leiden, donde sus padres lo internaron a él y eventualmente a su hermano menor, como dos extranjeros ilegales. Siendo pequeño, y afeitado, lo único bueno que le había enseñado Leiden era cómo huir de los problemas más rápido de lo que los problemas le perseguían, y cómo "acomodarse" si no podía, dos lecciones que resultaron útiles en la vida posterior.

Al llegar a la curva del pasillo y girar bruscamente a la derecha, tres balas abrieron largas brechas en la pared de su izquierda. Oyó cómo se desgarraban en la pared de yeso y vio el polvo, pero no oyó nada, lo que significaba que estaban usando silenciadores. Por mucho que enfadara a Angelo Roselli y a la mafia de Brooklyn, no usarían silenciadores ni Glocks. Preferían los revólveres Magnum 357, las escopetas recortadas y los bates de béisbol, y nunca se les pillaría muertos vestidos como un conserje. No, estos eran los hombres de Burke, y parecía que iba a salir justo a tiempo.

"3... 2... 1... Mark", dijo Ace en su micrófono de barbilla mientras apretaba suavemente el gatillo.

A pesar de toda la potencia de la M-107 Barrett, su pesada bala de 661 granos, con camisa de acero, tenía un retroceso sorprendentemente fácil. Su exclusivo conjunto de cañón, receptor y resortes internos absorbían la mayor parte del retroceso, dejando al tirador listo para disparar otra ronda casi inmediatamente, si era necesario. Sin embargo, cuando ese primer disparo era efectuado por el sargento mayor Harold "Ace" Randall, el sargento mayor Rudy "Koz" Kozlowski, o prácticamente cualquier otro miembro de la Unidad, rara vez se necesitaba un segundo disparo.

El disparo de Ace alcanzó a Joost DeVries "en el centro de la masa corporal", en medio de la espalda, como se describe en la clase, haciéndole caer de pie sobre la cubierta de plástico azul de la piscina a un metro de distancia. Casi en el mismo instante, Koz eliminó a Lucas Bakker con un disparo en la cabeza, pintando a Donatello Carbonari de cintura para arriba con sangre, huesos y trozos de lo que fuera que hubiera dentro del holandés. Su cuerpo se desplomó sobre la cubierta mientras la lluvia caliente y húmeda golpeaba a Carbonari en la cara. Miró la sangre que salpicaba su traje de Savile Row de 5.000 dólares, gritó y se arrodilló junto al cuerpo de Bakker, temblando, e intentó esconderse detrás de su maletín: una propuesta físicamente imposible para un hombre de su tamaño.

Chester quiso disparar un cuarto asalto a Martijn Van Gries, pero el holandés se desvió repentinamente hacia la derecha y desapareció por el pasillo de servicio antes de que Chester pudiese hacer el disparo. Rápidamente tecleó el micrófono de la barbilla y dijo: "Fantasma, Chester. Estamos en el pasillo de servicio del primer piso. Esa comadreja, Martijn Van Gries, salió del ascensor ejecutivo y se dirigió hacia las oficinas. Nos disparó, así que devolví el fuego, pero fallé. ¿Debemos perseguirlo?"

"Negativo", le dijo Bob, todavía con la respiración agitada por la carrera por las escaleras, recurriendo a monosílabos. Era una putada envejecer, pero supuso que era mejor que la alternativa. "No puede ir muy lejos; déjalo ir. Tenemos que concentrarnos en el techo".

"Entendido", respondió Chester mientras pulsaba el botón de subida del ascensor de servicio.

Como acababa de bajar a Van Gries, las puertas se abrieron inmediatamente y Chester y Bulldog entraron. Chester no perdió de vista el pasillo, esperando que Van Gries volviera a aparecer, pero no fue así. Rápidamente pasó la copia de la tarjeta de la llave maestra de seguridad que Jimmy había hecho para ellos en el lector de tarjetas del ascensor. Eso activó la parada del ático y las puertas se cerraron inmediatamente. Cuando el ascensor empezó a subir, ambos Deltas aprovecharon para comprobar sus armas antes de que las puertas se abrieran de nuevo.

Al doblar la esquina, Martijn se detuvo en seco y retrocedió, esperando con la pistola desenfundada, escuchando, pero los pasos de los dos hombres se detuvieron en el ascensor. Los oyó hablar, tal vez por radio, pero no intentaron seguirlos. Eso era bueno, porque no quería un tiroteo, no aquí, no ahora, y ciertamente no con ellos. Tenía demasiadas cosas que hacer antes de poder abandonar esta estúpida ciudad y no volver jamás.

En primer lugar, tenía que ir a su despacho. Una vez dentro, cerró la puerta con llave, se dirigió al centro de la habitación y apartó uno de los dos sillones a juego que había frente a su escritorio. Levantó la esquina del cuadrado de la alfombra central que había debajo, revelando una pieza empotrada de madera contrachapada de tres cuartos de pulgada colocada a ras del suelo. La levantó a un lado. Debajo estaba la cara de una caja fuerte de suelo con paredes de acero hecha a medida que había instalado un fin de semana, cuando Donatello se fue a Las Vegas a pasar un fin de semana largo. La combinación era un conjunto inusual de cinco números, que hacía que la caja fuerte fuera prácticamente inviolable. Se tomó todas esas molestias porque allí guardaba su propia bolsa de escapada, muy privada. Sin embargo, no contenía ropa interior, calcetines ni artículos de aseo. Era un maletín de aluminio de cinco pulgadas de profundidad, hecho a medida, que contenía su colección de seis pasaportes falsos, cada uno con un nombre diferente y emitido por un país distinto -Estados Unidos, Canadá, Irlanda, Reino Unido, Bélgica y Holanda-, además de 200.000 dólares en efectivo, 300.000 dólares en bonos al portador y un largo tubo de metal con otros 300.000 dólares en diamantes de calidad gema que había adquirido en tres viajes a Ámsterdam. Eso debería bastarle para una escapada rápida, hasta que pudiera reunirse con sus banqueros en las Islas Caimán y en Suiza.

Con su maletín en una mano y la Walther en la otra, abrió la puerta del pasillo y echó un rápido vistazo al exterior. El pasillo estaba vacío, así que corrió hacia la escalera de emergencia y desapareció en la planta baja. Había una segunda puerta de acero reforzado en la parte inferior que era capaz de resistir cualquier cosa que no fuera un obús o media hora con un soplete. Tenía una tarjeta y un teclado para controlar el acceso. Muy pocas personas tenían la tarjeta necesaria y aún menos conocían el código de la llave.

Cerró la puerta de acero tras de sí y se encontró dentro de su casi oscuro Centro de Operaciones Informáticas. Incluso en mitad de la noche, siempre había un hombre de guardia aquí abajo, en "el calabozo", como lo llamaban los empleados contratados. Su trabajo consistía en vigilar los cientos de cámaras de seguridad del hotel y del casino, y anotar cualquier actividad inusual en sus suites "especiales" del piso superior para grabarla. Cuando Martijn entró, el operador de guardia estaba sentado frente al alto banco de monitores de seguridad con unos auriculares en las orejas y los pies apoyados en la consola. Se llamaba Philip, y lo último que esperaba ver a estas horas era a su jefe entrando por la puerta. Martijn tuvo que sonreír al ver que Philip giraba la cabeza, lo veía y se tiraba al suelo al darse cuenta de quién acababa de entrar.

"Señor Van Gries", tartamudeó Philip mientras se ponía en pie, claramente nervioso. "Dios, me alegro de que esté aquí. He hecho algunas llamadas a usted y al señor Carbonari, pero... bueno, tiene que ver lo que está pasando en la azotea y en el ático. Hay hombres..."

Martijn asintió. "Lo sé todo, Philip, todo está bajo control".

"¿No debería avisar a alguien? Sé que dijiste que no debíamos llamar..."

"¿A la policía?" preguntó Van Gries, con el ceño fruncido. "No, no debes llamar a nadie, y menos a la policía", le recordó mientras se dirigía a la esquina más alejada de la sala y utilizaba su tarjeta-llave y un código-llave aún diferente para abrir un armario que contenía un gran servidor seguro. Martijn abrió su maletín, metió la mano en el armario del servidor y empezó a sacar dos docenas de memorias flash Kingston Predator de un terabyte y gran capacidad, una a una, y las metió en su maletín.

"Pero hay hombres armados, señor Van Gries", dijo Philip. "Y... bueno, creo que han disparado a gente allí arriba. Yo... no sabía qué hacer".

Varias de las unidades flash contenían el conjunto de copias de seguridad hiperseguras de su contabilidad personal y su cartera de inversiones. Durante varios años, Martijn había estado utilizando unos algoritmos muy complicados para sustraer pequeñas cantidades de dinero de las transferencias que entraban y salían de los hoteles y casinos. Las cantidades individuales eran tan pequeñas y las cuentas tan diversas que se necesitaría un ejército de contables forenses para averiguarlo todo. Donatello no sabía nada al respecto, los socios de Nueva York no sabían nada, y le parecía muy poco probable que los hackers de Burke supieran algo sobre el dinero o sus cuentas privadas repartidas por Belice, Bangkok, las Caimán y Suiza.

El resto de las memorias USB del armario de servidores contenían los vídeos que había utilizado para chantajear a varias docenas de personalidades durante el último año. El programa informático patentado por Martijn integraba sus datos personales con los gastos de hotel y restaurante, los registros de las apuestas y una cuidadosa selección de audios y vídeos procedentes de las habitaciones de hotel especialmente equipadas que se les habían asignado en el piso superior. Su software audiovisual personalizado se activaba con el movimiento y permitía a Martijn editar rápidamente todo, excepto el "material jugoso". Al igual que con el recorte de cuentas, siempre tenía cuidado. Sólo pedía a estas personas cantidades de dinero relativamente modestas, lo suficientemente pequeñas como para que se las pudieran permitir, pero no lo suficientemente grandes como para que hicieran algo estúpido, como ir a la policía o no pagar. Potencialmente, su pequeño plan de extorsión podría proporcionar un flujo de ingresos aún mayor que el que había estado sacando de los tres casinos. Sí, pensó, era el regalo que seguiría dando.

"Yo... te vi allí arriba en el ático con los demás, y recordé que dijiste que nunca debíamos llamar a la policía, así que no lo hice", continuó Philip, sellando aún más su propio destino. "Pero no pude conseguir que Seguridad contestara a sus teléfonos o páginas, ni siquiera esos nuevos caballeros de Nueva York, así que..."

"No hay ningún problema, Philip. Todo está bajo control. Es simplemente un simulacro de seguridad. ¿Puedes venir un momento y echarme una mano con esto?"

"Sí, sí, por supuesto, señor Van Gries". Philip se acercó rápidamente y se arrodilló junto al holandés. Martijn cogió uno de los pendrives con la mano izquierda y se lo mostró a Phillip para llamar su atención hacia el maletín, mientras sacaba la Walther PPK de su bolsillo con la mano derecha y disparaba a Philip en un lado de la cabeza.

"Sin cabos sueltos", comenzó Martijn repitiendo suavemente su mantra. "Ningún cabo suelto..."

Cuando terminó de recuperar lo que había venido a buscar, Martijn volvió a meter la mano en el armario de los servidores. En el fondo, bajo dos tapas metálicas cerradas, pero de aspecto inocuo, había dos interruptores rojos con pequeñas luces encima de cada uno. Desbloqueó las tapas, las levantó y pulsó los dos interruptores. Las dos luces se encendieron inmediatamente, se volvieron de color rojo intenso y empezaron a parpadear. El interruptor de la izquierda desactivó el sistema de supresión de incendios con espuma de la sala de ordenadores, mientras que el de la derecha activó los detonadores temporizados de una serie de cargas incendiarias de fósforo blanco que Van Gries había colocado dentro de la sala, los servidores y los dispositivos de control. No habría ninguna explosión.

Las cargas se encenderían y arderían durante un minuto a más de 5.000 grados, tiempo más que suficiente para incinerar todo lo que había en la sala y convertirlo en plástico fundido, metal y cenizas, incluso el pobre Philip. Como el techo y las paredes de la sala estaban hechos de doce pulgadas de hormigón armado, un incendio así crearía un calor intenso en el interior como un horno tandoor antiguo, dejando a los inspectores de incendios provocados del departamento de bomberos rascándose la cabeza, pero no tendría ningún efecto sobre el hotel o el casino.

Martijn miró su reloj. Es hora de irse, pensó, mientras recogía su maletín y subía rápidamente las escaleras metálicas hasta la puerta trasera del muelle de carga. Si no había más interferencias, en dos minutos estaría al timón de su yate y navegando hacia el cabo y la ensenada de Absecon con la siempre erótica Eva a su lado cuando las cargas se dispararán en otros cinco. Después de navegar tranquilamente hasta un puerto deportivo privado que conocía en las Bermudas, el yate sería sometido a una completa revisión cosmética.

Después, visitaba a sus banqueros en las Caimán antes de navegar hacia el este y recorrer la larga cadena del Caribe oriental, desde las Islas Turcas y Caicos hasta Granada y Trinidad y Tobago. La población nativa era un pueblo amable y fácil de llevar que hablaba un patois holandés y francés. Entendían la buena mesa y la conversación civilizada, y Martijn podía olvidarse de Atlantic City, de sus infames jefes del crimen neoyorquino y del espantoso inglés fracturado que hablaban. Y lo que es más importante, podía olvidarse de ese bastardo vengativo que es Robert T. Burke. Era una lástima que Martijn tuviera por fin sus diversas operaciones y estafas a pleno rendimiento cuando Burke tuvo que meter las narices y arruinarlo todo. Al fin y al cabo, como demostró ampliamente su hermano Theo arriba, en el gran esquema de las cosas, ¿qué diferencia hace un sargento del ejército, más o menos?

Cuando Bob y The Batman llegaron por fin a la parte superior de la escalera de emergencia, se detuvieron. Por los planos que Ace había fotografiado en la oficina del inspector de edificios de la ciudad, Bob sabía que la escalera de emergencia terminaba en el vestíbulo del ascensor del ático en una gruesa puerta de acero, con una cerradura magnética en la parte superior y un lector de tarjetas de acceso en la pared adyacente. Ace dijo que Carbonari y los demás habían salido y estaban en la cubierta, pero que podían haber dejado a alguien atrás.

Rápidamente tecleó el micrófono de la barbilla y preguntó: "As, Fantasma. ¿Sentarse Rep?"

"Hemos bajado a dos. Los demás están en un grupo nervioso cerca del helicóptero".

"¿Y las chicas?"

"Están bien, pero Benson y Van Gries las están usando como escudos".

"¿Todos están fuera ahora?"

"Por lo que veo, pero no veo a Ernie ni a Jimmy".

"10-4."

Bob apuntó su Beretta a la cerradura magnética. "Atención", advirtió a The Batman mientras giraba la cara y realizaba tres rápidos disparos en el centro del mecanismo de la cerradura. Allí era donde sabía que se encontraba su circuito. Las cerraduras magnéticas eran inventos maravillosos, pensó. Podían contener la carga de un rinoceronte, pero la misma bala de 9 milímetros que podía acabar con el gran animal también podía inutilizar la cerradura si se apuntaba correctamente.

Giró el pomo de la puerta, la abrió de un tirón, miró por el marco de la puerta hacia el vestíbulo del ascensor y observó el ático que había más allá. Por la forma en que Ace describió la acción en la azotea, era poco probable que alguien lo hubiera escuchado, pero valía la pena ser cuidadoso. Las ornamentadas puertas del vestíbulo, que iban desde el suelo hasta el techo, estaban torcidas y había trozos de herrajes rotos esparcidos por el suelo de la entrada. Obviamente, alguien había tenido prisa por entrar. El vestíbulo estaba vacío, así que él y Batman entraron en el gran salón y vieron los cuerpos de dos de los hombres de Theo en el suelo. Al echar un vistazo al dormitorio principal, a su derecha, vio el cuerpo de un muchacho tendido en la puerta y tres cuerpos más en el suelo, a los pies y a los lados de la cama. Por sus llamativas joyas y su mal gusto a la hora de vestir, Bob supo que tenían que ser tres de los payasos que los jefes de Carbonari habían enviado desde Nueva York.

"Alguien ha estado limpiando la casa aquí", dijo Batman.

"Un grupo de ladrones", respondió Bob. Pero se preguntó por qué.

Se separaron y se abrieron paso a lo largo de las dos paredes laterales, manteniéndose agachados detrás de las sillas y los sofás mientras se dirigían a las puertas traseras de la cubierta. Cuando se acercó a un metro del armario del vestíbulo, oyó que dentro se discutía en voz baja. Inmediatamente reconoció una de las voces como la de Ernie Travers. El capitán del CPD intentaba susurrar, pero no funcionaba demasiado bien. Sonaba como si estuviera discutiendo, con los dientes apretados, y no estaba demasiado contento con quienquiera que fuera el que estaba encerrado allí con él. La otra voz era más fuerte y quejumbrosa, y Bob supo inmediatamente que tenía que ser Jimmy Barker. Alguien había metido una robusta silla de comedor bajo el pomo de la puerta. Teniendo en cuenta lo que parecía una puerta de núcleo sólido, una silla gruesa y las bisagras de la puerta de primera calidad, Bob dudaba que incluso Ernie pudiera forzarla desde dentro.

Llamó a la puerta y preguntó: "Si os dejo salir, ¿dejaréis de discutir? ¿O debería dejaros ahí dentro un rato más?".

Eso les hizo callar. "¿Eres tú, Bob?", oyó que preguntaba Travers.

"No has respondido a mi pregunta", dijo mientras apoyaba el pie en la silla, la apartaba y giraba el pomo de la puerta, abriéndola lo suficiente como para mirar dentro. Por sus rostros avergonzados, supo que tenía su respuesta.

"No fui yo. Él..." Jimmy se quejó mientras salía a la habitación. Bob rápidamente lo agarró por el asiento de sus pantalones y lo dejó detrás del sofá. "Quédate abajo y cállate. Hay cinco o seis tipos ahí fuera con armas. Si acaban volviendo a entrar aquí, nada les gustaría más que dispararte a mansalva. ¿Entendido?"

"¡Pero tienen a Patsy!" Jimmy argumentó.

"Y tienen a Linda", respondió Bob. "Así que haz lo que te he dicho".

El cuerpo de uno de los hombres de Theo yacía a unos metros del joven Geek. Le habían disparado dos veces en el pecho y estaba muy muerto. Debajo de él, Bob vio una Heckler y Koch P1 automática de 9 milímetros. Ese era el arma estándar del ejército alemán en estos días, así que el cuerpo tenía que ser de Klaus Reimer, el veterano de la Bundeswehr.

"¿Quién le disparó?" Bob preguntó a Ernie.

"Theo Van Gries. Dorothy le rompió la muñeca a Reimer y le dislocó el hombro antes de que le dispararan en el barco. Aparentemente, Theo Van Gries no tiene mucho uso para los pasivos o para los alemanes. Es un asesino a sangre fría".

"Sí, eso es lo que te pasa cuando pasas demasiado tiempo en el desierto luchando contra gente que es incluso peor que tú", le dijo Bob. "¿Has usado alguna vez una de estas?", le preguntó al policía de Chicago mientras le lanzaba la P1.

"Ya me las apañaré", respondió Ernie mientras sacaba rápidamente el cargador del receptor, comprobaba la carga y metía una nueva bala en el receptor. "Después de veinte años trabajando en las calles de Chicago, no hay mucho que no haya disparado o que no me hayan disparado".

"Bueno, si no te gusta esa, hay algo más por ahí". Bob señaló el segundo cuerpo. "Y creo que he visto una selección de revólveres en el dormitorio".

"¿Puedo tener uno?" Preguntó Jimmy.

"¡No!" respondieron Bob y Ernie al unísono.

"Quédate detrás del sofá o vuelve al armario", le dijo Ernie. "Lo último que queremos es que estés detrás de nosotros con un arma cargada". Luego se volvió hacia Bob y añadió: "Para que lo sepas, pienso vaciar esta cosa en el primero de esos bastardos que aparezca, así que no te metas en mi camino".

Theo Van Gries se encontró en el centro del caos creciente en la cubierta de la piscina. Normalmente, prosperaba en los momentos de impulso rápido, de alto octanaje, de un tiroteo rápido, cuando la vida misma se deslizaba por el filo de una cuchilla. Le hacía sentirse vivo, y había llegado a amarlo e incluso a desearlo. En su carrera en los Reales Marines Holandeses en Irak y Afganistán, había estado bajo el fuego casi tan a menudo como Bob Burke y era un soldado tan hábil y profesional como él. ¡Combate! No hay nada como el sonido de los disparos a primera hora de la mañana. Era mejor que el primer café para concentrar la mente y hacer que el corazón se moviera.

A medida que los segundos transcurrían lentamente, el cerebro de Theo empezó a funcionar como un ordenador de balística. Triangulando los cuerpos de Lucas Bakker y Joost DeVries en el momento en que las balas les alcanzaron, vio cómo se movían sus cuerpos. ¡Vio las direcciones de las salpicaduras de sangre y oyó el Blam! Blam! de los disparos mientras rodaban por el tejado. ¡Francotiradores! Había dos de ellos utilizando rifles largos, situados a su izquierda. Por el sonido característico, supo que tenían que ser Barretts del calibre 50, los favoritos de los estadounidenses, y las balas habían llegado con una precisión mortal.

Dos de sus tres hombres restantes, Lucas Bakker y Joost DeVries, habían caído. Eso sólo dejaba a su suboficial principal, Eric Smit, que ahora estaba tumbado en la cubierta detrás de una de las carcasas de las bombas, a unos metros de distancia; al americano desarmado y convertido, Benson, que se escondía detrás de la chica; y a Donatello Carbonari, gimoteando y encogido detrás de su maletín, para enfrentarse a un número desconocido de Deltas. Estaban ahí fuera, en la oscuridad, esperando a que los disparos fueran claros para matar al resto.

Theo aún tenía el brazo alrededor del cuello de Linda Burke. Sabía que ella y la niña eran las dos únicas cosas que le mantenían con vida. Instintivamente, la acercó y la hizo girar en dirección a los tiradores, moviéndose de un lado a otro y de arriba abajo cada poco segundo para despistar su puntería. Sin embargo, todo lo que podía ver era la noche oscura, las luces de colores de la ciudad y los tejados igualmente altos de Tuscany Towers y Siesta Cove. Eso era todo, se dio cuenta de repente. Los tiradores estaban en el tejado de las Torres Toscana. Sólo pudo maldecir su propia estupidez.

Burke era un bastardo inteligente y paciente. Debía de haber colocado dos rifles largos en el tejado del otro hotel a primera hora de la tarde, y habían tenido tiempo de sobra para medir, triangular y poner a cero cada centímetro cuadrado del tejado del ático del Bimini Bay a su antojo. Habían estado tumbados en la oscuridad, esperando a que él y sus hombres dejaran de discutir y salieran a pasear hacia el helicóptero sin ninguna preocupación. Entonces hicieron sus disparos.

Por su asombrosa precisión, supo que podía ser Burke, o quizás Randall el que estaba ahí fuera, aunque no importaba. El resto de los hombres de Burke también venían con una excelente reputación, y hombres así rara vez fallaban. Como corderos al matadero, Theo había llevado a sus hombres justo al punto de mira. Qué error tan colosal, se maldijo a sí mismo.

"¡Es Burke!" Benson se volvió y le dijo a Van Gries mientras los dos hombres se apiñaban detrás de las mujeres. "Debe haber puesto dos tiradores en el tejado del otro hotel".

"¡No creas que lo sé, idiota!"

Herido por la reprimenda de Theo, Benson miró a su alrededor y vio que estaban de pie en el centro del tejado y que ya estarían muertos sin las mujeres tras las que esconderse. Antes del primer disparo, él ya tenía su brazo alrededor de la cintura de ella y la tenía cerca. Eso pudo hacer que buscaran sus primeros objetivos en otra parte. Cuando Bakker y DeVries cayeron, agarró inmediatamente un puñado de pelo de Patsy y la puso de pie frente a él. Ella lo mantendría a salvo por el momento, pero eso era todo. Theo le había quitado su Beretta, pero Benson no estaba completamente desarmado. Metió la mano en el bolsillo trasero y sacó la navaja de 15 centímetros que siempre tenía allí escondida. Abrió la hoja, la apretó contra la garganta de Patsy y le susurró: "No muevas un músculo. ¿Me oyes?"

A su izquierda, vio a Carbonari escondido detrás de su maletín. "Donatello", le gritó Benson. "El helicóptero. Sube y ponlo en marcha. Tenemos que salir de aquí".

El gran Don miró y le devolvió la mirada con ojos vacíos. Benson no podía saber si Carbonari entendía algo de lo que decía, pero volvió a intentarlo. "¡El helicóptero, arranca el helicóptero!" Benson volvió a gritarle, pero el hombre se quedó sentado con los ojos muy abiertos e inmóvil. Parecía estar en estado de shock, aunque ya no importaba.

Burke había estado dos pasos por delante de ellos toda la noche; y como para demostrarlo, Benson oyó tres disparos más de calibre 50 cuidadosamente medidos. Se agachó de nuevo, pero no fue necesario. Las balas no iban dirigidas a él, sino que golpearon el motor del helicóptero y lo convirtieron en chatarra. Mientras el aceite y el líquido hidráulico se derramaban sobre el helipuerto, estaba claro que el gran juguete de Carbonari no iba a ninguna parte. Eso también debió llamar la atención del Don. En lugar de acercarse a la cabina, se giró de repente y se alejó con las manos y las rodillas, arrastrando su maletín tras de sí, hasta llegar detrás del gran bar Tiki de bambú, cerca de la piscina.

Al igual que Theo Van Gries, Benson se quedó dónde estaba, escondido detrás de la chica. "No podemos quedarnos aquí", llamó al holandés. "Nos van a eliminar uno por uno".

"¿Has llegado a alguna otra brillante conclusión táctica?" Theo llamó de nuevo.

"El ático: tenemos que volver a entrar, es nuestra única oportunidad", respondió Benson mientras apretaba el pelo de Patsy. "Retrocede, un paso a la vez", ordenó mientras empezaba a tirar de ella hacia las puertas del ático, exponiendo lo menos posible de sí mismo.

CAPÍTULO TREINTA Y DOS

El sargento de los marines holandeses Eric Smit estaba acurrucado en la profunda sombra detrás de la bomba de la piscina. Con media docena de focos brillantes en el ático y alrededor de la piscina, la azotea parecía una galería de tiro, mientras su enemigo permanecía en la oscuridad esperando pacientemente su próximo disparo. "Vaya lío en el que nos hemos metido, ¿eh, Luitnant?", llamó a Theo Van Gries.

"De acuerdo, sargento. ¿Quién se olvidó de apagar las luces?"

Quién, en efecto, se preguntó Smit. Él era el sargento mayor, un experto en tácticas por derecho propio, y se suponía que debía pensar en cosas así. Al final, había fracasado. Bueno, pensó, este era probablemente un día tan bueno para morir como cualquier otro. Cuando el sonido de los disparos y del aceite y el líquido hidráulico que goteaba bajo el helicóptero se desvaneció, la azotea volvió a quedar en un silencio sepulcral. Smit giró la cabeza y miró con nostalgia a través de las puertas del ático. Sabía que ésa era su única salida, pero fue entonces cuando vio al cabrón de Burke y a otro hombre avanzando lentamente por el suelo de la gran sala hacia él, bloqueando su camino.

Smit giró su Glock 17 y estaba a punto de disparar a Burke cuando oyó un sonido ominoso en el cielo oscuro sobre él y se detuvo. Era un helicóptero que sobrevolaba el gran hotel como un buitre. Por sus años en Irak y Afganistán, Smit estaba familiarizado con docenas de marcas y modelos de helicópteros de otros tantos países, pero el rítmico "Thump, Thump, Thump" de éste era diferente. El sonido era en los registros más bajos y muy silencioso. Aunque nunca había visto uno, sabía que los estadounidenses estaban desarrollando helicópteros furtivos en Fort Bragg para misiones de comando. Eso significaba que Burke tenía ayuda, una gran ayuda, y eso ofendía el sentido de la equidad de Smit. Se suponía que la guerra era entre hombres, pero ¿qué posibilidades tenían ahora?

Levantó la pistola y trató de concentrarse de nuevo en Burke cuando el helicóptero negro se abalanzó de repente de la nada y rugió por el tejado, a sólo unos metros por encima de él, golpeando al sargento con su corriente descendente y su ruido ensordecedor. Apretó el gatillo, pero sabía que se había distraído y que el helicóptero había estropeado su disparo. Levantó la vista y maldijo a la máquina fantasma mientras alejaba la Glock de Burke y empezaba a disparar a la máquina negra, una y otra vez, hasta que el cargador se vació.

Mientras Bob avanzaba lentamente por el ático hacia las puertas de la cubierta exterior, no llegó a ver a Eric Smit acurrucado en las sombras justo delante de él. Con las brillantes luces que lo rodeaban, la pequeña sombra detrás de la carcasa de la bomba era como un agujero negro, lo que hacía al holandés casi invisible hasta que levantaba el brazo. Burke sabía que Smit lo tenía a tiro. Su Glock 17 le apuntaba directamente y el holandés no podía fallar a esa distancia. Entonces el helicóptero rugió por el tejado y desbarató la puntería de Smit. Instintivamente, Burke se lanzó detrás del sofá. Si Smit hubiera seguido concentrado, Burke sabía que estaría muerto. Volvió a mirar hacia arriba y vio al holandés de pie, apuntando al helicóptero y disparando ronda tras ronda mientras éste desaparecía en la oscuridad. Sin pensarlo más, Bob le apuntó con su Beretta, apretó el gatillo y abatió al sargento holandés.

A seis metros de Smit, Donatello Carbonari también se escondía en las sombras, pero estaba detrás del bar de la piscina Tiki. Con sus opciones agotadas, sacó las piernas debajo de él como si estuviera en los tacos de salida de las 100 yardas, intentando reunir el valor suficiente para correr por la cubierta abierta hasta la seguridad del ático.

"Preparados... listos..." Se balanceó hacia adelante y hacia atrás, llenando sus pulmones con una última, desesperada y profunda bocanada de aire. Estaba a una fracción de segundo de la salida de un velocista cuando el helicóptero voló directamente sobre él y le succionó la última onza de valor. Destrozado, se desplomó aún más en las sombras. Desgraciadamente, Donatello tampoco encontró refugio allí. El hombre del rifle sabía exactamente dónde estaban él y los demás. Mientras se acobardaba aún más, el bastardo disparó otra vez, esta vez contra el propio bar. La gran bala apenas se frenó al atravesar el revestimiento decorativo de bambú del bar. No alcanzó a Carbonari por poco, pero se estrelló contra la amplia provisión de licor y vino que guardaba en los estantes interiores, rompiendo media docena de botellas y dándole una rápida lluvia de whisky, astillas de bambú, vino y cristales rotos. Con la cara escocida por el whisky y una docena de pequeños cortes, Carbonari gritó y se agachó, gimiendo, sin saber si debía vomitar, levantarse y correr, o derrumbarse en la cubierta, emocionalmente agotado.

"¡Martijn!", gritó desesperado. "Bastardo, tú me metiste en esto. Tú me metiste en esto". Si ese maldito holandés no hubiera tratado de sacarle hasta el último centavo a ese sargento del ejército estadounidense Pastorini, Carbonari nunca se habría metido en este lío, para empezar. Ese cabrón vengativo de Burke nunca habría venido aquí, Martijn nunca habría llamado a su hermano, y el Don de Atlantic City seguiría sentado en la cima de su pequeño mundo, disfrutando de la comida más deliciosa, el vino más delicioso y los jóvenes más deliciosos. Se miró a sí mismo, cubierto de una de sus mejores añadas y de su propia sangre, recordando que uno de sus jóvenes favoritos yacía muerto en el suelo de su habitación en ese mismo momento, y entró en cólera.

"**¡Martijn, voy a matarte!**", volvió a gritar mientras sentía que se deslizaba por la resbaladiza pendiente hacia las llamas de su propio infierno privado.

"As, Fantasma. ¿Qué ves? ¿Tienes una oportunidad?

"Negativo, Fantasma. Demasiado arriesgado. Puedo ver partes de Van Gries y Benson, pero eso es todo. Koz, ¿tienes una oportunidad?"

"Lo mismo, lo mismo. Muy arriesgado, pero no te preocupes. No va a ir a ninguna parte".

"Koz, Fantasma. ¿Quieres explicarle eso a Linda?"

"Entiendo el punto."

"Ghost, Ace. Si fuera tu cabeza la que estuviera apuntando con la pistola, yo dispararía, pero nos gusta más ella. Afrontémoslo, es un enfrentamiento. Él no puede moverse y nosotros no podemos disparar".

Theo Van Gries siguió moviéndose ligeramente a su izquierda y a su derecha, detrás de la mujer, para que los fusileros no tuvieran un tiro claro sobre él. En los últimos tres minutos, su pequeña aventura aquí en Nueva Jersey había ido rápidamente de mal en peor. Joost DeVries, Lucas Bakker y ahora Eric Smit, sus tres mejores hombres, habían caído, por no hablar de los dos que había dejado caer dentro. Ahora estaba solo, y era el momento de retirarse en las condiciones que pudiera negociar con un enemigo muy superior.

Theo era realista y sabía que había sido superado por un maestro. En el proceso, cometió los dos pecados capitales más imperdonables que puede cometer un soldado de infantería. En primer lugar, permitió que su propio ego subestimara gravemente a su enemigo. Y, en segundo lugar, se ha arrinconado en el tejado. Estaban en una posición expuesta, a seis pisos de altura, solos, y con un enemigo invisible y muy hábil delante y detrás de él con armas superiores. Sus únicos aliados ahora eran un traidor, un cobarde y su propio ingenio. ¡Maravilloso!

Mientras pensaba en ello, sólo podía reírse de sí mismo. Si hubiera una definición mejor de una posición militar desesperada, no se le ocurriría ninguna. Sus instructores de la Real Academia Naval Holandesa en Den Helder le cortarían los botones y le romperían la espada sobre las rodillas si pudieran verlo ahora. No podía correr y no podía luchar, así que se quedó con su última carta: la que tenía en la mano izquierda. Apretó la garganta de Linda Burke y esperó a que ésta acudiera a él, como sabía que debía hacerlo.

Finalmente, Donatello Carbonari supo que no podía caer más bajo. Se puso en pie, se extendió hasta su máxima altura y se enderezó la chaqueta y la corbata antes de girar hacia la puerta del ático. Podían matarlo si querían, pero decidió que saldría con algo de dignidad. Desgraciadamente, al dar la primera zancada larga y segura, tropezó con su maletín y casi se cae de nuevo. El maletín se tambaleó hasta la mitad de la piscina, pero ya no le importaba nada de eso. El francotirador también seguía ahí fuera, pero a Carbonari tampoco le importaba ya. Si el hombre iba a dispararle, al menos estaría bien vestido para las fotografías del periódico. Dejó el maletín donde había caído, se enderezó de nuevo la chaqueta y siguió caminando hacia el ático. Efectivamente, de pie en el centro de la puerta estaba el cabrón de Burke con una pistola en la mano. Carbonari no le miró. Levantó la barbilla y pasó junto a Burke como si él y los demás no estuvieran allí.

"**Fantasma, As. Un pez** en un barril, ¿quieres que lo baje?"

"Negativo. No te preocupes, tiene problemas peores que nosotros".

Ace suspiró por el micrófono abierto y dijo: "Si insistes".

Linda Burke sabía que la distracción casi humorística que Carbonari acababa de proporcionarle podría ser su última oportunidad. Theo aún tenía el brazo alrededor de su cuello y la pistola presionada contra su nuca, pero su atención estaba en todas partes menos en ella. Recordando fragmentos de un curso de defensa personal de Mujeres contra la Violencia que sus amigas le recomendaron una noche después de haber bebido demasiado, se inclinó repentinamente hacia delante, se dejó caer y trató de alejarse de él. Su plan era alcanzar a Theo en la ingle con el codo o el antebrazo y liberarse de su agarre. Desgraciadamente, Theo Van Gries no era una instructora del Departamento de Recreación de 1,5 metros y 130 kilos. Mientras ella se dejaba caer y se retorcía, él hacía lo mismo. Lo mejor que pudo hacer fue golpearle en la cadera con el codo.

Durante un breve instante, Ace tuvo un tiro claro sobre Theo de cintura para arriba. Por desgracia, Ace también había estado tan distraído por Carbonari como todos los demás. Cuando apretó el gatillo, el holandés se había agachado, su cabeza y sus hombros ya no estaban en el punto de mira, y la bala falló en lo alto por al menos 15 centímetros.

Comprendiendo plenamente lo que acababa de suceder, Theo se agachó aún más, agarró con más fuerza el pelo de Linda con cinco dedos y tiró bruscamente hacia atrás hasta que ella gritó. Lentamente, volvió a levantarse, manteniendo cuidadosamente su cabeza directamente detrás de la de ella mientras la obligaba a ponerse de pie frente a él de nuevo.

"No me divierte, señora Burke", le gruñó Theo. "Le juro que, si vuelve a intentar algo así, la mataré de verdad".

Con un francotirador experto al frente y un Bob Burke aún más enojado en la retaguardia, Theo Van Gries sabía que su posición era desesperada. Era realista y podía ver que sólo había una solución.

"Mayor Burke", dijo. "Propongo un alto el fuego temporal, si lo desea, señor. No quiero que nadie más salga herido aquí arriba, ni su esposa, ni mucho menos yo. ¿De acuerdo?"

"De acuerdo", respondió Bob mientras salía al tejado y se dirigía hacia Van Gries.

"¿Fantasma, si consigo otro disparo...?"

"No, retírense todos, hasta que escuche lo que tiene que decir. ¿Copiado?"

"Recibido", respondió Ace, aunque de mala gana.

Mientras Bob se acercaba, Theo Van Gries se enderezó y le hizo un leve movimiento de cabeza. Nadie más lo vio, pero Bob sí, y entendió su significado.

"Bien jugado, mayor", dijo Theo mientras miraba hacia el edificio de las Torres Toscana. "El sargento mayor Randall es un tirador superior. ¿Puedo asumir que le dijiste que no me matara?"

"¿Puedo suponer que la pistola que está apuntando a la cabeza de mi esposa está vacía?"

"Touché". Theo sonrió mientras soltaba su agarre del pelo de Linda y bajaba su Glock. "Me disculpo sinceramente por mi grosería, señora Burke. Mi madre no estaría contenta conmigo, pero así son las suertes de la guerra en estos días". Con eso, se inclinó hacia ella y le entregó su pistola. "Soy su prisionero, señora".

Ella tomó la pesada pistola en sus manos, mirándola por un segundo, obviamente debatiendo si usarla ella misma contra él. Al final, echó la pierna hacia atrás y le dio una patada en la ingle tan fuerte como pudo. "¡Toma tus disculpas y métetelas!", le dijo.

Afortunadamente, Van Gries lo vio venir, se giró ligeramente y recibió la patada en el muslo. Fue bastante doloroso, pensó mientras cojeaba un momento, pero podría haber sido mucho peor. La mujer sabía cómo patear. Finalmente, miró a Burke. "Sin duda me lo merecía, pero tú y yo tenemos que hablar".

"¿Sobre qué? ¿De hombres desesperados en posiciones desesperadas?"

"No, sobre lo mucho que tú y yo tenemos en común en este momento".

"Tú y yo no tenemos nada en común".

"No podrías estar más equivocado. Lo que tenemos en común es nuestro compañero de armas de siempre, el capitán Randy Benson". Van Gries se giró y señaló con un largo dedo al abuelo, que seguía escondido detrás de Patsy, quizás esperando que se olvidaran de que estaba allí. "Él es la única razón por la que tú y tus hombres, o yo y los míos, vinimos aquí para empezar".

¿"Benson"? No lo creo. Vine aquí porque tu hermano y sus amigos de la mafia mataron a uno de mis sargentos, y entonces decidiste meterte en medio".

"No, Benson lo mató. Luego nos absorbió a los dos, esperando que nos matáramos entre nosotros antes de que lo descubriéramos".

Bob lo miró fijamente y luego a Benson. "¿Y por qué haría eso?"

"La razón más antigua del mundo, mayor, por "la materia de la que están hechos los sueños", creo que lo llamó Bogey, por el oro". Theo metió la mano en el bolsillo, sacó el antiguo medallón del león y lo levantó. Incluso por la noche, bajo el tenue resplandor de los focos, colgaba allí como un sol líquido. "Es hermoso, ¿verdad? ¿Pero sabes lo que es?"

Bob se volvió y miró a Benson, y luego a Patsy. "No del todo, pero la última vez que lo vi, creo que estaba colgando del cuello de Patsy".

"Se lo dio su sargento Pastorini, pero ha pasado por muchas manos a lo largo de los años. Originalmente procedía de las tumbas reales asirias, excavadas en Nimrud y Ur hace más de un siglo. La última vez que lo vi fue en Bagdad. Era una de las cincuenta y cinco piezas que mi banda de ladrones patrocinada por la CIA recibió la orden de llevarse en custodia protectora del Museo de Arte de Irak antes de que alguien las robara realmente, o eso nos hicieron creer." Bob frunció el ceño y Theo se rió. "Mayor, soy un oficial de infantería, no un ladrón de gatos o de arte. ¿Cómo crees si no que conseguimos esa misión? Fue una operación de la CIA, un trabajo interno, desde el primer día, o así fue como empezó, al menos.

"Ya sabes cómo estaban las cosas en Irak - cómo siguen estando - la codicia y la corrupción en todas partes. Pues bien, alguien en Bagdad convenció a alguien en Langley de que este alijo de objetos era un tesoro nacional que tenía que desaparecer antes de que la gente realmente mala del gobierno iraquí le pusiera las manos encima. Nos asociaron con algunos miembros de la inteligencia militar iraquí y con gente del museo que resultaron ser sólo un poco menos corruptos que la gente de la que supuestamente estábamos salvando estos objetos. Se suponía que iba a ser una simple entrada y salida, pero nada más entrar por la puerta las cosas se torcieron. La gente de la Inteligencia iraquí intentó un doble juego. Hubo disparos, ellos salieron perdiendo y nosotros acabamos con el oro. Una vez que eso ocurrió, la política iraquí tomó el control. Se volvieron contra nosotros y la CIA no tardó en seguirnos. Nos convertimos en esa "operación canalla en Mosul" y todo el mundo, de repente, "renegó" de cualquier conocimiento de la operación, como dicen en las películas."

"Eres demasiado alto para el papel de Tom Cruise", le dijo Bob.

Theo sonrió. "Tienes razón. Cruise es más de tu talla. Pero estábamos solos. Pudimos esconder el oro temporalmente, pero la CIA, los iraquíes y el CID estaban encima de nosotros. Nos convertimos en el blanco fácil de todos".

"¿Por qué no lo devolvieron todo?"

"No podíamos. Nadie nos creería, y entregarles las pruebas simplemente nos pondría la soga al cuello. La solución sencilla habría sido fundirlos o tirarlos al río, pero me negué a hacerlo. Eran un patrimonio cultural. Así que la única opción era sacarlos del país antes de que nos pillaran "con las manos en la masa", como decís en vuestras películas. Por suerte, o por desgracia, fue entonces cuando su sargento

Pastorini entró en nuestro pequeño y desesperado drama. Él sacó el oro de contrabando para nosotros, pero luego no pudimos conseguir que lo devolviera".

"¿Quién más sabía que la CIA estaba detrás de esto? ¿Alguien?" preguntó Bob.

"No, sólo yo, unas pocas personas en Bagdad, las equivocadas, y supuestamente sus controladores en Langley. Ninguno de mis hombres lo sabía. Ni siquiera Benson. Todos pensaron que realmente estábamos robando las piezas. Como dije, tú estuviste allí, sabes cómo funcionaban las cosas, y en el fondo, sabes que lo que digo es la verdad".

"Fantasma, Ace", escuchó Bob en su oído. "No te lo estás creyendo, ¿verdad?"

Van Gries vio la fina sonrisa en el rostro de Burke y preguntó: "Ese pajarito en tu oído no me cree, ¿verdad?".

"Podría decirse que sí".

"Yo tampoco estoy seguro de hacerlo, pero fue tu sargento Pastorini quien nos traicionó, y fue tu capitán Benson quien lo mató, no la gente de mi hermano. ¿En qué consiste eso? ¿Una triple traición?" dijo Theo mientras se giraba y miraba a Benson.

Patsy había estado escuchando cada palabra de Theo Van Gries. Finalmente, se giró y trató de apartar a Benson. "¡Cabrón!", le dijo, pero él aún tenía un puñado de su pelo y un cuchillo en la garganta.

Bob se volvió finalmente hacia Benson. Una mirada a sus ojos le dijo a Bob todo lo que necesitaba saber, y quién estaba diciendo la verdad. "Déjala ir", le dijo.

"No lo creo", dijo Benson mientras apretaba su agarre.

"Ace tiene su Barrett alineada en tu cabeza, Ernie Travers tiene una H & K P1 apuntándote desde la puerta del ático", le dijo Bob mientras señalaba con la cabeza a Ernie, "y yo tengo mi Beretta".

"Y ninguno de vosotros se atreverá a disparar mientras tenga esta hoja en su garganta".

En ese momento, Theo Van Gries se adelantó. "Perdone que le interrumpa, comandante, pero como parece que va a estar atado durante un tiempo tratando con él, si no tiene ninguna objeción, creo que me iré". Theo le entregó a Bob el medallón de oro. "Puedes añadirlo al resto de las piezas que hay en el garaje de Pastorini en Fayetteville, y quizás pueda ir a visitarlos algún día a Bagdad".

Burke miró el medallón por un momento y luego volvió a mirar a Theo.

El holandés se encogió de hombros y dijo: "Los agravios y las violaciones del honor que tú y yo teníamos entre nosotros ya se han resuelto. Ya no nos debemos nada".

"Hay seis cuerpos dentro de ese ático", le dijo Bob. "¿Quién responde por ellos?"

"Y tres más aquí fuera. Smit, DeVries y Bakker eran buenos soldados con al menos una pizca de honor antes de que llegara tu CIA, pero están en tu lado del libro de cuentas. Yo disparé a MacGregor y Reimer, pero eran mercenarios, casos difíciles que el mundo no echará de menos. El chico está entre mi hermano y Carbonari. Y en cuanto a los tres pistoleros neoyorquinos que yacen cerca de la cama, bueno, tuvieron su merecido y ni tú ni yo somos la policía."

"¿Y tu hermano? No he terminado con él".

Theo sonrió. "¿Martijn? Siempre ha sido capaz de salir por su cuenta de la mayoría de los problemas, así que ahora es tu problema, no el mío. Además -dijo Theo mientras miraba el tejado-, parece haber desaparecido. Para empezar, Carbonari no era asunto nuestro, y Benson es todo tuyo. ¿Se te ocurre algo más?".

Bob le miró fijamente durante un momento. "Dorothy. Alguien tiene que responder por Dorothy".

"Ah, la joven del barco a la que dispararon. Lamento sinceramente que haya sucedido, pero me dijeron que fue obra de Benson, él y Reimer. Reimer está muerto y tú tienes a Benson. Eso debería ser un 'mea culpa' suficiente para satisfacer a cualquiera".

Bob se volvió hacia Linda, con la que no había hablado desde que la dejó en La Encantadora con los demás a primera hora de la tarde. "¿Es eso cierto?", le preguntó.

Linda frunció el ceño por un momento, pensando, y luego asintió. "Todo sucedió muy rápido, pero sí, fue Benson quien le disparó".

"Como ya he dicho", Theo se encogió de hombros, "quizá nos volvamos a encontrar, en circunstancias más agradables, mayor. Hasta entonces, si puedo ser de ayuda, la mayoría de las tardes puede encontrarme en el bar del JW Marriott de Kuwait City". Cuando Burke no respondió, el holandés le dedicó otra cortés inclinación de cabeza, se dio la vuelta y comenzó a caminar hacia la puerta del ático.

"Fantasma, As". Bob volvió a oír aquella voz en su oído. "¿No vas a dejar que se vaya?"

"Sí, creo que sí" fue lo único que se le ocurrió decir a Bob mientras se giraba y observaba a Theo Van Gries atravesar las puertas, cruzar la sala de estar y salir por la puerta principal del gran ático antes de volverse y mirar a Benson.

"Seguro que no te crees esa absurda historia del oro y de que tiré a Vinnie por una ventana, ¿verdad? Eso nunca ocurrió".

Burke lo miró. "¿De verdad? Nunca dijo que lo arrojaras por una ventana, sólo dijo que lo mataste. Si quieres que te crea, suelta a la chica".

"Sois tres, con armas, ¿qué posibilidades tendría?" preguntó Benson.

Burke lo miró y arrojó su Beretta a la cubierta, y luego se volvió hacia Ernie Travers. "Retírate, yo me encargo. ¿Has oído eso, Ace?"

"Me vuelves loco cuando haces estas gilipolleces, ¿sabes?", dijo Ace en su auricular.

"Retírate, Ace... Tú también, Koz. Es una orden".

"Entendido", respondió Ace. "Sólo hazlo sufrir antes de matarlo".

"Wilco".

"¿Qué acaba de decir Randall?" preguntó Benson, escéptico. "No me importa lo que diga. Siempre me ha odiado, y sé que me va a disparar de todos modos".

"No." Bob tecleó el micrófono y dijo alto y claro, para que todos los demás lo oyeran: "No va a interferir, y los demás tampoco. ¿Todos escuchan eso? Bien. Así que sólo somos tú y yo". Bob comenzó a caminar mientras seguía hablando con Benson, sintiendo que los viejos jugos volvían a aparecer. "Eso es lo que siempre quisiste, ¿no es así, Randy? ¿Una oportunidad con el campeón?"

"Recuerdo cuando me uní a la Unidad", dijo Bob. "Richards, el antiguo comandante, se había retirado y tú llevabas allí ¿cuánto? ¿Dos años? Eras un tipo grande, tan grande y musculoso como Ace y Koz. Cuando os pusieron a los tres juntos, la gente pensó que erais trillizos, ¿no? Tres Deltas grandes, viejos y nudosos para patear el culo del mundo. Se suponía que el trabajo y la promoción eran tuyos. ¡Estaba en la bolsa! Y entonces la Gran Máquina Verde decidió fastidiarte y enviar a un nuevo tipo a ocupar tu puesto en tu grupo. Te pasaron por encima de un pequeño camarón de un mayor recién acuñado. Ni siquiera parecía un Delta, ¿verdad? ¿No podía pesar qué? ¿150 libras empapadas? Y ahí estabas tú, pegado saludándome y recibiendo mis órdenes. Apuesto a que eso te molestó mucho, ¿no es así, abuelo?"

CAPÍTULO TREINTA Y TRES

Los ojos de Benson se entrecerraron, mientras iban y venían entre Burke y los demás. Dios, odiaba a ese tipo, pero estaba atrapado. Se había cavado un agujero muy profundo con el oro, pero casi funcionaba. Casi. Y por diez millones de euros, más de doce millones de dólares repartidos con nadie, lo volvería a hacer. Benson observó atentamente a Burke mientras caminaba a su alrededor, observando sus manos y cómo se movía. Hacía tres años que no servían juntos. Burke había pasado los últimos tres años detrás de un escritorio. Era mucho tiempo. ¿Parecía más viejo, más gordo y fuera de forma? Tal vez. ¿Parecía más corpulento de lo que solía ser, incluso un poco jorobado? Tal vez, pero la pequeña comadreja siempre había sido rápida y ágil, y la única forma de saberlo con seguridad era aceptar el reto y enfrentarse a él. También era el único billete para salir de aquí, lo sabía.

¡Abuelo! Así fue como empezaron a llamarle en cuanto llegó Burke, porque Benson era un año y medio mayor, y por lo tanto el hombre más viejo de la Unidad. ¡Abuelo! Todavía le molestaba. Era el chico del ROTC, el capitán más viejo del mundo, que terminó en segundo lugar frente a un "golpeador de anillos" de West Point que necesitaba lo que llamaban "tiempo de mando", que era una forma educada de pasar por encima de Benson y decir que era de segunda clase. ¿Y qué hizo Burke con la oportunidad? Entregó sus papeles, renunció a su comisión, lo echó todo a perder, así que dos carreras se fueron por el retrete. ¡Abuelo! Para el oficial ejecutivo, el "Número Dos", ser llamado "Abuelo" era el beso de la muerte y todos los soldados rasos de la Unidad lo sabían.

A pesar de los riesgos de enfrentarse a Burke cuerpo a cuerpo, Benson sabía que había dos certezas. Si no hacía nada o intentaba huir, Ace Randall lo mataría a tiros, a pesar de las garantías que Burke le había dado. Por otro lado, si se enfrentaba a Burke y lo golpeaba, el Fantasma haría exactamente lo que había prometido, aunque lo matara.

"Vamos, abuelo", le dijo Bob con una leve inflexión de voz para pincharlo. "Por aquel entonces, eras un duro de pelar. Recuerdo que eras ese gran bastardo desagradable, que podría haberme pateado el trasero cualquier día de la semana, ¿no? Oh, yo tomé algunas cosas de artes marciales e incluso me volví bastante bueno en ello. Así que, ¿quién sabe? Soy un pequeño bastardo escurridizo, pero después de tres años sentado detrás de un escritorio esta es tu gran oportunidad para demostrar que eres el mejor hombre y que siempre lo fuiste. Ahora estamos los dos solos, mano a mano". Burke continuó dando vueltas. "Aquí estoy, todas tus frustraciones envueltas en un pequeño paquete. ¿Qué va a ser? Cállate o calla. Deja ir a la chica, golpéame, y puedes irte. Incluso puedes quedarte con el cuchillo... ¡Abuelo!"

"**¡Muy bien, bastardo!**" Benson finalmente tuvo suficiente. Quitó el cuchillo de la garganta de Patsy y la empujó por el techo hacia Linda. "¿Cállate o ponte firme, dijiste? Supongo que ya veremos", dijo mientras se dejaba caer en una posición de lucha defensiva perfectamente equilibrada, con las rodillas dobladas, las manos extendidas delante de él, el cuchillo preparado, moviéndose a la contra hacia donde fuera Burke.

Bob sonrió. Dada la diferencia de tamaño entre ellos, su ventaja natural era ser más bajo, más ligero y más rápido. El enfoque de libro de texto consistía en moverse, zigzaguear y dar algún que otro empujón rápido, manteniéndose en el perímetro justo fuera del alcance de su oponente más grande. El objetivo era cansarle y esperar a que cometiera un error. Eso era lo que decía el libro de texto, pero Benson también lo sabía; por eso mantenía el centro, esperaba y hacía pedazos a Burke con el cuchillo cada vez que se acercaba e intentaba golpear. El cuchillo era la clave. Dejar a Benson con él fue el gran error de Burke. Desde que el mayor dejó la Unidad, Benson había pasado incontables horas trabajando con el cuchillo hasta convertirlo en una de sus especialidades, pero Burke no lo sabía.

"**Fantasma, Dinosaurio**", escuchó Bob en su auricular. "¿Qué demonios está pasando ahí abajo? Veo tres KIA ahora, incluyendo el que zumbé. ¿Estás bien?"

"AOK, Dinosaurio, y gracias. Casi me pilla".

"Te estás haciendo viejo, hijo, como yo", respondió Stansky.

"¿Con quién estás hablando?" Preguntó Benson. "¿Pensé que éramos sólo tú y yo?"

"Sólo otro pájaro en mi oreja", le dijo Bob a Benson y luego volvió a teclear el micrófono. "Dinosaurio, ¿puedes acercarte a la azotea de Toscana, a un kilómetro y medio al sureste de mi puesto, y recoger a Ace y Koz?".

"Fantasma, Ace. ¿Seguro que quieres hacerlo ahora mismo?"

"Ace, estoy seguro", respondió Bob. "Después de eso, Dinosaurio, puedes pasar por aquí y recogernos".

"As, Dinosaurio. Es un hijo de puta seguro de sí mismo, ¿no?"

"Entendido, señor, entendido", respondió Ace. "Empacando, y listo para la extracción en Uno".

"**¿Quién era ese?**" Preguntó Benson. "¿Una maldita bandada de pájaros esta vez?"

"No, sólo uno. A veces oigo voces, eso es todo".

"Voces, ¿eh? Entonces no necesitas ese auricular ni el micrófono de la barbilla, ¿verdad?" afirmó Benson. "Tú fuiste el que dijo que esto sería mano a mano, ¿recuerdas? Solos tú y yo, y eso significa que no hay ayuda externa".

Bob le miró y sonrió antes de volver a mirar a los demás. Ernie Travers, Linda, Chester, The Batman, Bulldog e incluso Jimmy Barker habían salido a la cubierta para observar. "Escuchad, esto es entre él y yo. Nadie interfiere", les recordó. "Si Benson gana, puede salir de aquí. ¿Lo habéis entendido todos?" dijo Bob mientras se quitaba los auriculares y los tiraba a un lado.

Benson también sonrió, sabiendo que, sin el auricular, ninguno de los otros Deltas podría decirle lo bien que se había portado con el cuchillo, tampoco.

Y así comenzaron, exactamente como Benson esperaba. Los dos hombres se concentraron por completo en el otro, dejando de lado todo lo demás mientras empezaban a dar vueltas. Benson había observado a Burke en combates cuerpo a cuerpo antes, siempre contra hombres más grandes, y esto no sería diferente. Burke siempre hacía bailar a su oponente sobre las bolas de los pies, erguido, haciendo una rápida serie de amagos con las manos y la cabeza, mientras Burke lo medía y trataba de cansarlo. A medida que pasaba el tiempo, sabía que Burke se volvería cada vez más audaz, así que Benson se contuvo y no aceptó ninguna de las fintas. Permaneció sólido y helado, doblado por las rodillas y la cintura, tomando el pulso a su ritmo, esperando pacientemente a que cometiera el primer gran error, porque sería el último.

Desgraciadamente para el abuelo, los lentos giros, balanceos y zigzagueos duraron menos de cinco segundos. Fue entonces cuando Bob, de repente, corrió directamente hacia él en un ataque de Krav Maga, rápido y a todo trapo, que era lo último que esperaba el abuelo Benson. Con los brazos y las piernas agitadas, Bob estaba al alcance de Benson antes de que el hombre más grande pudiera reaccionar. Hizo un bloqueo de barrido de la mano del cuchillo de Benson con su antebrazo izquierdo, empujando el cuchillo hacia afuera, mientras continuaba hacia adentro.

Mientras lo hacía, clavó su codo derecho en el centro de la cara de Benson, aplastando su nariz y aturdiéndolo. Al mismo tiempo, Burke clavó su rodilla izquierda en la ingle de Benson. Cuando el hombre más grande se tambaleó hacia atrás, Burke hizo caer ese mismo codo sobre el haz de nervios del lado derecho del cuello de Benson, paralizando temporalmente el brazo. A todos los efectos, el combate ya había terminado. Mientras Bob desconocía la nueva destreza de Benson con el cuchillo, Benson ignoraba igualmente que Bob se había alejado de todas las artes marciales defensivas convencionales en las que antes era experto, como el kárate, el judo, el aikido y el taekwondo, y que había pasado los últimos tres años concentrándose exclusivamente en el Krav Maga, el sistema menos conocido y extremadamente violento de ataques y contraataques desarrollado por el ejército israelí.

"Mira la parte superior del brazo", le gritó Patsy a Benson mientras le señalaba el hombro, donde ahora la sangre atravesaba la camisa. "Apuesto a que ahí es donde le disparé aquella noche en la casa de Fayetteville".

"Realmente eres un pedazo de trabajo, ¿no es así, abuelo?" dijo Bob mientras empezaba a rodearlo de nuevo. Para todo el daño que le había infligido a Benson, sorprendentemente, el hombre más grande todavía estaba de pie. El cuchillo había caído en la cubierta, su hombro derecho sangraba y su brazo colgaba entumecido a su lado. Estaba de pie con los ojos muy abiertos, tambaleándose de un lado a otro y sangrando mucho por la nariz. Sin embargo, de alguna manera, seguía en pie. Finalmente, sus ojos se despejaron y enfocaron a Burke. Un gemido fuerte, desesperado y sobrenatural salió de él mientras se agachaba, cogía el cuchillo con la mano izquierda, lo miraba un segundo y de repente cargaba.

Puede que Benson sólo se moviera a la mitad de su velocidad normal, pero seguía teniendo una potencia considerable una vez que ponía en movimiento ese peso y esos músculos, demasiado peso, impulso y potencia para que Bob pudiera igualarlos de frente. Como resultado, Bob no utilizó el Krav Maga; recurrió a uno de los movimientos de judo más antiguos de los libros, y se dejó llevar por la corriente. Esquivó el cuchillo, lo empujó a un lado y dio varios pasos hacia atrás hasta igualar la velocidad del Abuelo, y agarró la parte delantera de la camisa del hombre grande con ambas manos.

Doblando la pierna derecha a la altura de la rodilla, clavó el pie izquierdo en las tripas de Benson, continuando hacia atrás aún más rápido mientras se sentaba, llevando consigo todo el tamaño y el impulso del hombre grande. Continuando con el rodaje hacia atrás, dio una patada hacia arriba con toda su fuerza. Se trata de un Tomoe Nage o lanzamiento en círculo, uno de los "lanzamientos de sacrificio hacia atrás", como se denominan en el judo. Complicado y utilizado con un riesgo considerable, es una cosa de belleza cuando se ejecuta y se sincroniza adecuadamente, como fue el caso.

Bob acabó de espaldas en la cubierta, mientras que Benson se encontró navegando en el aire, dando una voltereta hacia el borde del tejado. Aunque esa no era la intención de Bob, Benson cayó con fuerza, de cabeza, sobre la parte superior del parapeto. Pareció quedarse allí durante un momento imposible, boca abajo, mirando a Burke y a los demás. Ya aturdido, Benson tardó uno o dos segundos en darse cuenta de lo que estaba ocurriendo, antes de desplomarse hacia atrás por el borde y caer del tejado. En consecuencia, sólo cuando pasó el tercer piso comenzó a gritar en serio. Eso, a su vez, sólo duró unos segundos más hasta que golpeó la acera de hormigón de abajo y los gritos cesaron de repente.

Hubo silencio en el tejado hasta que Ernie Travers dijo: "Apuesto a que eso duele".

"¡Bien!" espetó Patsy Evans con rabia mientras cruzaba los brazos sobre el pecho. "¡Ahora sabe cómo se sentía Vinnie!"

Jimmy Barker se apresuró a acercarse al lado del tejado y miró hacia abajo. "No, ahora no siente mucho, pero no me gustaría ser el que tuviera que limpiar eso".

Fue entonces cuando llegó el helicóptero Iroquois, todo negro, y aterrizó en el lado más alejado del tejado. Bob se puso rápidamente en pie y se colocó los auriculares.

"Fantasma, Dinosaurio", escuchó. "Hay un montón de coches de policía y vehículos de emergencia convergiendo en tu posición. Es hora de di mau", o de correr como un demonio, en vietnamita, dijo Stansky.

"Entendido. Claro, han tardado bastante", respondió Bob a Stansky mientras se volvía hacia los demás. "Muy bien, entren todos", dijo. "Puede ser un apretón, pero el autobús se va. Jimmy, tú y las chicas subid al regazo de alguien. Tenemos que salir de aquí y volver al barco".

Echando un último vistazo al techo, vio el maletín de Carbonari tirado cerca de la barra, corrió hacia él y lo recogió. Tras un rápido recuento para asegurarse de que todo el mundo estaba allí, saltó por la puerta trasera del Iroquois y apenas había aterrizado en la cubierta del helicóptero cuando Stansky le dio una patada en el trasero al pájaro, que despegó bajo y rápido, en dirección al noreste, hacia la bahía de Absecon y las vastas marismas abiertas más allá.

Bob se arrastró hasta el borde de la cubierta del helicóptero y miró hacia abajo. Stansky tenía razón; parecía que todos los coches de policía, ambulancias y camiones de bomberos del este de Nueva Jersey habían bajado al complejo de la bahía de Bimini. Qué raro, pensó, mientras miraba la parte trasera del edificio. Juró que había visto salir humo del edificio mecánico situado junto al muelle de carga. Bueno, allí era donde sospechaban que se escondía el centro de datos de Martijn Van Gries, así que quizá no fuera tan extraño después de todo.

Mientras Stansky bajaba el gran pájaro negro a la cubierta, Bob tuvo una hermosa vista de Clam Creek mientras la luz de la luna y las luces de neón de la ciudad se reflejaban en el agua del canal de Absecon. Un gran velero salía a motor y ya estaba a medio camino de la ensenada de Absecon, en dirección al océano Atlántico. Era un espectáculo precioso a la luz de la luna, pensó, y en unos minutos pensaba hacer exactamente lo mismo.

Bob se puso de espaldas y miró hacia arriba. Jimmy estaba sentado de lado en el regazo de Patsy. Ella le rodeaba el cuello con los brazos y lo tenía agarrado por los labios con tanta fuerza que pensó que haría falta una palanca para separarlos. Oh, bueno, se lo habían ganado. Linda se sentó junto a ellos en la primera fila de asientos, en el regazo de Ace, con los brazos alrededor de él y de Batman, que de alguna manera se había apretado junto a ella. En la parte trasera se sentaron Koz, Bulldog, Chester y Ernie. Con el general Stansky y el sargento mayor Pat O'Connor a su lado en el asiento del copiloto, aquello era mucho peso para un pequeño helicóptero. No era de extrañar que el Iroquois se sintiera lento.

Linda lo miró y sonrió. "Este podrías ser tú, sabes".

"El último hombre en llegar se queda con el piso". Bob se encogió de hombros. "Es una vieja regla de asalto aéreo".

"Por cierto, buenos movimientos ahí atrás", dijo Ace de mala gana. "Es bueno ver que no te has dejado ir completamente al infierno".

"¡Yo juzgaré eso!" Linda le sonrió.

"Si tienes suerte", replicó Bob, muy consciente de que las burlas y bromas eran una reacción natural e inevitable a la tensión de vida o muerte que les precedía.

Minutos más tarde, el sigiloso pájaro negro aterrizó en el aparcamiento cercano a Barney's Dock y todos salieron en tropel.

"Muchas gracias, señor". Bob metió la mano por la ventanilla del piloto y estrechó la de Stansky. "Buen viaje".

"Encantado de ayudar, mayor", respondió rápidamente el general. "A lo largo de los años, usted me ha sacado más de una caña, así que ha sido divertido verle operar 'de cerca', como se dice. Por cierto, ¿qué es eso?" Señaló el gran maletín que tenía Bob en la mano.

Bob sonrió. "La verdad es que no lo sé y no me importa. Es de Carbonari. Lo tenía agarrado al pecho como si fuera un salvavidas, y tal vez lo fuera. Da igual, dejaré que la policía estatal de Nueva Jersey y el FBI lo averigüen". Dicho esto, Bob se puso en posición de atención en el patio de armas y saludó al general. "Espero verle en Bragg dentro de unos días, señor".

"¡Hazlo, Bobby!" Stansky le devolvió el saludo. "Tengo una botella de Jim Beam Single Barrel en mi escritorio que O'Connor lleva semanas insistiendo en que abra, y no puedo esperar", le guiñó un ojo Stansky. "Y trae a la esposa. Hay muchas cosas que tengo que contarle a esa chica. No te metas en líos", gritó mientras añadía potencia y accionaba los controles cíclicos y colectivos del Iroquois. Sin todo el peso, el pájaro negro lanzó un suspiro de alivio. Su nariz giró rápidamente hacia el noreste hasta que lanzó su cola al aire y el pájaro negro salió disparado hacia el noreste.

Bob no tuvo que decirle a nadie que subiera a bordo del Enchantress. Los demás ya habían corrido bajo cubierta, y Ace y Chester estaban soltando los cabos mientras él saltaba a la popa y subía al puente volante.

"Salgamos de aquí", les dijo mientras miraba a través del pequeño puerto las luces rojas parpadeantes de la flota de vehículos de emergencia que rodeaban la bahía de Bimini. Puso los motores a un cuarto de velocidad y se alejó del muelle para adentrarse en el canal de los barcos, contento de haber salido de Atlantic City.

CAPÍTULO TREINTA Y CUATRO

El viejo puerto deportivo de Marine Basin estaba escondido en el lado del agua de Belt Parkway, en el sureste de Brooklyn, oculto tras almacenes en mal estado, cobertizos y camiones aparcados. No era el tipo de lugar en el que mereciera la pena meter las narices en los asuntos de los demás, ver cosas que no debían verse o hacer demasiadas preguntas. Desgastado, molido y maltrecho, el puerto deportivo no ofrecía ningún servicio. Lo que ofrecía era el acceso más rápido de la ciudad de Nueva York al océano, al río Hudson, al río Este y al estrecho de Long Island.

El tipo de embarcaciones que se veían allí no eran yates de lujo ni veleros. Eran barcos de trabajo de tamaño pequeño o mediano, dragas, barcos de pesca comercial y arrastreros. Un ejemplo era un viejo pesquero O'Brien de cuarenta y nueve pies que se encontraba en el extremo del muelle. Usado y maltratado durante más de treinta años, era funcional, pero necesitaba seriamente reparaciones, repintado y reacondicionamiento.

Tres semanas después de las escapadas en Atlantic City, Angelo Roselli seguía sin saber dónde estaba su dinero, salvo que no estaba en sus cuentas, donde se suponía que debía estar. Trajo a algunos de los mejores cerebros contables e informáticos que el dinero podía comprar en la ciudad, y todo lo que pudieron decirle fue que había sido limpiado. ¿Adónde fue a parar? No lo sé. ¿Quién se lo llevó? No lo sé. ¿Puedo recuperarlo? Tampoco lo sé.

"¿Como si no lo supiera ya?", se enfurecía cada vez que pensaba en ello. Al fin y al cabo, veintisiete millones de dólares y contando era algo muy grande, pero también había perdido a toda una tripulación de sus mejores hombres de Brooklyn -seis hombres "hechos" además- más un jefe de tripulación, y lo único que esos imbéciles podían decirle era que no lo sabían. Eso no le sentó bien a Angelo, no les sentó bien a los jefes de la familia Lucchese de los que dependía, y lo peor de todo es que tampoco les sentó bien a sus socios, los Genoveses de Manhattan. La relación entre los Lucchese y los Genoveses siempre había sido delicada, en el mejor de los casos, y una "cosa" como ésta podría llevar a otras "cosas" al límite. Así que, para evitar una guerra, debía haber respuestas, restitución y sangre -la sangre de alguien más, esperaba Angelo- y todos lo sabían.

A las dos de la madrugada, el puerto deportivo estaba tranquilo y desierto. Después de cerrar el restaurante, Angelo disfrutó de una tranquila cena tardía con sus propios Scaloppini, manicotti y una buena copa de Sangiovese, intercambiando historias sobre los viejos tiempos con algunos de los chicos. Por último, se subió a su Lincoln gris oscuro, puso un CD de Dean Martin en el reproductor y se dirigió hacia el sureste por las oscuras calles de la ciudad para recorrer el corto trayecto hacia el sur hasta Shore Parkway, y luego hacia el este hasta el puerto deportivo de la calle 41. Todavía se sentía lleno, demasiado lleno, sabiendo que nunca era una buena idea comer una comida pesada como esa antes de un largo viaje en barco.

Condujo hasta el puerto deportivo y sorteó lentamente los numerosos baches mientras se dirigía al final del viejo muelle. Aparcó junto al barco y salió, sin molestarse en cerrar el coche. La mayoría de la gente tendría miedo de dejar un coche tan bonito como el suyo en el muelle de Brooklyn a estas horas, pero él no. Los chicos de aquí abajo sabían a quién pertenecía el coche, y sabían que cogerlo o incluso tocarlo sería una decisión que "cambiaría la vida", como dicen. Se detuvo y miró hacia arriba. Había un delgado cuarto de luna colgado en el cielo de Staten Island, y una brisa fría y húmeda que salía del agua. Incluso con su traje, el sombrero de fieltro gris y un pesado abrigo, le hizo temblar. ¿Frío? Sí, tal vez era el momento de retirarse a Florida o Palm Springs después de todo. Se estaba haciendo demasiado viejo para esta mierda.

Angelo caminó con paso medido y decidido hacia el barco, pasó por la borda y subió a bordo. Saludó al hombre que estaba en el puente y saludó con un rápido movimiento de cabeza al marinero que estaba cerca de la proa mientras soltaba los cabos. La embarcación estaba orientada hacia el mar y sus grandes motores ya se habían calentado y estaban al ralentí cuando él pasó por delante de un bidón de aceite de 55 galones, algunos restos de metal, un paño de plástico y una motosierra que estaban tirados en la cubierta de popa. Agachó la cabeza y bajó el estrecho tramo de escaleras que conducía al camarote principal. Miró a su alrededor, recordando que antes se estaba bien aquí abajo, pero eso fue hace mucho tiempo. Solían tener una nevera en un rincón, algunos cojines en los bancos laterales, e incluso unas cuantas tumbonas de Naugahyde, para que los chicos pudieran relajarse y tomarse unas cervezas después de salir a pescar, o lo que fuera; pero eso ya no lo hacía nadie. Ahora, el barco sólo se utilizaba para transportar cosas.

El suave ronroneo de los motores diésel gemelos pronto se convirtió en un estruendo gutural, mientras el barco se alejaba del muelle y se adentraba en la bahía de Gravesend y en el océano Atlántico. Se quitó el sombrero de fieltro, lo colocó con cuidado en el banco lateral y miró la figura postrada de Donatello Carbonari, que yacía en la cubierta, en el centro de la cabina, atado y amordazado y mirándolo con ojos aterrorizados. Sentados en los duros bancos frente a Carbonari había otros dos hombres grandes con pantalones, zapatos de cuero italiano y llamativos abrigos deportivos. Estaban fumando, y había media docena de colillas molidas en la cubierta entre ellos. Cada uno tenía un gran revólver colgado con indiferencia en una funda de hombro, y miraban a Carbonari con ojos fríos y despiadados. Ya lo habían hecho antes. Carbonari no.

"¿Os ha causado algún problema?" Angelo los miró y preguntó.

"¿Él? No, era casi como si nos esperara".

Angelo se encogió de hombros. "Es porque lo estaba; ¿no es así Donatello?" Hizo una pausa y luego respondió a su propia pregunta. "Verás, Donatello ha sido un chico malo. Olvidó que los palacios de recreo que solía administrar en la costa nos pertenecen a nosotros, no a él, y que él fue el responsable de lo que ocurrió... de todo lo que ocurrió".

Lentamente, Angelo caminó alrededor de Carbonari, dando vueltas, y mirándolo como si fuera un insecto bajo un microscopio. "No me malinterpretes. A nadie de aquí arriba le importa un poco de dinero. Diablos, Donnie, para empezar todos somos unos malditos ladrones, ¿no es así, muchachos?" Se rió. "Pero el penthouse, el helicóptero, el yate de un millón de dólares, y el condominio de Manhattan - incluso eso está bien, siempre y cuando estés haciendo tu "nuez". Pero cuando te quedas corto, muy corto, hay límites, y lo olvidaste, Donnie, ¿no? Ahora, el dinero desapareció, el penthouse y el helicóptero se fueron al diablo, hay cuerpos por todo el lugar, y nadie puede encontrar el velero. Es un verdadero desastre lo que has dejado ahí abajo, chico".

Carbonari empezó a sacudir la cabeza, intentando hablar, pero la mordaza estaba demasiado apretada, aunque no importaba. De todos modos, ninguno de los otros hombres de aquel barco tenía el menor interés en nada de lo que tenía que decir.

Cuando rodearon el cabo y entraron en la amplia bahía abierta, el agua se volvió más agitada, el barco comenzó a balancearse y Angelo finalmente tomó asiento en uno de los bancos. "¿Recuerdas cuando íbamos a Atlantic City a pescar, Donnie? Veamos, éramos yo, tú, tu viejo, Freddie de Brownsville, Tony de Queens, Lenny, a veces Petey de Jamaica Avenue, incluso el padre Pat, de St. ¿Qué edad tenías? ¿Tal vez siete u ocho años entonces? Recuerdo que tu padre tenía un barco de pesca al que nos llevaba". Angelo se detuvo y miró a su alrededor. "Era como éste, ¿no? No creo que te gustara mucho ese barco, ¿verdad? Recuerdo que tuve que sostenerte por la borda por los pies mientras vomitabas el desayuno. ¿Lo recuerdas? Sí, eran buenos tiempos entonces. Me pregunto qué habrá pasado con ese viejo barco".

Carbonari empezó a retorcerse de nuevo en el suelo, luchando contra las cuerdas, pero era un desperdicio de energía. Los nudos estaban apretados y él no se soltaba.

"¿Qué?" Preguntó finalmente Angelo. "¿Quieres saber a dónde vamos? Creo que ya lo sabes, ¿no? Vas a ir a nadar un poco donde puedes decir "Hola" a un montón de nuestros viejos amigos - tu padre, el mío, y he oído que algunos de los tuyos también." El hombre miró su reloj. "Bueno, deberíamos estar ahí abajo en... quizás otra hora o así, eso es tiempo suficiente para que hablemos, quizás incluso para que tú hables. Verás, nosotros y los Genoveses, tenemos que saber dónde fue todo ese dinero, Donnie. Veintisiete millones, son muchos somalíes".

Carbonari comenzó a retorcerse de nuevo. Finalmente, Angelo se inclinó y le quitó la mordaza a Donatello. "¿Por fin tienes algo que decir? Dilo".

Carbonari tosió y resolló mientras le suplicaba: "Angelo te juro que no lo hice. No tengo el dinero".

"Oye, entre tú, yo y la farola, chico, nadie cree que lo tengas. El dinero inteligente está en el holandés que contrataste. ¿Von Christ? ¿Von Grass? O como sea que se llame".

"Van Gries, es Van Gries. Y tal vez lo tomó, no lo sé".

"Bueno, mejor que lo sepas. A nadie le gustó desde el primer día. Era demasiado escurridizo. No era de los nuestros, ¡y sabes exactamente a qué me refiero! Tengo que decirte, chico, que cuando vi los videos que alguien me envió de ti y de él, casi vomité, ¡pero eso no importa! Es el dinero, Donnie. Tú contrataste al tipo. El dinero se ha ido. Él se ha ido. Y está en tu maldita cabeza".

"Lo sé, lo sé, pero si me dejas libre, tal vez pueda encontrarlo."

"Tuviste tres semanas, Donnie. El tiempo se acabó. Ya sabes cómo va eso; no podemos poner más excusas a los Genoveses". Se encogió de hombros. "Por cierto, ¿qué tamaño tienes?"

"¿Yo?" Carbonari frunció el ceño. "No lo sé, 1,80 metros, 80 kilos. ¿Por qué?"

Angelo se giró y miró a los otros dos hombres. "Menos mal que has traído la motosierra. Va a ser una mierda meterlo en ese tambor".

CAPÍTULO TREINTA Y CINCO

El velero Bénéteau Oceanis 60 resultó ser todo lo que Martijn Van Gries esperaba, y más. Grande, potente y totalmente automatizado, cuando desplegó los 2.000 pies cuadrados de velas, voló por el agua. En cada puerto en el que se detenían, el elegante casco blanco y el alto mástil hacían girar las cabezas, y a él le encantaba. Navegar en este yate de un millón de dólares por el Caribe era como pisar la luna para un chico pobre que se había criado en una "vivienda de protección oficial" en Rotterdam, donde las paredes eran de papel y compartía un dormitorio minúsculo con sus tres hermanos.

Dos meses antes, cuando saltó a bordo del Prancin' and Dancin' en medio de la noche, encendió su motor Volvo Penta de 150 CV y salió del puerto deportivo de la bahía de Bimini hacia el Atlántico abierto, sabía que tenía que salir de las aguas estadounidenses, y rápido. Puso rumbo al este, a las Bermudas, donde el personal contratado sabía cómo tratar a los visitantes adinerados. Unos personajes igualmente turbios, con los que había crecido en Holanda, le habían remitido a un pequeño puerto deportivo situado en la parte más oscura de la isla que se especializaba en dar un "cambio de imagen" completo a los barcos.

Pintaron el casco azul de blanco, añadieron varias bandas decorativas alrededor y compraron nuevos juegos de velas con paneles y diseños de colores brillantes. Con una impresora láser de alta gama alquilada, creó media docena de nuevas matrículas extranjeras para el barco; y para cuando salió de las Bermudas, cualquier "huella" que hubiera dejado en Atlantic City se había esfumado con el viento.

La primera noche que salió, pintó sobre el esponjoso Prancin' and Dancin' de Donatello y colgó en la popa una nueva placa con el nombre Michiel de Ruyter, en honor al legendario almirante holandés del siglo XVII que luchó contra los corsarios, los franceses, los británicos e incluso los piratas del Caribe en más de cuarenta batallas a lo largo de sesenta años. Anticipándose a la eventual necesidad de desaparecer, había preparado meses antes otra media docena de placas de identificación y calcomanías para el casco. Había estado de humor patriótico cuando las encargó, así que después del almirante, podría probar con el Hans Brinker, el Vincent van Gogh, el Arjin Robben, el Molino de Viento o el Pieter Bruegel, dependiendo de cómo se sintiera.

Qué pena lo de Donnie, pensó Martijn. Vio una pequeña noticia en la edición online del New York Times de que el "Don de Atlantic City" no había sido visto en un mes y podría haber desaparecido. Con las investigaciones de la policía local, estatal y federal aún en marcha tras el tiroteo de la mafia en uno de sus casinos, eso hizo que muchos expertos de Manhattan se preguntaran. Martijn no lo hizo. Tenía una idea bastante clara de dónde estaba Donatello: a nueve metros de profundidad frente a Brigantine. No es que echara de menos al gran pervertido. Martijn siempre había sido bisexual. Supuso que eso venía de compartir un pequeño dormitorio con un grupo de hermanos, pero qué más daba. Todavía le dolía pensar en las cosas que tenía que hacer para mantener a Carbonari contento. A veces la escalera corporativa podía ser una perra, y a veces te convertía en una, como él bien sabía.

Desde las Bermudas, navegó por una ruta larga y sinuosa alrededor de la costa oeste de Cuba, haciendo varias paradas, hasta que finalmente llegó a las Caimán para visitar a sus banqueros. Durante los tres años anteriores, había sustraído cuidadosamente más de once millones de dólares de las cuentas de explotación del casino y del hotel, y de las cuentas de Boardwalk Investments, sin contar el dinero "de viaje" que llevaba en el maletín. Afortunadamente, había transferido lo último a las cuentas bancarias secretas que estableció en las Islas Caimán antes de que todo se fuera al infierno. Por un precio, los banqueros de allí eran maestros en eludir las leyes monetarias y fiscales de Estados Unidos y redirigir el dinero a una docena de cuentas aún más opacas en Suiza, Rusia, Macao y otros países.

Después de una pausada estancia en las Caimán, él y Eva zarparon de nuevo hacia Haití, las Islas Turcas y Caicos y la República Dominicana, evitando cuidadosamente Puerto Rico, las Islas Vírgenes o cualquier otro territorio estadounidense, antes de "saltar" por la cadena de Islas de Sotavento y Barlovento a lo largo del Caribe oriental. En cada parada, tenía cuidado de borrar las nuevas huellas que dejaba atrás, cambiando velas, matrículas y placas de identificación.

Bob sabía que siempre se necesitaban unos días para "volver a bajar" después de una rápida pero violenta polvareda como la que tuvieron en Atlantic City. Su primera tarea fue comprobar cómo estaban Dorothy y Lonzo en el hospital conjunto de Fort Dix y la base aérea McGuire, donde el general había organizado el vuelo de evacuación médica de esa noche. Dieron de alta a Lonzo en el centro ambulatorio de Fort Bragg unos días después, pero las Fuerzas Aéreas mantuvieron a Dorothy en el ala de cirugía y postoperatorio durante casi tres semanas, dada la mayor gravedad de su herida y el hecho de que era una oficial condecorada. Con un "Tres Estrellas" del JSOC haciendo las llamadas, se les trató como a la realeza extranjera y ni el Ejército ni las Fuerzas Aéreas de Nueva Jersey hicieron ninguna pregunta.

Con el tiempo, esas dos se unieron al resto de la "alegre banda de Robin Hood modernos del Fantasma" en las onduladas y boscosas colinas al norte de Fort Bragg y Fayetteville, en Carolina del Norte. A los pocos días de llegar, Bob soltó a

Linda y Patsy. Rápidamente encontraron una granja de 600 acres en alquiler que había sido un centro de formación y retiro corporativo. Contaba con una casa de campo victoriana de doce habitaciones maravillosamente renovada y ampliada y una serie de salas de reuniones, graneros y otras dependencias, incluido un campo de tiro interior. Llamaron al lugar "Bosque de Sherwood", y ofrecía un aislamiento perfecto para el grupo. Ante la insistencia de Bob, Linda contrató al Centro de Conferencias de Fort Bragg para que les proporcionara servicios de limpieza, gestión de la propiedad y cocina ocasional para su creciente grupo de amigos.

Inmediatamente volaron con Ellie desde la casa de su tía en Chicago, y le compraron a la niña y al gato Crookshanks sus propios asientos en Primera Clase. Bob seguía teniendo un negocio que dirigir y tenía que hacer frecuentes viajes de vuelta a Arlington Heights para ocuparse de los negocios en curso de Toler TeleCom. Al poco tiempo, ascendió a su asistente ejecutiva y a la de Ed Toler, Marianne Simpson, a presidenta, mientras él seguía siendo presidente de la junta directiva, lo que liberó una agenda ya imposible.

Ernie Travers regresó al cuartel general del Departamento de Policía de Chicago y a su importante trabajo en su Grupo de Trabajo contra el Crimen Organizado, mientras que los Deltas restantes -Chester, Koz The Batman y Bulldog- volvieron a informar a regañadientes a la Unidad. Bob reservó cinco habitaciones en la parte trasera del edificio para que Jimmy, Ronald y Sasha, con Jimmy a la cabeza, establecieran su propio "Centro de Datos para Espías del KGB", como lo llamaba Sasha, con su propio salón, bar, cocina y presupuesto ilimitado para equipamiento, sujeto únicamente a la supervisión de Linda. Eso hizo a la rusa muy, muy feliz.

Patsy no volvió a pisar la casa que ella y Vinnie habían comprado. En su lugar, se mudó a lo que ahora llamaban oficialmente "Bosque de Sherwood" con Jimmy, y Bob les cedió la suite principal del centro de datos.

Todos y todo empezaban a jugar poco a poco a la forma, excepto Ace. Se tomó parte de la tonelada de permiso que le quedaba y se quedó en McGuire con Dorothy hasta que le dieron el alta, y se mudaron también. Fue entonces cuando sorprendió a Bob diciéndole que había presentado sus papeles y se retiraba, que él y Dorothy se habían casado discretamente en la capilla del hospital de McGuire y que estaban juntando su dinero para comprar un rancho de caballos en Montana.

"Vaya, no tomes ninguna decisión precipitada", le dijo Bob. "Sería un pecado desperdiciar toda esa experiencia de la Operación Especial que tienes metida en la cabeza. Y estás subestimando seriamente el subidón de adrenalina que vas a necesitar mientras te deslizas hacia la jubilación. Además, necesito un nuevo oficial ejecutivo, ahora que el abuelo no está disponible".

"Un cabezazo desde un edificio de cinco pisos hará eso, sabes."

"Es cierto, pero con la magia cibernética de Jimmy, aún puedes criar caballos, teletrabajar aquí y disfrutar de alguna que otra operación de desgarro cuando quieras".

Como Dorothy no podía viajar durante unas semanas de todos modos, Bob les convenció de que se quedaran en el "Bosque" hasta que se asentara el polvo, después de lo cual no tendrían que preocuparse por el pago inicial de la granja de caballos.

Antes de que se mudaran, Bob trajo a algunos de sus técnicos de Toler TeleCom en Arlington Heights para que instalaran un sistema de Internet y telecomunicaciones de última generación. A continuación, consiguió que algunos amigos de alta tecnología de Fort Bragg le ayudaran a diseñar un sistema de seguridad de "nivel de embajada". Con toda la tecnología instalada después de la primera semana, Bob se reunió con Jimmy y estableció un programa de trabajo para ir tras el resto del imperio de Carbonari y localizar a Martijn Van Gries.

Un mes más tarde, Bob organizó una elaborada y muy privada cena en The Forest para "The Merry Band", como habían empezado a llamarse a sí mismos. El grupo era ahora de diecisiete personas: Bob y Linda, Ace y Dorothy, Patsy y Jimmy, Ernie, Koz, Chester, Lonzo, Batman, Bulldog, Ronald, Sasha, Dimitri Karides, a quien Ernie pudo localizar en Francia, y, por invitación especial, el teniente general Stansky y el sargento mayor O'Connor. Las esposas fueron invitadas, en su caso, porque Bob y Linda pensaron que no sería práctico no hacerlo. Con el personal de servicio despedido, las puertas cerradas y un montón de vino fluyendo, Bob finalmente se puso de pie y se dirigió al grupo.

"Empezamos a llamarnos Robin Hood y su Alegre Banda, supongo que es culpa mía o quizá de Dimitri, porque se nos está dando bastante bien robar a los malos e intentar hacer cosas buenas con ello. Considera que lo que voy a contarte es tan secreto como cualquier cosa que hayamos hecho en Delta. Tiene que ser así. Me tomé la libertad de incorporarnos como 'La alegre banda del bosque de Sherwood', y los diecisiete sois socios".

"Apuesto a que eso levantó algunas cejas en la oficina del secretario de estado en Raleigh", rió Ace.

"Como algunos de ustedes saben, hasta ahora hemos 'liberado' más de treinta millones del capital de trabajo de las mafias de Atlantic City y Nueva York; y si Jimmy y sus muchachos tienen suerte, no creo que hayamos terminado aún con ellos. Eso nos deja dos problemas. Primero, ¿qué hacemos con él? Y segundo, cómo ponemos una estructura para protegernos, en caso de que alguna vez descubran quién lo hizo, y para poder atacar a cualquier otro "objetivo de oportunidad" que pueda aparecer, o a cualquier otro que nos moleste y necesite una pequeña modificación de comportamiento.

"Como hicimos la última vez, vamos a donar la mitad del dinero a varias organizaciones benéficas de veteranos, desde el DAV hasta el AMVETS, pasando por Homes for Our Troops, el USO, Fisher House y Thanks USA. Hemos tenido que pagar algunos gastos con la otra mitad, más el coste de montar este complejo y establecer algunas reservas; pero aún nos queda suficiente para repartir algunos beneficios."

Señaló con la cabeza a Linda, que se puso de pie y comenzó a caminar alrededor de la mesa repartiendo sobres. "Ahí dentro hay un cheque para cada uno de vosotros para aumentar vuestras cuentas de jubilación por valor de 250.000 dólares, cortesía de las familias Lucchese y Genovese de Nueva York. Todos ustedes reciben la misma cantidad, porque todos vinieron cuando era necesario y todos tomaron los mismos riesgos. Linda y yo no tomamos ninguno, por diversas razones, ni tampoco Ellie o el gato Crookshanks, aunque el gato probablemente jugó un papel tan crítico como cualquiera. Invitamos a sus esposas, porque necesitan saber que no robaron un banco ni ganaron la lotería Powerball".

"De todos modos", sonrió, "esto no es una democracia. Es 'La Regla de Oro'. Yo reparto el oro y hago las reglas. Pero, como dije antes, aún no hemos terminado".

Cuando la velada terminó y la Merry Band empezó a separarse y a dirigirse a casa o a sus camas, según el caso, el general Stansky y Pat O'Connor apartaron a Bob.

"Es muy amable de tu parte, Fantasma", le dijo Stansky mientras miraba el cheque. "No era necesario que hicieras esto por nosotros, pero te lo agradecemos. Ayudará a un par de jubilados decrépitos del ejército a encontrar un terreno en un lago de Tennessee y a comprar un par de botes de pesca."

"Oh, no se preocupe, General", le dijo Bob. "No creo que haya terminado de ganar ese dinero todavía".

"Espero que no". Stansky le guiñó un ojo. "Es difícil discutir si te diviertes y haces algo bueno al mismo tiempo. Del mismo modo, tampoco creas que he terminado contigo. No se sabe lo que puede surgir de vez en cuando de que podría utilizar un poco de servicio 'fuera de los libros'".

"Como siempre, será un placer, señor", sonrió Bob.

Era una hermosa mañana para navegar, pensó Martijn. El sol brillaba, el barco se manejaba de maravilla y el mar estaba bien, con un suave oleaje de un metro y medio. Podrían hacer trece o catorce nudos si el viento se mantuviera, pero poco a poco fue retrocediendo. Sin embargo, a 10 nudos, el viento era lo suficientemente interesante como para mantenerlo ocupado en el timón mientras continuaba hacia el este, hacia San Martín.

Ahora, bronceados y completamente relajados, él y Eva rara vez llevaban ropa, excepto en el puerto. Esa era la idea de ella. "Marty, para qué ponértela, si sólo tendrás que quitártela para hacerme el amor", le dijo ella con una sonrisa inocente que contradecía sus preferencias sexuales totalmente pervertidas. La chica era insaciable, y estar a solas con ella en un gran barco durante el último mes les permitía experimentar con la mayoría de ellas.

Él se sentaba en la silla del capitán en el timón del barco, en la cabina, mientras ella bajaba y volvía con otro gin-tonic y un frasco fresco de bronceador para que él se lo untara. Ni que decir tiene que sólo la había cubierto a medias cuando ambos estaban lo suficientemente excitados como para que ella se sentara a horcajadas sobre él y empezara a hacer el amor allí mismo, bajo el brillante sol, en el asiento del timonel del barco, de doble ancho. Ella cerró los ojos y se balanceó sobre él, lenta y fácilmente, moviéndose con el movimiento de la embarcación mientras el sudor empezaba a brotar de ellos. Casi en trance, él sabía que ella podría seguir ese ritmo durante mucho, mucho tiempo si la dejaba.

Completamente absortos el uno en el otro, no se dieron cuenta de que un pequeño avión los había sobrevolado y vuelto a rodear. Sólo cuando el avión pasó a poca altura por segunda vez se dieron cuenta de que estaba allí. Eva levantó la vista, saludó y sonrió, pero no se detuvo. De hecho, el hecho de saber que alguien la estaba observando la excitó aún más, y Martijn sintió inmediatamente que se movía hacia arriba y hacia abajo sobre él, cada vez más rápido.

Desgraciadamente, fue entonces cuando su teléfono satélite sonó en el cojín de al lado.

"No, no", dijo ella. "Ni se te ocurra".

Miró la pantalla y vio que era su banquero en las Caimán. "No hay más remedio, sólo tardará un minuto".

"¡Más vale!", dijo ella sin romper el paso.

"Sí", contestó rápidamente al teléfono.

"Herr Van den Dorp", comenzó su banquero, dirigiéndose a Martijn por el alias con el que le conocía el banco, "me alegro de haberle encontrado. Habla Dennis. Espero no molestarle".

"A mí no, pero nos estás pillando en medio de algo, Dennis".

"¡Más vale que sólo sea el principio!" Dijo Eva mientras le mordía la oreja.

"Ya veo, pero pensé que debía llamarte", continuó Dennis. "Estaba comprobando mis cuentas y me he dado cuenta de que todas las tuyas mostraban de repente un saldo cero a media mañana de hoy".

Como es lógico, la mente de Martijn estaba en otra parte hasta que Dennis dijo eso. "¿Qué?", preguntó el holandés. "¿Qué quieres decir con saldos cero? No lo entiendo".

"Francamente, yo tampoco", dijo Dennis. "He telefoneado a varios de los bancos corresponsales y todos me han dicho que has transferido tus fondos a primera hora de la mañana. Dado que te dimos una tasa de gestión y transferencia de fondos muy atractiva, me sorprendió un poco que no hubieras vuelto a realizar esas transacciones a través de nosotros."

"¡Marty, lo estás perdiendo!" Eva advirtió. "Tienes que mantener la cabeza en el juego, por así decirlo. Ya sabes cómo odio que me decepcionen".

"Eh, mira, Dennis, tengo que ir a mi ordenador y comprobar mis pantallas", dijo Van Gries mientras rompía a sudar frío. "Te llamo enseguida". Llamó y se levantó, ignorando por completo a Eva, pero demasiado consciente de que su momento había pasado.

"¡Marty!", se quejó ella, rodeándole con los brazos y las piernas y aferrándose a él, mientras él se las arreglaba para "caminar" hacia su gran ordenador portátil sentado en el mostrador, alcanzarla y comenzar a teclear.

El general Stansky ocupaba el asiento del piloto en ausencia temporal de Dorothy, con Pat O'Connor como copiloto, cuando llegaron por tercera vez en su turbohélice Cessna 208B. Saliendo de Fort Bragg antes del amanecer, repostaron en la Base de la Fuerza Aérea de Homestead, en el sur de Florida, antes de girar hacia el este, hacia San Juan y el Caribe central. Jimmy, Ronald y el ruso loco seguían en Carolina del Norte dirigiéndolos por GPS. Con la bolsa mágica de trucos electrónicos de Jimmy, habían tardado menos de cinco semanas en localizar a Martijn Van Gries, su barco y todas sus numerosas cuentas bancarias. Puede que el holandés se creyera lo más inteligente que había producido el MIT, pero la cojera de Ronald no iba a desaparecer pronto, y los tres Geeks tenían una importante cuenta pendiente con él.

Bob y Linda enfocaron con sus prismáticos el velero mientras Stansky hacía retroceder los motores todo lo que podía sin calarse. Eso permitió a Ace abrir la escotilla lateral mientras Dorothy estaba tumbada en la cubierta con la cabeza y los hombros fuera de la puerta abierta. Ace mantenía un firme agarre en su grueso cinturón de cuero de rodeo con una mano y en el marco de la puerta con la otra.

"¿Estás segura de que quieres hacerlo?", le preguntó por encima del rugido de los motores.

Ella se giró y le miró fijamente. "Después de todas esas semanas en el hospital, las intravenosas y las sondas de alimentación, intenta detenerme".

Martijn sólo llevaba la mitad de las cuentas en los bancos, pero ya podía ver que Dennis tenía razón. Los saldos eran ahora cero. Todo su dinero había desaparecido. ¿Pero cómo? ¿Y por quién? Estaba aturdido y aún se estaba haciendo a la idea de que le habían limpiado el dinero cuando aquel turbopropulsor gris volvió a pasar directamente por encima de ellos.

Esta vez, el avión voló aún más bajo, apenas rozando el mástil. Mirando hacia arriba, vio que un paquete del tamaño de una caja de puros salía volando por la puerta lateral del Cessna y descendía lentamente hacia el gran velero. Aterrizó en la cabina, rebotó en la cubierta, luego en el otro puesto de mando y se posó a unos metros de él.

Eso incluso detuvo a Eva. Sus rostros estaban a sólo unos centímetros de distancia mientras él intentaba soltarla y alcanzar el paquete, pero era más fácil decirlo que hacerlo. "¡Marty!", gritó mientras rodeaba su cintura con las piernas aún más fuerte y se aferraba a ella. De alguna manera, consiguió agacharse lo suficiente para recogerlo. Era pesado, envuelto en papel marrón. En la parte superior, alguien había dibujado una "Cara sonriente" y había escrito un breve mensaje con un grueso rotulador negro.

Decía: "Frito en el infierno. Burke. ¡Boom!"

A diferencia de Eva y Martijn, la sincronización de Dorothy fue perfecta. Con una lentitud agonizante, el paquete se arqueó hacia el gran velero, aterrizando en el centro de su cabina. Bob vio cómo Martijn lo recogía, leía el mensaje e intentaba tirarlo por la borda, pero el holandés era demasiado lento. Bob pulsó el botón de llamada de su teléfono móvil y un brillante destello de luz y una explosión estrepitosa destrozaron el velero. El pequeño avión gris se inclinó y volvió a dar la vuelta para una nueva pasada mientras los depósitos de combustible del Bénéteau explotaban en una brillante bola de fuego naranja. En cuestión de segundos, el velero desapareció, dejando tras de sí una mancha de aceite, algunos trozos de madera blanca y plástico dispersos, y una nube negra de humo.

"¡Vaya!" dijo Linda, "Hablando de su 'coitus interruptus'; eso se lleva la palma".

XXX

Y SI DISFRUTASTE DE LA VENGANZA DE BURKE, MIRA MIS OTROS THRILLERS DE ACCIÓN Y AVENTURAS DE BOB BURKE, TODOS DISPONIBLES EN KINDLE Y KINDLE UNLIMITED, EN LIBRO DE PAPEL Y EN TAPA DURA DE AMAZON, Y EN MUCHOS SITIOS DE AUDIOLIBROS.

BURKE'S WAR, en Español, Libro #1 en la serie de suspenso y acción de Bob Burke en Bob Burke. Balas, bombas y caos. Cuando ve que una mujer es asesinada por la mafia de Chicago, no es del tipo que lo deja pasar.
¡4.4 estrellas de 1529 US reseñas
MIRA AQUÍ

BURKE'S GAMBLE, en Español Libro #2. Cuando uno de los ex-sargentos de Bob es arrojado por la ventana del quinto piso en un casino Atlantic operado por la mafia de Nueva York, ¡hay venganza!
¡4.5 estrellas de 873 US reseñas
MIRA AQUÍ

BURKE'S REVENGE, en Español Libro #3. Una célula terrorista de ISIS comienza una serie de bombardeos en Fort Bragg, mata a su mentor y la venganza puede ser fría o caliente. ¡Bob prevalecerá de una manera u otra y los cuerpos comenzarán a caer!

¡4.5 estrellas de 602 US reseñas
MIRA AQUÍ

BURKE'S SAMOVAR en Español Libro #4. ¡Balas, bombas y caos! ¡Bob Burke está de regreso para el #4! ¡Esta vez está peleando con la mafia rusa y el mismo 'Zar' en el Kremlin! Es hora de romper su operación en Brooklyn, tomar su 'dinero para el almuerzo', patear traseros y hacer una visita a domicilio a su jefe en su dacha en Moscú.

¡4.6 estrellas de 493 US reseñas
MIRA AQUÍ

SOBRE EL AUTOR

WILLIAM F BROWN

Con la reciente publicación de **Burke's Rescue**, soy el autor de dieciséis novelas de acción y aventura, que ya están disponibles en libro electrónico, tapa blanda, tapa dura y audiolibros en muchos vendedores y tiendas en línea. Dos de ellos son cajas y cuatro son mi serie aclamada por la crítica **Our Vietnam Wars** de entrevistas e historias con veteranos de la guerra de Vietnam sobre sus experiencias antes, durante y después de la guerra.

Nativo de Chicago, me licencié en la Universidad de Illinois en Historia y Estudios del Área Rusa, y obtuve un máster en Planificación Urbana. Serví como Comandante de Compañía en el Ejército de los Estados Unidos en Vietnam y participé activamente en la política local y regional. Como vicepresidente de la filial inmobiliaria de una empresa de la lista Fortune 500, he viajado mucho por Europa, Rusia, China y Oriente Medio, lugares que han aparecido en mis escritos. Juego mal al golf, me he convertido en un corredor empedernido y pinto paisajes pasables en óleo y acrílico. Jubilados, mi mujer y yo vivimos en Florida.

Además de las novelas, he escrito cuatro guiones premiados. Han quedado en primer lugar en la categoría de suspense de Borrador Final, fueron finalistas en Fade In, en primer lugar, en Utopía del Guionista - Premios del Escaparate del Guionista, en segundo lugar, en la Asociación Americana de Guionistas, en segundo lugar, en Breckenridge, y otros. Uno de ellos fue opcionado para el cine.

La mejor manera de seguir mi trabajo y de enterarse de las ventas y de las gratuidades es a través de mi sitio web http://www.billbrownthrillernovels.com, que tiene capítulos preliminares de cada una de mis novelas, entrevistas, reseñas de libros y otros enlaces.

TAMBIÉN POR WILLIAM F

BROWN

VEA MIS OTROS LIBROS AHORA DISPONIBLES EN INGLÉS Y ALEMÁN. TAMBIÉN ESTÁN DISPONIBLES EN TAPA DURA, EN RÚSTICA, EN AUDIO, EN BIBLIOTECAS, EN AMAZON, EN MUCHOS OTROS SITIOS DE VENTA AL POR MENOR, Y PRONTO SALDRÁN EN NUEVAS TRADUCCIONES AL ESPAÑOL Y AL ALEMÁN:

MI SERIE DE ACCIÓN Y AVENTURA DE BOB BURKE:

Burke's War, en Español … y español aqui

Burke' Gamble en Español … y español aqui

Burke's Revenge en Español … y español aqui

Burke's Samovar en Español … y español aqui

Burke's Mandarín en inglés … **y español pronto**

Burke's Rescue en inglés … **y español pronto**

Burke Box Set #1, en inglés

LA SERIE ENTRE MIS ENEMIGOS en inglés

Entre mis enemigos
El ganador pierde todo
Jueves al mediodía
Apuntad bien, hermanos míos
The Undertaker
Trilogía de la Guerra Fría - Caja de 3 libros

Y MI SERIE "NUESTRAS GUERRAS DE

VIETNAM": entrevistas con 240 veteranos de

Vietnam (disponible sólo en inglés) en inglés

Volumen 1 Compruébelo usted mismo

Volumen 2 Compruébalo

Volumen 3 Compruébelo usted mismo

Volumen 4 Compruébelo usted mismo

COPYRIGHT

Printed in June 2023
by Rotomail Italia S.p.A., Vignate (MI) - Italy